EXPERTE

dans

L'ART

du

NAUFRAGE

Julia Drake

EXPERTE dans L'ART du NAUFRAGE

Traduit de l'anglais (États-Unis)
par Nathalie Peronny

GALLIMARD JEUNESSE

Titre original : *The Last True Poets of the Sea*

Édition originale publiée aux États-Unis par Hyperion,
un département de Disney Book Group

Pour mes parents, avec tout mon amour.

L'excitation et les incertitudes de la quête sont plus importantes que le trésor en lui-même.

Jacques Cousteau, *Un trésor englouti*

Je suis venue explorer l'épave.
Les mots sont des intentions.
Les mots sont des cartes.
Je suis venue voir les dommages causés
et les trésors qui l'emportent…
Ce que je viens chercher :
l'épave et non l'histoire de l'épave,
la chose en elle-même et non le mythe.

Adrienne Rich, « Diving into the Wreck »

Qu'est-ce donc, ami, que ce pays ?

Viola, *La Nuit des rois*

PROLOGUE

LE GÈNE RÉCESSIF DU **NAUFRAGE**

Anecdote : mon arrière-arrière-arrière-grand-mère a été l'unique survivante d'un naufrage.

Longtemps, mes parents ont aimé utiliser cette histoire comme preuve de notre force familiale. Nous descendons de survivants, disaient-ils. Réussir, on a ça dans le sang. Chez nous, on s'accroche à des planches de bois au large des côtes du Maine. On ne meurt pas gelé dans l'eau. Et lorsqu'on atteint le rivage, on se marie, on se reproduit et on attrape des homards pour nourrir nos enfants. Pleurer ? On ne pleure pas quand le bateau sombre. Inutile. Dans cette famille, on ne compte pas uniquement sur sa bonne étoile – on a de la chance, certes, mais on persévère.

Mon petit frère Sam et moi avons toujours adoré cette histoire de naufrage. Chaque été, dans la maison d'enfance de notre mère, dans le Maine, nous descendions sur la plage de rochers et de sable juste en bas pour jouer aux explorateurs sous-marins à la recherche de l'épave du *Lyric*. Nous avions des masques de plongée, des bouteilles de verre vides en guise de bouteilles d'oxygène, et nous crapahutions entre les rochers à marée basse jusqu'au moment où nous étions frigorifiés et gluants de limon. Nous rêvions de découvrir l'épave nous-mêmes, imaginions des pièces d'or enterrées dans le sable, des joyaux abandonnés dans des flaques d'eau de mer, des bernard-l'ermite avec des diamants en guise de coquilles. Mais ce n'était pas seulement le trésor qui nous intéressait : plus que tout au monde, nous espérions retrouver l'épave du bateau, envahie par la mousse et les poissons frétillants. Nous voulions comprendre à quel genre de désastre avait échappé notre arrière-arrière-arrière-grand-mère.

Le *Lyric* était bien davantage qu'un navire naufragé. C'était l'histoire de notre famille, enfouie depuis plus d'un siècle dans les profondeurs de l'océan.

À l'hôpital, quand j'ai dit en plaisantant que la pompe stomacale de mon frère ressemblait à un masque de plongée, ma mère a lâché : « Ça suffit, Violette » d'un ton si sec que l'infirmier en a lâché son stéthoscope. Un peu plus tard, mon père m'a surprise près des distributeurs automatiques, en pleine opération séduction avec un mec largement plus âgé que moi. (Mon père – stupéfait, atterré : « Ton frère est dans un état grave, et tu dragues un *barbu* ? ») Quand Sam s'est enfin réveillé, un peu plus tard dans l'après-midi, les dents pleines de sable et de charbon de bois, nos parents avaient plein de nouveaux projets d'été pour toute la famille : thérapie de couple pour eux, centre spécialisé pour mon frère et séjour dans le Maine pour moi. J'étais devenue une mauvaise sœur et une mauvaise fille en l'espace d'une heure, une exilée en à peine deux.

En comparaison, le *Titanic* a mis deux heures et quarante minutes à couler. C'est un sacré exploit de toucher le fond encore plus vite que le paquebot le plus tragique du XXe siècle. Surtout quand on pense que je n'avais que seize ans. Même pas encore mon permis de conduire, mais déjà passée maître dans l'art de la catastrophe.

PREMIÈRE PARTIE :
NAUFRAGE

TU ES SI **COURAGEUSE**

Le jour de mon départ pour Lyric, je me suis rasé le crâne. Une méthode prophylactique, si on veut.

Une semaine s'était écoulée depuis le «Scandale de l'hôpital». La mi-juin battait son plein à New York : c'était la saison idéale pour s'acheter des cônes glacés chez Mister Softee et imaginer son frère en HP. Soucieuse de voyager léger pour mon exil, j'ai troqué mes sempiternels leggings et mon eye-liner contre deux vieux jeans délavés appartenant à mon père, six tee-shirts basiques de chez Hanes, un vieux baume à lèvres médicinal et un stock de sous-vêtements en coton. Histoire de lire dans l'avion, j'ai emporté *Le Guide du chasseur de trésors sous-marins*, l'exemplaire de mon frère, que j'ai gardé sur mes genoux pendant tout le vol sans l'ouvrir une seule fois. À l'intérieur, j'ai glissé le bout de papier sur lequel ma mère avait noté l'adresse de son centre de traitement dans le Vermont. J'avais l'intention de lui écrire une lettre mais, après avoir passé la matinée entière à rédiger le brouillon dans ma tête, je n'ai pas obtenu mieux que : «Cher Sam, désolée d'avoir fait ma chaudasse juste après ta tentative de suicide. Je fais amende honorable, justement. Étape 1 : BOULE À ZÉRO ! Étape 2 : fringues pourries ! P.-S. : sympa, le sirop d'érable du Vermont ?»

Tout ça pour dire que j'avais encore du boulot.

Le vol jusqu'à Portland ne durait que quarante-cinq minutes, mais l'hôtesse est venue me voir quatre fois pour me demander si tout allait bien. Elle a mis des glaçons dans mon jus d'orange et m'a discrètement filé des Milano à la place des biscuits génériques qu'elle distribuait aux autres passagers. Au moment de débarquer, elle m'a prise à l'écart pour m'expliquer, avec des paquets de larmes et de mascara (violet, ai-je noté) plein les cils, qu'une de ses nièces avait subi une chimio l'année dernière.

– Tu es si courageuse, a-t-elle ajouté.

J'étais tellement sous le choc que j'ai juste hoché la tête sans rien dire. Elle m'a glissé deux ailes en plastique entre les mains et m'a promis de penser souvent à moi. Dans la série « nouveau départ », ça commençait mal.

– Tes cheveux ! s'est écrié mon oncle Toby en me voyant sortir du terminal des arrivées.

Il m'a prise dans ses bras, et j'ai plié les genoux pour me mettre à niveau. Sa chemise de flanelle sentait bon le coton frais, la farine et la levure (à cause de la boulangerie, sans doute) avec, en prime, un je-ne-sais-quoi de l'odeur naturelle de ma mère le matin juste avant qu'elle parte pour l'hôpital – le soir, en revanche, elle dégageait des effluves antibactériens, mélange de gel hydroalcoolique et de gants en latex. J'ai enfoui mon nez profondément dans l'épaule de mon oncle et serré mes ailes en plastique jusqu'à ce qu'elles me cisaillent la paume.

– Tout va bien, fillette, a murmuré Toby. Je suis là.

Il a fini par reculer pour me détailler. Il avait presque dix ans de moins que ma mère, mais son visage hâlé était aussi tanné que celui d'un vieux gnome, ridé et bienveillant. Ses cheveux, dont la longueur compensait amplement l'absence des miens, étaient attachés en un chignon lâche au creux de sa nuque. Il m'a observée jusqu'à ce que j'en baisse les yeux, mal à l'aise.

– Cool, tes baskets, ai-je commenté.

Ses Converse à carreaux montantes, déchirées le long des coutures et maculées de taches de café, étaient idéalement assorties aux miennes, blanches et dans le même état lamentable.

– Un vrai cauchemar pour la voûte plantaire. Protège tes plantes de pieds avant qu'il soit trop tard, fillette.

J'ai levé les yeux au ciel. Ma voûte plantaire était le cadet de mes soucis.

– J'adore ta coupe, a poursuivi Toby. J'aime bien ton nouveau style, mais surtout les cheveux. La dernière fois que je t'ai vue, tu ressemblais à... c'est quoi, le mot à la mode, déjà ? Une *célébutante* ? (J'ai grimacé.) Maintenant, on dirait plutôt un bébé phoque.

– Je ressemble plutôt à une ogresse souffrant d'alopécie.

– Ah, je reconnais bien là ma Violette ! Tu t'es entraînée à bouder ?

– Trente minutes par jour devant la glace.

– Humm. Comme quoi la perfection s'obtient vraiment par le travail. Ce qui est précisément la raison pour laquelle mes meringues s'effondrent toujours. Écoute, fillette, au risque de passer pour un vieux schnock... tiens-toi droite.

J'ai tressailli. La vérité, c'est que depuis le Scandale de l'hôpital, je m'étais entraînée non pas à bouder, mais à m'avachir – étape 3 de mon grand plan d'action, après le crâne rasé et le non-look. Je voulais occuper moins d'espace, en tout cas *être* moins : muette, discrète. Rétrécie. Différente de d'habitude. Ma taille jouait bien sûr contre moi mais, à condition de me tenir voûtée, je pouvais presque passer pour une fille d'un mètre soixante-dix-sept, voire un mètre soixante-quinze, au lieu de mon mètre quatre-vingts naturel.

OK. J'avoue. Mon mètre-quatre-vingt-un *et demi*.

Avec cette taille, je représentais moins de un pour cent de la population féminine américaine. Durant mon enfance et mon adolescence, j'ai incarné le rêve de tous les entraîneurs de basket, de natation et de volley jusqu'à ce qu'ils s'aperçoivent que j'avais zéro intérêt pour le sport et zéro talent en prime. Je ne m'intéressais qu'au théâtre, de préférence musical et chantant. Je faisais des claquettes, je chantais, je rêvais de Broadway. Même si tout cela est oublié, désormais. Ma carrière théâtrale a suivi depuis bien longtemps le même chemin que les dinosaures.

– Allez, ne gâche pas cette stature splendide ! Tu as hérité des bons gènes !

Je me suis redressée, et je l'ai dépassé d'une bonne tête. Comme pour souligner notre différence de taille, il s'est mis sur la pointe des pieds pour frotter le fin duvet sur mon crâne.

Je l'ai repoussé.

– Je ne suis pas un chien, Toby !

– Mais si tu en étais un, tu serais un grand danois.

On pouvait toujours compter sur mon oncle pour trouver les bons mots.

Lyric était situé à quatre heures de route vers le nord, et on se traînait à une vitesse d'escargot le long de l'autoroute à péage entre les embouteillages et les chantiers. J'ai entrouvert la vitre et humé l'air ; trois ans s'étaient écoulés depuis notre dernière visite en famille dans le Maine, mais cette bonne odeur iodée était restée exactement telle que dans mes souvenirs. Ainsi que la sensation du lent effacement de la civilisation à mesure qu'on s'enfonçait vers le nord. Les mignons petits coins touristiques se transformaient peu à peu en villages de pêcheurs miteux, les édifices en bord de route se délabraient progressivement pour se retrouver à l'état de quasi-ruines. Lyric n'était qu'une simple bourgade un peu moche aux entournures, un trou paumé, oublié du reste du monde. Je ne dis pas ça pour être négative, mais mes parents m'avaient envoyée là pour une bonne raison.

– Ne vois pas ça comme une punition, mais comme une opportunité, avait insisté ma mère. Avec moins de distractions à ta disposition, ce sera peut-être plus facile d'éteindre radio Romance.

J'avais déjà deux coups d'avance sur elle. Après l'épisode catastrophique des distributeurs à l'hôpital, j'avais juré de ne plus approcher un seul mec et de renoncer à tout ce qui m'avait conduite à cet instant fatidique : ma folle chevelure, ma passion pour la tequila, mon insensibilité chronique. Mon besoin d'occuper le devant de la scène. À Lyric, je serais *moins*. Qui sait, peut-être même allais-je disparaître.

– T'es bien silencieuse, fillette. J'avais presque oublié ta présence, a dit Toby.

Mon plan fonctionnait déjà.

Quand j'ai commencé à reconnaître la ville, mon téléphone n'avait déjà plus de réseau. On est passés devant l'aquarium et son enseigne battue par les intempéries, le magasin d'articles de pêche, le port. On est sortis du centre-ville pour s'enfoncer entre les pins et s'engager sur la longue route de terre menant à la propriété de ma grand-mère – enfin, celle de Toby, désormais. J'ai retenu mon souffle jusqu'à ce qu'on arrête la voiture, vieille tradition instaurée avec Sam.

La maison est apparue pile au moment où j'ai cru que j'allais exploser. À l'origine, elle appartenait à mes grands-parents. Bâtie à quelques dizaines de mètres de la mer grise et parsemée de bateaux, c'était une vieille villa de type victorien, vermoulue, humide et souffrant d'un sérieux problème de moisissure. Une famille de ratons laveurs avait jadis élu domicile dans les murs de la tourelle, où ils jacassaient toutes les nuits. Dressée ainsi face à l'océan, elle m'évoquait toujours la Vénus de Botticelli. J'ai enfin relâché mon souffle. La tête me tournait un peu.

– Tu veux que je t'installe une tente dans la tourelle ? m'a proposé Toby.

– Pas si les ratons laveurs sont toujours là.

– Je crois que Maude et ses petits ont fini par trouver mieux ailleurs. Sam et toi étiez tellement mignons. Je vous revois encore camper là-haut, faire rôtir des chamallows, manquer mettre le feu à la maison…

– Je préfère opter pour un lit normal, merci bien.

– Te voilà enfin adulte, Violette ! Mais je te préviens, vieillir, c'est cher et ennuyeux.

– Je veux bien un peu d'ennui dans ma vie, ai-je rétorqué. Ça me changera.

Je suis descendue de voiture et j'ai claqué ma portière sans faire exprès.

À l'intérieur, Toby s'est excusé pour le désordre, mais je n'ai pas vraiment fait attention car à peine avais-je franchi le seuil que *bam !* j'ai été rattrapée par les souvenirs de notre dernier été ici. J'avais treize ans, Sam douze. Pendant trois semaines, on avait mangé des pommes vertes et bu du thé Earl Grey. Je portais à l'époque un tour de cou en plastique qui m'avait laissé une marque de bronzage motif dentelle. On partageait la même chambre, comme d'habitude, mais on ne se parlait plus la nuit. Sam s'était mis à grincer des dents pendant son sommeil.

Dans la cuisine, Toby m'a servi une citronnade agrémentée d'un brin de menthe fraîche, en hôte parfait. Puis il s'est ouvert une bière. Une Pilsner. Légère et vivifiante. J'ai fait tourner mon brin de menthe comme une paille dans un cocktail.

– Alors comme ça, je suis privée d'alcool, tonton ?

Il m'a décoché un regard épouvanté.

– *Je rigole.* Relax.

La bière faisait partie des habitudes de mon ancienne vie auxquelles je n'étais pas fâchée de dire adieu. Enfin, pas trop fâchée.

– Violette…

Il avait une tête bizarre, comme s'il était sur le point de me dire un truc Sérieux avec un grand *S*. Les gens ne supportaient-ils donc plus l'humour ?

– Je vais faire un tour dehors, ai-je déclaré.

J'ai traversé la maison, qui n'était pas tant en désordre que ça, juste très encombrée. Ma mère avait toujours pesté contre cette tendance de ma grand-mère à l'accumulation d'objets (elle est morte quand j'avais cinq ans, mon grand-père bien avant), et Toby semblait avoir hérité de ce trait. Il y avait des livres partout, des babioles sur la moindre surface plane, une collection de rouleaux de massage, des services à thé sur tous les guéridons, un sèche-bottes avec un million de bottes entreposées à côté (au mois de juin), des Lego Batman sur la cheminée, juste *des tonnes de bouquins partout*, un patin à glace solitaire échoué sur la table basse et, sur le canapé, un hamster en peluche à l'intérieur d'un robot de cuisine démonté.

J'ai traversé le bureau pour atteindre la salle à manger, qui était plutôt bien rangée, à l'exception d'un puzzle à peine commencé et éparpillé sur la table. Le modèle sur le couvercle était une image tirée du *Magicien d'Oz*. Dans le salon, une épaisse couche de poussière recouvrait le télescope en cuivre et la mappemonde qui indiquait encore URSS au lieu de Russie. J'ai éternué tout en ouvrant la baie vitrée donnant sur le jardin.

Rien que pour l'odeur des pins qui embaumait l'air, j'étais prête à supporter la poussière et une armée entière de ratons laveurs. La vue était spectaculaire, comme disait toujours mon père. Au-delà de la pelouse en friche et des parterres de fleurs envahis de mauvaises herbes, l'océan s'étendait à perte de vue. Des bateaux à l'ancre dansaient doucement au gré des vagues, et le ciel était moucheté d'oiseaux comme une nuée de petits points noirs. Au pied de la pente douce se trouvait la plage où Sam et moi allions toujours jouer. Les rochers semblaient avoir rétréci – grignotés, peut-être, par l'eau salée et le sable. À moins que la baie ait toujours été aussi petite ?

Toby a surgi à côté de moi.

– Tu te souviens de toutes les pièces que tu as jouées sur cette pelouse ?

– Arrête…

– J'ai de merveilleux souvenirs de toi en train de chanter un morceau de *Grease* avec un maillet de croquet en guise de micro. Sam faisait les chœurs.

– L'horreur totale.

J'ai frissonné avec exagération.

– Tu étais très douée, pourtant. Tu l'as toujours été.

– Terminé, tout ça, ai-je rétorqué. Les spectacles, je veux dire.

– Mais pourquoi ?

Parce que : a) chanter conduisait toujours à la catastrophe, et b) j'avais découvert d'autres activités plus excitantes.

– Bah, comme ça.

Toby a avalé une gorgée de bière, l'air de rien.

– Tes parents ont mentionné certains petits dérapages… N'y aurait-il pas un lien de cause à effet ?

Quelle idiote j'avais été de croire que nous pourrions éviter cette conversation. Bien sûr que Toby allait vouloir parler de mon ancienne vie. « Alors, heu, Vi, que s'est-il passé pour que ma sœur me téléphone, en pleine crise d'hystérie, et me demande de t'héberger tout l'été ? » Je savais qu'il essayait d'être gentil, mais cette tentative de créer du lien m'a crispée. Jusqu'à maintenant, notre relation oncle-nièce s'était limitée à quelque chose de très classique, dans le genre agréable et parfaitement inoffensif : visites au zoo, cartes d'anniversaire en retard ornées de photos de paresseux. Je n'avais aucune envie de lui parler de mon « Année de la déglingue », ni de Sam, ni de la déconfiture familiale générale. Qu'y avait-il à en dire, d'ailleurs ? Sam avait perdu la boule, et moi, ma virginité. Fin de l'histoire.

Toby attendait une réponse.

– Je n'appellerais pas ça des dérapages. J'ai fait la fête avec une belle constance, sans dévier de ma ligne. Sam, en revanche… Avaler les trois quarts d'une bouteille de Tylenol ? Ça, c'est ce que j'appelle un gros dérapage. Surtout pour lui.

Toby a émis un long sifflement grave. Je me suis imaginé comment chacun des bateaux devant nous pourrait couler. Un mât qui craque. Une coque lacérée par un récif. Les tentacules d'un kraken géant et affamé.

– Donc, on ne va pas en parler, a conclu Toby.

– Tout ce que je veux, c'est disparaître.

– Bonne chance, avec ta boule à zéro dans un bled comme Lyric.

J'ai vidé le reste de mon verre dans les plantes.

– Merci pour la citronnade.

Je le pensais sincèrement, même si je sais que c'est dur à croire.

À l'étage, dans la chambre bleue que je partageais autrefois avec mon frère et où se trouvaient encore nos lits jumeaux un peu raides, les lampes remplies de morceaux de verre de mer que je comptais pour m'endormir et la bibliothèque remplie des enquêtes d'*Alice détective*, mon téléphone m'a annoncé qu'il était « en recherche ».

Je n'avais jamais été très douée pour garder le contact. J'avais fini par décourager plusieurs copines de colo. Même avec mes amis, à New York, j'avais tendance à filtrer les appels et à ne pas toujours répondre aux SMS. Peut-être m'étais-je entraînée sans le savoir pour ce moment. Au fil des ans, sans même m'en rendre compte, j'avais développé de solides muscles de disparition.

J'ai donc éteint mon téléphone, et *pouf*. Disparue.

DEMANDEZ-MOI COMMENT JE **SAUVE** LES LAMANTINS

En un simple coup de fil, mes parents m'avaient dégotté un job bénévole à l'aquarium de Lyric, l'une des plus grandes attractions touristiques de la ville. Apparemment, si vos arrière-arrière-arrière-grands-parents ont jadis donné de l'argent pour aider à construire un aquarium, vous êtes sûr d'y être embauché un siècle plus tard, même si vous n'avez aucune expérience ni le moindre intérêt pour les poissons.

– Le népotisme dans toute sa splendeur, avais-je assené à mon père.

– Tu apprendras peut-être quelque chose, au moins.

– Tu as conscience que c'est surtout Sam qui adorait l'aquarium ?

Mon père s'était frotté les yeux derrière ses lunettes.

– Violette, au risque de te choquer, sache qu'on fait ce qu'on peut, ta mère et moi. Laisse une chance aux poissons, OK?

– Ce que je voulais dire, c'est...

Je ne savais pas vraiment ce que je voulais dire. J'avais juste eu envie de prononcer le prénom de Sam à voix haute.

Mon premier jour de boulot est tombé un mardi, soit quarante-huit heures après mon arrivée à Lyric. Dans la pénombre de la cuisine, j'ai trouvé un petit pain à la cannelle et un message indiquant : « Ils ont beaucoup de chance de t'avoir. Bisous. Signé : un fantôme. P.-S. : Toby démarre sa journée à 5 h mais il t'embrasse.

P.P.-S. : appelle ta mère!» Le glaçage était au fromage frais, et c'était tellement délicieux que j'en ai léché mon assiette.

L'aquarium se trouvait à un quart d'heure de la maison à vélo. Pour s'y rendre, il fallait traverser et dépasser le centre-ville. J'ai d'abord pédalé tranquillement, contente de me sentir si à l'aise dans le jean de mon père, bien qu'il soit trop court pour moi. Puis j'ai accéléré, soulagée d'être débarrassée de mes énormes boucles d'oreilles et de mes bracelets, de mes gros traits d'eye-liner et de mes longs, si longs cheveux. Mon ancien look m'allait à merveille, avant, mais je ne m'étais jamais sentie moi-même dans ces fringues. Au mieux, c'était un uniforme qui faisait de moi le genre de fille toujours invitée aux soirées; au pire, mes tenues étaient carrément provocantes. Exemple : j'étais quasiment à poil au moment de la tentative de suicide de mon frère. Je portais un minishort en jean si riquiqui qu'on voyait dépasser mes fesses quand je montais un escalier, et un débardeur en coton ultraléger sans soutif en dessous, avec mes tétons qui pointaient dans la clim glaciale de l'hôpital. J'aurais tout donné pour avoir un pull, une parka, n'importe quoi d'un peu correct.

Genre, un jean d'homme et un crâne rasé.

J'approchais du centre-ville. Je suis passée comme une flèche devant le magasin d'articles de plein air, la boulangerie de Toby et le petit snack à hot dogs, l'échoppe du vendeur de homards, le cinéma, le restaurant coréen. L'unique bar cradingue, le Lyric Pub, et ses stores éternellement baissés. Puis les boutiques de souvenirs avec, au coin d'une ruelle, les Trésors de l'Atlantide, le soi-disant «Bazar des Merveilles», où je me rendais autrefois avec Sam les jours de pluie. Une fois, je l'avais mis au défi de voler un œil-de-tigre; il avait fini par l'avouer à notre mère, et je ne lui avais plus adressé la parole pendant des jours.

D'un coup, les commerces ont disparu et je me suis retrouvée sur les quais, où je me suis arrêtée le temps de remonter ma selle.

Au loin, un groupe de types affublés de cuissardes et de bonnets en laines déchargeaient des caisses d'un chalutier baptisé *Sheila.* Sam et moi nous amusions toujours à inventer des noms de bateau et étions finalement tombés d'accord sur *HMS*[1] *Promesse et Discipline.* Nous avions respectivement six et sept ans à l'époque, et notre mère avait cru mourir de rire.

– Vous feriez mieux d'apprendre à naviguer avant de baptiser votre paquebot, avait-elle déclaré.

– Pourquoi ? avait rétorqué papa. J'aime bien l'idée qu'ils soient les seuls gamins du Maine à ne pas savoir piloter un bateau.

Maintenant que ma selle était bien en place et que j'étais presque arrivée à destination, je commençais à avoir le trac. Qu'allais-je bien pouvoir fabriquer dans un aquarium ? Je savais absolument que dalle sur l'océan. Contrairement à Sam : son endroit préféré dans le monde entier, hormis la plage en bas de chez grand-mère, était la salle océanique familiale Irma & Paul Milstein du Muséum d'histoire naturelle (le nom exact était resté gravé dans ma mémoire en raison du nombre incalculable de fois où on y était allés). Quand Sam avait treize ans, il avait envoyé à la curatrice un poème de son cru où il était question d'une méduse, et elle avait été tellement émue par sa démarche qu'elle nous avait conviés à une visite privée. J'avais quatorze ans et je me souviens surtout que j'avais la gueule de bois.

Sam m'évoquait assez une méduse, pour être honnête : poreux, éthéré, vaguement lumineux. C'était un jeune citadin mal équipé pour supporter la ville, pour tenir le rythme, pour supporter la circulation, la foule. Alors que je m'épanouissais en milieu urbain, il s'y débattait. À quinze ans, il préférait marcher une heure plutôt que de s'infliger quinze minutes de train. À cinq ans, il s'était un

1. Abréviation de « *Her* (ou *His*) *Majesty's Ship* », préfixe aux noms de navires utilisés dans la marine royale britannique pour les navires de guerre ou les paquebots de croisière. (Toutes les notes sont de la traductrice.)

jour jeté à terre en hurlant devant l'entrée du métro, lourd comme un âne mort. Les passants se couvraient les oreilles ou jetaient des regards en biais à ma mère ; pour ma part, j'avais scruté le trottoir en fredonnant *Sixteen Going on Seventeen* en attendant que ça passe. Lorsqu'une crise démarrait, Sam n'écoutait plus personne ; nous devions juste attendre qu'il s'épuise de lui-même. Après quoi ma mère le soulevait et poussait tout le monde dans un taxi, direction la fête d'anniversaire/la séance de ciné/le rendez-vous chez le pédopsychiatre où nous étions déjà en retard.

Le diagnostic officiel était complexe. Dépression, angoisse et différents schémas de désordres alimentaires liés, d'après son psy, à certains de ses troubles obsessionnels compulsifs. « Heu, OK, c'est tout ? » me disais-je. Alors que je ne comprenais rien du tout.

Que dire de cette manière qu'il avait de vaciller, parfois, comme un néon grillé ? Ou de sa manie de se cacher dans des endroits improbables – sous une table, par exemple, ou dans les toilettes les plus éloignées ? Et malgré tout ça, c'était un élève parfait en cours, le préféré de tous ses profs.

À la maison, pourtant, c'était lui le problème. Sauf l'an dernier. Où c'est devenu moi.

L'aquarium de Lyric était imposant, dans mes souvenirs. Mais quand je me suis retrouvée devant, ce matin-là, « minable » est le premier mot qui m'a traversé l'esprit. Le bâtiment était octogonal, sa façade bleue délavée par le temps en un gris pâle me rappelant les comprimés de vitamines qui me donnaient des haut-le-cœur quand j'étais petite. À l'intérieur, le hall d'entrée sentait l'eau de mer et la pourriture, et le guichet d'accueil, constitué d'une malheureuse table pliante, était couvert d'une fine couche de poussière. La principale attraction de la grande salle était un bassin tactile contenant des requins-nourrices et des concombres de mer ; un autre aquarium circulaire accueillait différentes espèces de raies qui se déplaçaient en de lentes ondulations moroses. Un squelette d'animal marin était suspendu au plafond, ses os retenus par des lignes de pêche. Baleine rachitique, ou thon XL ? J'étais embarrassée par ma propre ignorance.

– Violette ?

Une femme aux cheveux blancs vêtue d'une salopette noire et de grandes bottes de pluie marron s'avançait vers moi d'un pas énergique, suivie de près par une espèce de chien-loup. Ce devait être Joan, la directrice de l'aquarium. Un large sourire illuminait ses traits lorsqu'elle me tendit la main.

– Oh, bonjour ! Mais tu es *immense* ! Une vraie jeune femme ! s'est-elle exclamée en secouant mon poignet si fort que tout mon bras s'est agité. Je sais que ça fait un paquet d'années, mais waouh !

– Désolée… on se connaît déjà ?

– Tu ne dois pas t'en souvenir, tu étais si jeune.

Mon regard a oscillé entre Joan et son chien, et je me suis alors rappelé que je les avais déjà vus. Sauf que j'avais treize ans et que je m'étais surtout intéressée au jeune bénévole super canon qui bossait avec elle.

– Comment vont tes parents ? a-t-elle poursuivi. Et ton frère ? Tu sais que j'ai gardé le poème qu'il avait écrit durant l'un de nos ateliers sur les créatures des profondeurs ? Il trône au mur dans mon bureau. « Du petit escargot de mer à la grande baleine bleue, tout le monde a des sentiments. »

Apparemment, l'ombre intellectuelle de Sam me dominait non pas dans un État, mais dans *deux*.

– Nous sommes ravis de t'accueillir. Une nouvelle Rudolph parmi nous ! Ta grand-mère était une femme adorable. Elle m'aidait dans mes recherches, de temps en temps.

– En fait, mon nom de famille est Larkin, comme mon père.

– Ici, tu seras toujours une Rudolph. Tu es ce qu'on a de plus proche d'une célébrité locale.

À ces mots, le chien a aboyé.

– Oh, silence, Boris ! La vie n'est pas un jeu à somme nulle. Je crois qu'il est jaloux, a-t-elle chuchoté sur un ton de conspiratrice.

Je me suis fendue d'un petit sourire. Boris pouvait absolument conserver son titre de célébrité locale, si cela lui faisait plaisir.

Joan m'a donné un manuel intitulé « Aquarium et centre d'éducation océanique de Lyric : guide de formation », ainsi que deux tee-shirts bleu électrique portant l'inscription DEMANDEZ-MOI COMMENT JE SAUVE LES LAMANTINS dans le dos. Avant que je puisse obéir au message, Joan a ajouté :

– Orion ne va pas tarder. C'est notre employé vedette. Il travaille ici à l'année, c'est lui qui va te former. Oh, quelle joie ! Dire que sans tes ancêtres, nous ne serions même pas ici !

– Ni moi non plus. Mais ça vaudrait peut-être mieux pour tout le monde.

Joan m'a dévisagée, interdite, avant d'éclater de rire.

– J'adore ton humour !

Elle m'a ensuite parlé de mon planning :

– Tu travailleras à mi-temps, du mardi au vendredi. Tu auras surtout à gérer les groupes de colo, même si nous n'en avons pas eu beaucoup... Pour être honnête, c'est un peu le désert, ici. Il y a un autre aquarium plus moderne à une demi-heure de route au sud de Lyric, et ils viennent de lancer une grande expo sur les pingouins, alors tu imagines...

J'ai feuilleté mon manuel de formation et aperçu à la volée des paragraphes traitant des biomes aquatiques, de la dérive littorale ou de la circulation thermohaline. Le chapitre consacré aux « merveilles naturelles du Maine » citait notamment les falaises de calcaire de Fabian's Bluff, le tourbillon d'Old Sow (le plus large de l'hémisphère occidental) et le désert du Maine. (« En réalité, plutôt qu'un désert, une étendue de limon glacial!») Fallait-il vraiment que j'apprenne tout ça?

– Organisez-vous encore des sorties pédagogiques pour explorer les flaques d'eau de mer?

– Hum, a lâché Joan d'une voix étranglée. Notre budget s'est considérablement réduit ces dernières années. Nous avons perdu des mécènes, malheureusement, et certains de nos programmes ont dû être annulés. C'est aussi la raison pour laquelle nous sommes désormais fermés le lundi.

– Ah.

Ce n'était peut-être pas plus mal, à vrai dire. La dernière chose dont j'avais besoin pour alourdir ma conscience, c'était une gamine qui dérape sur une étoile de mer façon peau de banane et s'ouvre le crâne sur un rocher.

– Et les exhibitions de homards?

– Quelle fantastique mémoire tu as! Hélas non, c'est terminé aussi. Il y a eu... un incident, a-t-elle précisé en mimant des pinces coupant un objet invisible. Je maintiens que notre homard a été provoqué le premier, mais... c'est la vie. Comme tu vois, notre programme d'attractions s'est beaucoup allégé cette année. Mais nous sommes ravis de t'accueillir parmi nous. On va faire un boulot formidable, ensemble.

Boris a haussé ses sourcils de simili-chien-loup. Il m'avait clairement dans le viseur.

– Il faut que j'aille récupérer des papiers à te faire signer, mais fais un tour pendant ce temps-là! Explore, découvre. Nous sommes là pour ça.

Joan a disparu à l'étage, et Boris l'a suivie en faisant tinter son collier. Mon exploration m'a laissée un peu sur ma faim. L'attraction phare de l'aquarium était un énorme (et très cool, j'avoue) homard bleu femelle baptisé Louise mais, à part ça, les installations étaient piteuses. Une grande jardinière de un mètre de long contenant un peu de terre et quelques pousses rachitiques était fixée contre un mur sous l'inscription ROSEAUX ET PLANTES DU LITTORAL DU MAINE. Un visuel ringard illustrant la mort du relief de corail avait pour titre « Sauvons notre écosystème ». Une petite partie était consacrée au golfe du Maine et, juste à côté, une expo permanente intitulée « Les monstres marins d'autrefois » contenait de très mauvaises œuvres d'art représentant Cassie, le serpent de mer de Casco Bay. Même la boutique de souvenirs était déprimante. Au milieu des figurines de Cassie en porcelaine et des tee-shirts officiels de la fête du homard de Lyric, on pouvait y acheter des concombres de mer en peluche étrangement phalliques et dotés de gros yeux globuleux.

La seule expo qui ait un peu éveillé mon attention était celle portant sur l'histoire de Lyric, mais c'est uniquement parce qu'il y était question de mes ancêtres, les fondateurs de la ville. Une maquette du bateau à vapeur *Lyric* prenait la poussière derrière une vitrine. À côté, une carte en animation montrait son parcours à travers l'Atlantique au moyen d'une ligne de petits points rouges (technologie clairement piquée au premier film des Muppets) qui explosait à quelques kilomètres au large des côtes du Maine. Des bonshommes bâtons se mettaient à flotter dans l'eau, et seul l'un d'eux gagnait la rive. Puis l'écran s'éteignait et se rallumait, condamnant la figurine rescapée de mon arrière-arrière-arrière-grand-mère Fidelia à s'arracher éternellement aux eaux tumultueuses de l'océan.

Sisyphéen : un excellent mot à retenir pour mes futurs examens d'entrée à la fac.

Je me suis retrouvée devant un portrait photographique de mes arrière-arrière-arrière-grands-parents, Fidelia et Ransome, le jour de leur mariage. Le même cliché trônait sur le rebord de la cheminée du salon, mais je n'avais jamais pris le temps de l'observer en détail. Cette fois, je me suis longuement attardée devant. Fidelia était recouverte de dentelle de la tête aux pieds. Elle portait un voile long, une robe à col montant, et ses mains étaient cachées par son long bouquet de mariée dont les feuilles lui descendaient presque jusqu'aux genoux. Ransome, son époux, se tenait à côté d'elle, son haut-de-forme coincé sous le bras. Les gens n'avaient pas l'habitude de sourire sur les photos, en ce temps-là, mais il avait pourtant les lèvres légèrement retroussées – ravi, j'imagine, de sa bonne étoile. C'était compréhensible. Sous ses kilos de dentelle, mon arrière-arrière-arrière-grand-mère était une vraie beauté.

La date précisée sur la petite plaque explicative indiquait que l'événement s'était déroulé cinq ans après le naufrage. « Leur amour nous a donné le jour », affirmait la légende.

J'avais oublié que c'était la devise non officielle de la ville. Bien joué, maman, l'endroit idéal pour éteindre radio Romance.

J'étais plongée dans l'examen de la photo en me demandant si j'aurais jamais l'air aussi radieuse – sans même parler de *l'être* – quand quelqu'un m'a tapoté l'épaule en disant :

– Eh, salut, mec.

J'ai fait volte-face, et deux événements se sont produits simultanément :

1. la personne devant moi a réalisé que je n'étais *pas* un mec;

2. j'ai réalisé que cette personne, en revanche, en était bien un. Et pas n'importe lequel : juste le plus beau gosse que j'avais jamais vu. Même si le terme de « beau gosse » ne lui rendait pas vraiment justice. Parce qu'il était bien plus que ça. Ce mec était une bombe, un canon absolu.

Il avait une tignasse brune mal réveillée, le teint hâlé, les yeux gris-vert; ses lèvres étaient légèrement gercées par le soleil, ses épaules carrées, et son torse large étirait son tee-shirt bleu turquoise de l'aquarium. Il avait des sourcils sublimes, comme je n'aurais jamais pensé que des sourcils pouvaient l'être : légèrement arrondis et bien lisses, ils encadraient magnifiquement son visage. Mon regard a été attiré par l'apparition fugace d'un tatouage au creux de son bras, mais il a déplacé celui-ci pour repositionner la glacière qu'il portait en bandoulière et je n'ai pas eu le temps de voir le motif. Un dieu du sourcil, tatoué et écoresponsable? *Yes, please.*

Détail non négligeable : il était encore plus grand que moi.

Je sais : ne venais-je pas de me raser le crâne pour faire fuir tout le monde? N'avais-je pas juré d'éteindre radio Romance? N'avais-je pas été si aveuglée par la luxure que je n'avais même pas été capable de comprendre ce que traversait mon petit frère, même à l'hôpital?

Oui, mais. Si vous aviez vu les sourcils d'Orion Lewis, été témoins de leur majesté, croyez-moi, vous m'auriez comprise.

– Oups, a-t-il lâché en haussant ses merveilleux vous-savez-quoi. Désolé.

– Contrefaçon.

Il a eu l'air perplexe.

– Est-ce que tu...

Embrasses bien? Prends la pilule?

– Est-ce que je suis de sexe féminin? ai-je suggéré.

– Non, est-ce que tu travailles ici?

Je me suis rappelé quelles étaient mes priorités. Célibat. Camouflage.

– Oui. Je m'appelle Violette.

– Ah. Alors t'es... waouh. Je croyais...

Il cherchait ses mots, et la bandoulière de sa glacière écartait l'encolure de son tee-shirt, révélant son épaule lisse et bronzée. Dans une autre vie, j'aurais mordu dedans.

Il a désigné ses cheveux.

– Désolé, hein. Je t'ai prise pour un garçon.

– Pas grave. (J'ai haussé les épaules.) Moi aussi, en te voyant.

Il a éclaté d'un rire tonitruant, et j'ai vu qu'il avait les dents du bonheur. Ça lui allait à merveille. J'étais contente qu'il ne se les soit pas fait resserrer.

– Si tu es Orion, j'ai entendu dire que tu étais l'employé vedette.

– Je suis surtout le seul. Heureusement que je suis la vedette !

– Il n'y a que toi et moi ?

– Avec Joan et Boris, oui. Suis-moi, je vais te faire visiter.

Il m'a conduite à l'étage, dans une minuscule salle de pause qui empestait le poisson, équipée d'une table branlante, d'un frigo de taille industrielle et d'un gros canapé marron sur lequel trônait Boris, les pattes soigneusement croisées. Des choses fœtales et aquatiques flottaient dans des bocaux remplis d'un jus verdâtre sur le comptoir ; des morceaux de corail séché accompagnés d'une vieille coquille de limule étaient éparpillés sur les étagères. Orion s'est frayé un chemin à travers des cartons remplis d'objets pour la boutique de souvenirs de l'aquarium pour aller frotter les oreilles du chien, et Boris, ce petit salopard, a bâillé triomphalement en me regardant.

Orion a ouvert le frigo pour en sortir un seau métallique étiqueté « NOURRITURE ». Une odeur de vieux poisson pourri a envahi la pièce. J'ai frémi en songeant à l'estomac de la pauvre Louise.

– T'es étudiant en biologie, ou un truc dans ce goût-là ? lui ai-je demandé tandis qu'il posait le seau sur la table.

– Nan.

Il a sorti de sa poche une serviette en papier pliée et l'a coincée sous l'un des pieds de la table.

– J'entre en terminale. Et toi ?

– En première.

– Les gens se méprennent souvent à cause de ma taille. Tu connais ça, j'imagine.

J'ai opiné. Il a ouvert sa glacière portative et en a sorti un sachet plastique rempli de bestioles gris perle. Elles avaient encore leurs têtes, et leurs yeux noirs gélifiés me fixaient à travers le plastique.

– Petit déj tardif ?

– Les poissons en raffolent. J'essaie de leur apporter des extras chaque fois que je peux. On peut laisser la tête et les pattes.

Il a sorti un couteau suisse de sa poche et, quand il me l'a donné, ses doigts n'ont même pas effleuré les miens. Tant mieux – pas de plan louche de son côté non plus. Mon regard s'est porté sur le sac en plastique

– Dis, Orion, c'est quoi, ces machins, exactement ?

Il m'a regardée d'un air bizarre.

– Heu… des crevettes.

Mouais. D'habitude, les crevettes étaient roses et épluchées, recroquevillées et plongées dans de la sauce cocktail. J'ai tapoté le sac, comme pour tester son contenu.

– J'ignorais que les crevettes avaient des pattes.

– Sérieusement ?

– Bah, j'ai dû le savoir, il y a longtemps… je ne suis pas hyper calée en poissons.

Il m'a coulé un regard en biais.

– Tu es au courant qu'on bosse dans un aquarium, quand même ?

– Oui. Je sais.

– Alors pourquoi vouloir faire ce boulot si tu n'es pas hyper calée en poissons ?

– En fait, ce n'était pas mon idée.

– Ah bon ?

Il a eu l'air perplexe. Cette conversation prenait un mauvais tour. Maudit gène du naufrage. Je ne disais jamais ce qu'il fallait.

– Ce sont mes parents qui m'ont trouvé ce boulot.

Même moi, j'avais conscience de passer pour une sale gamine gâtée en prononçant ces mots.

– Ah. Tu fais donc partie des vacanciers.

Il a refermé sa glacière et renfilé la bandoulière.

– Non ! Enfin… Ma mère a grandi ici. Je venais passer mes étés quand j'étais gamine. J'habite en ville. Mais je ne suis pas une touriste.

– Portland ? Boston ?

– Plutôt… New York.

– La Grosse Pomme. Jamais mis les pieds là-bas.

– Sans blague ? Attends, ça te plairait trop ! Si tu aimes l'océan, rien qu'au Muséum d'histoire naturelle, il y a la reproduction de la grande baleine bleue, l'expo sur les chasseurs de perles, le truc sur la pieuvre et la baleine…

– Alors qu'ici… on a juste l'océan, quoi.

– Non, ce n'est pas ce que je voulais dire ! Mais pour être honnête…

J'ai écarté les bras pour désigner le seau métallique, les bocaux de spécimens et le canapé couvert de poils de chien. Boris a relevé la tête. Pourquoi continuais-je à jacasser ? Pourquoi étais-je incapable de me taire ? Les mots jaillissaient d'eux-mêmes hors de ma bouche, incontrôlables et insupportables :

– Cet endroit était génial, avant… mais avoue que c'est devenu un peu déprimant, non ?

– Pas faux, a concédé Orion. (Il m'a montré les crevettes.) T'as qu'à les descendre quand t'auras fini de les dépiauter, OK ?

Sur ces mots, il est parti. Boris l'a suivi avec un petit aboiement approbateur. Pour mon premier jour, j'avais même réussi à vexer le chien.

J'ai eu honte du temps que j'ai mis pour décortiquer les crevettes. J'ai retrouvé Orion en bas devant le bassin tactile, un bras enfoncé dans l'eau jusqu'au coude. Boris était couché à ses pieds, sa tête posée sur l'une de ses baskets.

– Je ne savais pas trop comment faire avec les carapaces, ai-je dit en posant le seau à côté de lui.

– Tu t'es bien débrouillée.

Il a pincé une crevette entre ses doigts, comme une cigarette, et l'a plongée dans l'eau. Les raies se sont précipitées vers lui en frôlant la vitre et en éclaboussant les alentours du bassin. Dire qu'elles étaient les doudous du monde marin il y avait encore une heure à peine. À présent, en compagnie d'Orion, on aurait presque dit des animaux de compagnie, comme une meute de golden retrievers à la queue frétillante.

– Elles t'adorent, ai-je commenté, plantée un peu bêtement à côté de lui.

– Ce sont des poissons. Elles m'aiment surtout parce que je les nourris, a-t-il rétorqué sèchement.

Je ne connaissais pas Orion depuis très longtemps, mais je savais reconnaître les gens susceptibles. Après tout, j'avais grandi avec mon frère.

– À propos de ce que j'ai dit tout à l'heure... ça a l'air trop chouette de bosser ici.

Même quand je faisais des efforts, j'avais l'air sarcastique. Ma mère avait raison : j'avais beaucoup de progrès à faire.

– Excuse-moi, ai-je ajouté. J'ai le trac, en fait.

Pas encore parfait, mais déjà mieux. Plus sincère, en tout cas.

– C'est bon, t'inquiète, a répondu Orion d'un ton tellement détaché qu'il paraissait glacial. Je veux étudier la biologie marine à la fac. Donc c'est un bon endroit pour commencer. Et j'ai pas beaucoup d'argent, mais je fais des demandes de bourse et Joan me soutient beaucoup dans mes démarches. Elle n'a pas l'air, comme ça, mais c'est une pointure dans le petit monde scientifique. Elle va me rédiger une lettre de recommandation.

– Cool.

– Ouais.

On a observé les raies sans rien dire. Boris agitait la queue. Les barboteurs ronronnaient; à l'étage, j'entendais le bruit des pas de Joan sur le plancher. C'était super dur de bavarder avec un inconnu sans avoir picolé.

– Elles ont des noms ? ai-je fini par demander.

– Pas officiellement.

– Et... officieusement ?

Il a enfin levé les yeux vers moi.

– Tu tiens vraiment à le savoir ?

– Oui.

– D'accord. (Il a pris une grande inspiration, un peu hésitant, limite gêné.) Les plus sombres sont des raies chauves-souris. Voici Billy Ray Cyrus et Rachael Ray. La grande brune, là, c'est Ray Charles. Et celle-ci, Raven-Symoné.

– Et celle tout au fond ? Ray J ?

Orion a secoué la tête.

– Non. Sting.

J'ai ri tellement fort que Boris a glapi. Orion lui a tapoté la tête.

– Et celui-là ? ai-je demandé en désignant un grand spécimen couleur jaune sable qui ondulait juste devant nous (et indissociable, à mes yeux, de Sting et Raven-Symoné).

– C'est Link Wray.

– Comme le guitariste ?

– Tu connais ?

Il avait l'air impressionné. Tant mieux. Grâce à mon amour des mauvais jeux de mots et à la collection de disques de mon père, je commençais à remonter la pente.

– Tu peux les caresser, m'a dit Orion. Deux doigts dans l'eau, pas plus. C'est ce qu'on dit aux gamins.

J'avais à peine effleuré la surface que Billy Ray et Rachael Ray sont arrivés. Sting a fait demi-tour exprès pour m'éviter. Je me suis efforcée de ne pas y voir un symbole de l'évolution de mes rapports avec Orion.

– Il en faudrait une autre pour l'appeler Famous Original Ray's Pizza, ai-je commenté.

– C'est quoi ?

– Une institution new-yorkaise. Il y en a partout, avec différentes itérations. Beaucoup essaient de piquer le nom, de se faire passer pour un Ray's Pizza. Ray's Original. Original Ray's.

J'aurais pu continuer des heures. La pizza était ma nourriture de cuite préférée pendant mon Année de la déglingue.

– Bel exemple de mimétisme urbain.

– Pardon ?

– Le mimétisme. Par exemple, quand une pieuvre imite un serpent de mer. Pour se protéger, pas pour vendre des pizzas, mais c'est le même concept. Faudra que je te montre une vidéo, à l'occasion.

Il a plongé une autre crevette dans l'aquarium. Rachael Ray ou Billy Ray se sont rués vers lui. J'en ai profité pour observer l'intérieur de son bras et le petit tatouage à moitié immergé : cinq lignes horizontales autour d'un rond. J'avais moi-même un tatouage artisanal d'ovni d'un côté de ma cage thoracique ; une copine me l'avait fait dans sa cuisine à Brooklyn pendant que sa mère nous préparait des tacos.

– Ton tatouage, c'est une note de musique sur une portée ?

– Hein ? Oui.

Il s'est essuyé la main sur son jean.

– Et Link Wray, donc… tu t'intéresses à la musique ?

– Ouais. Parlons plutôt de ta formation.

Tatouage d'Orion = information classée ultrasecrète. Bien noté – sans mauvais jeu de mots.

– Tu vas commencer par la boutique de souvenirs. Tu as déjà travaillé à la caisse ?

– Bien sûr, ai-je menti.

Je ne voulais pas qu'il me considère encore plus comme une

touriste débile. Ça ne devait pas être bien compliqué de tenir une caisse, non ?

Durant ma première journée à la boutique – alors que c'était très calme, en plus –, j'ai dû appeler Orion huit fois à la rescousse. Huit. Je ne savais pas comment passer les cartes de crédit dans le lecteur, ni comment appliquer la réduction pour les membres. Non, je ne savais pas si nous avions ces tee-shirts Louise le Homard en d'autres tailles, laissez-moi demander à Orion. J'ai sans le faire exprès scanné trois fois le même poisson-clown en peluche à un père de famille en plein craquage, et quelqu'un a réussi à bloquer la machine avec sa carte de crédit à l'intérieur.

– Donc, quand tu disais que tu avais déjà travaillé à la caisse…, a dit Orion en tapotant six chiffres sur le clavier pour réparer ma bêtise.

Un gamin s'est mis à hurler.

– Excusez-moi, est intervenu son père, où se trouve l'expo sur les pingouins ?

Orion n'avait pas usurpé sa réputation de star de l'aquarium. Depuis mon poste d'observation derrière la caisse, j'ai pu constater qu'il avait une patience infinie pour répondre à toutes les questions : Les limules avaient-elles des pinces ? (Non, elles se retournent à l'aide de leur queue si elles se retrouvent sur le dos.) Les monstres marins existaient-ils vraiment ? (Il ne faut jamais dire jamais.) Pourquoi n'y avait-il pas de loutres de mer à l'aquarium ? (J'aimerais tellement qu'il y en ait, moi aussi ! Elles sont trop mignonnes !) Il montrait aux enfants comment caresser les raies, exactement comme il l'avait fait pour moi, et a même porté un garçon trop petit pour atteindre la surface du bassin tactile.

L'après-midi, j'ai renversé un gobelet de café sur une boîte de requins en peluche tout neufs.

– Oups, a lâché Orion. Viens, je vais te montrer où se trouve la serpillière.

J'exagère à peine en disant que la meilleure partie de ma journée de travail a été la séance de ménage finale. Orion a mis Sam Cooke, l'un des chanteurs préférés de mon père, et il a sifflоté tout en procédant à la fermeture. J'ai lessivé le sol comme une forcenée et frotté ce qui ressemblait à des années de crasse accumulée, le tout au son de chansons que je connaissais par cœur. Cette expérience ne serait peut-être pas si catastrophique, tout compte fait; je savais au moins faire le ménage, et Orion avait bon goût en matière de musique.

– Je peux faire autre chose? lui ai-je demandé après avoir fini de passer la serpillière.

Il comptait à voix basse l'argent dans le tiroir-caisse. La musique était plus forte à l'intérieur de la boutique. Sam Cooke expliquait que sa chérie l'avait abandonné. Une pensée fugace m'a traversée et je me suis demandé si je manquais à ma mère.

– Orion? ai-je répété.

Il s'est retourné et nos regards se sont longuement croisés. Dans ses prunelles bleu-gris, j'ai soudain vu défiler le film de ma soirée. Il allait me proposer de me ramener chez moi. On s'arrêterait en route pour boire un milk-shake, et il me raconterait l'histoire secrète de son tatouage. On enchaînerait sur une activité totalement platonique et fabuleuse, genre pêche à la mouche ou virée à la quincaillerie. Il dirait «oups» tout le temps et il rirait de mes blagues débiles sur le bricolage. «Tu me fais trop marrer, Violette.»

– N'aurais-tu pas remis accidentellement la somme totale à zéro? m'a-t-il demandé.

OK. Je plaisantais, bien sûr.

– Je ne suis même pas sûre de comprendre ce que tu viens de dire.

– T'inquiète. C'est pas grave.

– Je peux t'aider, ai-je insisté.

J'avais tellement envie de me rendre utile.

– Non, t'inquiète. Tu peux y aller. Ça ira. T'inquiète.

Il n'était pas obligé de me dire « t'inquiète » pour la quatrième fois.

Quand je suis rentrée à la maison, Toby était plongé dans son puzzle du *Magicien d'Oz*.

– Tu veux m'aider ? m'a-t-il proposé en désignant les pièces éparpillées sur la table.

J'ai fait non de la tête. J'avais mal au dos après mon passage de serpillière. Mon boss divin et inaccessible me prenait pour une cruche – et il avait raison. Sam me manquait. Je n'avais aucune envie de faire un puzzle, j'avais envie de sel, de citron vert et d'un corps de garçon. J'avais envie de noyer mes problèmes comme d'habitude… sauf que j'étais censée avoir changé.

– Je crois que je vais aller faire un tour sur la plage.

– La faune et la flore sont un baume apaisant.

Sauf que la plage n'avait rien d'apaisant. C'était marée basse, ça sentait les égouts, le sable était jonché de cannettes de Polar Seltzer rouillées et de bouteilles de Shipyard cassées, il y avait des sacs plastique accrochés aux rochers, et même une basket solitaire gorgée d'eau. Cet endroit n'avait jamais été super nickel, mais l'eau avait toujours été assez propre pour nos faux goûters sous-marins et nos concours d'apnée. Sam et moi avions tellement froid qu'on avait la peau bleue, mais maman faisait sans problème l'aller-retour à la nage jusqu'aux bouées.

– Je ne suis pas d'ici, moi, lançait mon père depuis le rivage en resserrant son pull autour de lui.

Il avait beaucoup déménagé durant son enfance – son explication était toujours la même : « Mon père travaillait pour General Motors. » –, mais la ville où il avait vécu le plus longtemps était Jacksonville, en Floride, un endroit célèbre pour ses centres commerciaux, l'équipe des Jacksonville Jaguars et, apparemment, l'odeur des usines à papier. Chaque fois qu'on se plaignait de New York, il nous disait : « N'oubliez jamais que vous auriez pu grandir dans une ville qui sent le sulfure et les couches sales. »

Aurais-je été différente si j'avais grandi là-bas ?

Au mois de mars, je m'étais fait choper en train de fumer un joint pendant une journée de cours. Même pas dans l'enceinte du lycée, mais suffisamment près de l'entrée pour que ça fasse toute une histoire. Résultat : exclusion immédiate et mention de l'incident dans mon dossier scolaire. Les facs allaient aaaadorer. Mes parents, qui se faisaient déjà un sang d'encre pour Sam et me surnommaient parfois leur « petite expérimentatrice », ont moyennement apprécié. Couvre-feu, découverte de mon tatouage, grand nettoyage de ma chambre. Hurlements. Claquements de porte. Chacun de nous trois s'efforçait d'amadouer les portiers de l'immeuble pour se les mettre dans la poche. (Hector avait accepté mes brownies, avant de me faire des avances explicites le soir même.)

Tous les soirs de mars, avril et mai, Sam était venu traîner sur le seuil de ma chambre sous un prétexte bidon : « T'aurais un taille-crayon ? » ou :« T'as pas vu ma montre ? » Comme si je n'avais pas compris son petit manège. Il croyait vraiment me remonter le moral ? Sortir était la seule chose susceptible de le faire.

– Non, lui répondais-je.

Avant de lui refermer la porte au nez.

Je n'avais plus besoin de le traiter comme un bébé. Il allait mieux. Il avait pris du poids. Il jouait à Magic avec un autre gamin de son âge – Tim, sauf erreur de ma part. Il avait d'excellentes notes dans toutes les matières, mais c'était une seconde nature chez lui. Il envisageait de s'inscrire au club de théâtre. Quelle transformation, avions-nous tous pensé. Jusqu'à sa grande rencontre avec le Tylenol.

Sam avait besoin d'être le centre de l'attention, or mes parents avaient tourné leurs projecteurs de mon côté. Et j'étais trop occupée à leur balancer leur amour à la figure pour remarquer quoi que ce soit d'autre.

Je me suis déchaussée pour aller goûter l'eau, mais l'océan était trop froid, trop gris, trop rempli d'algues. Comment Fidelia avait-elle pu nager et survivre en plein mois de mars, sans même parler de se traîner jusqu'en ville depuis le rivage ? J'ai regardé vers le large, imaginé son bateau quelque part dans les profondeurs. Je me demandais lequel de nos deux naufrages était le pire.

Quelque chose d'opalescent et griffu a attiré mon regard par terre. Ormeau ? Perle ? J'ai retenu mon souffle. Si ça se trouvait, il y avait bel et bien un trésor enfoui sur cette plage. Sam et moi avions vu juste depuis le début. J'ai creusé le sol à l'aide d'une coquille de moule en veillant à ne pas me blesser avec les bords tranchants. Pitié, rien qu'un joli coquillage. Je voulais juste quelque chose de beau et de petit à tenir dans ma main.

C'était un applicateur de tampon hygiénique à moitié enfoui dans le sable.

Toby s'était endormi sur le canapé du salon. J'ai déplacé le mixeur/hamster, étendu une couverture sur mon oncle et je lui ai laissé un mot : « Violette préfère être seule pour le moment mais elle te souhaite bonne chance avec le puzzle. Dis à sa mère qu'elle l'appellera plus tard. Signé : un fantôme. P.-S. : ce petit pain à la cannelle était une tuerie. »

PASSION **DESTRUCTION**

Le lendemain matin, Joan était super énervée à cause des requins neufs maculés de café. Les ventes de la boutique, et en particulier les peluches, constituaient l'essentiel des revenus de l'aquarium. J'ai proposé de rembourser tous les articles, mais elle m'a regardée en secouant ses cheveux blancs.

– La prochaine fois que tu es à la caisse, demande de l'aide, OK? À moi, Orion, n'importe qui.

– J'avais demandé à Orion.

– Et il n'est pas venu t'aider?

– Si!

– Pas suffisamment, alors, a-t-elle commenté d'un ton sceptique.

– Non, au contraire, c'est moi qui suis nulle!

Joan a froncé les sourcils.

– Violette, petit conseil professionnel : «Je suis nulle» n'est pas une phrase qu'on a envie d'entendre dans la bouche de son employée. Tous les patrons te diront la même chose.

Elle a ensuite passé une bonne vingtaine de minutes dans son bureau avec Orion et Boris. Je me suis absorbée dans une grille de mots croisés en priant pour qu'aucun client ne vienne, parce que je ne savais toujours pas combien coûtait le ticket d'entrée.

– Tu as eu des ennuis à cause de moi? ai-je demandé à Orion quand il est redescendu.

– Non. J'aurais dû mieux te former à la caisse. On reprend tout depuis le début, OK?

Il m'a tout expliqué. La séance – quelle déception – a été strictement professionnelle. Il avait l'air catastrophé. C'était sûrement la première fois qu'il se faisait remonter les bretelles par Joan.

– Faut jamais se laisser marcher dessus par le chef, Orion.

– Joan a raison. Et c'est *moi* le chef, ici.

– Tu veux qu'on règle ça au bras de fer ?

Je lui ai donné un coup de coude, mais il a juste baissé les yeux vers ma grille de mots croisés. J'avais déjà achevé la partie supérieure mais, pour le reste, j'étais coincée. À ce stade, d'habitude, j'appelais ma mère ou Sam à l'aide.

– Si tu as une idée, dis-moi !

– Tu devrais peut-être… genre… garder ça pour ta pause, m'a répondu Orion. Tu n'as qu'à lire le manuel d'information si c'est calme.

J'ai rangé mes mots croisés dans ma poche arrière. C'était vraiment la moindre des choses que je pouvais faire.

Orion s'est adressé à moi par monosyllabes jusqu'à la fin de la semaine, ce qui était compréhensible. Abandonnée à mon triste sort, j'ai appris un tas de choses sur le triangle des Bermudes grâce à mon manuel de formation et rebaptisé la caisse Balthazar Picsou.

Le vendredi soir, j'ai fait le ménage à fond, et le plus lentement possible, comme pour retarder le moment de ma libération dans le monde. C'était mon premier vrai week-end à Lyric, et je n'avais ni potes ni projets de sortie. À New York, chaque vendredi soir était synonyme d'une avalanche de SMS, d'un trajet en train jusqu'au cœur de Manhattan pour boire des bombes de saké, d'un concert à Brooklyn ou d'une virée dans l'un des bars qui laissaient entrer les moins de vingt et un ans. Parfois, on rencontrait des étudiants de NYU qui nous invitaient à leur soirée. La bière était immonde, mais tout le monde s'en foutait.

Je n'avais aucune envie de revivre tout ça. Mais ça me manquait quand même.

J'ai pschitté du produit nettoyant sur la vitrine de l'expo consacrée à l'histoire de Lyric et essuyé le portrait de mariage de mes arrière-arrière-arrière-aïeuls. Leurs visages radieux étaient à la fois étincelants de jeunesse et déjà adultes. Je me suis rapprochée pour murmurer :

– Dis-moi, Fidelia, combien de temps ça t'a pris pour te sentir heureuse dans ce bled ?

– À qui est-ce que tu parles ?

J'ai sursauté. Orion s'était glissé sans faire de bruit derrière moi.

– Heu, à personne. À la photo. On n'a plus le droit de communiquer tranquillement avec ses ancêtres, maintenant ?

– Tes ancêtres ?

– Je te présente mes arrière-arrière-arrière-grands-parents. Joan ne t'a rien dit ?

– Non, a répondu Orion, les yeux écarquillés. Tu veux dire que… tu es de la *famille* de ces gens ?

– Ben ouais.

– Mais c'est génial !

– Je n'y suis strictement pour rien, tu sais.

J'ai continué mon ménage, mortifiée d'avoir été surprise en pleine conversation avec un écriteau informatif.

– Dis, Violette…

Je me suis retournée. Orion triturait nerveusement le mousqueton qui lui faisait office de porte-clés. Je me suis demandé s'il pratiquait l'escalade, ou si c'était juste un gadget pour avoir l'air cool. Mais non. Bien sûr qu'il devait pratiquer l'escalade.

– Tu fais quelque chose, ce soir ?

J'ai failli en lâcher mon nettoyant pour vitres. « Pardon ? »

Comment était-on passé aussi vite de « Garde tes mots croisés pour la pause » à « Eh, Violette, si on sortait ensemble » ?

– J'ai une copine qui se passionne pour l'histoire de Lyric. Ça te dirait que je te la présente ?

Quelle idiote. Il voulait se servir de moi pour impressionner une fille. Évidemment.

J'avais beau me sentir très seule, j'ai hésité. Je n'avais pas envie d'être exhibée comme une pièce de musée vivante pour aider Orion à emballer une meuf. En même temps, mon autre option consistait à faire une soirée puzzle avec Toby, qui commençait sa journée de travail si tôt à la boulangerie qu'il serait sans doute couché à dix-neuf heures, me laissant face à mon affreux brouillon de lettre pour Sam.

– Elle est très sympa, a-t-il insisté. Et tu me rendrais un grand service.

– OK. D'accord. Mais Fidelia et Ransome ne sont que de simples noms pour moi. Si ta copine recherche des anecdotes personnelles, je ne peux rien pour elle.

– Aucun problème. Ta seule présence suffira.

J'aurais préféré qu'il soit moins canon quand il souriait.

Laissez-moi vous conter brièvement l'épopée de la bourgade de Lyric, État du Maine – ou, du moins, ce que j'en savais avant qu'Orion me présente à son amie Liv Stone.

L'essentiel de mes connaissances provenait d'anecdotes familiales distillées ici et là par mes parents et accumulées au fil des ans. Eux-mêmes s'appuyaient sur les récits de ma grand-mère et sur les histoires qui circulaient en ville. Autrement dit, ce qui va suivre ne s'appuie sur aucun document officiel.

Alors voilà : en 1885, mon arrière-arrière-arrière-grand-mère maternelle, Miss Fidelia Rudolph, née Hathaway, embarqua en Angleterre à bord du *Lyric,* un paquebot à vapeur effectuant la traversée de l'Atlantique entre Londres et Boston. Au mois de mars, une tempête fit sombrer le navire au large des côtes du Maine et Fidelia fut l'unique survivante du naufrage... même si ce détail mit un certain temps avant d'être révélé.

Voyez-vous, quand Fidelia atteignit péniblement le rivage, elle ne se précipita pas vers la ville la plus proche en criant : «Eh, les amis, j'ai eu de la chance *et* j'ai persévéré !» Non. À la place, elle se déguisa en garçon et trouva un petit boulot de commis dans la villa du riche Ransome Rudolph, mon futur aïeul. J'imagine qu'il dut finir par découvrir le pot aux roses parce qu'en deux temps trois mouvements, ils se marièrent. Ensemble, ils officialisèrent le statut de la ville et la baptisèrent Lyric, en hommage au bateau naufragé. Après quoi ils se lancèrent dans la fabrication de leur longue lignée de descendants hantée par le gène récessif du naufrage.

Depuis la catastrophe du *Lyric,* plusieurs tentatives avaient été menées afin de localiser l'épave. Certaines théories affirmaient qu'elle reposait près du chapelet d'îles au large de la côte, mais l'imprédictibilité des marées et le manque d'argent avaient compliqué les recherches. Le *Lyric* était important aux yeux des habitants de la ville, mais ce n'était pas non plus le *Titanic.* Franchement, personne ne s'y intéressait à ce point. Pour beaucoup de résidents, l'histoire commençait et s'arrêtait à : «Leur amour nous a donné le jour.»

Sauf pour mon frère et moi, âgés respectivement de sept et huit ans. Et pour Liv Stone, dix-sept printemps au compteur.

Orion conduisait un minivan. Et pas n'importe lequel, m'a-t-il précisé : *le* minivan original, un Plymouth Voyageur de 1980, équipé de panneaux de carrosserie imitation bois et de banquettes en cuir beige. L'intérieur était d'une saleté repoussante. Le sol côté passager était jonché de bouteilles de thé glacé et de boissons énergisantes à moitié entamées ; sur le siège gisaient trois paquets de M&M'S vides, quatre cannettes de Coca écrasées et un gobelet en polystyrène tout poisseux de sucre bleu fondu.

– T'as qu'à tout balancer par terre, m'a dit Orion en mettant le contact.

J'ai fait comme il m'a dit et grimpé sur mon siège.

– Sympa, ton van.

– C'est pas une Ferrari, mais il roule.

– Et il a un petit nom ?

Il a pris un air penaud.

– Attends, laisse-moi deviner… Van Morrison ? Non ! Van Helsing ?

– Son nom officiel est l'Apogée.

– Ça me plaît.

Je l'ai dit d'un ton sincère. Et ça tombait bien, parce que je le pensais vraiment.

– Merci.

Ce grand moment de franchise entre nous aurait presque mérité un feu d'artifice.

– Parle-moi un peu de Liv, lui ai-je demandé.

– C'est l'une de mes plus vieilles copines, m'a expliqué Orion, les yeux braqués sur la route. (Il me faisait a priori l'effet d'un conducteur réglo, voire prudent, mais j'étais mal placée pour en juger puisque je n'avais pas le permis.) Tu connais la devise de la ville ?

– Pourquoi, votre amour vous a donné le jour, vous aussi ?

– Hum, pas vraiment. (Il a ricané. Traduction : « pas encore ».) Liv a des idées super intéressantes à propos de l'origine de cette devise. Et de l'histoire de tes ancêtres, aussi. Elle travaille tout l'été au musée du phare, à Bat Wing Point. Tu connais ?

– Ouais. Mais j'y suis jamais allée.

– C'est un endroit très cool, en fait. Je ne l'avais jamais visité avant l'an dernier, hormis en sorties scolaires quand j'étais à l'école primaire. La mère de Mariah – tu la verras ce soir, d'ailleurs... Mariah, pas sa mère... et sûrement Felix, aussi... Bref, la mère de Mariah se démène pour rendre cet endroit plus vivant. C'est un super boulot pour Liv. Elle est vraiment... brillante, a-t-il conclu en resserrant ses doigts comme s'il venait d'attraper le mot en l'air.

– Je vois. (Ce n'était pas parce que je m'étais mise au régime sec que j'avais envie d'entendre son numéro d'amoureux transi. J'ai préféré changer de sujet.) C'est pas banal, ça, comme prénom, *Orion*. Ça vient d'où ? De la constellation ?

– Ma mère aime les étoiles. Mais Liv m'a expliqué qu'Orion était le fils de Poséidon. J'aime bien l'idée. Elle fait partie de ces gens qui retiennent absolument tout. Tu verrais tous les trucs qu'elle connaît ! Elle serait imbattable à *Jeopardy* !

Comme je n'avais pas trop le choix, j'ai essayé de m'imaginer le genre de fille dont Orion Lewis pourrait tomber amoureux. Un genre de nymphe des bois, à coup sûr. Dotée d'une longue chevelure de lin et munie d'un pipeau en bois, entourée de petites créatures sylvestres. Et ne mesurant certainement pas un mètre quatre-vingts.

– C'est un autoradio à *cassettes* ? ai-je dit avant d'appuyer sur la touche Play.

Aussitôt, une trompette m'a hurlé dans les oreilles en une série de notes éclatantes et frénétiques.

– Merde !

En voulant atteindre le bouton, Orion a renversé la bouteille de Snapple décapsulée qui était posée dans son porte-gobelet. Un liquide rose et sombre s'est répandu sur ses genoux, et il a donné un grand coup de volant sans faire exprès. Une voiture qui arrivait en face l'a klaxonné. Orion est revenu *in extremis* du bon côté de la route en jetant son bras contre ma poitrine, avant de freiner à mort. Au milieu de ce chaos, j'ai hurlé.

– Ça va ? m'a-t-il demandé.

On était arrêtés sur le bas-côté. La trompette beuglait toujours.

– En pleine forme, ai-je répondu.

Il me tenait toujours plaquée contre le siège. Son bras avait une sacrée envergure.

– Je suis désolé. Tu es sûre que ça va ?

Il m'agrippait le coude, son avant-bras constellé de taches de rousseur plaqué en travers de ma poitrine.

– Tu peux me lâcher, tu sais.

– Pardon.

Il a détaché sa main. La pulpe du bout de ses doigts était tout écrasée, presque carrée, ses ongles rongés jusqu'au sang. La circulation s'est peu à peu rétablie dans mon bras.

Orion a alors effectué une série de gestes avec une précision toute mécanique. Il a d'abord éteint la musique, puis tapoté en vain son jean avec le bas de son tee-shirt. Il a ensuite récupéré la bouteille délictueuse qui avait roulé sous les pédales, l'a vidée par la vitre et l'a jetée en direction du cimetière à mes pieds. Pour finir, il a mis son clignotant et a repris la route.

– C'était quoi, ce truc ? ai-je demandé.

– Oh, rien. Des cassettes de répète.

– C'était toi qui jouais ?

– Oui, mais rien de sérieux. Juste quelques idées de compo.

– Tu as composé ce morceau toi-même ?

J'avais encore une sensation de fourmillement dans le bras à l'endroit où sa main avait appuyé.

Il s'est mordillé la lèvre.

– Disons que je fais ça pour m'amuser.

– Orion Lewis, ne jouerais-tu pas dans un groupe, par hasard ?

– C'est compliqué.

Ses mains serraient le volant très fort et j'avais une vue imprenable sur son tatouage. De toute évidence, il y avait une grosse histoire personnelle là-dessous.

– Allez, tu peux tout me dire, tu sais. Mon père nous a élevés au son de Bowie, de Patti Smith, des Talking Heads et de Joy Division. La musique, c'est la viiiiiie, quoi. Rock and roooll !

Il m'a jeté un regard de biais.

– Tu sais que t'es ridicule ? (Il n'a pu s'empêcher de sourire. Mission accomplie.) Je faisais de la musique avec le frère de Liv. Du jazz.

– Waouh, jazz, baby ! Et vous vous êtes embrouillés depuis ? Oh, c'est parce que tu es tombé amoureux de sa sœur ? Genre, un plan à la Yoko ? Entre *West Side Story* et *Sous l'océan* ? Ça a provoqué des remous à l'aquarium ? Et est-ce que...

– Il est mort. Il y a trois ans. Accident de vélo.

Il a relevé légèrement le menton. Je crois m'être excusée. *J'espère* m'être excusée.

– T'inquiète. Tu pouvais pas deviner.

Ce dont je me souviens ensuite, c'est que j'ai soudain eu du mal à respirer. Orion a garé le minivan sur le bas-côté, à l'orée d'un bois.

– C'est un spot secret, m'a-t-il expliqué, n'en parle surtout pas à tes potes new-yorkais.

J'avais beau être assise, la tête me tournait. Son meilleur ami était mort. On avait failli rentrer dans une bagnole. J'avais un ami d'ami qui avait sauté par la fenêtre, une fois. Mon cerveau était grillé. C'était moi, ou je devenais dingue ? Comme La Guigne dans *Peter Pan* ? Est-ce que... On avait failli avoir un accident. Je n'arrivais plus à respirer.

Sam avait tenté de se suicider.

Orion a dit quelque chose. Sam avait tenté de se suicider. Sa portière s'est ouverte. On avait failli se tuer sur la route.

– Violette ?

J'avais de la purée de pommes de terre dans la tête, Sam était dans le Vermont, où il réapprenait à se nourrir comme un bébé, j'avais hyper froid ; un bruit : quelqu'un lançait des dés.

– Violette, tu te sens bien ?

Un squelette jouait sur sa cage thoracique comme sur un xylophone.

– Je suis en train de mourir ?

C'était ma voix, entrecoupée par le bruit de dés. Quand j'ai parlé, ma bouche a frotté mes cuisses. Bizarre. Je devais m'être repliée sur moi-même. J'avais les yeux pressés contre les genoux. Les bras autour de la tête. J'étouffais. Des galaxies violettes et dorées dansaient sous mes paupières.

– Je ne peux pas…

Orion a posé sa main entre mes omoplates, comme s'il essayait de calmer un chien qui tremblait.

– Tu ne vas pas mourir. Respire bien à fond.

Je claquais des dents. Voilà d'où venait le bruit de dés. Le son de la cage thoracique. De mes propres dents. Pourquoi est-ce qu'elles claquaient ?

– Ça va aller, a dit Orion. (Il a étalé sa main à plat.) Respire à fond.

Un grand frisson a parcouru tout mon corps. Les minutes ont passé. Je sentais chacun des doigts d'Orion pressés dans mon dos. Mes dents ont claqué moins vite. J'ai pensé à ma mère, à mon père, et même à la fois où Sam m'a rassurée quand j'avais perdu les clés de la maison. D'autres minutes se sont écoulées. Les doigts d'Orion semblaient déployés comme ceux d'une grenouille arboricole. J'avais traversé une phase de fascination pour les grenouilles arboricoles quand j'étais petite et je me suis mise à réciter la liste des espèces dans ma tête jusqu'à ce que mes dents s'arrêtent enfin de claquer.

J'ai voulu me redresser. Le monde a tangué autour de moi.

– Doucement, a murmuré Orion.

Alors j'y suis allée tout doux. Je me suis appuyée contre mon dossier et j'ai fixé le tissu gris du plafond. Mes dents se sont remises à claquer et j'ai attrapé ma mâchoire entre mes mains. Mon visage était mouillé. J'avais pleuré. La vache, mais qu'est-ce qui m'était arrivé ? Pauvre Orion.

– Désolée. Mon corps… m'a lâchée. Putain. Désolée. Ton pote…

– Ça t'arrive souvent ?

– Quoi donc ?

– Les crises d'angoisse. Ma mère en fait une chaque année au moment de sa déclaration d'impôts.

– Non.

Les crises d'angoisse ne faisaient pas partie de mon répertoire. Jamais ça ne m'était arrivé auparavant. Pourquoi les voitures avaient-elles du tissu au plafond ? Pourquoi… Oh. Merde. Je venais de comprendre ce qu'il essayait de me dire.

– Je n'ai pas envie de faire une crise d'angoisse, ai-je répondu.

Ma voix semblait si vulnérable, si juvénile. L'expression d'Orion était pleine d'empathie.

– Tu viens d'en faire une. Alors maintenant, tâche de te calmer. Tu te sens mieux ?

– Je crois. (J'ai décollé l'arrière de mon crâne de l'appuie-tête, et j'ai regardé Orion droit dans les yeux.) Je suis désolée pour ton ami.

– Et moi, je suis désolé… pour ce qui vient de t'arriver. Et pour, hum, ce que j'ai fait. Pour mon embardée. Je te présente mes excuses.

– Est-ce que je claquais des dents ?

– Grave. Tu veux que j'appelle quelqu'un ? Ou que je te ramène chez toi ?

– On peut juste rester là un moment ?

– Bien sûr.

Il s'est rassis à sa place. On est restés là. Une brise légère soufflait à travers sa portière. Mes larmes séchaient sur mes joues. Quand je me suis surprise à bâiller, les sillons de sel sur ma peau se sont craquelés comme le lit des rivières asséchées. J'avais l'impression d'avoir couru six marathons et de m'être hydratée avec du café glacé. Je l'ai dit à Orion. Ça l'a fait rire.

– J'aurais pu te proposer du thé glacé périmé au raisin, mais mon stock vient de s'épuiser, a-t-il rétorqué en désignant la bouteille de Snapple à mes pieds.

– La pire saveur pour du thé glacé, ai-je commenté.

Il a rigolé. Moi aussi. Et ça m'a fait beaucoup de bien. Puis mon rire est devenu frénétique, presque inquiétant. Mes dents se sont remises à faire des claquettes. Oh, Seigneur. Même Sam ne faisait jamais de crises d'angoisse. J'en aurais entendu parler. Je me suis essuyé la figure dans mon tee-shirt.

– J'ai une tête affreuse, je parie ?

– Pas du tout.

J'ai abaissé le pare-soleil.

– Tu parles, je suis totalement bouffie !

– Je te trouve très bien. Et tout le monde s'en fout si tu pleures, OK ?

Il avait raison. Tout le monde s'en foutait. J'ai relevé le pare-soleil.

– Allez, on va voir ta copine.

– Vas-y mollo quand même.

– Oups. Pardon. Pas ta copine.

– Non, toi, vas-y mollo. Tu n'es pas encore tout à fait remise. Prends un peu soin de toi, de temps en temps.

Cette pensée ne m'avait jamais traversé l'esprit.

– Oh, et hum… pas un mot à Liv à propos de son frère. Elle n'aime pas que ce soit le premier détail que les gens apprennent d'elle.

– Jamais je n'aurais fait une chose pareille.

– Je le savais, a-t-il conclu en mettant ses mains dans ses poches.

J'ignore pourquoi au juste, mais sa réponse m'a fait me sentir un peu mieux. Comme si on était enfin sur la bonne voie, lui et moi. Une relation amicale, à défaut d'amitié.

On a marché à travers bois et on s'est retrouvés au bord d'un promontoire rocheux aussi large que le marbre d'un terrain de base-ball, une dalle plate et d'un gris sableux aux reflets jaunâtres dans la lumière déclinante du soleil. Lyric s'étendait tout entier à nos pieds : la côte, la grand-rue, aucun feu de circulation. Trois personnes, un garçon et deux filles, étaient réunies autour d'une lanterne éteinte. Juste derrière eux, le ciel.

– Attendez qu'on aperçoive les étoiles, leur a lancé Orion. Normalement, il y a du brouillard, mais je sens que ça va être dégagé ce soir.

Il a traversé le promontoire tout en accrochant son mousqueton à la boucle de sa ceinture.

– Lewis ! s'est exclamé le garçon du trio à notre approche.

Les cheveux jusqu'aux épaules, il se tenait assis en tailleur, façon yoga. L'une des filles portait une casquette de base-ball et fumait une cigarette. L'autre, la non-fumeuse, arborait un carré noir désordonné, un anneau dans la narine et une bouche parfaitement maquillée de rouge. Sûrement Liv. Elle ne ressemblait pas du tout à une princesse elfique, mais elle était quand même canon.

– Felix espère que t'as apporté de la beuh, a dit le canon.

– Mieux que ça. Je vous présente Violette. Elle bosse à l'aquarium.

– T'es sa sous-fifre ? Conseil pro : il joue les durs mais c'est un cœur tendre.

– Merci beaucoup, Mariah, a rétorqué Orion. (L'autre fille a tiré une taffe sur sa cigarette, et il s'est tourné vers elle.) C'est l'arrière-arrière-arrière-petite-fille de Fidelia, Liv.

Un objet l'a heurté en pleine poitrine : Felix venait de lui balancer une claquette. Orion lui a rendu son geste.

– Ouuuh ouuuh ! s'est exclamée Mariah. Ce n'est pas un cœur tendre, c'est une brute !

– Ne fais pas attention à eux, a dit Liv en se levant. Ils sont juste dégoûtés parce qu'ils n'ont pas de grand projet.

Liv Stone n'avait vraiment rien de la fée bohème que je m'étais imaginée. Elle était habillée en noir de la tête aux pieds – ni gothique ni chic new-yorkais, juste un look noir ordinaire, genre uniforme sans chichis. Sa robe lui tombait comme un sac jusqu'aux genoux, ses baskets étaient intégralement noires, de la semelle aux lacets, et elle portait une casquette des Portland Sea Dogs. Ses cheveux étaient séparés en deux tresses dont des mèches folles s'échappaient comme des brins de paille. Le seul détail excentrique de sa tenue figurait à son index : une pierre violette sertie dans un anneau doré, si rugueuse et tranchante qu'elle semblait avoir été arrachée directement du sol. Je me suis demandé si elle avait laissé un cratère quelque part.

Liv m'a serré, ou plutôt broyé la main, et un papillon a battu des ailes au creux de mon estomac.

– Tu veux une bière ? m'a proposé Mariah. C'est Liv qui conduit.

– C'est toujours Liv qui conduit, a renchéri Felix. (Son œil droit se déplaçait plus lentement que le gauche.) C'est pour ça qu'on l'aime.

– Entre autres, a nuancé Orion.

Une bière. Mais oui ! Mais non. « Vas-y mollo. » J'ai secoué la tête et suis allée m'asseoir entre Liv et Felix.

– Alors, c'est quoi ton grand projet ? ai-je demandé.

– Liv est chercheuse de vérité, m'a expliqué Mariah.

Felix a agité les mains en l'air. En fait, il avait un œil de verre. Je venais seulement de le voir.

– Une petite ville, une conspiration, un gros mensonge… Ouuuh ouuuh !

– Tu vas vite comprendre que Felix est très « ouuuh ouuuh », a raillé Mariah.

– C'était à moi de le dire, pas à toi.

– Violette a le droit de savoir à quoi elle s'expose avec des guignols comme vous.

Felix a ricané. Orion a souri. L'expression de Liv était difficile à déchiffrer sous la visière de sa casquette. Elle a pincé sa cigarette entre ses lèvres, inhalé une bouffée, et l'extrémité a rougeoyé. Son regard paraissait glacial.

– Tout ce que je dis, c'est que la façon dont cette ville glorifie cette soi-disant histoire d'amour… (Elle a exhalé la fumée en même temps qu'elle prononçait ces mots, la voix dégoulinante de mépris.) … est stupéfiante. « Leur amour nous a donné le jour » ? Sérieusement ?

Elle a pouffé avant de se tourner vers moi.

– Le prends pas mal. Je sais que c'était tes ancêtres.

– Je ne le prends pas mal du tout.

– C'est juste tellement ridicule…

– Et voilà, c'est reparti, l'a interrompue Felix.

– Mais oui, tellement ridicule que tout le monde interprète l'histoire de Ransome et Fidelia comme un conte de fées ! Violette, tu veux entendre mes grandes questions ?

– En voilà une, a dit Felix : si deux trains quittent Chicago à dix-huit heures cinq…

– Ils doivent partir de deux gares différentes, l'a corrigé Mariah.

– Si le premier train quitte Chicago, et le second une autre dimension…

– Maintenant, il te faut la théorie de la relativité.

– Violette l'a peut-être apportée avec elle, a rétorqué Felix.

– Orion va tous nous buter, a dit Mariah.

– Orion, t'énerve pas !

– Orion, on t'aime.

– Orion, mon pote, mon copain...

– Purée, je m'énerve pas ! J'ai juste envie d'écouter Liv parler plus de quinze secondes sans que vous fassiez votre numéro à la *Dumb & Dumber* !

– On avait dit qu'on préférait *Beavis & Butt-Head*, a rectifié Mariah.

– Oh, mille excuses, a répondu Orion en roulant des yeux.

– Personnellement, j'adore *Beavis & Butt-Head*, a déclaré Liv.

Je détestais vraiment l'odeur de la cigarette.

Mariah a pointé son pouce en direction d'Orion.

– Tu vois, qu'est-ce que je disais ? Son pire gros mot quand il s'énerve, c'est « purée ».

Orion s'est pris la tête entre les mains.

– Et donc... ces grandes questions ? ai-je demandé à Liv.

– Merci, a-t-elle répondu. Alors voilà : d'abord, pourquoi Fidelia n'a-t-elle pas contacté sa famille après le naufrage ? Pourquoi s'est-elle déguisée en garçon ? Cherchait-elle à se cacher, et si oui, de qui ? Pourquoi Ransome a-t-il embauché sans sourciller ce curieux jeune homme qui faisait sûrement peur à voir ? Fidelia devait être dans un sale état, quand on y pense. Elle venait de s'arracher aux forces de l'océan ! Personne ne trouve bizarre que Ransome ait épousé une femme qu'il avait prise pour un garçon ? Et pourquoi a-t-elle attendu des mois avant de révéler qu'elle avait survécu au naufrage ? Ça n'a aucun sens. Et pourtant, plus d'un siècle après, on continue à glorifier leur amour.

– Peut-être qu'ils étaient, hum... indifférents au genre ? ai-je suggéré.

– Dans le Maine, en 1885 ? T'as raison. Et même si c'était le cas, ce n'est pas du tout la légende qu'en ont faite les habitants de cette ville.

Elle s'est léché deux doigts, a pincé l'extrémité de sa cigarette et a rangé son mégot dans la poche avant de sa robe.

– Tu vois un peu ce que je fais pour toi, Orion ?

– Pour la planète, Liv, pas pour moi.

– Ça y est, on a fini ? a soupiré Felix.

Liv a soudain tendu le bras pour agripper l'épaule d'Orion. Mon pouls s'est accéléré – jalousie, ou admiration ? Difficile à dire.

– Le bateau ! s'est-elle écriée. Comment ai-je pu l'oublier ?

– Liv, est-ce le traitement que tu infliges à ma mère, jour après jour ? a demandé Mariah.

– Poursuivez, professeure Stone ! Je sens que je vais me convertir à vos théories !

– Je poursuis, Felix, merci beaucoup. Dernière question, donc : pourquoi n'a-t-on jamais retrouvé l'épave ?

– Tu penses que cette histoire de naufrage est bidon ? ai-je demandé.

Ça me paraissait un peu extrême, comme théorie. Liv a secoué la tête.

– Bien sûr que non. Mais le fait que personne ne fasse d'efforts pour retrouver le bateau est symptomatique. Personne ne veut affronter la question des milliers de passagers qui ont trouvé la mort. Les gens ne pensent qu'à célébrer la belle histoire d'amour. Personne n'ose aller au fond des choses, littéralement. Considère cela comme une métaphore : on ne cherche pas l'épave, et on ne cherche pas à décrypter l'histoire de Fidelia et Ransome.

J'ai noté dans mon pense-bête mental que je devrais moi aussi inciter les gens à « considérer cela comme une métaphore ». Et à employer plus souvent les mots « décrypter » et « symptomatique ».

– Ma mère la surnomme la Lyricosceptique.

– Comme dans Lyric et sceptique, a précisé Orion.

– Merci, je pense qu'elle avait compris.

Felix a applaudi à tout rompre.

– Cette fille va changer le monde !

– Je n'essaie pas de changer le monde, a répliqué Liv, mais je ne comprends pas pourquoi personne dans cette ville n'essaie de comprendre la vérité.

Elle a effleuré ses pommettes grêlées par l'acné. J'ai voulu rassembler mes cheveux, mais je n'ai senti que le contact de mon crâne nu sous mes doigts sales et poussiéreux. La sensation m'a fait tressaillir, comme lorsqu'on rate la dernière marche d'un escalier.

– Bref, a-t-elle poursuivi, ravie de te rencontrer, Violette. Tu dois savoir une tonne de choses sur tes aïeuls.

– Pas vraiment, en fait. Désolée.

– Ne t'excuse pas. Tu es parfaite, a dit Mariah en levant son pouce dans ma direction.

– Tobias Rudolph, le boulanger, c'est quelqu'un de ta famille ? m'a demandé Liv. On devait se rencontrer, mais il n'a jamais donné suite.

– Tu crois que tu pourrais nous avoir des tartes aux myrtilles gratos ? s'est exclamée Mariah.

– Tobias est mon oncle. Et pour la tarte aux myrtilles, je verrai ce que je peux faire. Navrée d'apprendre qu'il ne t'a jamais répondu. Ce n'est pas la personne la plus fiable au monde. Mais viens fouiner à la maison un de ces jours, si tu veux. Il y a sûrement des choses intéressantes qui traînent.

Liv a écarquillé les yeux.

– Vraiment ?

– Bien sûr. Je travaille à l'aquarium durant la journée, mais sinon, passe quand tu veux.

– J'ai promis à mes parents de regarder un film avec eux demain soir. Mais disons, samedi prochain ? Dans une semaine ?

– Méfie-toi, elle va vraiment venir, m'a soufflé Mariah.

– Pas de problème, ai-je répondu. Je suis tellement disponible que c'en est humiliant.

Felix s'est redressé sur les coudes.

– Je ne sais pas si tu sais, Violette, mais tu viens de donner à la professeure Stone la plus grande joie de son existence.

Il s'est soulevé en faisant le pont avant de s'éloigner à reculons.

– Frimeur, a marmonné Mariah.

– Beau boulot, Lewis, a commenté Liv.

D'un geste vif, elle a éclaté un moustique sur la jambe d'Orion. Sans crier gare et sans s'arrêter de parler. Elle l'a juste tapé sur le mollet, comme si de rien n'était.

Le ciel s'est assombri pour former un dôme étoilé autour de nous, si panoramique et scintillant que j'en avais mal aux yeux. À force de garder la tête en arrière, j'ai failli me tasser les vertèbres. La conversation vagabondait tranquillement, puis elle a stagné peu à peu, et Felix et Mariah se sont levés pour aller faire pipi dans les bois. Je me suis retrouvée seule avec Orion et Liv. Ils jouaient au tape-mains, leurs paumes l'une au-dessus de l'autre, réflexes rapides et chaleur écrasante. J'avais l'impression d'être dans l'un de ces pièges à touristes où les billes donnent l'illusion de défier la gravité. Ils n'étaient pas ensemble, d'après Orion, mais je me sentais quand même comme la cinquième roue du carrosse.

– Je vais aller voir les étoiles, ai-je déclaré.

– Ne t'avance pas trop près du bord, m'a prévenue Orion. C'est super haut.

Liv en a profité pour lui claquer les mains.

Une fois éloignée d'eux, j'ai écarquillé les yeux le plus possible et les ai même élargis avec mes doigts. J'étais bizarrement consciente que mes globes oculaires étaient précisément cela, des *globes*, humides et mobiles. Est-ce que les étoiles étaient aussi belles dans le Vermont ? Mes parents ne voyaient sans doute rien en dehors de la lune, qui était presque pleine – croissante ou décroissante, qui sait. J'aurais aimé être le genre de personne capable de nommer les constellations, de pointer le ciel et d'affirmer avec certitude : « Cassiopée. »

– Le verre à moitié plein, mon poulet.

– Elle n'acceptera jamais. Tu l'as entendue… elle *déteste* les histoires d'amour.

Felix et Mariah échangeaient des messes basses tout près de moi, sans le savoir. Le son de leurs voix étouffées se répercutait sur la roche.

– Mais leur histoire d'amour nous a créés ! a protesté Felix. Lewis est canon. Moi aussi, je me le garderais sous le coude, si je pouvais.

– Tu n'as pas la même volonté qu'elle. Tu lui roulerais une pelle au bout de dix minutes.

– Le pauvre, inactif depuis si longtemps…

– Oh, la ferme, elle ne lui doit pas un accès sept jours sur sept à son vagin.

– Ce n'est pas du tout ce que je voulais dire, Mariah. Tu sais que je suis féministe.

– Tu parles. Féministe du dimanche, oui.

– Heu, coucou ? ai-je lancé d'une voix hésitante.

– Merde, a lâché Felix, on a oublié de se retourner.

Le faisceau d'un téléphone s'est braqué sur moi. Ils se tenaient en bordure du bois. Felix tapotait le sol autour de lui.

– Désolée… je ne voulais pas…

– Nous espionner ? a suggéré Mariah.

– Bah, elle saura tout de leur saga tôt ou tard. Si on parlait tous ensemble, si on vidait notre sac…

J'ai jeté un coup d'œil en direction de Liv et Orion. Ils avaient une façon d'être ensemble qui me foudroyait en plein cœur. Durant mon Année de la déglingue, il y avait eu beaucoup de chambres à coucher, de langues et de bouches, de mains dans mes sous-vêtements... mais personne ne m'avait jamais regardée comme Orion regardait Liv Stone. Personne ne s'apercevait avant moi qu'un moustique était en train de me piquer.

– Ça dure depuis combien de temps, entre eux ? ai-je voulu savoir.

– Des années. Mais il ne se passe rien. L'amour à sens unique...

– Ça ne nous regarde pas, a commenté Mariah sans méchanceté, juste pour qu'on change de sujet.

D'un geste, elle m'a invitée à m'asseoir et je me suis soudain sentie intimidée.

– Alors, a continué Mariah d'un ton chaleureux, tu viens d'où ?

– New York.

– Ah ! New York, mon destin ! a déclamé Felix.

– Ce serait un excellent endroit pour toi, a dit Mariah. J'ai lu un truc à propos d'un voyant qui avait arnaqué des tonnes de riches New-Yorkais. Les citadins sont hyper crédules ! Et qu'est-ce qui t'amène chez nous, Violette ?

– Hum... ma mère a grandi à Lyric.

– Et elle tenait absolument à te faire connaître cette torture ?

– C'est si terrible que ça, d'habiter ici ?

– Pas si on a des potes. Ce qui est ton cas, a-t-elle aussitôt précisé.

Elle m'a tapoté le genou, et je me suis sentie comme au temps béni de l'école maternelle, où les amitiés naissaient d'un simple échange.

– Ouais, tu as eu de la chance de nous trouver dans ce bled pourri, a commenté Felix. C'est bien la preuve, Mariah, *que l'énergie universelle opère selon un schéma précis et que nous rencontrons les gens que nous sommes censés rencontrer grâce à cette énergie soi-disant du hasard.*

– Quel charabia ! Et puis, la corrélation n'implique pas nécessairement un lien de cause à effet.

– Mariah prétend que je ne peux pas former ma propre congrégation de sorcières.

– Je dis juste que tu devrais réfléchir à la signification que ça a, en tant qu'homme, de monter un groupe traditionnellement constitué de femmes.

– Mais l'idée, c'est d'être inclusif !

– Je n'ai plus envie de m'engueuler avec toi à ce sujet, Felix.

– Donc on est en train de s'engueuler ?

– Mais non. Tout ce que je dis...

Dans la pénombre, là-bas, côte à côte, Orion et Liv se tenaient si proches l'un de l'autre qu'ils semblaient ne former qu'un seul être.

Quand je suis rentrée, Toby était au téléphone. À la manière trop familière dont il pressait sa paume de main contre son orbite, j'ai compris qu'il parlait avec ma mère. En me voyant, il m'a quasiment jeté le téléphone dessus en disant : « Une seconde, Margaret, je te la passe ! » avant de décamper.

Maman (ton suspicieux) : Où étais-tu ?

Violette (pleine de bonne volonté) : Sortie avec des gens.

M : Quels gens ?

V : Des junkies héroïnomanes, m'man.

M : L'héroïne est un fléau national, Violette, et Lyric est particulièrement touché. Il me semble que Toby a été bénévole un temps au centre d'échange de seringues. Je suis sûre qu'il a un tas d'histoires à te raconter. Tu veux qu'on discute des dangers des opioïdes ? De leurs effets sur l'organisme ? De ce que je vois tous les jours à l'hôpital ?

V : Tu es chirurgienne en pédiatrie, m'man.

M : Justement.

[Violette en reste sans voix.]

V : C'était des gens normaux. Des collègues de travail.

M (soupir) : Excuse-moi. Mais je m'inquiète. Pourquoi avoir éteint ton téléphone ?

V : Je n'ai pas de réseau, ici.

[Silence.]

M : Tu nous manques.

[Silence.]

M : On a parlé à Sam, hier soir. Je crois qu'il aimerait beaucoup avoir de tes nouvelles.

V : Il déteste le téléphone.

M : Pourquoi ne pas lui écrire ? Il adore recevoir des lettres. Il n'est pas très loin de toi. Tu pourrais même lui rendre visite. Toby accepterait sûrement de t'y emmener en voiture.

[Silence.]

M : Il m'a expliqué que tu faisais tout pour disparaître.

[Nouveau silence, stupéfait cette fois. Violette a oublié que c'était son objectif. Comment a-t-elle pu l'oublier ? Elle va commencer dès maintenant, pendant ce coup de fil. Elle ne va plus prononcer un seul mot.]

M : Chérie... Ces mots m'ont fait tant de peine. Disparaître ? Ça ne te ressemble pas. Tu remplis tellement l'espace ! Quand tu entres dans une pièce, tout le monde te remarque. Les garçons, les filles, les jeunes et les vieux. Pas à cause de ton physique, mais de ta personnalité. Théâtrale, charmante, impressionnante. Tu as une telle présence, ma puce. Et quand les regards se posent sur toi, tu t'illumines !

[Violette songe à une idée de déguisement parfait pour Halloween : chercheuse d'attention. En bricolant un truc avec un projecteur et un costume façon danseuse de *Cabaret*.]

M : Écris à ton frère, ma chérie. Tu nous manques. Ne disparais pas.

[Violette raccroche sans rien dire, tout doucement, prête à parier que sa mère n'a rien entendu. Mission accomplie.]

Toby était plongé dans son puzzle. J'avais horreur des puzzles. Surtout celui-là.

– Pourquoi as-tu raconté à ma mère que je voulais disparaître ?

– Parce que j'étais inquiet, m'a-t-il répondu en toute franchise. Et je le suis toujours.

– Cesse de t'en faire. Ignore ma présence, OK ? Mieux encore : fais comme si je n'étais pas là.

OÙ NOTRE HÉROÏNE PASSE LA SEMAINE À RÉDIGER **UNE MALHEUREUSE LETTRE** POUR SON FRÈRE

BROUILLON N° 1

Samedi 18 juin

Cher Sam,

Te souviens-tu de moi, ta sœur disparue?

BROUILLON N° 2

Mardi 21 juin

Cher Sam,

Tu te souviens de la fois où on s'est déguisés en paire de dés pour Halloween? Quelle idée de génie.

*Je t'écris aujourd'hui du magasin de souvenirs de l'aquarium de Lyric. C'est une journée morne. Comme chaque jour, d'ailleurs. Je suis toujours la pire employée du monde. Ce matin, un gamin prénommé Andy est entré dans la boutique. Il vient souvent, d'après mon collègue. Il a dans les huit ans, et il est super intello. Il m'a posé une question digne d'un contrôle de biologie sur les rôles genrés chez l'*Hippocampus abdominalis. *(Précision : on n'a même pas de ces machins-là à l'aquarium.) Voyant que je ne connaissais pas la réponse, il m'a dévisagée longtemps avant de me dire : « Comment t'as fait pour être embauchée ici? »*

Entre-temps, j'ai développé une fixette sur mon collègue inaccessible. Il est super amoureux d'une autre fille, mais ça ne m'empêche pas de faire des rêves très intenses où il apparaît au premier plan. Des rêves où Orion a des lèvres délicieuses.

Je suis sûre que tout ça te passionne, à ce stade de ta vie.

BROUILLON N° 3

Jeudi 23 juin

Cher Sam,

Tu te souviens, au printemps dernier, quand tu m'as aidée à faire le mur? On a traversé l'appartement en synchronisant nos démarches pour que résonne uniquement le bruit de tes pas vers le frigo. Tu devais respirer par la bouche tellement tu avais le nez bouché à cause de tes allergies. Je tenais mes bottes à la main. Je revois encore ta tête quand tu m'as regardée partir, comme si tu étais à deux doigts de dire quelque chose. C'était le mois de mai. Te souviens-tu de ce que tu as failli me dire ce soir-là? Et si tu l'avais dit? Et si je l'avais demandé?

Quand j'arrivais enfin à ces soirées, que je racontais mes tactiques d'évasion élaborées, les gens me trouvaient délire. *Même avec mon rouge à lèvres étalé en travers de la joue, totalement défoncée et évanouie par terre ou en train de vomir. DÉLIRE, Violette.*

Mais je n'avais plus envie d'être Délire à Lyric. Je voulais disparaître. Je me suis rasé le crâne. J'ai choisi des fringues moches exprès pour me créer un uniforme de disparition. J'ai éteint mon téléphone, puisque le monde entier semblait considérer que c'était la *solution magique. À Lyric, j'avais l'intention de me fondre dans le décor. N'est-ce pas la raison pour laquelle papa et maman m'ont expédiée ici?*

Et puis, aujourd'hui, j'étais en train d'attacher mon vélo devant la boulangerie de Toby… Sa tarte aux myrtilles est un délice qui vous laisse les dents violettes, comme toi à l'hôpital… Bref, j'étais en train d'attacher mon vélo tout en pensant à toi, quand quelqu'un m'a dépassée en voiture et m'a crié : « Belle bécane, sale gouine ! » Alors je lui ai répondu : « BRAVO, MEC, CONTINUE ! » en projetant ma voix depuis mon diaphragme comme je l'avais appris à Broadway. J'ai hurlé si fort que tu as dû m'entendre jusque dans le Vermont.

Sur le trottoir, des touristes m'ont dévisagée et j'étais mortifiée, mais ça m'avait fait un bien fou de me défouler comme ça. Et d'avoir des regards posés sur moi.

Maman m'a dit que je ne pourrais jamais disparaître. Et tu sais quoi ? Elle avait raison. Et je crois que je n'en ai même pas envie, au fond.

Alors plus question de disparaître.

C'était une idée à la con.

Et puis, la vie est quand même plus simple quand on est Délire.

NUIT DE FOLIE : **LYRIC BY NIGHT**

Ce même jeudi soir, deux heures après avoir renoncé à sa correspondance et s'être glissée en douce hors de la maison pendant que son oncle roupillait, Délire se retrouve assise sur la banquette au fond du Lyric Pub avec son nouvel ami, Rus. Ou est-ce Gus ? Délire s'en fout ; personne n'a vérifié son âge et Rus/Gus est plutôt beau gosse, donc la soirée commence bien.

– Tu devrais venir voir mon bateau, dit Rus/Gus en lui touchant le genou.

Il dégage de vagues relents de tabac et d'huile de moteur, et il lui a déjà payé trois tequilas. Sa barbe grisonne par endroits. Si le type du distributeur de boissons de l'hôpital était trop vieux pour elle, celui-là a carrément dépassé la date limite. Il ne lui a pas demandé son âge, mais s'il lui pose la question, elle a décidé de lui répondre « dix-neuf ». Plus âgée qu'en réalité, mais moins de vingt et un ans quand même. Un mensonge raisonnable.

Le Lyric Pub n'est pas exactement New York, mais Délire ne se plaint pas : le jeudi, c'est soirée karaoké, ce qui promet d'être fun. Détail amusant, il y a un distributeur de cigarettes au fond de la salle. La table est jonchée de rondelles de citron, le sel lui pique les lèvres, et elle est en bonne voie pour s'oublier complètement. Elle a déjà (presque) oublié son frère. Elle a oublié la dureté de la voix de sa mère à l'hôpital, à moins qu'elle ne se soit juste émoussée sur les bords. Elle a oublié les trucs sympas, aussi : danser avec son père sur *Rebel, Rebel*, s'asseoir sur un banc dans le parc avec sa mère et manger des bonbons en regardant passer les chiens.

Rus/Gus remonte sa main vers le haut de sa cuisse. Délire ne proteste pas. À vrai dire, ça lui plaît. Tout se déroule pile-poil comme elle l'espérait : les verres, le mec, la drague. Elle a fait ça un millier de fois durant son Année de la déglingue, disparu dans des chambres pendant que la fête battait son plein de l'autre côté de la porte. Et elle a aimé ça. C'est toujours agréable de se retrouver entre les bras d'un garçon. Elle n'a jamais rien fait qu'elle ne voulait pas. Elle sait qu'elle a beaucoup de chance.

– Mon bateau est amarré dans le port, à cinq minutes, déclare Rus/Gus. Ça te dirait d'aller le voir?

Ses molaires, des extrémités jusqu'aux gencives, sont bleues, comme les gens de la génération de ses parents.

OK, Délire n'a peut-être pas fait ça, spécifiquement, un millier de fois.

– Tout va bien, trésor?

La serveuse vient d'arriver à leur table et empile les verres de tequila vides d'un air morose. Ses cheveux gras sont attachés en chignon et elle ressemble à la chanteuse de ce groupe de punk lesbien hyper cool que Délire a vu une fois en concert : débardeur noir, jean noir, bras musclés. Elle fait la même tête que sa mère à la maison quand elle regarde Délire, et le frère de Délire...

Non. Arrête ça tout de suite. N'oublie pas : Délire est une fille ordinaire, avec une famille tout ce qu'il y a de plus normale.

– Tu serais pas la nièce de Toby, toi? lui demande la serveuse.

– Non.

– Je t'ai vue à la boulangerie, l'autre jour.

– Laisse-nous un peu tranquilles, Frieda.

– Va te faire foutre, Rus.

Ah, c'est donc Rus!

Elle se tourne à nouveau vers Délire.

– Je dois vérifier ton âge.

Rus enroule son bras autour des épaules de Délire. Qui tend à la serveuse une fausse carte d'identité parfaite qu'elle a commandée sur Internet. Frieda vérifie une première fois, puis une seconde, et Délire se sent un peu tanguer alors qu'elle est assise. Derrière la serveuse, un homme est en train d'installer des micros sur la scène pour le karaoké. Le bar est de plus en plus rempli. Délire ne reconnaît aucun de ces visages. Tant mieux. Elle aime la foule.

– Il faut que j'aille vérifier ta carte au comptoir, déclare Frieda. T'es sûre que ça va, ma jolie ? Tu veux que j'appelle quelqu'un pour venir te chercher ?

Son visage exprime une telle inquiétude que Délire se sent à deux doigts d'accepter. Son oncle serait furax, mais n'avait-elle pas envie de vivre différemment ? Un coup de fil à la maison, voilà qui la changerait de ses habitudes. Mais si Délire rentre se coucher, le charme sera rompu. Délire se volatilisera. Elle redeviendra Violette.

Elle préfère encore aller sur le bateau de Rus, malgré ses molaires bleues.

– Une autre tournée ! lance-t-elle.

Rus l'embrasse sur la joue. Elle est contente d'être redevenue elle-même. C'est un sentiment… familier, à défaut d'être totalement agréable. La familiarité est déjà plaisante en soi.

Deux volontaires montent sur la scène du karaoké. Elles ont choisi un morceau que Délire connaît bien. Elle peut chanter les paroles dans sa tête, même si jamais elle n'oserait le faire à voix haute. Elle ne chante plus. Les deux là-bas chantent faux, mais elles se balancent en rythme, enlacées côte à côte, et elles ont l'air de bien s'éclater. Sûrement deux meilleures copines. Délire n'a pas de meilleure copine, elle est trop Délire pour ça. Une sensation bizarre lui titille l'estomac – tiens, mais qu'est-ce donc ? Du regret ? Les deux filles chantent toujours faux, hilares et bourrées. L'une d'elles est jolie. Mais ce n'est pas ça. Cette sensation qui l'envahit, c'est la nostalgie d'un truc qui n'a jamais existé. Ou plutôt, d'un truc qui aurait *pu* exister si Délire était quelqu'un d'autre, dans une autre vie.

Rus voit qu'elle observe les deux chanteuses. Il croit comprendre ce qu'elle ressent.

– Tu devrais aller sur scène, lui dit-il.

– Nan.

Délire ne chantera pas. Elle déteste les comédies musicales. Elle n'a jamais entendu parler de Broadway.

– OK, dit Rus. Tu veux pas chanter. Alors si on se cassait d'ici ? Genre, maintenant ?

Il lui prend le poignet. Délire sent un drôle de tressaillement la parcourir : sa mélancolie s'est changée en peur. « Bizarre », songe-t-elle naïvement, même à New York elle n'a jamais ressenti ça alors qu'ici, dans cette petite ville...

Elle jette un coup d'œil vers la porte.

– Me dis pas que t'as changé d'avis, dit Rus, comme s'il s'agissait d'une offense.

Il lui fait mal au poignet et la tire hors de la banquette. Elle n'est plus Délire. Elle est Violette. Et comme le lui a appris sa mère, elle hurle et fait une scène. Elle attrape un verre sur une table et le jette par terre de toutes ses forces. Rus la lâche enfin, Frieda vocifère, Rus la traite de salope et de folle, mais ça lui va, ça lui va très bien même, parce que c'est exactement comme ça qu'elle se sent de toute manière, et elle a déjà franchi la porte et remonté la moitié de la rue.

Il n'est pas vingt-deux heures. Les enfants sont encore debout, attablés en famille chez le glacier. Les ados traînent devant le cinéma, désœuvrés et insouciants. Violette court. Elle a oublié son vélo. Elle sait qui elle est, mais elle se sent très loin d'elle-même. Cela lui arrivait parfois, à New York. Elle avait vu des choses d'en haut, ses yeux séparés de sa tête, son corps à moitié effacé comme le chat du Cheshire.

Elle s'apprête à passer devant la supérette lorsqu'elle reconnaît deux silhouettes sur le parking. Orion transporte une brassée de sucreries, et Liv tient un paquet de clopes à la main. Violette se fige sur place comme un petit lapin effrayé. Si ça se trouve, ils ne la verront pas. Orion monte dans le van, mais Liv tourne la tête vers le trottoir et son regard croise le sien. Gentiment, elle agite son paquet de cigarettes pour la saluer.

Violette se dessine une fermeture Éclair sur la bouche.

« Ça va ? » articule Liv en silence.

Violette examine la situation. Elle ne se souvient pas de la dernière fois où quelqu'un de son âge lui a posé cette question avec sincérité. Et elle se souvient encore moins de la dernière fois où elle y a répondu sincèrement. Lentement, elle fait non de la tête.

Liv lui désigne le van, comme pour l'inviter à les accompagner. Violette secoue à nouveau la tête. Liv a alors un geste inexplicable : elle presse sa main sur son cœur.

Violette retient son souffle. Elle n'avait jamais pensé à son cœur. Ce muscle qui travaille dur pour la maintenir en vie. Et cette autre fille aussi. Deux muscles qui se compriment sans jamais s'arrêter pour leur permettre d'avancer et de parvenir à ce moment précis, ici et maintenant.

Malgré la distance qui les sépare, Violette sent la main de Liv posée sur son cœur.

ENTREMETTEUSE

J'aurais pu faire comme si toute cette soirée n'avait été qu'un rêve. J'aurais pu la reléguer dans les limbes de l'oubli si mon cher oncle excentrique n'avait pas déboulé dans ma chambre avant le lever du jour en s'écriant :

– Dis donc, j'ai reçu un drôle de coup de fil de Frieda, du Lyric Pub !

J'ai plissé les yeux. Mon réveil indiquait 4 h 02. J'avais une migraine à fendre le crâne, une série d'entailles à la main – des bris de verre, sans doute – et l'affreuse sensation des doigts de Rus serrés autour de mon poignet. Et quelque chose d'autre aussi... en fin de soirée...

La main de Liv sur mon cœur. L'espace d'une seconde, malgré ma gueule de bois, je me suis sentie chavirée par ce souvenir.

– Bouge-toi, animal. La journée va bientôt démarrer à la boulangerie. Je me proposais de t'emmener au boulot, puisque je suis déjà debout. Histoire que tu rumines un peu tout ça à la lumière du jour.

– On est en pleine nuit, ai-je gémi en écrasant mon oreiller sur ma tête.

Ma chambre tanguait comme un bateau en pleine mer. J'avais besoin de rester encore à l'horizontale pendant huit heures, minimum.

– La journée appartient aux ados qui picolent toute la soirée et infligent une crise cardiaque à leur oncle. N'est-ce pas ce que dit le proverbe ? (Il m'a arraché ma couette.) Violette. Je suis sérieux. Lève-toi. Il faut qu'on parle. Je t'attends dans la voiture.

J'ignore comment, mais j'ai réussi à obtempérer. Je me suis habillée et je suis sortie de la maison en titubant. On a roulé sans un mot à travers la nuit d'encre. Dans la lueur bleutée de l'habitacle, l'expression de Toby trahissait une déception immense. J'ai appuyé ma tête contre la vitre et les événements de la nuit me sont revenus d'un coup, avec force. Si Toby était déçu, j'étais pour ma part ébahie d'avoir déconné à ce point. Dire que je voulais être différente. Cette soirée avait été un désastre complet. Exactement comme à New York. Pire, même.

Sauf la fin. Le verre, la main sur le cœur. Ça, c'était différent. Et comment.

– Tu te sens dans quel état ? m'a demandé Toby.

Sa voix était plus calme, plus apaisée que tout à l'heure dans ma chambre.

– En vrac, ai-je répondu, le nez contre la vitre.

– Frieda m'a dit que tu avais cassé un verre.

– Je le rembourserai.

– Là n'est pas la question. Avais-tu… Est-ce que tout va bien ? Que s'est-il passé ?

Je me suis posé la même question. Il ne s'était rien passé. Il s'était tout passé. La réponse se cachait quelque part au milieu, floue et indéfinissable, surtout avec la gueule de bois. J'étais crevée. J'ai opté pour le confort et la facilité.

– Je vais bien, ai-je répondu. Je me suis juste un peu lâchée… Ça ne se reproduira plus, je t'assure. Tu vas tout balancer à maman ?

– Je ne sais pas encore. Tu es sûre que tout va bien ? Pourquoi avoir cassé un verre ?

Je me suis demandé jusqu'à quel point Frieda était entrée dans les détails.

– Je vais être punie ?

– Pas au sens traditionnel du terme, a répondu Toby. Ne me refais plus jamais ça, Violette. J'étais mort d'inquiétude. Je le suis toujours.

– Excuse-moi.

C'était nul comme réplique, mais ça venait du cœur. Je m'en voulais terriblement de l'avoir déçu. Il m'avait fait une confiance absolue, sans raison aucune, laissé des messages de fantôme et des petits gâteaux. Il ne méritait pas une chose pareille.

Le trajet en voiture a été court. On arrivait déjà sur le parking de l'aquarium. Tout semblait différent dans le noir, vide et un peu triste, aussi. Je voulais être une meilleure nièce, une meilleure sœur, une meilleure version de moi-même.

– Je ne sais pas si tu vas être punie, a déclaré Toby d'une voix lente. Disons que tu es en sursis. Je vais t'imposer une heure de session puzzle tous les soirs après le boulot. Un cadre, une routine, ça peut faire un bien fou quand on commence à déconner. Ça m'a beaucoup aidé, personnellement. Nous avons plus de choses en commun que tu ne l'imagines, figure-toi. C'est en partie la raison pour laquelle ta mère t'a envoyée ici.

– Ce n'est pas parce qu'elle me déteste ?

– Vi… C'est vraiment ce que tu crois ?

J'ai gardé le silence, les yeux plongés dans l'obscurité du parking. Je me détestais la plupart du temps. Comment aurais-je pu reprocher à ma mère de ressentir la même chose ?

– Violette, a poursuivi Toby tout doucement comme si je menaçais de me fendiller, ta maman t'aime énormément. Elle se reproche de ne pas avoir été à la hauteur avec toi.

Ridicule. S'il y avait un seul enseignement à tirer de ma virée au pub hier soir, c'est que je n'étais pas, *moi*, à la hauteur de ma propre famille. Mais je me suis bien gardée de le dire. À la place, d'un ton bien plus blessé que je ne l'étais en réalité, j'ai demandé :

– Si elle m'aime tellement, pourquoi m'a-t-elle expédiée ici ?

Toby a placé sa main bien chaude à l'arrière de ma tête, comme si j'étais un bébé. La tendresse pure de ce geste a failli me briser en deux. On s'entendait bien, mon oncle et moi, mais on n'avait jamais eu de vraie discussion. Je ne savais pas qu'il avait une telle tendresse en lui.

– Elle voulait que tu changes de décor. Que tu aies plus d'espace. L'occasion de prendre du recul. (Silence.) Tu devrais lui dire un peu ce que tu ressens.

– Et lui raconter les étapes de ma transformation ? Ça la rendrait tellement fière.

– Détrompe-toi. Elle saurait se montrer à l'écoute si tu lui laissais sa chance.

– Et si elle...

– Et si elle... ? a répété Toby pour m'encourager à poursuivre.

« Et si elle ne m'aime plus ? » m'apprêtais-je à dire. Mais c'était une question puérile. Je n'avais plus envie de parler de ma mère. Ça me faisait trop mal.

– C'est une punition, pas vrai ? ai-je dit en désignant l'aquarium. Larguée au boulot avec six heures d'avance et la gueule de bois ?

– Qui te parle de boulot ? C'est l'after le plus branché de Lyric. Le club Tentacules !

– Ha ha.

Il a secoué la tête.

– Ce n'est pas une punition en soi. Plutôt une occasion de t'assainir la tête. À moins que tu préfères m'accompagner à la boulangerie. Mais les fours sont très chauds. J'ai pensé qu'il ferait plus frais à l'aquarium.

– Je me gèle, ici.

Il a tendu le bras vers la banquette arrière et m'a donné un coupe-vent bleu et rose.

– Étrange réflexe parental, oncle Toby.

– Écoute, fillette, la prochaine fois que tu te retrouves dans une situation délicate, appelle-moi. Peu importe l'endroit ou l'heure. C'est compris ?

– Il n'y aura pas de prochaine fois.

– Mais au cas où, a-t-il insisté. Promis ?

– Promis.

Mais c'était une promesse superflue. Je savais déjà que la soirée d'hier avait marqué un tournant, un vrai. Jamais plus je ne déconnerais comme ça. Je ne voulais pas. L'épisode du Lyric Pub marquait le clap de fin officiel de mon Année de la déglingue.

– Tu as les clés ? m'a demandé Toby en montrant l'entrée de l'aquarium.

– Mmm.

– Parfait. On va maintenir le dialogue, toi et moi. Établir des canaux de communication, pour ainsi dire. Je te promets que ça ne sera pas trop pénible. D'ici là, profite bien du club Tentacules. J'ai entendu dire que les raies déchiraient tout sur le dance-floor.

De nuit, l'aquarium était très différent. J'ai attendu que mes yeux s'adaptent, puis j'ai traversé les ombres bleutées jusqu'au bassin tactile. Le silence régnait mais, dans la pénombre, le monde aquatique semblait prendre vie. Les créatures sous-marines étaient plus brillantes, leurs couleurs plus vives, leurs mouvements fluides et précis. Des anémones rose pamplemousse agitaient aimablement leurs tentacules. Des concombres de mer hérissés de picots mandarine crachaient des bulles au milieu de la mousse. Une grosse étoile de mer écarlate se déplaçait sur un rocher. J'ai touché un oursin violet, qui a réagi à mon contact et coincé mon index entre ses piquants.

J'ai senti l'émerveillement éclore en moi. Ce n'était peut-être pas ce qu'entendait Toby par m'assainir la tête mais, prisonnière de l'oursin, je me sentais apaisée et sereine. J'ai soudain compris pourquoi Orion aimait tant cet aquarium. J'apprendrais peut-être à l'aimer, moi aussi. Ça faisait tellement longtemps que je ne m'attachais plus à quoi que ce soit.

Et puis, au moins, le décor était plus spectaculaire qu'au Lyric Pub.

J'avais encore un paquet d'heures devant moi, et j'ai pensé qu'un ménage en profondeur serait une bonne façon de faire pénitence pour hier soir. Histoire de repartir à zéro. J'ai remis de l'ordre dans la boutique de souvenirs, bien plié tous les sweat-shirts et ôté la crasse entre les touches du clavier de Balthazar Picsou. J'ai réapprovisionné les toilettes en papier et passé la serpillière. J'ai vidé l'énorme frigo à l'étage, frotté le jus de poisson qui avait coulé à l'intérieur, aspiré les poils de Boris sur le canapé. Après tout ça, j'avais encore une heure à tuer, alors je me suis étendue sur le canapé tout propre en salle de pause pour m'offrir une petite sieste.

Je venais tout juste de fermer les yeux quand j'ai entendu un bruit en dessous de moi. Pas un bruit : un harmonica. Une mélodie. Je suis redescendue sur la pointe des pieds pour aller voir, en me guidant au son.

Le musicien, ai-je découvert en tournant à l'angle du mur, n'était autre qu'Orion. Près de l'aquarium du fond, il jouait un air d'harmonica devant Louise le homard.

Correction : debout devant l'aquarium du fond, il jouait la *sérénade* à Louise le homard.

L'air qu'il interprétait était une version bluesy et déchirante de *Moon River*. L'aquarium pouvait être moche à bien des égards, mais il avait une acoustique incroyable.

La mélodie était si riche, si poignante dans le silence de la salle que je sentais la chanson vibrer derrière mes paupières, dans mon nez, ma bouche, comme si j'étais au bord des larmes, comme un fourmillement, un picotement dans les narines. Une chaleur a envahi ma poitrine. Presque la même sensation que celle de la main de Liv posée sur mon cœur, de l'autre côté de la rue. Les notes résonnaient à l'intérieur de moi, mes yeux s'embuaient presque.

À la fin, j'ai applaudi.

– C'était magnifique.

Orion a fait volte-face et caché son harmonica derrière son dos.

– Waouh. T'es tombée du lit ?

– Il y a souvent des concerts privés par ici ? Si oui, je crois que je vais me pointer de bonne heure plus souvent.

Il a pris un air gêné.

– J'aime bien jouer pour Louise, parfois.

– Comme les gens qui chantent pour leurs plantes ?

– Si on veut. C'est idiot.

– Pas du tout.

Orion a hésité avant de se lancer en marmonnant dans de confuses explications :

– Les homards n'ont pas d'oreilles. Mais ils émettent des vibrations. Sans doute dans une stratégie d'autodéfense. Ou pour communiquer. Tu savais qu'en fredonnant un air devant des bigorneaux, on pouvait les faire sortir de leur coquille ? Alors j'ai pensé qu'avec les vibrations de l'harmonica, peut-être…

– Tu pourrais lui parler ?

– Ça n'a rien de vraiment scientifique, a-t-il avoué d'un air embarrassé.

On aurait dit le docteur Dolittle. Il était trop mignon.

– Pas scientifique, et alors ? Moi, j'adore. Et tu joues très bien, en plus. D'un point de vue purement mélodique. Je veux dire, indépendamment de la communication avec les animaux.

Il a rangé son harmonica dans sa poche arrière.

– Merci. J'avais pas rejoué depuis un moment, alors ça me fait plaisir. Je suis content que tu sois arrivée de bonne heure. Je crois que tu es prête à passer de la boutique à l'aquarium proprement dit. Tu veux en savoir plus sur ces créatures ?

J'ai fait oui de la tête. Je voulais tout savoir.

– As-tu toujours eu envie d'étudier la biologie marine ? lui ai-je demandé un peu plus tard, au cours de l'après-midi.

Il faisait un temps radieux dehors. Joan nous avait autorisés à partir plus tôt, mais nous avions décidé de rester déjeuner sur les tables de pique-nique derrière l'aquarium. Nous étions assis du même côté pour profiter de la vue sur l'ancienne « zone d'exploration », un coin de rivage rocailleux, idéal pour observer les flaques d'eau de mer. Sam et moi y avions admiré quantité de mondes miniatures. « Du petit escargot de mer à la grande baleine bleue, tout le monde a des sentiments... »

Je pourrais peut-être montrer l'aquarium de nuit à Sam, un de ces quatre.

– J'étais très timide quand j'étais petit, a répondu Orion. Avec les animaux, tout était plus simple. On en a toujours eu à la maison : des chiens, des hamsters, des lapins et j'en passe. On a même recueilli un raton laveur blessé pendant quelques semaines avant que le refuge accepte de le prendre. Ma mère continue à nourrir les chats errants.

– J'aimerais tellement qu'on prenne un chien. Un gros, bien énorme, tu vois le genre ? Mais mon père culpabilise d'avoir un chien en ville.

– Je le comprends. Notre dernière chienne, Faye, était énorme. Un croisement de labrador et de chien de meute. Elle est morte au mois d'avril. C'est ça, le drame, quand on a des animaux de compagnie, a-t-il commenté simplement. Bref... La biologie marine. Quand tu vis ici, l'océan t'obsède en permanence. Il est juste au fond de ton jardin. Sans oublier que la moitié de Lyric vit de la pêche. Mais j'aimerais bien travailler ici. Il nous reste encore tant de choses à découvrir sur l'océan... Tiens, pour te donner un chiffre, sais-tu que nous avons exploré moins de cinq pour cent des océans du globe ? Soixante-dix pour cent de la Terre sont constitués d'eau salée, et on en sait que dalle !

– Un peu comme le cerveau humain.

– Comment ça ?

J'ai observé les inscriptions sur la table, tous ces graffitis gravés au canif. VIVRE D'AMOUR ET D'EAU FRAÎCHE, pouvait-on lire à un endroit. En dessous, au feutre, quelqu'un avait ajouté : T'AS RAISON.

– Eh bien, prends les antidépresseurs, par exemple. Les psychiatres eux-mêmes ne comprennent pas tout à fait comment ils agissent. Ils constatent juste que ça marche. Ou pas, selon les patients. (Sam avait pris un tel cocktail de médocs différents que j'avais perdu le fil.) Et ta copine Liv ? Son truc de chercheuse de vérité, là, c'est sérieux ?

Orion a regardé son sandwich d'un air pensif.

– Elle a toujours aimé l'histoire. Gamine, elle s'est passionnée pour Raspoutine. Elle a traversé une phase gothique assez drôle. Avec collier pour chat et bretelles noires. Qu'est-ce qu'on a pu se moquer d'elle, Will et moi ! a-t-il avoué en riant. Elle est devenue chercheuse de vérité quand il est mort. C'était une façon de penser à autre chose.

Je comprenais tout à fait le besoin de se détourner de ses pensées. Hélas pour moi, je me détournais des miennes avec des choses beaucoup moins intellectuelles et enrichissantes. Fracasser des verres dans les pubs, par exemple.

– Et Will, c'était quel genre de garçon ?

– Brillant, comme sa sœur. Mais moins dans le genre érudit. Il adorait démonter et remonter les objets. Il aimait la musique, pas autant que moi mais il jouait du saxo, alors on a eu l'idée…

Orion s'est massé la cuisse, comme pour s'armer de courage.

– On peut changer de sujet, tu sais.

– Au contraire. Je me disais que ça me faisait du bien de parler de lui. Je pense souvent à Will. Les gens n'abordent jamais la question avec moi de peur de me faire de la peine. Mais…

– Tu ne l'oublies pas pour autant.

– Ça non. Ce n'est pas comme si tu remuais des souvenirs douloureux, puisque j'y pense déjà dix mille fois par jour. On avait le projet fou de construire un bateau pour faire le tour des Antilles. On a même commencé dans mon garage. Liv était au courant et venait s'asseoir pour nous regarder travailler. Elle nous traitait d'imbéciles, nous disait qu'on allait couler si on finissait ce bateau un jour. Mais elle venait quand même.

– Tu es amoureux d'elle ?

Je me suis efforcée de garder un ton désinvolte, mais ce n'était pas évident. L'amour était un concept si éloigné de ma personne que j'avais du mal à en parler naturellement. Orion n'a même pas cillé.

– C'est un cliché, je sais. La sœur du meilleur pote. La fille d'à côté.

– Elle serait furax si elle t'entendait la définir en ces termes.

– Crois-moi, elle l'est déjà.

– Elle doit passer chez moi demain. Pour faire des recherches.

– Je sais.

J'ai retracé le cœur gravé dans la table en repensant à la vision fusionnelle de leurs deux corps, l'autre soir, sur le rocher. La musique d'Orion. La main de Liv sur son cœur. « Leur saga », avait dit Felix. J'avais juré d'éteindre radio Romance cet été, mais qu'est-ce qui m'empêchait d'aider les autres à l'allumer ? C'était un geste noble. Et généreux. Ils le méritaient bien, tous les deux.

– Je pourrais lui parler, si tu veux.

Orion a froncé les sourcils.

– Tu veux dire… jouer les entremetteuses ?

– Oui.

– Mauvaise idée. Je préfère la franchise. Elle sait déjà ce que je ressens, de toute manière.

– Peut-être pas. Tu lui as déjà dit ? Genre : « Liv, tu me plais, tu veux sortir avec moi ? »

– Heu, non, mais…

– C'est ça, la franchise, Orion.

– Mais c'est impossible !

– Justement, c'est là que j'interviens ! En toute subtilité, bien sûr.

– On n'est pas un peu trop vieux pour jouer à ça ?

– Carrément pas. Mes parents se sont rencontrés lors d'une *blind date* quand ils étaient déjà trentenaires ! Je te promets que ça ne sera pas un truc foireux de collégien. Je suis hyper douée pour ces choses-là. J'ai branché ma meilleure copine avec son amoureux du moment.

En réalité, je leur avais servi des shots et ils s'étaient chargés du reste, mais Orion n'avait pas besoin de le savoir. Je voulais juste le convaincre de mes talents de marieuse.

– Regarde, la preuve !

J'ai sorti mon téléphone et fait défiler les images de mon ancienne vie pour retrouver une photo de ma (pas vraiment meilleure) amie et de son mec.

– Minute, a dit Orion en se penchant par-dessus mon épaule. (Son visage était tout près du mien, nos épaules se touchaient, mais aucun de nous n'a bougé.) C'est toi, là ?

Oh, mon Dieu. Oui. C'était bien moi.

Il m'a pris mon téléphone pour mieux voir l'écran. La soirée d'hier m'avait brièvement replongée dans ma vie d'avant, mais je m'étais tellement habituée à mon crâne d'œuf qu'Orion m'avait reconnue plus vite que moi sur la photo, immortalisée en tenue de soirée pour une fête durant mon Année de la déglingue : une regrettable minijupe en velours (c'était le mois de décembre et je me pelais), un gobelet à la main, juchée sur des bottillons à talons aiguilles. J'avais eu les orteils en sang pendant des semaines.

– Oh, la vache, a-t-il lâché.

Je lui ai arraché mon téléphone des mains.

– C'était un compliment, a-t-il précisé.

– Bien sûr.

– Tu es... absolument... waouh.

– Et tu oses me dire que tu n'as pas la maîtrise des mots, Orion ?

J'ai jeté un coup d'œil à ma photo. Il faut dire que j'avais un rouge à lèvres canon, ce soir-là.

– Violette, ne serais-tu pas secrètement la reine de la fête ? Tu as écumé tous les clubs new-yorkais, c'est ça ?

– Rien d'exceptionnel à ça. J'étais une lycéenne comme les autres.

« Une lycéenne comme les autres. » C'était la vérité. Grande, vulgaire, bourrée, déprimée = normale. Je n'étais pas une excentrique, du moins pas dans le regard des autres. Sam, lui, était considéré comme un mec bizarre. Sam l'intello, Sam le maigrichon, capable d'avaler des sachets d'édulcorant en guise de déjeuner, papier y compris (« trop chelou, putain », disaient mes pseudo-amis, et je riais avec eux, parce que ça faisait moins mal) ; Sam, qui évitait les toilettes du deuxième étage parce que les néons étaient trop agressifs et le miroir déformant ; qui, un jour, dans les toilettes du premier (lumière plus douce, moins de passage), a été surpris en train de se gifler lui-même – et fort, en prime. J'avais même envisagé d'en parler à mes parents. Des gifles, je veux dire. Mais je ne l'aivais pas fait. Parfois, il vaut mieux ignorer les rumeurs. Comme celles affirmant que j'étais sortie avec le remplaçant du prof de maths.

En fait, j'avais tort : quand on rit avec les autres, ça fait encore plus mal.

Orion continuait de me dévisager comme un tableau abstrait compliqué. Il n'y avait pourtant rien de compliqué là-dedans. Sam avait implosé, et moi j'avais explosé. On aurait pu monter un cirque itinérant : Concave et Convexe, les fabuleux frère & sœur.

– Je te trouve mieux comme ça, a-t-il fini par déclarer. Enfin, tu n'étais pas mal non plus, avant. Comme maintenant. (Je l'ai regardé s'empêtrer tout seul dans ses hésitations, et mon cœur a failli fondre.) Tu ressembles à toi-même. Comme ça.

Il y a eu un grésillement statique dans l'air. Radio Romance était de retour. En recherche de fréquence.

– Il ne faudrait pas que Boris t'entende, il serait jaloux.

Orion a éclaté de rire, et les grésillements ont disparu.

– J'ai donc ta permission de parler à Liv ?

– En quoi est-ce si important pour toi ?

– Bonne question.

J'y ai réfléchi. Je voulais lui donner une vraie réponse. Ce n'était pas tant l'excitation de tirer les ficelles en coulisses. C'était pour eux deux. La main de Liv, l'harmonica d'Orion. Pour moi, ils formaient les deux moitiés d'un même tout.

– Vous êtes faits l'un pour l'autre, ai-je fini par répondre.

– C'est exactement mon opinion, a soupiré Orion. Alors d'accord. Je continue à penser que ce n'est peut-être pas l'idée du siècle, mais je veux bien que tu lui parles. Sans en faire des tonnes, hein.

– Je serai la subtilité même.

Il a souri, dévoilant ses dents du bonheur qui commençaient à m'inspirer une tendresse problématique.

La véritable raison pour laquelle je tenais tant à mettre Orion et Liv ensemble ne m'est apparue que plus tard dans la soirée, alors que je triais les pièces du puzzle avec Toby pour l'aider à faire le contour. Ils me semblaient faits l'un pour l'autre, indéniablement. Mais j'avais aussi envie de rester auprès d'eux, de baigner dans leur complicité tueuse de moustiques. Leur amitié semblait si profonde et infinie que j'aurais pu me jeter dedans, façon saut à l'élastique, sans jamais atteindre le fond, et me contenter de flotter entre eux, comme en apesanteur.

ÉLÉMENTS : **INVOQUÉS**

Vendredi, dans la nuit, Toby a oublié d'éteindre le four avant d'aller se coucher. Le lendemain matin, toute la maison sentait le gaz.

– Pourquoi faire cuire des gâteaux chez toi ? En pleine nuit ? Tu es patron d'une boulangerie ! Comment est-ce qu'on va faire, maintenant, Liv et moi ?

– Tu n'as qu'à lui faire visiter la plage ! Un homme a bien le droit de faire de la pâtisserie à minuit, si ça lui chante. Et P.-S. : tu as déjà de la chance que je t'autorise à voir ta copine. C'est uniquement parce que tu m'as bien aidé sur le puzzle hier soir. Bon, et aussi parce que je connais bien les Stone et qu'ils ne laisseraient jamais leur fille faire la fofolle au club Tentacules. (Il a ouvert en grand les fenêtres de la cuisine et la porte-moustiquaire avant de me faire goûter un fondant au citron.) Tu en penses quoi ?

Malgré l'odeur de gaz, le fondant était acidulé et crémeux. Le biscuit au miel fondait sur ma langue comme le sable des plages de Floride.

– Délicieux, ai-je répondu à contrecœur. Mais on avait des recherches à faire. Dans la maison.

– Ce n'est donc pas un rendez-vous amoureux ?

– Non. Ses amis l'appellent professeure Stone. On enquête sur l'histoire de Fidelia et Ransome.

– Rien de plus sexy, si tu veux mon avis, a commenté Toby en tricotant des sourcils.

– Très drôle.

J'ai chipé un second fondant au citron avant de filer attendre Liv dehors. Pourquoi avait-il veillé si tard, et quelle mouche l'avait piqué de vouloir confectionner des fondants au citron à minuit ? Se sentait-il seul dans cette grande maison, privé de la présence de Maude le raton laveur ? J'ai englouti mon fondant en une seule bouchée.

Cette journée commençait mal. Si j'avais eu le numéro de la professeure Stone, je lui aurais envoyé un SMS pour annuler notre rendez-vous. Au lieu de ça, je me sentais hyper nerveuse et shootée au sucre. Je ne savais pas par où commencer nos recherches, ni même si nous pourrions entrer dans la maison et, pour couronner le tout, je n'avais pas la moindre idée de ce que je pourrais lui dire à propos d'Orion. Sans parler de l'épisode de la main sur le cœur.

À son arrivée, Liv portait exactement la même tenue que les deux fois précédentes : robe noire informe, baskets noires, casquette des Sea Dogs. Tresses d'épouvantail. Gros caillou violet au doigt. Comme moi, elle était clairement branchée uniforme.

– Tu n'étais pas obligée de m'attendre dehors, m'a-t-elle dit aussitôt.

– Ce n'est pas ça. (Je lui ai expliqué pour le gaz.) On n'a qu'à descendre sur la plage le temps que la maison s'aère.

Elle a pris un air sceptique.

– Il faut beaucoup marcher ?

– Non.

– Tant mieux. Tant que je peux fumer là-bas…

– Mieux vaut fumer sur une plage que dans une maison qui empeste le gaz.

Pour une autochtone, Liv n'était pas très portée sur les activités en plein air. Elle se traînait derrière moi, une cigarette non allumée au coin des lèvres, encore plus lente qu'une enfant. Je me suis retenue de pouffer de rire. Cette Liv-ci était très différente de la professeure Stone que j'avais rencontrée. Je devais admettre que c'était rafraîchissant de la voir comme ça : elle semblait moins intimidante quand elle trébuchait tous les trois pas.

J'ai entendu un petit bruit métallique suivi d'un juron.

– Ça va ? lui ai-je demandé.

– Ouais.

Elle a récupéré son briquet jaune, tombé dans une flaque laissée par la marée, et l'a secoué pour ôter l'eau. Au moins, elle ne pourrait plus fumer, ai-je songé. Je me trompais ; elle a essuyé le briquet dans l'ourlet de sa robe, l'a retourné tête en bas et frotté deux ou trois fois contre un rocher. Lorsqu'elle l'a actionné, une flamme a fini par jaillir. C'était bien la première fois que je voyais un tel prodige. J'ai trouvé ça magique, mais Liv a rangé son briquet dans sa poche comme si de rien n'était.

– On se remet en marche ?

J'ai décidé de ne plus prononcer un mot. Dans le clapotis apaisant des vagues et les cris des oiseaux, j'ai réfléchi à tous les trucs chouettes que je pourrais lui dire à propos d'Orion : il jouait hyper bien de l'harmonica et encore mieux de la trompette, apparemment. Il savait communiquer avec les homards. Il avait de belles mains presque animales, un vieux mousqueton défoncé. Ce détail du mousqueton en guise de trousseau de clés me paraissait essentiel. Comme si c'était la preuve qu'il était adulte, sincère et responsable. Le petit ami parfait.

– Tu veux qu'on s'arrête ici ? lui ai-je proposé en m'arrêtant à l'extrémité d'une immense flaque résiduelle.

C'était la plus profonde et, pour cette même raison, notre préférée, à Sam et moi.

– Oui.

Assise sur un rocher au bord de la mare, elle a un peu galéré pour allumer sa cigarette dans le vent, jambes croisées, sa posture majestueuse retrouvée.

J'ai plongé ma main dans la flaque et détaché un escargot collé au lichen. L'eau était froide. Plus loin, les mouettes fracassaient des moules en les lâchant au-dessus des rochers. Liv a exhalé un nuage de fumée dans le vent.

– Pourquoi portes-tu toujours cette casquette ? lui ai-je demandé.

– Pourquoi t'es-tu rasé le crâne ? m'a-t-elle rétorqué du tac au tac.

– Juste comme ça.

– Pareil pour moi.

Un sac plastique allait et venait au gré des vagues. Dans mon manuel de formation, j'avais lu le chapitre consacré au vortex de déchets du Pacifique Nord : un Charybde des temps modernes, sorte de tourbillon rempli de détritus deux fois plus grand que la superficie du Texas. « Considère cela comme une métaphore de ce rendez-vous de recherches », ai-je songé. On aurait dû reporter à un autre jour. Toby avait raison : j'avais vraiment bien bossé sur le puzzle.

– Violette ?

– Liv ?

– Est-ce qu'on va parler de notre rencontre fortuite dans la rue, l'autre soir ?

– Ce n'était pas mon intention.

– Tu avais l'air complètement bourrée.

Au moins, elle n'y allait pas par quatre chemins.

– Je vais très bien. Pas ce soir-là. Mais maintenant, ça va.

Son regard me mettait mal à l'aise. J'ai essayé de remettre l'escargot à sa place, mais il n'adhérait plus aux algues.

– Ce n'était rien, ai-je conclu. Et ça ne se reproduira plus.

– Je ne te juge pas. (Une pause.) Et je n'en ai parlé à personne.

– Merci.

J'ai finalement posé l'escargot à côté de moi. J'espérais que je ne l'avais pas tué.

– Mais sérieusement, a insisté Liv, est-ce que tu vas bien ?

J'ai haussé les épaules.

– Il s'est passé un tas de trucs. Dans ma vie, ma famille. Alors mes parents m'ont envoyée ici… pour que je calme le jeu. Ce que tu as aperçu l'autre soir, c'était juste une rechute de ma vie d'avant.

– Je vois que Felix t'a déjà lavé le cerveau.

Elle a éteint sa cigarette et rangé le mégot dans sa poche, comme le premier soir.

– Cette casquette appartenait à mon frère, a-t-elle fini par m'avouer. Je sais qu'Orion t'a déjà dit qu'il était mort.

– C'est…

Je voulais lui dire que je comprenais, mais en réalité je ne pouvais pas comprendre. Je voulais lui dire que j'étais désolée, mais ces mots me paraissaient bien faibles.

– C'est très triste.

Ce n'était pas une déclaration révolutionnaire, mais elle avait le mérite d'être sincère.

– Ça l'était, a-t-elle répondu. Ça l'est toujours.

– Mon frère est, hum… hospitalisé… dans une clinique. Un centre de soins. Pour jeunes à problèmes. Il souffre de dépression. Et de désordres alimentaires, aussi. Pas comme l'anorexie, mais presque. Un genre de TOC, je ne sais pas trop. Juste après la fin de l'année scolaire, il a tenté de…

Je n'ai pas pu finir ma phrase.

– Des problèmes familiaux, tu disais ? a demandé Liv.

– Au point de me donner envie de me raser le crâne.

Elle a baissé les yeux vers la flaque. De profil, j'ai vu qu'elle avait une tache de naissance en forme de point rouge sur l'oreille gauche, juste au niveau de sa tempe ; des boutons d'acné lui marquaient la joue.

– Tu as remarqué que nos prénoms sont pratiquement des anagrammes ?

– On est presque la même personne, ai-je répondu.

Sauf que son frère était mort, et pas le mien.

– Vous êtes potes, ton frère et toi ?

– Oui.

J'ai repensé à mes brouillons de lettre pour Sam, posés sur mon bureau. J'avais un frère, et elle plus. J'avais un frère, et elle plus. J'avais un frère, et…

– Et sinon, il se passe quoi entre Orion et toi ? lui ai-je demandé nonchalamment.

À ma surprise, elle a poussé un grognement.

– Désolée… C'est un sujet délicat ?

Au lieu de me répondre, elle a enlevé ses baskets, noué sa robe au-dessus de ses genoux et sauté dans la mare. Avant que ses jambes disparaissent dans l'eau, j'ai aperçu la courbe de ses cuisses. L'arrière de ses genoux formait une virgule. Une pensée bientôt inoubliable m'a traversé l'esprit : comme c'était joli.

J'aurais aimé que mes jambes ressemblent aux siennes.

– Désolée, ai-je répété. On n'est pas obligées de parler de lui.

– Non, ça va. C'est juste bizarre pour moi de devoir reprendre toute cette histoire à zéro. Ça me fatigue. Mariah et Felix n'osent plus m'en parler.

La mare était profonde, surtout pour elle, et l'eau léchait le nœud de sa robe. Elle avait l'air plus grande qu'elle ne l'était en réalité. Ses doigts ont effleuré la rive et dessiné des rides. On aurait dit une naïade.

– On peut revenir sur le sujet de nos frères, si tu préfères.

– Merci, mais je passe mon tour.

– Ça te fera peut-être du bien de te confier à quelqu'un d'objectif, ai-je insisté.

J'exagérais un peu. Plus je passais du temps avec Orion, plus il me parlait des limes de mer électriques, des escargots de lune et de sa chienne Faye, plus je me sentais impliquée dans sa vie.

– Quelqu'un d'objectif ? a-t-elle répété d'un air sceptique.

– Je le jure.

Elle a plissé les yeux. J'aurais bien aimé qu'elle retire sa casquette. Son expression était difficile à déchiffrer. J'ai touché la coquille de l'escargot pour me porter chance.

– Je vais te donner la version courte, a-t-elle fini par soupirer. Mon frère est mort quand il avait quatorze ans. Pendant tout le mois qui a suivi, Orion et moi nous sommes roulé des pelles.

– La consolation par le sexe.

– La consolation par le pelotage, a-t-elle rectifié avant de rougir si violemment que j'ai senti l'onde de chaleur se propager sur mes joues.

– Maintenant, il voudrait qu'on forme un vrai couple. Pas moi.

– Pourquoi ?

– Pourquoi devrais-je me justifier ? Je n'ai pas envie. Ça suffit, non ? Parfois, j'avoue, je me dis que ce serait plus simple qu'on se mette ensemble, que ça mettrait au moins les choses au clair. Notre relation est très nébuleuse. Beaucoup de choses entrent en ligne de compte. Mon frère, évidemment. Mes parents adorent Orion. « C'est un jeune homme très bien », me disent-ils tout le temps. Ils ont déjà préparé ma dot et mon trousseau.

– Vraiment ?

– Non, ils ne sont pas pénibles à ce point. Juste un peu, parfois. Je crois qu'ils aimeraient qu'on se marie et qu'on fasse des bébés. Mais on est au lycée ! Orion part à la fac l'année prochaine ! Et les bébés sont répugnants ! Il ne pourrait rien se passer de sérieux entre nous, même si je le voulais. Il faut être réaliste. En dépit des idées de tout le monde – lui, ma mère et je ne sais qui encore – et des apparences, Orion et moi ne sommes pas promis à une belle histoire d'amour. On est amis. Point final.

– J'adore ta façon de raconter les choses. (Ces mots ont jailli tout seuls de ma bouche.) Enfin, je veux dire… j'admire ton vocabulaire. *Nébuleux*.

Elle a penché la tête.

– Merci. Écoute, Orion est l'un des êtres les plus doux qu'on puisse imaginer. Quand il était petit, pour son anniversaire, il préférait que les gens fassent des dons à Sauvons les baleines plutôt que de lui offrir des cadeaux. Pendant que je commandais des fauteuils gonflables et des boas en plume, il développait déjà une conscience écologique.

– Tu as demandé un boa en plumes pour ton anniversaire ?

– En plumes roses. À paillettes. Moins écolo tu meurs.

– Mais trop chic, avec une clope.

– Je me suis mise à fumer plus tard. Même si je considérais déjà à l'époque le porte-cigarettes comme le summum du glamour.

J'ai imaginé Liv à huit ans, drapée dans son boa en plumes et fumant une cigarette imaginaire au bout d'un tube verni noir. « Hum, hum. Concentration. Orion. »

– Orion achète du thon qualité sushi pour nourrir les raies, d'après ce que j'ai pu voir.

– Je sais. Il est presque trop gentil.

– C'est possible, ça ?

– Je le pense, oui. Pas toi ? Les gens ont besoin d'aspérités.

Je n'étais pas sûre de partager cet avis. Des aspérités, je n'avais presque que ça, et c'était justement le problème.

– En plus, a poursuivi Liv, je n'ai pas trop la tête à penser aux garçons en ce moment. Je me dis qu'un projet sérieux, une vraie découverte, pourrait faciliter mon admission à Oxford. Je veux aller étudier l'histoire là-bas. Et si je pouvais faire une contribution dans mon domaine, ou décrocher une publication, ce serait un plus pour mon dossier. Peut-être même qu'on me proposerait une bourse. Non que je ne puisse pas financer mes études autrement.

– Pour moi, la fac, c'est mort, ai-je répliqué. Ma prof d'anglais m'a dit que j'avais « saboté mon potentiel », ce qui signifie que personne ne peut échouer davantage que moi. Et j'ai été exclue des cours au printemps. Ça risque de faire tache sur mon dossier.

– Oh, quelle importance ! T'étais en seconde ? On s'en fout. Fais-en le sujet de ta lettre de motivation : ton expérience, ta maturité nouvelle. Je suis sûre que tu seras acceptée quelque part.

– Mes parents ne voient pas les choses comme ça.

Faux : ils m'ont dit que ça leur était totalement égal que j'aille à la fac ou non. Mais parfois, alors que je ne suis pas remontée sur les planches depuis des années, il m'arrivait de cliquer sur les sites des universités réputées pour leur cursus théâtre. Les meilleures exigeaient sans doute des notes excellentes et des dossiers dépourvus d'exclusions scolaires.

– Pour quelle raison as-tu été exclue ? a demandé Liv en jouant avec la surface de l'eau.

– J'avais séché les cours pour fumer des joints.

– Aïe. Tu t'es fait pincer comment ?

Je me suis mordillé la lèvre. Cette partie-là de l'histoire était super gênante.

– Je suis retournée en classe.

– Tu plaisantes ?

– Je sais, je sais… C'était vraiment débile. Mais j'avais cours de chimie et le prof était cool, il nous montrait toutes sortes d'expériences bizarres, par exemple comment transformer le sucre en une espèce de liquide noir et toute la salle sentait le caramel.

– Réaction de déshydratation, a commenté Liv.

– Pardon ?

Elle a plaqué une de ses tresses le long de sa bouche, comme si elle en avait trop dit.

– L'acide sulfurique décompose l'hydrate de carbone en carbone, eau et acide. Ne me regarde pas comme ça, j'aimais bien résoudre les équations. Je suis désolée que tu aies été exclue. Tes parents ne peuvent pas faire une donation à une bibliothèque universitaire, ou un truc dans ce genre-là ?

– On n'est pas non plus riches à ce point-là.

– Certes. Mais ta mère a grandi dans le Lyric cossu… et ton frère soigne sa dépression dans le Vermont ! Désolée, c'était très con de dire ça. J'espère de tout cœur qu'il va bien. Excuse-moi, Violette. C'était vraiment dégueulasse de ma part. Je te demande pardon.

– T'inquiète. Je trouve que ça fait très friqué, moi aussi.

– J'espère qu'il a des séances de massage et un chef personnel. Et soyons clairs : je vis dans le Lyric cossu, moi aussi. Même si on n'a pas notre propre plage. Tu devras faire un prêt étudiant pour aller à la fac ?

Je ne m'étais jamais posé la question. J'avais donc ma réponse.

– Je ne pense pas.

– Ça doit être sympa, a soupiré Liv.

C'était dit sans aigreur. Elle semblait le penser sincèrement. C'était sympa, oui. Elle aussi.

« Concentre-toi. Tu es l'entremetteuse. Pense à Orion. »

– Au fait, Orion m'a dit que tu avais eu une phase gothique ?

– Encore lui !

Elle a frappé la surface de l'eau avec agacement, nous aspergeant toutes les deux, avant de coller ses poings mouillés sur ses hanches. Ça faisait un moment qu'elle était dans la mare. Je me suis demandé si elle ne commençait pas à avoir froid, si ses cuisses ne viraient pas rouge écrevisse.

– C'est lui qui t'envoie ? a-t-elle fini par me demander.

– Je ne suis qu'une personne objective, tu te souviens ? (J'ai prononcé ces mots avec un tel naturel ! Après tout, j'étais comédienne, autrefois. Je pouvais parfaitement imiter l'objectivité.) J'ai juste l'impression qu'il t'aime beaucoup. Je ne connais pas votre histoire et j'ignore comment il t'a… courtisée, mais je sais exactement ce qu'il aurait pu te dire.

Elle a pouffé de rire.

– Je serais curieuse d'entendre ça.

Défi relevé, Liv Stone.

Jouer la comédie est un acte d'orgueil. Il s'agit non seulement de reproduire l'expérience d'un personnage le plus fidèlement possible, mais de le faire devant une salle pleine (si tout va bien). En quoi est-on digne du regard et de l'attention des autres ? Comment convaincre les spectateurs de rester plutôt que d'aller boire un verre au bar d'à côté ? Oubliez la salle pleine ; comment convaincre une seule personne que vous êtes bien plus intéressante que tout ce qui se passe sur son téléphone ? Et si vous parvenez à capter son intérêt, comment remporter le défi a priori insurmontable de gagner l'affection d'un parfait inconnu ?

Quand je faisais du théâtre, je me disais que les réponses à ces questions se nichaient non pas dans les mots, mais dans les silences. Je m'intéressais beaucoup aux signes de ponctuation. Dans ma tête, je leur inventais même des personnalités. Les deux points étaient les rois du mélodrame. Le tiret long encore pire. Le point pouvait être raide, mais aussi sautillant : j'enchaînais deux phrases à la suite, ou bien je marquais une pause appuyée entre les deux.

Ces pauses étaient mes moments préférés. Je savais que je mettais les gens dans ma poche. C'était un moyen de cueillir l'ensemble du public, comme si chaque spectateur était un épi de blé ou une fleur des champs. Je modelais le silence jusqu'à ce je sente une paire d'yeux braquée sur moi, puis une autre, et encore une autre, et je m'offrais le luxe d'une seconde de plus parce que tel était mon pouvoir. Cette pause affirmait : je suis là, mais je parlerai quand j'en aurai envie. Toi, public, tu devras supporter ce silence – mais tu l'apprécieras, en fait – parce que *j'ai ce talent.* Je les tenais à ma merci. Ils attendaient, ils guettaient – non, ils désiraient – mes paroles.

Durant ce silence, ils tombaient amoureux de moi. Ils savaient qu'ils étaient venus au bon endroit.

– Je serais curieuse d'entendre ça, a donc déclaré Liv Stone.

Je me suis levée. Je me suis éclairci la voix et j'ai baissé les yeux vers elle. Je me souvenais de chacun de mes monologues, de chacun des airs que j'avais chantés. J'avais repris Annie Oakley et Julie Andrews, Judy Garland et Eliza Doolittle. Je n'avais oublié ni la cadence ni la diction, ni le contrôle du diaphragme. Thèse, antithèse, empathie. Aplomb. Voix claire. Contact visuel. Projection, montée en puissance. Les deux pieds ancrés dans le sol, les épaules en arrière. Jouer avec la voix, pas avec les mains. Je me suis redressée de mon mètre quatre-vingt-un et demi.

Puis j'ai adressé à Liv Stone, chercheuse de vérité et pourfendeuse d'histoires d'amour, le discours le plus romantique qu'elle avait entendu de toute son existence.

J'ai commencé d'une voix lente :

– Il y aurait eu des lettres, ai-je déclaré. Et des bonnes.

Imperceptiblement, sans qu'elle s'en aperçoive, je me suis mise à parler plus fort. J'ai accéléré petit à petit.

– Mes lettres seraient convenables, ai-je poursuivi, comme celles que les marins écrivaient à leurs fiancées. Je survivrais aux tempêtes et aux grands vents pour revenir auprès d'elle, mon âme, mon seul amour.

Je commençais à trouver mon rythme, et Liv m'écoutait, fascinée. J'ai marqué une pause, changé de note et repris la parole, cette fois sur un mode plus loufoque.

– J'irais planter une tente sous sa fenêtre, ai-je affirmé. Nous serions tels Roméo et Juliette, hormis la fin tragique, évidemment, et je lui chanterais la sérénade pour qu'elle ne m'oublie jamais, même au milieu de la nuit. Notre amour défierait les lois de l'espace et du temps, destiné, aérien, et ses rêves s'enrouleraient autour de mes chansons. J'apprendrais aux collines à prononcer son prénom, ainsi qu'au vent, aux arbres et aux cours d'eau, afin que les éléments l'aiment d'amour eux aussi et que partout où elle aille, elle entende le monde chanter son nom et le célébrer sans fin : « Liv Stone, Liv Stone, Liv Stone ! »

Le silence est retombé. De longues secondes ont passé. Puis les bruits ont réintégré le monde, l'un après l'autre. L'océan a soupiré. Liv a fait craquer ses articulations. Une mouette a pris son envol et, comme pour illustrer ce que je venais de dire, le battement de ses ailes semblait égrainer les syllabes du prénom de Liv dans les airs.

– Tu ne ferais pas les choses à moitié, a-t-elle lâché dans un souffle.

Sous la visière de sa casquette, j'ai trouvé son regard.

– Tu n'aurais pas un moment de paix, ai-je rétorqué.

Je savais que j'avais l'air un peu dingue. Ridicule, même. C'était plus fort que moi. Je m'étais laissé emporter. Mais j'avais oublié à quel point j'aimais être sur une scène et devoir gagner l'attention de quelqu'un. Voilà le secret : parfois, même en étant dingue, on peut se montrer très convaincant.

« Tu ne ferais pas les choses à moitié », avait-elle commenté.

J'ai plongé mes yeux dans les siens. Ils étaient gris et parcourus d'ombres changeantes, comme le dos d'une baleine chatoyant à la lumière. Ou comme les grosses pierres lisses d'un collier que j'aimais beaucoup autrefois.

« Tu n'aurais pas un moment de paix », lui avais-je répliqué. Je me suis demandé ce qu'elle voyait dans mes yeux.

Deux choses se sont alors produites simultanément : mon cœur a chaviré dans ma poitrine, et Liv a posé le pied sur une coquille de moule tranchante.

Nous sommes rentrées tant bien que mal, Liv laissant une traînée de sang derrière elle comme si elle semait des petits cailloux. À moitié appuyée contre moi, elle m'arrivait à peine au niveau de l'épaule. Pour une fois, je n'étais pas mécontente de ma taille, de l'amplitude de mes jambes et de mes bras quand je devais l'aider à franchir les espaces entre les rochers. À l'intérieur de la maison, l'odeur de gaz s'était presque dissipée. Toby avait laissé un message à propos d'une urgence à la boulangerie. Nous étions seules.

– Ne fume pas, ai-je prévenu Liv. À moins que tu souhaites nous immoler. Sans même parler de ta santé.

– Je me suis ouvert le pied, Violette, pas le crâne.

Je l'ai laissée assise à la table de la salle à manger, maussade, une serviette en papier pressée contre sa plante de pied. À l'étage, j'ai fouillé dans une armoire à pharmacie encombrée de vieux tubes de rouge à lèvres et de pots de crème périmés, de lotions diverses et de parfums depuis longtemps tournés à l'aigre. Liv sentait le tabac, la terre et les SweeTarts. À l'aquarium, on avait un petit morceau d'ambre gris, une substance cireuse et grisâtre qui se formait dans l'estomac des baleines. Son odeur douceâtre et terreuse lui valait d'entrer dans la composition des parfums de luxe. Ambre gris. C'était cela, le parfum de Liv. Et la couleur de ses yeux, aussi.

Je l'ai trouvée bien pâle quand je suis redescendue avec un tube de désinfectant, une pince à épiler et une boîte de pansements datant du siècle passé.

– Tu te sens bien ? lui ai-je demandé.

– Je ne supporte pas la vue du sang, a-t-elle avoué.

– Montre-moi.

J'ai tiré une chaise pour m'asseoir en face d'elle et tendu la main vers sa cheville.

– Je n'aime pas qu'on regarde mes pieds de près. Ils sont immondes.

J'ai roulé des yeux.

– Ce sont des pieds, voyons. Ces trucs qui permettent d'aller d'un point A à un point B.

– Tu ne comprends pas. Les miens sont… répugnants.

– Ça m'est égal, je t'assure. Montre-moi ta blessure. Tu sembles à deux doigts de tomber dans les pommes.

J'ai calé son pied sur mes genoux malgré ses protestations. Et là, j'avoue, j'ai eu une vision d'horreur : ils étaient énormes, avec de la corne autour des talons comme de la peau de serpent et des cicatrices d'anciennes ampoules au niveau du talon d'Achille. Son deuxième orteil, plus long que son gros pouce, ressemblait à un long doigt d'extraterrestre.

– Tu as une très belle cambrure.

Je ne mentais pas. Elle aurait pu rendre jalouse une danseuse classique. La même jolie virgule que l'arrière de ses genoux.

– Merci, a-t-elle murmuré.

Elle regardait fixement le puzzle, l'air raide et bouleversé, pendant que je tapotais sa plaie à l'aide de la serviette en papier humide. La coquille de la moule lui avait transpercé l'avant-pied et laissé une entaille rouge vif.

– Ça fait mal ?

– Ça pique, a-t-elle répondu. Hum… tu pourras ne pas dire à Orion qu'on a parlé de lui ?

– Bien sûr. Et toi, tu pourras ne pas lui dire ce que je t'ai confié à propos de mon frère ?

Elle a acquiescé. Sa plaie était maintenant propre, enduite de crème désinfectante et recouverte d'un pansement, mais elle-même semblait encore un peu sous le choc.

– Tu es sûre que tu te sens bien ?

– Je vais pas m'évanouir, Violette.

Elle a remis sa basket sans même défaire les lacets.

– Je promets de ne dire à personne que tu étais une demoiselle en détresse.

– Merci, a-t-elle répondu, un peu radoucie. Tu t'es montrée fort chevaleresque.

– Il m'est arrivé la même chose quand j'étais petite. Mais avec un oursin. J'aurais dû te prévenir. Sam disait de moi que j'étais moitié fille, moitié coquillage. Comme si c'était passé dans mon système sanguin.

– Ton frère ? Sam ?

– Oui, Sam, ai-je répété en hochant la tête.

Je n'avais pas prononcé son prénom à voix haute depuis des semaines. Je pensais que ce serait plus difficile, ou plus douloureux. Mais c'est sorti tout seul. Ça m'a même fait du bien.

Liv réfléchissait tout en effleurant le contour de ses lèvres.

– Donc si quelque chose se répand aussi dans mon système sanguin, et que ça t'est déjà arrivé, ça ferait de nous des frères de sang.

– Des frères de sang coquillages.

– Des anagrammes de frères de sang coquillages, a-t-elle renchéri.

J'ignorais ce que ça voulait dire, mais ça me plaisait bien.

Ce soir-là, j'étais au lit en train de rédiger un énième brouillon de lettre pour Sam quand Toby a passé sa tête par l'ouverture de ma porte. Il tenait un gros livre rouge contre sa poitrine, exactement comme Sam quand il se tenait avec ses classeurs serrés contre lui dans les couloirs du collège.

– Toc, toc. Alors, ce rendez-vous sexy ? a-t-il demandé.

– Travaux de recherche.

– C'est comme ça qu'on dit, à New York ?

– Les recherches n'ont hélas rien donné, hormis une légère blessure au pied.

– Ouille.

J'ai trituré le coin de mon bloc-notes tout en repensant au pied de Liv posé sur mes genoux, à la sensation du prénom de Sam dans ma bouche. Nos recherches sur la vérité de Ransome et Fidelia n'avaient pas pris un bon départ mais, pour autant, je n'aurais pas qualifié cet après-midi de désastre complet.

Compte tenu de mon patrimoine génétique, c'était un constat très inhabituel.

– Toby... tu peux entrer, tu sais.

– Cool.

Il est venu s'asseoir au bord du lit de Sam, juste assez près pour qu'on puisse se tenir la main si on le voulait. Il s'est tortillé sur le matelas, et les ressorts ont grincé. «Je sais, ai-je pensé, moi aussi, il me manque.»

– Encore désolé pour le gaz. Tiens, j'ai trouvé ça au grenier, j'ai pensé que ça pourrait t'intéresser.

Il m'a tendu le livre, qui était si lourd que je me suis tordu le poignet en voulant le prendre d'une seule main. Le titre était doré, la couverture toute douce, le cuir marbré.

– *Les Petits Rennes au nez rouge* : *l'histoire de la famille Rudolph*[1] ?

– Ta grand-mère s'est prise de passion pour la généalogie, quelques années avant sa mort. Je crois qu'elle avait l'ambition de fabriquer un album qui serait comme un cadeau de Noël. D'où le titre. Regarde à l'intérieur.

La reliure a émis un craquement délicieux quand j'ai ouvert le livre. L'illustration de couverture montrait un arbre généalogique dont chaque membre était représenté par un renne au nez rouge. La lignée de Fidelia et Ransome se déployait jusqu'à Sam

1. Allusion à *Rudolph the Red-Nosed Reindeer* («Rudolph, le renne au nez rouge»), poème de Noël datant des années 1930 et très célèbre aux États-Unis.

et moi, représentés tout en bas sous la forme de deux petits faons. Juste au-dessus de nous, deux rennes baptisés Margaret et Tobias Rudolph dormaient à côté d'un buisson-ardent. Ça m'a surprise. J'avais beau savoir que Toby était mon oncle, c'était différent de voir ce lien familial exprimé avec des cervidés. Ma mère et lui étaient frère et sœur. Ils avaient grandi ensemble. Dans cette maison. Sa chambre à elle se situait juste un peu plus loin le long du couloir.

– Il y a des photos inédites de Sam et toi à l'intérieur. C'est cadeau. Et l'affiche du spectacle *Peter Pan*, que je regrette toujours de n'avoir pas vu, même si je suis content d'avoir chopé ton autographe.

Mon oncle s'adressait au plafond désormais, les jambes passées par-dessus la tête de lit de Sam, ses Converse pleines de café posées contre le mur immaculé. Une telle scène n'aurait jamais pu se produire chez nous. L'appartement était si propre qu'on l'appelait « le musée », le plus souvent quand on voulait faire enrager maman.

– Tu es sûr que tu partages des gènes communs avec ma mère ? lui ai-je demandé.

– Tu trouveras la preuve à la fin.

J'ai ouvert l'album de l'autre côté et trouvé les photos de Sam et moi glissées dans la reliure. D'autres photos de ma mère et de Toby étaient collées sur les dernières pages, sous une couche de Cellophane. Sur l'une d'elles, Toby devait avoir huit ans ; vêtu d'un costume trop grand, il se tenait pendu au bras de ma mère, alors âgée de dix-huit ans, le jour de la cérémonie de remise des diplômes. Sur une autre, ma mère passait un petit paquet tout blanc – moi – à un Toby adulte affublé d'un bouc.

– Pourquoi vous ne vous parlez plus, maman et toi ?

– On se parle.

– Tu as pratiquement fui hors de la pièce, l'autre soir, quand tu étais au téléphone avec elle. Vous avez eu une grosse dispute, c'est ça ? Tu as essayé de lui piquer son mari ?

– Violette, ton père est un type super, mais tu l'imagines vraiment déclencher les passions à ce point ?

– Vous n'êtes pas amis, maman et toi.

– C'est le moins qu'on puisse dire.

– Donc, vous vous êtes bien disputés.

– Non. Pas vraiment. C'est plus…

Il a fait claquer sa langue, comme s'il cherchait le mot juste. Ma mère avait le même tic lorsqu'elle réfléchissait.

– Ta mère n'est pas ma sœur comme tu es la sœur de Sam, a-t-il fini par lâcher.

– Ça veut dire quoi ?

– On aborde les choses sérieuses, à ce que je vois. Tant mieux. Établir des voies de communication, tout ça…

Il a changé de position pour s'asseoir en face de moi, et cette proximité m'a rendue un peu nerveuse.

– As-tu gardé beaucoup de souvenirs de ta grand-mère ? m'a-t-il demandé.

J'ai fait non de la tête. Quand j'étais toute petite, ma grand-mère nous tartinait la figure de cold-cream, Sam et moi, avant de nous faire enfiler ses kimonos de soie. Elle adorait les bijoux fantaisie. Les faux rubis, les faux diamants, plus c'était gros et plus ça brillait, mieux c'était. Gamine, je la confondais souvent avec Elizabeth Taylor. Quand *Cléopâtre* était passé à la télé, une fois, je m'étais exclamée : « Oh, c'est mamie ! »

– Je la trouvais hyper glamour. Et aussi super culottée d'avoir transmis son propre nom à ses enfants, au lieu de celui de son mari.

– Il faut dire que notre père s'appelait Slerpinn. Ce qui veut dire qu'elle se serait appelée Sterling Slerpinn. Pas le truc le plus facile à prononcer au monde. Mais oui : féministe dans l'âme, peut-être. Vaniteuse, absolument. Et glamour, tu l'as dit. Ce placard devant toi abrite toute sa collection de fourrures. Elle souffrait aussi de gros troubles émotionnels. Son corps s'engourdissait et elle n'avait plus aucune sensation du côté droit. Ou bien elle disait qu'il existait une vitre entre elle et le monde extérieur. Une fois, elle a perdu la vue. À l'époque, on appelait ça la cécité hystérique. Aujourd'hui, soyons clairs, je ne suis qu'un modeste boulanger et je ne prétends pas être médecin… mais je crois que c'est ce qu'on appelle un trouble dissociatif.

C'était la première fois que j'en entendais parler, malgré le fait que j'avais une mère médecin et baigné dans le jargon psy toute ma vie.

– C'est quoi, au juste ?

– Apparemment, ce sont des sortes de crises durant lesquelles on se sent déconnecté de son corps. Comme s'il n'était plus le nôtre.

– Est-ce qu'elle avait des crises d'angoisse ? ai-je voulu savoir.

– Je n'en sais rien. C'est possible. Pourquoi ?

– Simple question.

– OK, a répondu Toby d'un ton désinvolte.

J'ai bien failli le serrer dans mes bras.

– Pour en revenir à ta mère, elle a dix ans de plus que moi. Notre père est mort quand j'avais trois ans, et Margaret treize. Et avec une mère comme la nôtre… disons que c'est ta mère qui a fait tout le boulot, Violette. On se parle, mais pas comme Sam et toi. On n'a jamais eu une relation comme la vôtre. Ça ne m'étonne pas que tu découvres tout ça seulement maintenant. Je crois que c'est dur pour ta mère d'en parler. Elle avait grosso modo ton âge quand elle s'est retrouvée responsable d'un gamin de trois ans.

– Pauvre maman…

– Ah non, je proteste. J'étais un enfant adorable. Au fait, à quand remonte la dernière fois où tu as parlé à Sam ?

– Je lui ai dit au revoir la veille de mon départ pour ici.

– Et avant l'hôpital ?

– Ah. Heu...

Je connaissais la réponse, mais je n'avais pas envie d'y penser. La dernière fois que je lui avais parlé, *avant*, c'était juste après les exams. En milieu de matinée. Nos parents étaient partis au boulot. J'avais émergé de ma chambre vers onze heures et j'avais trouvé Sam dans la cuisine avec un verre de jus d'orange, en train de faire des mots croisés. Sa présence m'avait mise en colère : je m'étais sentie envahie, comme s'il m'attendait.

– Je ne m'en souviens plus vraiment, ai-je répondu à Toby.

Avais-je toujours été menteuse à ce point ?

Il s'est redressé en tapant des mains, les traits soudain inquiets.

– Violette, je sais que je plaisante beaucoup. Mais depuis le coup de fil de Frieda... Écoute, si tu as envie de parler de ton frère... ou de toi... je suis là.

Je ne l'avais jamais vu aussi sérieux, et ça m'a foutu les jetons.

– OK. Je te remercie. Tout va bien.

– Tu es bien la fille de ta mère, tu sais ? (Il a ramassé un brouillon de lettre chiffonné qui traînait par terre et l'a aplati sur son genou.) C'est quoi, un poème ?

– Ne lis pas ça !

J'ai bondi de mon lit pour lui arracher la feuille des mains.

– Excuse-moi. Je n'aurais pas dû faire ça. Moi non plus, je n'aime pas qu'on lise mes poèmes.

– Ce n'est pas de la poésie. J'essaie d'écrire une lettre à Sam.

– Tu parles de la poésie comme si c'était un gros mot. Je suis content que tu lui écrives. Ça oblige le cerveau à penser différemment.

– Ouais. Sauf que je n'écris que de la merde.

– As-tu songé au télégraphe en tant qu'alternative au courrier ?

– Ah ah. Il a horreur du téléphone.

– Toi aussi, j'imagine. (Il a shooté dans une autre boulette de papier.) Tu sais jongler ?

– Pardon ?

Il s'est levé pour aller ramasser cinq autres lettres chiffonnées, puis il a roulé des épaules tel un nageur olympique avant la course.

– Prête ? m'a-t-il demandé.

Avant que mes neurones aient eu le temps de comprendre, les cinq projectiles ont volé en l'air. Un instant, le temps s'est figé et des étoiles de feuilles de bloc-notes chiffonnées sont restées figées au plafond. Il ne pouvait pas toutes les rattraper – il n'avait pas assez de mains. J'ai retenu ma respiration, en plein suspense…

Aussi vite qu'elles s'étaient envolées, les boulettes de papier sont retombées par terre.

– Eh bien, moi non plus. Mais ça ne m'empêche pas d'essayer. Si tu as envie de parler, je suis là, OK ?

Il m'a déposé un baiser sur le sommet de la tête avant de sortir de ma chambre. Sur un crâne rasé, la sensation était nouvelle, mais pas déplaisante.

Au lit, je me suis plongée dans l'arbre généalogique des *Petits Rennes au nez rouge*. Nous étions les descendants de Sterling, le fils de Ransome et Fidelia ; son fils Edward était le père de notre grand-mère, elle aussi baptisée Sterling. Deux Sterling dans la famille, l'un garçon, l'autre fille. Le livre passait rapidement sur Ransome et Fidelia (pas de chance, Liv), et je me suis donc intéressée aux générations suivantes. Le premier Sterling avait remporté un prix scientifique à Columbia et son fils Edward avait épousé une fille rencontrée à Coney Island, d'après le faire-part publié dans le *New York Times* (j'ai fait le calcul, elle était totalement enceinte au moment de leur mariage). J'ignorais que notre famille avait des racines new-yorkaises et que c'étaient mes grands-parents qui avaient décidé de retourner vivre à Lyric.

J'en suis arrivée à nous. Le mariage de mes parents. Violette et Sam avec des ludions dans des bouteilles en verre. Nous quatre sur un bateau, puis la même image avec Toby à la place de mon père. Ils avaient dû faire le photographe chacun leur tour. L'affiche de *Peter Pan*, signée Violette Larkin avec les points sur les *i* en forme d'étoiles.

J'étais convaincue que Sam m'attendait bel et bien dans la cuisine, cette fameuse matinée de juin.

– Tu as déjà fini la grille numéro quarante-trois ? m'avait-il demandé tandis que je me dirigeais vers la porte.

Je tenais à ce que notre échange s'en tienne au strict minimum : mes amis m'attendaient au parc, et j'étais déjà en retard. Je n'avais aucune envie de lui parler. J'avais juste hâte de filer.

– Je ne fais plus les mots croisés, avais-je répondu.

– Ah, je croyais. Pardon.

Je l'avais alors observé, avec ses mots croisés et son verre de jus d'orange intact. Allait-il mettre le nez dehors, aujourd'hui ? Il devait se sentir seul, avais-je soudain réalisé. Un sentiment de pitié m'avait traversée.

– Tu es content que les cours soient terminés ?

– Et toi ? m'avait-il répondu.

– Ben ouais.

J'étais un être humain ordinaire. Qui oserait avouer, la première semaine d'été, qu'il était déjà stressé par le téléphone, les potes, le temps libre ? Je n'avais pas vraiment fait d'efforts pour me trouver un petit boulot, malgré l'insistance de mes parents, mais je le regrettais déjà. J'aurais presque voulu partir durant toutes les vacances – à Lyric, peut-être. J'avais toujours aimé être là-bas.

– Je déteste l'été, avait déclaré Sam.

– Parce que tu passes toutes tes journées enfermé. Le monde est magnifique, Sam ! Sors ! Vis des expériences !

J'avais l'air sarcastique, mais j'étais sincère.

– Il fait trop chaud.

– Ça commence quand, ta colo pour nerds ?

Il devait effectuer un stage intensif de latin et de grec ancien, matières dont il raffolait. J'étais sûre qu'il allait s'éclater.

– Dans deux semaines. Mais je ne veux plus y aller. La maison va trop me manquer.

– Au contraire, tu vas sûrement t'y plaire. Tu vas peut-être même rencontrer d'autres gens qui jouent à Magic, comme Tim !

– Il s'appelle Theo, avait rétorqué Sam. Et ça va être horrible.

– Oui, c'est ça, t'as raison. Horrible, horrible, horrible. Tout va être horrible. Écoute, je vais au parc, OK ? À plus tard. Si tu sors, éteins la clim ou papa va encore nous faire une crise.

– Je ne vais nulle part, avait-il répondu.

Il n'avait même pas touché à son jus d'orange.

La quatrième de couverture des *Petits Rennes au nez rouge* comportait une poche en papier contenant le carton d'invitation au mariage de mes parents, le faire-part de naissance de Sam et un ticket de pressing vieux de plusieurs années pour un manteau de fourrure. Ah, du Sterling Rudolph II tout craché. Il y avait aussi une lettre rédigée sur une feuille de papier à en-tête de l'aquarium de Lyric.

Sterling,

Merci infiniment pour la photo de mariage, ainsi que vos autres généreuses donations. Elles compléteront l'exposition à merveille ! Tenez-moi au courant si vous retrouvez ces fameuses lettres. J'adorerais pouvoir inclure les propres mots de Fidelia, si possible.

J.

La lettre datait d'il y avait huit ans, mais Joan s'en souvenait peut-être encore. Ma nouvelle anagramme de frère de sang coquillages adorerait lire Fidelia dans le texte, elle aussi.

Qui sait ? En cherchant bien, Liv et moi exhumerions peut-être un trésor.

DEUXIÈME PARTIE : RECHERCHE

SAPHIR DE LA MER

Dès mon arrivée à l'aquarium le mardi matin, je suis allée trouver Joan dans son bureau. Elle était plongée dans ce qui ressemblait à une version archaïque de comptabilité. J'étais nerveuse à l'idée de la déranger, d'autant que je ne lui avais pas beaucoup reparlé depuis la fois où elle m'avait traitée de travailleuse inepte. Joan ne tenait pas en place, toujours pendue au téléphone dans son bureau, ou accourant auprès des visiteurs pour leur expliquer les expos, usant de termes comme « soupe primordiale » ou « époque géologique », ou montrant des étoiles de mer au creux de sa paume.

Ce matin-là, un crayon entre les dents et un stylo rouge coincé derrière l'oreille, elle pianotait si violemment sur sa calculatrice que la table en tremblait. Des copeaux de gomme jonchaient les feuilles jaunes de son bloc-notes ; elle a soufflé dessus pour griffonner quelque chose avec son stylo rouge, puis elle a contemplé ce qu'elle venait d'écrire en fronçant les sourcils. Le poème de Sam trônait au mur derrière elle, rédigé au feutre bleu sur du papier Canson vert et agrémenté d'un petit dessin représentant un escargot. Boris somnolait derrière le bureau, indifférent au rude labeur de sa maîtresse.

– Désolée de vous déranger… Vous auriez une minute ?

Elle m'a jeté un regard surpris et interdit de derrière ses lunettes roses, comme si elle ne me remettait pas. Je connaissais bien ce regard. Quand on interrompait mon père dans son bureau, il nous fixait en clignant des yeux, se réadaptait lentement au monde réel. Ma mère nous rappelait sans cesse qu'il travaillait beaucoup.

Joan a sorti son crayon de sa bouche.

– Bien sûr ! Entre, voyons. Que puis-je faire pour toi ?

Ce genre d'invitation chaleureuse était également typique de mon père. Il déplaçait une pile de papiers de sa chaise supplémentaire et me faisait réciter mes répliques pendant que les messages s'amoncelaient sur son ordinateur et son téléphone. Il devait perdre des heures de sommeil à cause de moi. Un autre geste de tendresse dont je n'avais jamais compris la pleine valeur.

– Je suis tombée là-dessus, l'autre jour. (Je lui ai tendu la lettre que j'avais retrouvée dans *Les Petits Rennes au nez rouge*.) Je m'intéresse beaucoup à l'histoire de Ransome et Fidelia. Enfin, juste pour aider une amie à moi. Qui fait des recherches à ce sujet.

– Tu parles d'une histoire ancienne, a commenté Joan en ajustant ses lunettes. Mais figure-toi que je m'en souviens, en effet. Ta grand-mère se disait en possession des lettres de Fidelia, écrites à Ransome ainsi qu'à leurs fils. Nous refaisions toute la présentation de l'expo sur l'histoire de Lyric, à ce moment-là. Eliza a pensé que cela pourrait m'intéresser.

– Mais ça n'a rien donné ?

– Non, les lettres n'ont jamais réapparu. Sterling n'avait pas toujours toute sa tête, comme tu le sais sans doute. (Elle m'a adressé un petit sourire plein d'ironie avant de se lever. Boris, à présent réveillé, a bâillé et étiré ses pattes avant.) Mais montre-moi ta découverte. Eliza n'est jamais revenue récupérer ses dossiers. Je m'en souviens, car j'ai dû la relancer une bonne douzaine de fois…

Elle est allée ouvrir un tiroir dans le petit meuble de rangement à l'autre bout de la pièce, et j'en ai profité pour jeter un coup d'œil à son bloc-notes. Une succession de chiffres et de dollars, des sommes en rouge ajoutées à d'autres sommes en rouge. Une liste de choses à faire formant une longue colonne sur le côté droit de la page. Dans la marge, Joan avait dessiné un bateau coulé par une pieuvre géante.

Je n'avais pas réalisé qu'il était possible de travailler autant pour diriger un aquarium. Boris m'a regardée d'un air qui semblait clairement vouloir dire : « Ça ne m'étonne pas de toi, pauvre idiote. »

– Ah ! s'est écriée Joan d'un ton triomphal en brandissant un dossier. Voilà ce qu'on avait exhumé ! L'essentiel nous était parvenu grâce à ta grand-mère. Savais-tu que Ransome était un artiste amateur ? Elle avait même conservé certains de ses croquis.

J'ai ouvert la chemise en carton : entre les articles de journaux et les vieilles photos, il y avait là-dedans de quoi s'offrir une orgie de documents de source primaire. Liv allait être folle de joie. J'avais hâte de voir sa réaction.

– Merci mille fois, ai-je dit à Joan. Je verrai si j'arrive à mettre la main sur les lettres.

– Formidable. Tu voulais autre chose ?

J'ai observé le cercle de rouge à lèvres autour de son crayon. Boris a haussé les sourcils, dans l'expectative.

– Je voudrais m'investir davantage, ai-je bafouillé. Je sais que je suis nouvelle. Mais si vous avez une idée, n'hésitez pas. J'aimerais me rendre plus utile à l'aquarium.

Un large sourire a illuminé ses traits.

– Mais absolument, Violette. Je suis sûre que nous allons te trouver quelque chose.

Au rez-de-chaussée, Orion se faisait promener tout autour du bassin tactile par Andy, notre plus fidèle client. Depuis la fois où j'avais séché sur la question de la répartition des rôles genrés chez l'*Hippocampus abdominalis*, il était revenu tous les jours ou presque en apportant souvent un livre aussi épais que son torse. Andy, pour reprendre l'expression de sa mère, « prenait de la place ». Et Andy, pour reprendre sa propre expression, « préférait lire un bon livre que jouer avec un copain ». J'avais du mal à le supporter (il m'arrivait même de me planquer derrière le comptoir de la boutique pour le fuir), mais Orion avait généralement une patience d'ange avec lui. Excepté aujourd'hui, où il semblait aussi lessivé que Joan.

– Tu as rêvé de Liv toute la nuit ? lui ai-je demandé.

– Ah ah. Je suis là depuis cinq heures du mat'. Joan m'a appelé. L'un des filtres a cassé dans l'aquarium des tortues, donc j'ai passé la matinée à le réparer...

– Si les chances de trouver une Louise sont d'une sur deux millions, a déclaré Andy, quelles sont les chances d'en trouver six ? En six mois ?

– Maintenant, j'ai l'impression que l'une des tortues est un peu amorphe, donc je vais peut-être devoir l'emmener chez le vétérinaire...

– Ou les chances d'en trouver dix en un an ?

– Mais j'ignore quand j'en aurai la possibilité, étant donné qu'on a un groupe de colo qui débarque aujourd'hui...

– Je t'ai posé une question ! a insisté Andy.

Orion a baissé les yeux vers lui, éberlué.

– Je n'en sais rien, Andy. La réponse nécessite de gros calculs très compliqués. (Il s'est tourné vers moi.) Tu voudrais bien prendre la voiture et emmener la tortue chez le véto ?

– Je n'ai pas le permis.

– Flûte...

Il avait l'air tellement abattu que c'est lui que j'aurais voulu emmener chez le vétérinaire.

– T'es pas une vraie grande personne ? m'a demandé Andy.

– Pas vraiment, non, ai-je avoué.

J'ai repensé à Joan, à la montagne de copeaux de gomme. À la journée cool et sans stress particulier qui s'ouvrait devant moi – à peu près aussi tranquille que celle de Boris, endormi à ses pieds. Pourquoi personne n'avait songé à m'appeler, moi, pour venir plus tôt ?

– Je peux gérer l'accueil, si tu veux.

Orion semblait hésitant.

– Tu es sûre ? Le groupe fait partie d'une colo nature. Ils veulent une visite guidée. Un truc vaguement scientifique. J'allais faire mon laïus habituel à propos de Louise.

Ah, oui. Son fameux laïus. Quelle en était l'intro, déjà ? « Qu'est-ce qui est le plus rare : une lune bleue ou un homard bleu ? » La réponse était forcément le homard… non ?

– Tu penses pouvoir t'en occuper ? Ces groupes sont d'excellents clients pour nous, mais la plupart des colos vont visiter l'autre aquarium. Joan tient vraiment à ce qu'on repense notre programme pédagogique. Surtout depuis qu'on ne peut plus se permettre d'avoir des pingouins.

Ces foutus pingouins. Ils signeraient ma perte.

– Bien sûr, ai-je répondu. Pas de problème.

J'avais déjà les paumes toutes moites.

– Tu me sauves la vie, a dit Orion avant de tourner les talons.

– T'es fichue, m'a glissé Andy à la seconde où on s'est retrouvés seuls.

– Je viens de m'engager à faire quoi ? Une visite guidée ?

– Une visite guidée *vaguement scientifique*. À une colo nature, a-t-il précisé en clignant des paupières derrière ses culs-de-bouteille.

– Merde.

– Pas de gros mots. (Il a mis ses mains sur ses hanches et m'a toisée comme une grand-maman sévère.) Tu as déjà mis un pied hors de cette boutique, au moins ?

– Non, Andy, car je suis un troll et cette boutique est ma maison. La nuit, je dors dans une cabane fortifiée faite d'animaux en peluche et de sweat-shirts.

Il a éclaté de rire, mais ça ne m'a pas aidée à me sentir mieux. Orion m'avait appris certaines choses, et le manuel de formation s'était révélé plus bien instructif que je ne l'aurais pensé, mais j'évitais encore les visiteurs chaque fois que je le pouvais. C'était une chose de réciter des phrases apprises par cœur, c'en était une autre d'enseigner à des gens comment les étoiles de mer régénéraient leurs bras.

J'étais totalement et irrémédiablement condamnée à l'échec.

– Vite, Andy. Qu'est-ce que tu sais à propos de Louise ? Tu te sentirais capable d'assurer une conférence ?

– J'ai huit ans ! a-t-il protesté.

Un hurlement a retenti. Un escadron d'enfants vêtus de tee-shirts fluorescents a franchi les portes d'entrée en trombe, suivis de leurs accompagnateurs qui se traînaient mollement derrière eux avec leurs lunettes de soleil sur le nez et des gobelets de café glacé de chez Dunkin' Donuts à la main : ça sentait la gueule de bois à mille pour cent. Les gamins se sont répandus partout, ont collé leurs paumes contre les vitres et plongé leurs mains entières dans le bassin tactile. Mon pauvre ami l'oursin.

– Où sont les pingouins ? a crié l'un d'eux.

– Vous sauvez des lamantins ? a demandé un autre.

– J'aime bien ses cheveux, a fait une voix, et j'ai mis un moment avant de me rendre compte que ce commentaire me concernait.

– Du calme, les enfants, a lancé le moniteur d'une voix éteinte.

Sa collègue s'est affalée contre le mur, les bras croisés sous sa tête en guise d'oreiller. J'avais l'impression de me voir en flash-back.

– Deux doigts dans le bassin tactile, a murmuré Andy.

– Deux doigts dans le bassin tactile ! ai-je vociféré.

– Violette, ne crie pas, je t'en prie, cela effraie nos amis aquatiques.

C'était Joan, accompagnée de Boris. Les gamins ont accouru pour caresser le chien, qui se délectait de tant d'attentions.

– Où est Orion ? a demandé Joan en désignant la scène de chaos qui régnait autour d'elle.

– C'est moi qui m'occupe du groupe.

– Ah, a-t-elle lâché d'un ton trahissant une déception extrêmement polie. Tu étais donc sérieuse quand tu parlais de t'investir davantage.

– Aussi sérieuse qu'une crise cardiaque.

Joan a fait la grimace.

– Oups. Désolée. Blague de mauvais goût.

– Et si je restais un peu pour voir comment ça se passe ? a-t-elle suggéré avec méfiance.

– Ça va aller.

– Non, vraiment, a-t-elle insisté. (Elle m'a désigné le bassin tactile, où l'un des enfants semblait à deux doigts de plonger tête la première.) Tu auras peut-être besoin d'un coup de main.

– OK, les mésanges, ai-je lancé, venez autour de moi ! Andy, tu veux bien m'aider ? Tout le monde en cercle !

Avec l'aide d'Andy et de Joan, et sans la moindre intervention des moniteurs, j'ai réussi à rassembler le troupeau en cercle devant l'aquarium de Louise. Les enfants étaient une bonne vingtaine, et ils ne devaient pas avoir plus de douze ans, c'est-à-dire l'âge que j'avais quand j'avais interprété le rôle d'un Garçon perdu dans la comédie musicale du même nom à Broadway. J'étais une chouette gamine à l'époque – du moins avant que les choses dérapent. J'écoutais les adultes. Le metteur en scène n'arrêtait pas de s'extasier sur ma bonne éducation. Je n'avais pas encore découvert que d'autres options s'offraient à moi.

– Bienvenue à tous, ai-je déclaré d'un ton formel.

(Bonjour le naturel.)

– Pourquoi vous êtes si grande ?

– Chut, a sifflé Andy.

J'ai pris une profonde inspiration, et je me suis imaginé que j'étais Orion. J'ai imaginé que mes sourcils s'épaississaient comme les siens ; mes dents de devant se sont écartées, mon cerveau s'est connecté à l'océan. Je comprenais soudain les marées. J'aimais Liv. Je faisais des donations à Sauvons les baleines et les pigments des homards n'avaient plus aucun secret pour moi.

– Pourquoi elle a les yeux fermés ? a soufflé une petite voix.

Mes paupières ont formé deux fentes. Vingt visages agités se tordaient dans mille directions différentes : vers leurs ongles, vers les pointes fourchues de leurs cheveux, vers les raies qui ondulaient derrière eux. Une fille avec des couettes a fait « beurk » à l'attention de ses copines. Je parie que c'était la seule qui me regardait.

Joan s'est raclé la gorge. Boris a grogné. La seule chose qui m'est venue en tête était la vision d'Orion en train de chanter *Moon River* devant la vitre de Louise. Il fallait que je dise quelque chose. « N'importe quoi. Le laïus. Souviens-toi du laïus. »

– Saviez-vous, ai-je commencé sans trop savoir où ce préambule allait me mener, que les bigorneaux sortent de leur coquille quand on leur fredonne un air de musique ?

– Ben voyons, a pouffé la gamine avec les couettes.

Quelqu'un d'autre a ricané. Bon sang, j'étais sûrement moins pénible à l'époque où j'étais un Garçon perdu. Joan me fusillait du regard par-dessus leurs têtes de préados. Ça démarrait très mal.

– OK, ai-je poursuivi. Peut-être pas. Mais nombreux sont les animaux qui communiquent entre eux. Les baleines parlent aux baleines, et les dauphins parlent aux dauphins. Nous savons beaucoup de choses sur les homards, notamment qu'ils émettent des vibrations comme s'ils chantonnaient. Nous ne savons pas trop, en revanche, s'il s'agit d'un réflexe d'autodéfense ou d'une simple manière de discuter.

Je me suis redressée. J'ai marqué une pause. J'ai rassemblé mes esprits.

– Petite démonstration, ai-je poursuivi.

J'ai alors fait la seule chose que je savais faire, même si cela ne m'était pas arrivé depuis des années : j'ai chanté.

Ce n'était pas prévu du tout. Je me suis mise à fredonner, comme ça, une note après l'autre. Je me suis concentrée sur les signes de vie de Louise : un frémissement d'antenne, un mouvement de pince bleue. Mais les paroles semblaient jaillir comme des bulles d'un lieu enfoui à l'intérieur de moi, un recoin ancien, préhistorique. J'ai gratté les cordes d'une guitare imaginaire et donné ma meilleure imitation de Holly Golightly sur l'air de *Moon River* dans *Breakfast at Tiffany's* :

Homard bleu,
Saphir de la mer
Anomalie marine
À pinces,
Oh, joli crustacé,
Hum…

Le seul mot qui me venait spontanément était « angoissé ». J'ai entrouvert un œil.

– Continue ! m'a crié Andy.

– Je ne trouve pas la rime. Toi, là. Aide-moi.

J'ai désigné la gamine à couettes, qui s'est aussitôt planquée derrière sa copine.

– Quelqu'un d'autre ? Même une rime pauvre ?

– Cétacé ! a suggéré un gamin au fond.

J'ai repris le cours de ma chanson :

Oh, joli crustacé,
Ami des cétacés,
Tes vibrations résonnent
Au fond d'l'océan...

Je me suis tue. Tous les yeux étaient braqués sur moi. Plus personne ne s'agitait.

– Voilà ce qu'on va faire, ai-je déclaré : on va inventer nos propres chansons.

Un grognement a parcouru l'assistance.

– Eurk, je sais... utiliser sa créativité, quelle horreur ! (Cette remarque m'a valu un petit rire de Joan.) Récompense : le gagnant aura droit à un super cadeau de la boutique de souvenirs.

Je le rembourserais de ma poche. Ma mère disait toujours que la corruption était un bon outil.

Ça n'a pas traîné. Ils se sont tous mis en binômes, j'ai fait passer des stylos et des grilles de mots croisés en guise de brouillons. Je leur ai donné à chacun un thème de l'exposition, puis je suis allée de groupe en groupe pour les guider, les aider à faire rimer « golfe du Maine » et « surpêche en mer », ou bien à faire rentrer toutes les syllabes de « phytoplancton » dans la métrique. L'expérience était encore plus vague que vaguement scientifique. Mais au moins, ça marchait. Les enfants s'amusaient bien. Et moi aussi.

On s'est tous réunis dehors près des tables de pique-nique, en utilisant l'une d'elles comme estrade. Un trio de filles a entonné une *Ode à la koï* sur l'aire de l'*Ode à la joie*. Deux garçons ont écrit un morceau de rap à propos des roseaux et plantes du littoral du Maine. Joan a même écrit et interprété une reprise de *Jolene* rebaptisée *Baleine*. Orion est revenu avec la tortue malade au moment où un dernier binôme de garçons montait sur la table pour présenter son travail.

– Notre thème d'expo était « Monstres marins d'autrefois », a déclaré le plus grand des deux. Donc on s'est inspirés de *Don't Stop Believin'*.

– Comment va la tortue ? ai-je chuchoté à Orion, qui venait de me rejoindre.

– Bilan de santé positif. Et ici, comment ça va ?

Debout sur la table en bois, les garçons se sont mis à chanter :

Un tout petit poisson
Perdu dans un grand, grand lac…

– C'est quoi, ça ? a demandé Orion.

– Un truc vaguement scientifique, ai-je répondu.

– Chhhut, a protesté Andy.

Des gens de la ville
Qui veulent casser nos rêves…

– J'ai fait ce que je sais faire de mieux, ai-je poursuivi. Je t'avais bien dit que ça n'a pas grand-chose à voir avec les poissons. Mais comme on dit, que le spectacle continue…

– Ils ont écrit tout ça eux-mêmes ?

– Avec quelques suggestions de votre humble servante.

– Violette ! Tais-toi ! a protesté Andy.

« Il m'adore », ai-je articulé silencieusement.

Orion m'a donné un coup de coude en souriant, et je lui ai rendu son geste. Il a recommencé, moi aussi, et ça a continué sans fin, nos bras maladroits en rythme avec cette chanson qui encourageait chacun de nous à croire en l'incroyable.

– On pourrait écrire une comédie musicale, a déclaré Orion ce soir-là alors qu'on traversait le parking.

On était restés tard après la fermeture, d'abord à faire le ménage, puis à discuter. Avant qu'on s'en aperçoive, le soleil s'était couché. J'avais envoyé un SMS à Toby pour lui dire que j'arriverais en retard, et il m'avait répondu avec six émoticônes en forme de donuts, ce qui était un excellent présage pour le dîner.

– Tu écrirais les paroles, a poursuivi Orion, et je m'occuperais des données factuelles ainsi que de l'accompagnement à l'harmonica. Histoire de passer du stade vaguement scientifique à quasi scientifique. Encore mieux que l'expo sur les pingouins.

– Ne nous emballons pas trop vite, ai-je rétorqué.

– Allez… Tu as d'autres idées de titres ?

– *Truite and Shout.*

– *La Isla Bonite.*

– *Cabillaud Submarine.*

– Pour *Yellow Submarine* ?

– Oui ! « On vit tous dans l'Cabillaud Submarine »… Bon, je te l'accorde, il y a encore du boulot.

– Et pourquoi pas *Call Me Guppy* ? a suggéré Orion.

– Sur l'air de *Call Me Maybe* ? Au secours…

– C'est pour ça que tu t'occuperas toi-même des paroles. Tu ne m'as pas dit que tu savais chanter ? J'aimerais entendre ça, à l'occasion.

– Peut-être, ai-je répondu en montant à bord de l'Apogée. (Les détritus à mes pieds s'amoncelaient désormais en une pile si haute qu'elle dépassait mes chevilles.) Orion, as-tu déjà entendu parler du tri sélectif ?

– Je sais, je sais. Ça craint…

– Je m'étonne que tu n'utilises pas de Thermos, avec ta sensibilité écolo.

– Ce ne sont pas mes ordures. Je les ramasse sur le bas-côté. Ou sur la plage.

– Tu plaisantes ?

– Tu ferais comme moi si tu savais à quel point ces cochonneries menacent les habitats naturels.

Je n'en étais pas si certaine, mais j'étais flattée qu'il le pense.

Nous étions seuls sur la route. Il fait très sombre loin de la pollution lumineuse de la ville. Les étoiles scintillaient derrière le pare-brise.

– Alors, il paraît que Liv s'est ouvert le pied à cause de toi ?

– Waouh. Tu parles d'une entremetteuse. Elle a été plus rapide que moi.

– En effet. Elle t'apprécie beaucoup. Ça se voit.

Sa remarque m'a fait comme un petit poisson frétillant dans le ventre.

– Je me sens bête de te poser cette question, mais, hum... vous avez parlé de moi ?

– Non, ai-je menti. Discrétion et subtilité, OK ? Il faut que je gagne sa confiance d'abord.

– La subtilité ? Ce n'est pas trop ton genre, d'habitude. Mais pourquoi pas.

– Tu peux me mettre en contact avec elle, d'ailleurs ? J'ai exhumé un tas de vieux documents sur Ransome et Fidelia, je pense que ça l'intéressera.

– Tu as besoin de moi pour t'arranger une entrevue avec Liv ?

– Si on veut. Ça me permettra de faire avancer ton affaire, aussi.

– C'est vrai que tu te montres très efficace pour l'instant.

– Ne crache pas dans la soupe, Orion.

– Oh, waouh ! s'est-il soudain exclamé en désignant le ciel. Tu as vu cette lune ?

Je me suis penchée pour essayer d'y voir quelque chose à travers le pare-brise. La lune semblait recouverte d'une fine couche de gelée à la fraise et avait l'air toute proche de nous, posée juste au-dessus de la cime des pins, dont les ombres inégales évoquaient la forme d'un couteau dentelé.

– Elle est rose ! me suis-je exclamée. On peut s'arrêter ?

– Mieux que ça, a répondu Orion en appuyant sur l'accélérateur. On va prendre de la hauteur avant que le brouillard se lève.

Il conduisait vite, mais pas assez. Une fois en haut, sur le même rocher que l'autre soir, nous n'avons vu que la brume. Privé de la voûte du ciel, le promontoire rocheux paraissait plus étroit, mais sans les autres, il paraissait bien vide, aussi. J'étais prête à m'en aller – on aurait sans doute une meilleure vue de la lune en redescendant –, mais Orion a insisté pour qu'on attende un peu.

– Parfois, ça se dissipe.

J'ai resserré le coupe-vent de Toby autour de moi. La dernière fois qu'on était venus ici, j'avais eu une crise d'angoisse. J'ai essayé de ne pas trop y penser. Je me suis efforcée d'être pleinement là, avec Orion, platoniquement.

– Je trouve ça dingue que ce soit la gravitation de la lune qui contrôle les marées.

– Ça semble presque trop poétique pour être vrai, ai-je admis.

– Voilà. C'est ça, l'océan.

Il a cogné son épaule contre la mienne. La température avait nettement fraîchi et son corps irradiait d'une douce chaleur. Quand on s'est touchés, j'ai tremblé.

– Tu as froid ? m'a-t-il demandé.

J'ai fait non de la tête. Pourvu qu'il ne me propose pas son blouson. Je me suis demandé s'il amenait souvent des filles jusqu'ici. Ou si c'était juste leur coin secret, à Liv et lui. Et, en cet instant précis, le nôtre à tous les deux.

– Orion, tu permets que je te pose une question, en ma qualité d'entremetteuse personnelle ?

– Permission accordée.

– Es-tu déjà sorti avec quelqu'un d'autre que Liv ? Tu es beau gosse, intelligent. J'imagine que tu dois avoir du succès.

Il a mis sa main autour de son oreille en souriant.

– Pardon, tu peux répéter ? Beau gosse, intelligent ?

Je l'ai poussé en arrière. Il a titubé.

– Disons, a-t-il fini par répondre, que « sortir » est sans doute un terme un peu fort...

Son sourire continuait à flotter sur ses lèvres, et il m'a jeté un regard penaud qui semblait signifier : « J'ai juste fait l'amour une ou deux fois. » Ça m'a électrisée. Si on avait été dans la voiture, les bouteilles vides à mes pieds auraient explosé comme du pop-corn.

– Ça n'a jamais duré, a-t-il poursuivi. Maintenant, je n'ai plus envie de sortir avec quelqu'un si ce n'est pas le grand frisson.

– Manquerais-tu d'instruction sur les plaisirs de la chair, Orion ?

– Madame parle d'expérience, on dirait.

– « Expérience » est un euphémisme.

– Tu as dû rendre plus d'un garçon malheureux à New York, a déclaré Orion.

L'espace d'un instant, j'ai failli le corriger. L'hiver dernier, une fille s'était entichée de moi – une joueuse de batterie d'un autre lycée, dont j'avais ignoré les textos pendant des semaines –, mais je n'avais pas envie de revenir sur ma propre cruauté, et encore moins de me justifier. Pas alors qu'il avait une vision si pure de moi.

– Je mène une existence monacale, désormais. Dévouée entièrement à ma mission d'entremetteuse.

– Et l'entremetteuse ne regrette-t-elle pas les plaisirs de la chair ? m'a demandé Orion.

– Pas du tout.

Mensonge. Le frôlement de son épaule contre la mienne, pendant qu'il guettait l'apparition de la lune rousse dans le ciel, m'envoyait des ondes électriques à travers tout le corps. Je n'aurais qu'un geste à faire pour agripper son tee-shirt et l'attirer vers moi, presser ma bouche contre la sienne...

Ce que je ne regrettais pas, c'était de revoir mes conquêtes furtives du week-end faire de mauvais exposés sur les forêts du Guatemala pendant que je restais assise sur ma chaise, mal à l'aise au souvenir de la même personne en train de remettre son soutien-gorge ou de chercher son slip entre les draps. Le sexe en soi ne me donnait aucun état d'âme; c'était plutôt tout ce qu'il y avait autour.

– Ne me dis pas que tu ne crois pas aux histoires d'amour. Nous avons déjà assez d'une Liv Stone dans cette ville.

– Je croyais que tu étais toi aussi un chercheur de vérité.

– Je trouve ses idées super intéressantes, mais je ne suis pas d'accord avec elle sur tout.

Première nouvelle. Et moi qui croyais qu'Orion buvait systématiquement ses paroles.

– Je vais tâcher de t'expliquer, a-t-il poursuivi en se frottant la main.

Je voyais les rouages de son cerveau en train de tourner, son désir sincère de trouver les mots justes pour exprimer sa pensée. Il devait sûrement tirer la langue pour s'appliquer quand il faisait ses devoirs. Je ne connaissais personne d'aussi sincère à New York – ou alors, j'avais mal cherché.

– Je pense qu'elle a raison quand elle affirme qu'il y a un truc bizarre dans l'histoire de tes ancêtres. Sans vouloir te vexer.

– Pour la millionième fois, ça ne me vexe pas.

– Liv est convaincue qu'un sombre secret se cache là-dessous. Mais personne n'a un passé lisse et parfait. Ransome et Fidelia étaient peut-être deux individus excentriques tombés amoureux l'un de l'autre. Pour eux, leur histoire était normale. Tu ne crois pas que tes arrière-arrière-grands-parents s'aimaient d'un amour sincère ?

– C'est sans importance. Ils sont morts et enterrés depuis longtemps.

– Qu'est-ce que tu racontes ? C'est très important, l'amour.

Il avait réagi au quart de tour et j'ai compris que c'était son cerveau reptilien qui parlait, la partie la plus intime et la plus vraie de lui-même. Si vous le mettiez dans une marmite d'eau bouillante et attendiez qu'il ait entièrement fondu, il ne resterait de lui que cette adorable vérité. J'étais infiniment touchée par son amour sincère – pour la musique, pour ses poissons, et pour ses amis. Pour la lune et l'océan, pour ces forces qui nous lient les uns aux autres.

« Pour moi ? » me suis-je demandé, avant que mes pensées se mettent à tournoyer comme les raies qu'Orion aimait tant : « Pour moi, pour moi, oui, pour moi… » Voilà que radio Romance se remettait à grésiller. Il se tenait si près de moi que j'aurais presque pu toucher l'espace entre ses dents du bonheur. Il aurait pu poser ses lèvres sur ma poitrine, glisser un doigt à l'intérieur de moi… un, deux…

– N'est-ce pas pour ça que tu as décidé de l'aider dans ses recherches ? m'a-t-il demandé. Pour mieux comprendre leur relation ? La vérité de leur histoire ?

– Tu parles de Liv ?

– Oui. (Il a répété son prénom.) Liv.

Comme s'il craignait de l'oublier.

Les nuages se sont dissipés devant la lune, vaporeux et rosés, ondulés comme l'eau d'un torrent. Je sentais le regard d'Orion posé sur moi et j'ai su qu'il me suffirait de me tourner vers lui pour obtenir ce que je voulais.

– Le premier arrivé à la voiture ! me suis-je écriée en m'élançant à travers bois en direction du vieux van déglingué et rassurant, pas romantique pour un sou.

J'ai gagné la course, mais de peu.

Une fois de retour à la maison, j'ai miraculeusement trouvé du réseau sur le ponton au pied de la colline et, tout en admirant le ciel – à présent débarrassé de ses nuages, la lune rose énorme au premier plan –, j'ai envoyé un message de deux mots à ma mère : « la lune ».

Elle m'a renvoyé un croissant jaune, six cœurs et une petite abeille jaune, absolument parfaite et incompréhensible.

LE PHARE

Juin a cédé la place à juillet. Orion, fidèle à sa parole, m'a arrangé un rendez-vous avec Liv le samedi suivant afin que je puisse lui montrer mes trouvailles. Comme elle travaillait, je suis allée la retrouver au musée du phare de Bat Wing Point, situé à l'écart du centre-ville, au sommet d'une colline notoirement escarpée. À chacun de nos séjours d'été en famille, nous avions nourri le projet de nous y rendre sans jamais y parvenir, découragés par la longue marche et distraits par l'attrait de la plage.

À la seconde où je suis entrée dans le musée, j'ai regretté que nous n'ayons jamais fait cet effort. Au moins pour Sam. C'était une caverne d'Ali Baba de trésors nautiques : il y avait des longues-vues de toutes les formes, de toutes les tailles et de toutes les couleurs, des boules de chalut en verre, des cordes, des tables de marées, des cartes marines et astronomiques. Il y avait beaucoup de monde, aussi, alors que je m'attendais à trouver un endroit désert. À travers la foule des visiteurs, j'ai aperçu Liv près d'une collection de cornes de brume. Elle avait remplacé son sempiternel sac à patates noir par une élégante robe-chemise bleue et troqué ses baskets contre une chic paire de derbies. Le seul détail qui lui restait de son uniforme habituel était sa casquette des Portland Sea Dogs.

– Tu as changé de look, ai-je commenté.

– C'est mon déguisement de travail. Je suis la plus jeune

employée ici, donc j'essaie de m'habiller correctement. Hélas, le respect du style *sartorial* demeure une forme de respect. C'est le dossier de Joan ?

Je lui ai tendu la chemise cartonnée tout en notant dans mon pense-bête mental de rechercher la signification du mot « sartorial ».

– Comment va ton pied ?

– Il se remet tout doucement. Merci.

– Ces crèmes désinfectantes font des miracles. Sans parler, bien sûr, de mes mains de fée.

Quelqu'un m'a bousculée par-derrière – un vieux monsieur, sans doute un grand-père, à la carrure rectangulaire et aux cheveux gris.

– Excuse-moi, mon garçon, a-t-il dit en me tapant dans le dos.

– Je vous en prie, ai-je répondu.

En entendant ma voix, il m'a de nouveau regardée, avec mon mètre quatre-vingt-un, mon crâne presque chauve, le jean de mon père et le coupe-vent de Toby. J'avais mis du rouge à lèvres, ce matin-là – un vieux tube retrouvé dans la chambre de ma mère, si périmé que je m'étais sans doute empoisonnée. Le nom de la couleur s'était effacé, si bien qu'il ne restait plus que les lettres *ink*. Je ne savais pas trop quoi en penser. Mais je ne m'étais pas démaquillée non plus.

– Oups, mais tu n'es pas un garçon ! s'est exclamé le rectangle. Désolé, trésor. Pourquoi une jolie fille comme toi n'a-t-elle pas de cheveux ?

– Pour mieux déstabiliser les gens comme vous.

Il a lâché une syllabe – « Ah » – avant d'aller rejoindre sa famille.

– Ça a marché, on dirait, ai-je glissé à Liv. (Elle a pouffé de rire.) C'est toujours aussi bondé, ici ?

– Oui, désolée. Je pensais qu'il y aurait moins de monde, à cette heure. Anjali, qui est la mère de Mariah et la directrice du musée, nous a inscrits sur un site de voyage qui ne montre que des lieux touristiques hors des sentiers battus. Résultat, nous avons connu une affluence record durant tout l'été. Anjali ne jure que par les réseaux sociaux. On essaie d'envoyer du monde à l'aquarium, mais... ils vont tous à l'autre...

– Je n'aurais jamais cru un jour détester les pingouins à ce point.

Une femme qui avait exactement le nez et la bouche de Mariah (et un rouge à lèvres impeccable) s'est avancée vers nous. Anjali. Je me suis demandé si elle avait enseigné à sa fille l'art subtil du maquillage, côte à côte devant la glace, ou si Mariah avait juste appris toute seule en l'observant. Si elles avaient le genre de relation mère-fille où Mariah pouvait tout lui confier, ou s'il y avait des secrets entre elles.

– Liv, je sais que tu es censée finir à quatorze heures aujourd'hui, mais ça t'embêterait d'assurer la visite guidée ? Je croule sous les e-mails et je dois absolument finir mon post sur notre programme spécial des dimanches d'été.

Liv m'a jeté un coup d'œil.

– C'est-à-dire qu'on devait...

– Je peux t'attendre, ai-je aussitôt déclaré.

Je n'aimais pas les visites guidées, d'habitude, mais j'avais envie de voir la sienne.

Anjali s'est tournée vers moi avec vivacité.

– Alors, c'est toi, la New-Yorkaise ? Comment t'appelles-tu, déjà... Vi ? Mariah m'a dit que tu étais très drôle. Pense bien à notre jeune public, Liv. Laissez-moi vous prendre en photo pour les réseaux sociaux. Nos pages sont alimentées en permanence, et ce n'est pas grâce à Liv. Voilà, faites un truc marrant mais, surtout, soyez spontanées, hein !

Liv a fait un vague geste en direction des cornes de brume. J'ai pris mon menton dans ma main, comme si j'apprenais des choses passionnantes tout en roulant des yeux à l'attention de Liv, atterrée par le ridicule de la situation.

– Magnifique, a commenté Anjali avant de nous montrer le résultat.

En nous voyant toutes les deux à l'image, je n'ai finalement pas regretté que la photo ait été prise.

– Madame, a appelé quelqu'un, est-ce que la visite va bientôt commencer ?

– Je t'empêche de travailler. Mauvaise cheffe, a dit Anjali en rangeant son téléphone.

Liv m'a rendu le dossier avant de se tourner vers la foule.

– Bonjour tout le monde, a-t-elle lancé la cantonade, la visite va débuter par l'histoire du phare. Si vous voulez bien vous approcher…

Je me suis mêlée aux visiteurs, un picotement nerveux dans les mains au souvenir du désastre que j'avais évité de justesse avec le groupe à l'aquarium. Au final, ça ne s'était pas trop mal passé. Qui sait, je survivrais peut-être au gène du naufrage pour m'en débarrasser comme une mue de serpent.

La visite commençait.

– Ce phare a été construit en 1910, a déclaré Liv.

Elle a trouvé mon visage parmi la foule et plongé son regard dans le mien. Je n'avais pas l'habitude de me retrouver du côté des spectateurs, et je me sentais mal à l'aise. Devais-je soutenir son regard, ou non ? C'était tellement bizarre que j'ai préféré me concentrer sur un bouton du col de sa robe qui ne tenait plus qu'à un fil.

– Les gardiens ont vécu à l'étage jusque dans les années 1950, quand l'activité du phare a cessé.

J'ai levé fugacement les yeux vers son visage. Liv souriait. Elle était douée pour parler en public, et elle le savait. Une version légèrement plus professionnelle d'elle-même : élégante et chaleureuse, claire dans ses propos, cultivée et bonne oratrice.

– N'est-elle pas adorable ? a chuchoté devant moi une femme à son mari.

Mais il n'y avait pas que ça. Liv était précise, carrée. Elle se tenait les épaules en arrière, et sa diction avait la netteté dont rêverait n'importe quel metteur en scène de théâtre. Cerise sur le gâteau : elle savait un sacré paquet de trucs.

Elle a nommé six sortes de cornes de brume différentes, ainsi que les noms des marins auxquels elles avaient appartenu. Elle a raconté une histoire de fantômes à propos du tout premier gardien du phare en marquant des pauses aux bons endroits. De là, elle a enchaîné sur la navigation astronomique, les sextants et l'angle de l'horizon, puis les nœuds marins : nœud de taquet, de chaise ou de gueule de raie.

Elle s'est arrêtée devant une lentille faite de verre et de bronze, si énorme qu'elle ressemblait à un vaisseau spatial, et presque aussi grande qu'elle. Elle a posé sa main sur le verre, s'irisant à la lumière.

– La lentille de Fresnel a constitué un progrès décisif dans la technologie des phares, a-t-elle expliqué. Le verre était assemblé par sections concentriques, ce qui permettait au flux lumineux d'être projeté encore plus loin qu'auparavant. La lentille hyper-radiale de Fresnel est la plus large inventée par l'homme. L'une des plus célèbres, celle du phare de Makap'u Point à Hawaï, dépasse les quinze mètres de hauteur et possède plus de un millier de prismes.

Nos regards se sont à nouveau croisés, et mon cœur a tressauté. « Un millier de prismes. » J'ai imaginé un rayon de soleil perçant une surface vitrée remplie de cristaux, la lumière transformée en fractales Technicolor à mesure qu'elle passait entre les joyaux.

La dernière étape de la visite était une carte de la côte du Maine marquée avec des punaises. Liv a pris une longue inspiration. Les visiteurs attendaient, suspendus à ses lèvres. Elle a prolongé le silence. La femme devant moi a trituré son appareil auditif. Mon cœur a carrément cessé de battre. Je savais exactement ce que Liv était en train de faire. Elle ménageait ses effets.

– Notre ville, comme chacun le sait, a été fondée par la survivante du naufrage du *Lyric*, Fidelia Rudolph, et son époux, Ransome. L'épave n'a jamais été retrouvée, mais beaucoup d'autres sont visibles le long de notre littoral.

J'ai compris : chaque punaise indiquait l'emplacement d'un naufrage, et le tout formait un réseau de catastrophes marines. Moi qui m'imaginais – quelle idiote – que notre naufrage était unique.

– Si vous voulez voir des épaves sans monter à bord d'une embarcation submersible, je vous recommande un détour par la baie d'Aguecheek, au nord. L'an dernier, un navire datant de la guerre de l'Indépendance a ressurgi sur la plage. Il va et vient depuis des décennies, au gré des marées et de l'érosion. Mais vous avez de la chance, car les étoiles se sont alignées dans le ciel rien que pour vous et il est à nouveau visible pour la première fois depuis les années 1950. (Elle s'est de nouveau tournée vers la carte.) Si vous le voulez bien, je vous propose de conclure notre visite par un petit jeu. Testez mes connaissances. Si je sèche, vous gagnez un prix. (Ses yeux pétillaient sous la visière de sa casquette.) Violette, a-t-elle lancé, choisis une épingle, n'importe laquelle.

Je me suis avancée vers elle. À en croire la carte, toute la côte était parsemée de sites de naufrage. Elle ne pouvait pas les connaître tous. J'ai désigné une grosse punaise jaune au sud de Lyric.

– Le *Bohemian*, a-t-elle répondu aussitôt. 1864. Un navire de passagers. Il a heurté Alden's Rock dans la brume, et il a sombré.

Une main ridée s'est tendue vers la carte.

– Le *Gypsum King*. 1906. Un remorqueur. Échoué sur un récif.

Il n'y a pas eu de victimes : l'équipage a pu gagner la côte à bord de la chaloupe.

– Ici, le *Ulysses*. 1878. Il avait brisé ses amarres.

Pour moi, un naufrage était un naufrage, point. Mais j'avais tort. Liv détaillait un million de raisons différentes, et autant de types de bateau : brouillard, récifs, tempêtes, navires de charge, pannes de moteur, goélettes et bateaux à vapeur, avaries mécaniques. Sa voix m'entraînait dans des profondeurs qui n'avaient jusqu'alors été peuplées que par les baleines, les requins et les lottes.

– L'épingle bleue, là ? a demandé le grand-père rectangulaire.

– Le *Lady of the Lake*, a répondu Liv. 1895. Rempli de cailloux et sabordé. Prétendument hanté.

Tous ces naufrages. C'était incroyable.

Mais où était le *Lyric* ? Où était donc passé mon bateau ? Celui de ma famille ?

Rien ne nous reliait à cette carte. Le *Lyric* était un trou béant dans l'histoire de notre famille. Un terrible vide.

L'escalier en colimaçon qui menait aux bureaux s'enroulait étroitement dans la pierre, à la manière d'un nautile. Les semelles de Liv résonnaient comme des chaussures de claquettes. J'imaginais le gardien du phare en train de manger du jambon en conserve et d'avaler des lampées de whisky pour se réchauffer, ou de se promener en ciré jaune dans les embruns iodés. S'il était arrivé quelques années plus tôt, le naufrage aurait pu être évité. Tous ces gens auraient survécu. Mais je ne serais jamais née.

Arrivée au sommet, la tête me tournait tellement que j'ai dû presser mon front un instant contre le mur.

– Ça va ? m'a demandé Liv, la main sur mon épaule.

– Le problème avec les naufrages, ai-je répondu, tournée vers la pierre, c'est que les gens meurent. Je viens seulement de le réaliser. Fidelia a survécu, mais c'était la seule. Désolée. Je ne voulais pas casser l'ambiance.

J'ai décollé mon visage du mur. Liv a tendu la main et, du bout des doigts, a effleuré mon front à l'endroit où la pierre l'avait légèrement marqué. La lumière entrait à flots par les fenêtres et jouait à travers les trous des tresses de Liv.

– Aïe, a-t-elle dit d'une voix douce.

Une de ses mèches venait de se détacher. J'ai lutté contre l'envie de la remettre en place.

Elle a retiré sa main et repris la parole tout bas :

– Si on jetait un œil ?

– Absolument.

Une page après l'autre, elle a sorti tous les documents du dossier pour les disposer par terre. Nous étions très en hauteur. Par la fenêtre, je voyais des voiliers glisser au large. L'eau était calme et très belle. Si ça se trouvait, ces bateaux étaient en train de passer au-dessus de l'épave du *Lyric* et les touristes à bord n'en avaient pas la moindre idée. J'ai frissonné en les imaginant avec leur look parfait, sirotant des bières artisanales locales et posant pour des photos sur fond de coucher de soleil, pendant que les squelettes des passagers noyés reposaient tout au fond.

Sam détestait perdre des choses. Moi aussi.

– Liv, quelqu'un a-t-il déjà essayé de retrouver le *Lyric* ? En menant des recherches sérieuses, j'entends.

– Pas vraiment. Comme je le disais, tout le monde s'en fout, au-delà de « l'histoire d'amour qui nous a donné le jour ». Et puis, il faut un budget avec un grand *B*. Du matériel avec un grand *M*. Et personne n'a la moindre idée de l'emplacement de l'épave. Oh, comme c'est joli !

Elle m'a passé deux dessins, au crayon et à l'encre sur du papier jauni. Le premier représentait un cerf, le second un ourson noir. Les dessins n'étaient pas très bons (les animaux étaient bizarrement proportionnés, un peu boursouflés) mais, malgré leurs défauts, il se dégageait d'eux une certaine tendresse, une attention bienveillante dans le trait. Tous deux étaient signés *RR* en lettres fines et arachnéennes.

– Oh, s'est écriée Liv, OH !

– Quoi ? Que se passe-t-il ?

– Je n'avais jamais vu de photo ! Regarde !

Elle a accouru vers moi en brandissant la photocopie d'un article de journal. L'image en question était floue, l'encre avait bavé, mais on distinguait nettement deux hommes dans une cage en fer forgé vide. L'article indiquait :

LES RÉSIDENTS DE LYRIC FONT AGRANDIR
LA MÉNAGERIE MUNICIPALE

Depuis quelques années, Ransome Rudolph et son épouse, Mme Fidelia Rudolph, avaient le projet de bâtir une ménagerie publique pour les habitants de Lyric. Ils ont déjà sous leur protection une oursonne noire orpheline prénommée Nanny, réputée pour venir manger dans la main de sa maîtresse, ainsi que deux cerfs blancs et Ruby, un perroquet. Leur premier ajout exotique, un tigre d'Inde, est attendu pour cet automne. M. Rudolph espère que l'animal s'attachera autant à sa femme que l'oursonne Nanny.

– Heu... c'est quoi, tout ça ?

– Tu n'étais pas au courant pour le zoo ? m'a répondu Liv, comme si c'était l'information la plus connue au monde.

– Non, je n'étais pas au courant pour le *zoo*.

Elle a étudié minutieusement la photographie.

– Je me demande si c'est l'un de leurs fils. Attends. Je suis sûre qu'il y a une loupe quelque part...

À l'autre bout de la salle, un meuble de rangement métallique semblait entièrement constitué de petits tiroirs. Liv s'est attelée à les ouvrir tous, l'un après l'autre. Ça risquait de prendre un moment.

– Tu peux m'expliquer cette histoire de zoo ?

– Ah oui, pardon ! C'était le prédécesseur de l'aquarium. Mais l'expérience a tourné court.

J'ai eu un mauvais pressentiment.

– Ils ont fait venir le tigre ?

– Pour ce que j'en sais, oui.

– Et ?...

– Eh bien, a poursuivi Liv à contrecœur, d'après ce que j'ai compris, il s'est mal adapté à sa nouvelle contrée.

– Que s'est-il passé ? ai-je insisté, même si je devinais déjà la réponse.

– Il paraît que l'hiver a été particulièrement rude cette année-là...

J'ai eu la nausée. Je me sentais poreuse, comme Sam. Pauvre tigre, frigorifié et loin de chez lui. Ces dessins, encore dans ma main, étaient-ils morts aussi durant ce même hiver, l'oursonne et le cerf ? Pourquoi personne ne m'avait-il jamais parlé de ce sinistre épisode de notre histoire familiale ? Pourquoi est-ce qu'on ne se disait jamais *rien* ? Pourquoi étais-je incapable de reprendre contact avec Sam ?

J'ai pressé mes paumes sur mes yeux, si fort qu'une aurore violette et rose a explosé sous mes paupières.

– Violette ?

– Je ne savais pas, ai-je lâché d'une voix rauque.

– Ça s'est passé il y a très longtemps, a dit Liv tout doucement. À l'époque, c'était courant d'avoir toutes sortes d'animaux chez soi. William Randolph Hearst avait des zèbres. Ransome et Fidelia, au moins, essayaient d'en faire profiter le public... et ils aimaient vraiment leurs animaux. On dit que l'oursonne a été blessée et qu'ils l'ont gardée sous leur toit pendant un moment…

J'avais détaché mes mains de mes yeux, mais les taches de couleur dansaient toujours devant moi.

– Je me trompe peut-être, a poursuivi Liv. Si ça se trouve, je te raconte n'importe quoi.

– Tu ne te trompes jamais.

J'entendais le son de ma voix se durcir. J'avais envie de savoir, oui. Et en même temps, je n'en voyais pas l'intérêt. Plus j'en apprenais, plus je me sentais mal. Sam savait plein de choses, des tonnes de choses, et il n'avait pas encore trouvé le moindre sens à sa putain de vie.

Liv observait la photocopie à la loupe, les yeux plissés

– OK, je te confirme que c'est bien Ransome sur la photo. Ils avaient trois fils : Sterling, James et Llewyn. Tu savais que tu avais du sang gallois, du côté de Ransome? Le pays de Galles a des légendes fascinantes…

– Et alors? Quelle importance que j'aie du sang gallois, irlandais ou martien! À quoi ça sert de savoir toutes ces conneries? Mon frère est un cerveau, lui aussi, je parie qu'il connaît le sens du mot «sartorial» et qui était William Randolph Hearst et pourquoi c'est intéressant de savoir qu'il avait des zèbres, mais ça ne l'aide pas plus dans l'existence. À quoi ça lui sert de décrocher un A en version latine sur un discours de Jules César s'il a quand même envie de se jeter du haut d'un pont?

J'ai réalisé que je criais. Liv était tétanisée.

– Excuse-moi. Ce n'est pas contre toi.

– OK, a-t-elle répondu d'un ton dubitatif.

– Je te présente mes excuses. Vraiment. Mon frère ne supporte pas les cris, lui non plus. Chaque fois que mes parents s'engueulent entre eux, ou avec moi, il se planque.

– Tes parents s'engueulent?

– Ben oui, et alors ?

– Oh, rien. Je n'ai jamais vu mes parents se disputer, a dit Liv. Même après la mort de Will.

– J'aimerais être à ta place, ai-je lâché sans réfléchir. Non, enfin… je veux dire… Excuse-moi. C'était maladroit. Je ne voulais pas dire que…

– Que tu aimerais que ton frère soit mort ? Ne tournons pas autour du pot, OK ? Mon frère est mort. Pas le tien. C'est un fait.

Elle a croisé les bras, et nous avons laissé cette vérité flotter entre nous un instant. Le silence était si pesant que j'avais l'impression d'entendre mes poumons se gonfler et se vider. Je ne savais pas quoi dire. J'allais devoir attendre, même si c'était insupportable.

– J'aimerais bien qu'on s'engueule, parfois, a-t-elle fini par déclarer d'une voix lente. Quand Will est mort… – désolée, je n'aime pas dire « nous a quittés ». C'est l'expression qu'emploient mes parents, comme s'il avait juste pris son vélo pour s'en aller… mais c'est justement ça, le problème. Ils évitent de se confronter aux choses.

Je n'avais jamais pensé au fait que Liv avait des parents. Je l'avais toujours imaginée surgissant, déjà jeune fille, de la tête de son père, comme Athéna.

– L'an dernier, quand j'ai décroché mon permis de conduire, je suis allée passer la journée à Portland. J'avais envie d'être dans une grande ville où personne ne me connaissait, où personne ne connaissait Will ni ce qui lui était arrivé. C'était si agréable que j'y suis retournée le lendemain, et le surlendemain, et j'étais tellement crevée de conduire le troisième soir que je suis restée sur place. J'ai dit à mes parents que je passais la nuit chez Mariah. Mais personne ne savait où j'étais.

– Où as-tu dormi ?

– Dans ma voiture, a-t-elle répondu. (Cette pensée m'a déchiré le cœur.) À ce stade, j'avais déjà séché la moitié de la semaine. Mon père m'a appelée, il se faisait un sang d'encre. Pendant le trajet du retour, j'ai eu des visions de l'engueulade à venir. Je voulais leur dire que j'étais allée à Portland, et… enfin, pour la première fois, les voir péter les plombs. On a un présentoir à gâteaux en porcelaine dans la cuisine, le genre surmonté d'une cloche en verre, et je m'imaginais déjà en train de le balancer contre le mur. J'en crevais d'envie, même.

» Mais arrivée chez moi… je les ai trouvés hyper calmes. Il y avait une théière posée sur la table du salon, et mon père a longuement parlé pendant que ma mère restait assise là, sans me regarder. Il a dit qu'ils « m'aimaient » et que « ça ne me ressemblait pas » et je me suis sentie hyper mal de m'être imaginée en train de fracasser un présentoir à gâteaux alors que mes parents étaient d'une tristesse absolue, morts d'inquiétude, et qu'ils avaient l'air de tant souffrir.

– Ta mère n'a pas ouvert la bouche ?

– Non. Pendant toute la semaine suivante, elle est restée mutique et je me déplaçais furtivement autour d'elle, comme si je n'étais pas à ma place, en lui laissant de petites offrandes comme un chat… ses biscuits à la confiture préférés, ou bien un devoir sur Cromwell qui m'avait valu une bonne note… mais rien. Heureusement, les choses ont fini par revenir à la normale. Mais on n'a plus jamais abordé la question. Elle ne m'a même pas dit qu'elle me pardonnait.

– C'est nul, ai-je commenté. (Liv s'est crispée.) Enfin, je ne connais pas ta mère.

– Ils sont comme ça, a-t-elle répondu d'un ton protecteur. Les tiens hurlent, les miens non. Je ne sais même pas pourquoi je t'ai raconté cette histoire. L'herbe est toujours plus verte ailleurs, bla bla bla…

– Tu sais, les engueulades, ce n'est pas aussi sain que ça en a l'air. Et quand je me demande ce que je vais bien pouvoir dire à

Sam… je lis sur tous les sites Internet que je ne dois pas lui en vouloir, juste me montrer compréhensive. Mais il a essayé… ne tournons pas non plus autour du pot, OK? Il a tenté de se suicider.

J'ai répété ces mots d'une voix lourde :

– Il a tenté de se suicider.

Ma gorge a enflé, tout à coup. La même sensation que quand j'essayais de lui écrire, comme si j'avais avalé une grenade tout entière, le fruit ou l'explosif, peu importe, avec en prime cette histoire de tigre mort et Liv toute seule dans sa voiture…

Je me sentais comme cette fameuse fois près du distributeur de l'hôpital, j'avais froid, tout était flou, j'étais loin…

– Violette?

Je ne voulais pas que ça recommence, j'avais déjà vécu ça une fois, pas une deuxième, non, non, par pitié, ma gorge était comme un python en pleine digestion, je sifflais en respirant, il fallait que je…

J'ai imaginé la main d'Orion entre mes omoplates et la grenade s'est dégonflée, un peu, mais le monde autour de moi palpitait tout en noir…

– Violette, je crois que tu ferais mieux de t'allonger.

La voix de Liv. J'ai écouté. J'ai fait l'étoile de mer au milieu des documents qu'elle avait étalés par terre, et elle s'est soudain retrouvée à côté de moi, la respiration lourde et forte. Le plafond au-dessus de nous était blanc et traversé d'épaisses poutres en bois. Ça m'a rappelé la fois où j'avais essayé de m'allonger au fond d'une piscine en vidant tout l'air de mes poumons et en crachant des bulles vers la surface. Je suis restée étendue sur le plancher. J'ai calqué mon souffle sur le sien.

– C'est bon de s'allonger par terre, des fois, a déclaré Liv.

– J'ai dragué un mec plus âgé que moi pendant que Sam était à l'hôpital, ai-je avoué d'un ton misérable avec ma grenade dans la gorge.

– J'ai embrassé Orion deux jours après la mort de Will.
– Je suis odieuse avec mon frère, Liv.
– Je suis sûre que non.
– Tu te trompes.
– Tu peux changer.
– Pas sûr.
– Mais si, a-t-elle insisté. Tu sais, un jour, j'ai caché un poisson derrière la commode de Will.

Je n'ai pas pu m'empêcher de rire.

– Un poisson ?

– Pas entier, a-t-elle précisé. Un sandwich au thon emballé dans un sachet en plastique.

– Seuls les tueurs en série font ce genre de truc, Liv.

– C'était génial. Il a mis des mois avant de comprendre. Sa chambre puait. Je ne le supportais plus. Il pouvait se comporter comme un sale petit con, parfois. Mais il avait beaucoup changé. Et il aurait continué, sans doute. Tu veux te redresser ?

– D'accord.

On s'est rassises en même temps. La pièce ne paraissait pas normale autour de moi – j'avais l'impression que plus aucune pièce ne le serait jamais – mais, au moins, je savais où j'étais, et avec qui.

– Tu te sens bien ? m'a-t-elle demandé.

Le gris de ses yeux paraissait plus profond que d'habitude.

– J'ai le cerveau qui part en vrille, parfois.

– Je pense trop, moi aussi. Les neurones qui craquent sous la pression. Les idées qui vont à toute allure... Ce genre de délire.

– Qui est William Randolph Hearst ?

– Ça n'a pas vraiment d'importance, a-t-elle rétorqué.

Elle avait des taches de naissance sur le cou, comme une carte géographique.

– Ta visite guidée était géniale, j'ai dit en imaginant que je repoussais ses nattes pour effleurer, lentement, le contour des pays dessinés sur son cou.

– Merci. Oh, mon Dieu.

– Quoi ? J'ai fait quelque chose qui ne va pas ?

– Non, non, pas du tout. Cette expression. Quand tu m'as regardée, à l'instant, je... (Elle a examiné la photo de l'article, puis s'est de nouveau tournée vers moi, ses yeux aux couleurs hivernales d'abord perplexes, puis pétillants.) Observe bien la personne à droite.

Elle m'a tendu la loupe et la photocopie. J'ai suivi ses instructions. Un nez, une bouche, des yeux, des joues... soudain, cet autre visage a pris forme. Celui du supposé fils. C'était mon portrait craché.

– Je crois qu'il s'agit de Fidelia, a déclaré Liv.

– Elle ne me ressemble pas sur sa photo de mariage.

– À cause du maquillage qu'elle portait ce jour-là, peut-être. Ou parce que... ici, elle est de profil, alors que sur l'autre, on la voit de face.

– Mais elle se déguisait en garçon *avant* d'épouser Ransome.

– Cette photo semble prouver qu'elle s'est déguisée bien plus longtemps. Ou bien qu'elle ne se déguisait pas du tout... De plus en plus étrange, comme dirait Alice au pays des merveilles !

– Elle préférait peut-être porter des pantalons, ai-je suggéré.

J'ai de nouveau examiné l'image : son visage ne contenait pas que le mien. J'y ai reconnu Sam, et aussi Toby. De profil, elle était nous trois à la fois.

– Pas faux. Mais avoue que c'est quand même une découverte énorme. Moi qui ne trouve jamais rien d'habitude, alors que je bosse là-dessus depuis des années... c'est complètement fou ! OK, on se calme. Et on s'organise. (Elle s'est remise debout.) D'abord, caler des séances de travail. Où est passé mon agenda ?

– Si on se bloquait tous nos samedis après-midi ?

– Nous ? Tu as donc envie de participer au projet ?

– Oui, ça m'amuse. Si tu veux bien…

– Tu veux rire ? Je vais me faire un plaisir de le répéter tous les jours à Mariah et Felix. (Elle m'a souri.) À compter d'aujourd'hui, le samedi, c'est recherche d'épave. Rendez-vous est pris, OK ?

Mon cœur a gonflé dans ma poitrine. Le samedi, désormais, j'étais chercheuse d'épaves. J'avais rendez-vous chaque semaine avec la professeure Stone.

Je suis retournée chez moi à vélo sans cesser de penser à l'épave. Le *Lyric* n'était pas une simple idée. Il était bien réel. C'était un vrai bateau. Des mains l'avaient fabriqué, avaient utilisé des rivets, des boulons et des plaques de métal pour le rendre le plus résistant possible. Pendant un temps, comme par magie, il avait flotté. Puis il avait sombré. Il ne s'était pas volatilisé. Il était forcément sur cette planète, quelque part au fond de l'océan, et je me sentais prise d'une soudaine envie charnelle de le voir. Voir d'où Fidelia s'était échappée. Non, pas une envie : un besoin. Pour notre bien à tous.

Un fossé s'était creusé entre Sam et moi. C'était indéniable. Un fossé que j'avais contribué à élargir. Et que je ne parviendrais peut-être jamais à combler. Mais si je pouvais au moins faire un truc important pour lui, lui montrer que je tenais à lui ? Je me voyais déjà lui tendre solennellement une vis provenant du pont du *Lyric*, son filetage plein de sel et de vase, à peine plus grosse qu'un porte-clés mais pesant trois fois son poids. Je lui dirais : « Tiens, c'est pour toi. » Je lui prouverais qu'il comptait pour moi. Que c'était important pour moi d'avoir un frère. Si je parvenais à retrouver « notre » épave, je pourrais recréer le lien perdu entre nous.

J'allais retrouver cette épave, et réparer nos blessures.

Ce jour-là, je lui ai écrit une lettre. La toute première.

Sammy,

Je me suis fixé un nouvel objectif pour cet été : retrouver l'épave du Lyric. *Si tu avais encore sept ans, tu serais sûrement très fier de moi.*

Je t'aime, tu me manques.

Vi.

J'ai mis mon second tee-shirt officiel de l'aquarium dans une grosse enveloppe, et je lui ai expédié le tout.

PIÈCES **MANQUANTES**

Le lendemain, j'étais debout avant huit heures pour établir mon camp de recherches au Mola Mola, la boulangerie de Toby. Il l'avait baptisée d'après son poisson préféré («le plus farceur des mers», d'après lui) et même de si bon matin, ses tables en bois dépareillées étaient prises d'assaut par les habitués et les touristes venus savourer un café et une bonne pâtisserie. J'ai aperçu Joan en train de lire le journal avec son mari, et je l'ai saluée d'un geste tout en cherchant une place où m'asseoir. Ça commençait à me plaire, cette certitude de toujours tomber sur un visage familier où que j'aille dans cette ville.

Je me suis glissée à la dernière table encore disponible, à moitié cachée derrière le buste en plastique d'une déesse grecque coiffée d'un chapeau de carnaval violet métallisé. Ici, dans ce recoin secret et magique, je retrouverais la trace du *Lyric*. J'avais apporté une barre de céréales aux myrtilles. Mon exemplaire du *Guide du chasseur de trésors sous-marins*. Et surtout, j'avais mon téléphone pour googler «comment retrouver une épave».

Oups. En fait, non.

– T'es sérieux? T'as pas le wifi? ai-je demandé à Toby au comptoir.

– Discute avec moi. Bois un expresso. Tiens, mieux encore : viens t'occuper de la caisse! Tous mes employés sont en congé, et on va bientôt être débordés par le coup de feu du milieu de matinée. Je n'ai jamais vu autant de touristes de ma vie.

– Toby, j'essaie de retrouver une épave de bateau !

– Ambitieux programme.

– Tu devrais plutôt être content que je ne sois pas en train de tomber enceinte du premier mec venu.

– Ce sont tes deux seules options dans la vie ? Allons ! Cette expérience élargira ton horizon comme tu ne l'imagines même pas !

– D'accord, ai-je soupiré, certaine de le regretter.

– Prépare-toi à l'assaut, m'a prévenue Toby. Heureusement pour toi, tout le monde sait qu'être barista rend infiniment plus cool.

Si par « plus cool » il voulait dire « d'humeur assassine », il avait parfaitement résumé la situation. La plupart des clients étaient pénibles et incapables de choisir, pendus à leur téléphone, et commandaient des boissons toutes plus compliquées les unes que les autres. Une femme m'a demandé de gratter le glaçage d'un gâteau en forme de requin sous prétexte qu'elle ne mangeait « jamais de sucre cru ». Toby, lui, s'activait tel un hybride de pieuvre devant la machine à expresso, faisant mousser le lait d'une main, découpant les bagels d'une autre et, Dieu sait comment, trouvant quand même le temps de chanter au son des Clash et de discuter avec les habitués. Pas étonnant qu'il tombe de fatigue à dix-neuf heures.

Quand les choses se sont enfin calmées, il a remué son poignet et fait craquer ses os.

– J'ai besoin d'un métier plus ergonomique.

– Pourquoi ne pas t'accorder une petite pause ? lui ai-je suggéré. Allez, vingt minutes. Une microsieste.

– Voilà bien un concept venu d'ailleurs. Avec toi seule en magasin ? (Il a hésité, avant d'acquiescer.) OK. Pourquoi pas. Tu peux te débrouiller sans moi.

Il m'a fait un cours accéléré sur la préparation des expressos, qui devaient être à la fois denses et veloutés, et de la mousse de lait, censée avoir la même consistance que la peinture. Après cinq cappuccinos tests, il a déclaré que mes boissons étaient passables et il est allé se reposer dans son bureau.

– Même si je suis sans doute trop survolté par ton expresso B pour réussir à m'endormir, a-t-il précisé en s'éloignant.

J'ai dû m'y reprendre à deux fois avec mes premières commandes – trop diluées, trop liquides –, mais quand j'ai enfin réussi mon premier latte, je me suis sentie rayonnante. C'est très agréable de tendre un gobelet en carton bien chaud à quelqu'un, même à un touriste capricieux.

Puis la porte s'est ouverte pour laisser entrer Frieda, la serveuse du Lyric Pub.

De jour, elle avait l'air monolithique et inamovible. Jean noir et tee-shirt des Ramones, lunettes d'aviateur, bandana noir dans les cheveux. Il était impossible de l'imaginer quelque part où elle ne voudrait pas être, occupée à quoi que ce soit qui ne lui plairait pas.

J'espérais lui ressembler, plus tard. Et j'espérais aussi qu'elle ne se souvenait pas de moi.

– Tiens, la buveuse de tequila, m'a-t-elle lancé en ôtant ses lunettes. Je me demandais quand on se recroiserait.

Loupé.

– Tu bosses ici, maintenant ?

– Juste pour aujourd'hui. Hum… écoutez, je m'excuse pour cette histoire de verre cassé, ai-je déclaré dans l'espoir qu'on change rapidement de sujet.

– J'en ai rien à cogner de ce verre. Comment ça va, toi ?

– Ça va. Qu'est-ce que je peux vous servir ?

Elle a pianoté sur le comptoir en prenant tout son temps. Ça semblait l'amuser beaucoup. C'était sa petite vengeance.

– Je prendrai une limonade à la menthe, merci, a-t-elle fini par répondre.

Je me serais plutôt attendue à un café noir, bien fort et sans sucre. Elle avait apporté sa propre tasse, que j'ai remplie à ras bord en prenant soin d'ajouter des glaçons.

– Merci.

Elle a commencé à siroter le diabolo menthe sans faire mine de se diriger vers la sortie. Je priais pour que quelqu'un entre et commande une boisson tellement compliquée que je mettrais des siècles à la préparer.

– Tu seras sans doute ravie d'apprendre que Rus a quitté la ville, m'a-t-elle annoncé. Un requin aura sa peau, avec un peu de chance.

– Ah. Eh bien… merci. Sincèrement. Pour l'autre soir. Et le coup de fil à Toby.

– Ce n'est rien. Je t'assure. Crois-moi, j'en ai vu dans ce bar.

– En tout cas, je peux vous promettre que ça ne se reproduira pas.

Elle a ajouté du sirop à sa limonade.

– T'as quel âge, ma jolie, dix-huit ans ?

– Seize.

Mais je me sentais encore plus jeune que ça en lui répondant.

– Humm. Je parie que les gens te disent que tu fais carrément adulte.

– C'est vrai.

Même si « adulte » n'était pas tout à fait le terme qu'ils employaient. À Broadway, Mrs. Darling m'avait toisée des pieds à la tête en me disant qu'avec un corps pareil, j'allais provoquer de sacrés dégâts. J'ai mis plusieurs semaines avant de comprendre ce qu'elle entendait par là.

– C'est toujours ce qu'on me disait à moi aussi, a poursuivi Frieda.

Elle m'a observée un moment, puis elle a jeté un coup d'œil par-dessus son épaule avant de reprendre, la voix grave, le regard direct. La salle a disparu tout autour de nous, et l'intensité de son regard a fait accélérer mon pouls. Une boule s'est formée dans ma gorge. « Va-t'en, ai-je pensé très fort, va-t'en, va-t'en, va-t'en. »

– Je vais faire court parce qu'on ne se connaît pas vraiment, toi et moi. Ce n'est pas parce que tu as l'air d'une adulte que tu en es une, compris ?

– Je sais.

– Justement. Tu ne devrais pas déjà le savoir. Ne sais rien. Tu n'es qu'une gamine. Fais des erreurs. Pose-toi des questions. Sois prudente, et stupide. Tends l'oreille.

J'ai essayé de déglutir, en vain. Ça semblait si facile, à l'entendre. Comme si je pouvais être le genre d'ado qui faisait des courses de Caddie avec ses potes ou qui se baladait en douce sur les toits des immeubles. Le genre d'ado qui faisait des conneries inoffensives débiles au lieu de traîner dans les bars et de se mettre en danger.

– Je crois... (J'ai marqué une pause pour prendre ma respiration, et la suite de ma phrase est sortie toute seule sous forme de question.) Je crois que c'est déjà trop tard pour moi, non ?

Frieda a secoué lentement la tête et m'a répondu d'un ton beaucoup trop tendre :

– Loin de là, ma jolie.

J'ai acquiescé, non pas parce que je la croyais, mais parce que je risquais de fondre en larmes si j'ouvrais la bouche.

– Et je vais même te dire un secret, a-t-elle ajouté. La plupart des adultes ne le deviennent jamais vraiment. Seuls les meilleurs d'entre eux, comme ton oncle, trouvent le moyen de le montrer de façon cool. Merci pour la limonade.

Elle m'a laissé vingt dollars de pourboire.

Toby a émergé quarante-cinq minutes plus tard et m'a gentiment annoncé que j'étais virée.

– Génial.

Après mon échange avec Frieda, j'avais hâte de sortir du Mola Mola. J'ai rangé toutes mes affaires dans mon sac et me suis dirigée vers la sortie.

– Hé, fillette ! m'a lancé Toby. Merci encore. Essaie la bibliothèque pour tes recherches. Ils ont le meilleur réseau wifi de la ville. (Il a secoué le bocal à pourboires.) N'oublie pas ta part.

Dehors, la journée était ridiculement belle, le ciel d'un bleu cobalt et sans le moindre nuage. Le manque d'affluence à l'aquarium m'avait donné l'impression que Lyric était une zone morte, mais il y avait du monde partout. Un festival de rue était organisé dans Main Street en amont des festivités du 4-Juillet. Il y avait des stands d'artisanat, des portraitistes, un concours de décoration de vélos et des informations sur le feu d'artifice du lendemain, mais je me sentais nerveuse, frigorifiée, détachée de toute cette animation. Je n'arrivais toujours pas à me remettre de ce qui s'était passé à la boulangerie.

Un jeune homme blanc vêtu d'un short jaune bouton d'or s'est avancé vers moi avec son téléphone en me disant :

– Excusez-moi, mademoiselle, vous voulez bien nous prendre en photo ?

– Heu..., ai-je commencé à répondre avant qu'il me colle d'autorité son portable dans la main.

Il a placé son bras autour de son épouse, une femme au nez aquilin qui portait dans ses bras un bébé à l'air grognon. Quelqu'un lui avait flanqué un bandeau élastique rouge et bleu orné d'une rosette – pour indiquer au monde entier qu'il s'agissait d'une fille, j'imagine.

– Tout le monde dit « ouistitiii », a ordonné le mari à sa petite famille.

Ce bandeau était immonde. Les deux parents ont affiché leurs plus beaux sourires factices, et le bébé s'est mis à crier au moment où je prenais la photo, ce qui m'a remplie d'une petite bulle de fierté. Même pas un an, et elle faisait déjà travailler ses muscles saboteurs.

Pour me rendre à la bibliothèque et m'éloigner de la foule, j'ai coupé par une ruelle pour passer par les petites rues, où les commerces se faisaient plus rares et délabrés : Le Lyric Records and Video, à la façade condamnée depuis longtemps, la quincaillerie Mona's Hardware, Lyric Yarn and Craft (la boutique d'arts créatifs que je soupçonnais désormais de servir de couverture au trafic de drogue). Je n'arrêtais pas de repenser à Frieda. « Pas du tout, ma jolie. » Je voulais la croire, mais j'avais l'impression d'avoir déjà vécu mille vies toutes plus cabossées les unes que les autres.

J'étais en train de caresser un labrador noir attaché devant la boutique de photocopies quand deux filles au teint hâlé sont passées à côté de moi en gloussant. La première portait un short vert citron, la seconde arborait de fausses mèches rouges dans ses cheveux et s'amusait à faire rebondir un ballon fuchsia à paillettes. Sœurs ou simples copines, difficile à dire. Elles ne se ressemblaient pas physiquement, mais elles dégageaient la même nonchalance estivale : coups de soleil, cheveux desséchés par le sel, piqûres de moustiques sur les jambes.

– Vite, vite, vite ! s'est écriée Citron Vert.

Que pouvaient-elles bien avoir à faire de si important ? Elles allaient dans la direction opposée à la bibliothèque, mais tant pis. J'avais tout mon temps, et j'étais curieuse de savoir ce qui les excitait autant. Ça avait l'air important. Illicite, même.

Elles ont traversé un pont enjambant une rivière, puis longé une vieille ligne de chemin de fer à travers champs en direction d'un bosquet où elles se sont glissées par le trou d'une clôture métallique. J'ai senti qu'on approchait du but. J'avais besoin de savoir.

On est arrivées au bord d'une rivière. Une corde était suspendue au-dessus, et elles sont entrées dans l'eau sans la moindre hésitation. Elles ont retourné de gros cailloux et ont joué à s'éclabousser. Citron Vert a trouvé une salamandre et l'a regardée courir le long de son bras. J'ai attendu de voir ce qu'elles étaient venues faire. Devaient-elles retrouver quelqu'un, ou bien… ? Mais non, elles sont juste restées là à barboter, à se balancer au bout de la corde, à prendre leur élan et à se jeter dans l'eau, jusqu'à ce que la vérité, lentement, s'impose enfin à moi. Elles n'avaient rien à faire de particulier.

Je les ai regardées s'amuser encore un petit moment, dans l'espoir d'apprendre un truc crucial qui m'aurait échappé.

Quand je suis arrivée à la bibliothèque, couverte d'égratignures et de piqûres d'insectes, une sorte de vide-grenier était organisé sur le parking. Sous des chapiteaux, les badauds examinaient des portants de vêtements et des appareils électroniques d'occasion. Une femme pressait une radio contre son oreille comme un coquillage. J'ai contourné un étal et me dirigeais déjà vers l'entrée du bâtiment quand mon regard a été attiré par une fille en train d'essayer une paire de santiags. J'ai senti une pointe de jalousie me titiller. J'avais adoré la fluorescence sauvage du short de Citron Vert, et je devais bien admettre que mes tee-shirts moches commençaient à me sortir par les yeux. J'avais encore toute la journée devant moi. « Dix minutes, me suis-je promis à moi-même, et au boulot. »

J'étais en train d'examiner un tee-shirt bleu roi frappé de l'inscription CABINET D'ORTHODONTIE DE RICHARD LI quand j'ai entendu une voix lancer :

– Pas mal. Mais tu peux mieux faire.

C'était Mariah, en robe à bretelles coquelicot, avec d'énormes pendants d'oreilles qui lui frôlaient les épaules – tout à fait le genre que je portais autrefois. Quel soulagement de tomber sur un visage familier autre que celui de Frieda ! Et puis, Mariah s'était montrée si sympa avec moi le soir de notre rencontre. Elle m'a serrée chaleureusement dans ses bras, comme si on était amies depuis des années.

– C'est Orion qui t'a amenée ? m'a-t-elle demandé.

J'ai fait non de la tête.

– Il est ici ?

– À l'intérieur. Une histoire de compost. Tu sais que tu m'impressionnes : tu as trouvé La Pièce manquante toute seule. Le meilleur de la mode de Lyric, aux heures les plus imprévisibles. Il te faut ça, absolument.

Elle a brandi un veston en patchwork abominablement laid affublé de broderies d'animaux de l'arche de Noé. Les bêtes semblaient toutes avoir des tumeurs, et le soleil avait un smiley cousu sur la figure.

– Quatre dollars ? me suis-je exclamée, hilare. À New York, ça en coûterait huit.

– Et tu peux être sûre qu'un idiot l'achèterait. Tu cherches quelque chose en particulier ? m'a-t-elle demandé en reposant le veston.

– Juste... de la couleur.

– C'est une mission pour moi. On va te dénicher un truc kaléidoscopique.

Sur ces mots, elle s'est mise à passer chaque cintre en revue, méthodiquement et à toute vitesse. Je me suis glissée à côté d'elle pour regarder défiler les tee-shirts fripés, trop contente de traîner avec elle. Je me sentais à l'aise en sa compagnie.

– J'ai rencontré ta mère, ai-je déclaré.

– C'est vrai, Liv m'a dit que tu étais passée ! Et aussi que tu t'étais convertie à sa quête de vérité. Comment allait ma chère petite maman ? Est-ce qu'elle t'a obligée à prendre la pose pour les réseaux sociaux ?

– Oui, mais elle a été adorable. Et il y avait un monde fou au musée.

– Elle voue à cet endroit une adoration qui me dépasse.

– Ça fait longtemps qu'elle travaille là-bas ?

– Presque dix ans. On a vécu à Boston jusqu'à mes huit ans, mais elle a décroché son diplôme de curatrice et il n'existe, genre, que quatre postes disponibles dans sa spécialité. Le loyer était moins cher ici. Ma sœur et moi avons chacune notre chambre. Et puis, mes parents se sont dit que dans le Maine, notre origine indienne boosterait nos dossiers d'inscription en fac.

J'ai enfilé à contrecœur le blouson en jean qu'elle m'avait sélectionné.

– Sérieux ?

Elle m'a jeté un regard de pitié.

– Je plaisante, Violette. Liv m'a pourtant dit que tu avais le sens de l'humour. (Elle a contemplé des leggings bleus à imprimé zèbre.) S'ils n'étaient pas aussi abîmés aux genoux…

Elle les a remis sur le portant. J'enviais sa capacité à prendre des décisions aussi vite. J'ai soulevé un sweat-shirt officiel de l'équipe de hockey du lycée de Lyric. Il manquait un *R* au logo, si bien qu'on lisait LYRIC B EAKERS[1] au lieu de BREAKERS.

– Non, a décrété Mariah avant de consulter l'étiquette de prix. Et encore moins pour huit dollars.

– Mais ça fait une super blague de chimiste ! ai-je supplié.

– Au mieux, c'est une blague de chimiste médiocre. Et crois-moi, tu ne soutiendrais pas les Lyric Breakers si tu les connaissais.

1. Un *beaker* est un bécher, un récipient en verre utilisé en chimie.

– Ton lycée est si nul que ça ?

Elle a palpé la manche d'une veste en fausse fourrure verte, pensive. J'aurais sans doute l'air d'un yeti là-dedans, mais ça lui irait comme un gant. Si seulement elle pouvait me donner des cours de posture et d'attitude.

– La plupart des gens sont OK. Mais les quelques-uns qui ne le sont pas… Felix et ma sœur en ont plus bavé que moi, je dois dire. Elle va à la fac, maintenant, alors elle est sauvée. Felix et moi, on essaie d'en rire, mais…

– Parfois, c'est même pire.

– Voilà. Exactement. (Elle a lâché la manche du manteau et tapé dans ses mains.) Non. Fini les manteaux. Encore deux ans, et je me casse à Hollywood !

– Tu veux devenir actrice ?

Pas étonnant que cette fille me plaise tant.

– Je veux écrire, a-t-elle répondu. Pour la télé. Des comédies, de préférence, mais je peux aussi me contenter de feuilletons hospitaliers larmoyants. Tant que je n'aurai plus jamais à extirper ma bagnole de la neige… Bon, normalement, je devrais déjà avoir trouvé douze mille fringues géniales, mais tu me distrais. Objectif look : je te propose de nous séparer, de conquérir et de chasser pour deux, OK ? Pour ma part, je porterais n'importe quoi avec des trucs qui brillent. Sérieux. Je suis une vraie pie.

J'ai parcouru tous les portants, fait défiler les vieux tee-shirts et les pulls abandonnés, et joué des coudes pour me glisser entre les autres chineurs, leurs trouvailles serrées dans leurs mains. Comment les gens faisaient-ils pour être aussi sûrs d'eux ? Oxford pour Liv, la Californie pour Mariah. Si j'étais incapable de me décider pour un malheureux tee-shirt, comment pourrais-je envisager mon avenir ? Et Sam… qu'allait-il devenir ?

J'ai réussi à trouver un serre-tête à sequins ainsi qu'un sac brodé de petits miroirs. Puis – parce que pourquoi pas ? – j'ai extirpé une longue et solide paire de palmes, échouée parmi les imperméables. L'une des deux avait l'extrémité grignotée par un chien, mais elles semblaient à part cela en bon état.

Mariah est revenue avec un paquet de tissu d'un violet éclatant qu'elle a déballé comme pour faire surgir Cléopâtre de son tapis.

– Le bout des manches est un peu abîmé, mais...

C'était un sweat-shirt à col rond avec l'inscription FESTIVAL DE L'AQUARIUM DE LYRIC en lettres blanches, et trois silhouettes de baleines en train de danser. En un mot, la perfection.

– J'adore !

Je l'ai enfilé, puis j'ai serré mes bras autour de moi. Je ressemblais à une petite boule.

– Trop mignon, a renchéri Mariah. J'aime beaucoup le sac, mais les palmes, non merci.

– Oh, heu... Liv et moi, tu sais qu'on... cherche l'épave ?

Je m'attendais à ce qu'elle roule des yeux, mais elle a juste éclaté de rire. Un rire franc et sonore, comme celui de ma mère.

– Tu es encore plus débordante d'optimisme qu'elle. Tu sais que la famille de Felix possède un hublot qui provient soi-disant du *Lyric* ? Ils l'exposent dans leur magasin. Les Trésors de l'Atlantide, tu connais ?

– Les parents de Felix sont les propriétaires des Trésors de l'Atlantide ? Dire que j'ai piqué des tas de trucs là-bas, autrefois.

– Ouh, la voleuse ! Prends ce qu'il dit avec des pincettes, mais il est persuadé que ça provient du *Lyric*. Tu devrais peut-être y jeter un coup d'œil. On peut même y aller tout de suite, si tu veux. Je dois retrouver Liv.

La proposition était tentante, mais j'étais venue ici pour travailler et je m'étais suffisamment laissé distraire comme ça. Même la perspective de croiser Orion ne m'emballait plus. J'avais juste envie de me plonger dans les livres.

– La prochaine fois, ai-je répondu. Et salue Liv de ma part.

– Je vais lui dire que tu t'es acheté des palmes, elle comprendra !

Heureusement, Orion semblait avoir déjà quitté la bibliothèque et, double miracle, j'ai trouvé une section entière consacrée aux naufrages. Jackpot. J'ai sélectionné *Principes de l'archéologie sous-marine*, un bouquin épais comme une marche d'escalier, puis, histoire d'équilibrer, j'ai pris un mince recueil de poèmes sur le même rayonnage. J'en connaissais l'autrice, Adrienne Rich, car on l'avait étudiée en cours.

Je suis allée m'installer dans le coin enfants, tout en couleurs primaires et odeurs de jus de pomme, malgré la pancarte qui en réservait l'accès aux moins de douze ans. Bien calée dans un gros coussin à billes jaune, j'ai hissé les *Principes de l'archéologie sous-marine* sur mes genoux, enfin prête à découvrir les secrets des chercheurs d'épaves.

INTRODUCTION

La quintessence de l'humanité n'est autre que la curiosité, laquelle nous entraîne, sans dévier de sa course, vers le liminal. Nous repoussons les limites afin de mieux comprendre notre être épistémologique et somatique, d'élucider et concrétiser notre existence. À présent, nous découvrons la dernière manifestation physique du liminal dans la « mer sombre comme le vin », cet horizon où philosophie et théories de l'esprit tourbillonnent follement dans l'espoir de réconcilier…

Oh. Mon. Dieu.

Et ce n'était que l'introduction ?

Il me faudrait un nouveau cerveau pour trouver ce bateau. Celui de mon frère, de préférence. Il lisait des trucs de ce genre sans aucun problème, alors que le seul mot que je comprenais dans ce charabia était «vin». J'ai relu le passage plusieurs fois avant d'opter finalement pour les poèmes en guise de mise en bouche. Je n'avais jamais détesté la poésie – du moins, je ne grognais pas comme tout le monde quand la prof annonçait l'intitulé du cours. La plupart des poèmes avaient le mérite d'être courts, même lorsqu'on ne comprenait pas.

J'ai commencé par le premier :

Ici, dans ce désert, nous testons des bombes
C'est la raison de notre venue.

Ces vers m'ont frappée de plein fouet.

Comment pouvait-on exprimer tant de choses – la solitude, le danger, la douleur et la quête – en si peu de mots ? Je les ai relus. Encore. Et encore. Puis j'ai continué.

Ici, dans ce désert, nous testons des bombes
C'est la raison de notre venue.

Je me sens parfois comme une rivière souterraine
qui se force un passage entre des falaises déformées
angle aigu de la compréhension

– Mademoiselle ? Cette zone de lecture est réservée aux enfants.

Orion, comme par hasard. Il s'est affalé sur le coussin d'à côté. J'ai essuyé mes yeux d'un geste discret et enfermé le recueil de poèmes à l'intérieur du volume sur l'archéologie sous-marine, mue par un soudain instinct protecteur envers eux.

– Tu lis quoi ? Ça m'a l'air d'être un bouquin typiquement pour Andy, a-t-il commenté.

Il portait un tee-shirt bleu lavande LILAC FESTIVAL 5K, mais dont les mots étaient un peu délavés à force de passer à la machine. Je n'aurais pas dû être surprise de voir qu'il était encore plus craquant quand il portait autre chose que son tee-shirt de l'aquarium, mais cette couleur lui allait très bien.

Je lui ai montré la couverture en un éclair.

– Waouh… Liv t'a vraiment convertie à la cause, on dirait ?

– Je me renseigne juste, ai-je répondu, un peu gênée.

J'espérais qu'il n'avait pas remarqué les palmes.

– Du nouveau, d'ailleurs ? Avec Liv ? À propos de…

– De toi ? ai-je rétorqué (et cette fois c'est lui qui a eu l'air gêné). On n'a pas vraiment eu l'occasion d'en reparler.

« D'autant qu'elle m'a expressément indiqué qu'elle ne veut pas sortir avec toi, et que l'affaire piétine. »

– Si tu envisageais d'élargir ton horizon, Orion ? Je sais que c'est une petite ville, que ta marge de manœuvre est limitée, tout ça, mais il y a peut-être quelqu'un d'autre qui n'attend que toi, quelque part…

– Peut-être, a-t-il répondu d'un ton circonspect qui m'est apparu comme la preuve supplémentaire de son amour inconditionnel pour Liv.

Je le comprenais. Elle s'était montrée si adorable avec moi, au phare.

– Content de t'avoir croisée, Violette. Ça m'a fait bizarre de ne pas te voir ces derniers jours, et comme en plus c'est férié demain…

– Pareil. Ravie de t'avoir croisé.

L'espace d'un instant, j'ai cru qu'il allait rester un peu – ou qu'il attendait que je lui demande de rester. Mais pour une fois, j'ai tenu ma langue.

– Bon, a-t-il fini par déclarer, bonne lecture.

J'ai passé l'heure suivante à alterner entre les poèmes et les premières pages incompréhensibles du volume sur l'archéologie sous-marine. Quand je me suis relevée pour m'étirer, ma première pensée a été qu'il l'avait fait exprès. Comment avait-il pu ne rien voir ?

Le portefeuille noir d'Orion était posé en plein milieu du coussin, impossible à louper, et ne demandait qu'à être rendu à son propriétaire.

LE **BLUES** DES NICHES DE NIVATION

Alors que je traversais la pelouse chez Orion, un air de trompette a retenti d'une cabane perchée dans les arbres que je n'avais pas repérée tout de suite. Un son chaleureux et râpeux s'est posé sur l'arête de mon nez avant de rebondir sur tout le reste de mon corps.

Les notes éclataient, puis mouraient, jazzy, lentes, rapides, entrecoupées ici et là de silences impromptus qui me laissaient l'oreille en suspens et me faisaient guetter la suite. La mélodie semblait d'abord écorchée, mais sa tendresse se révélait peu à peu, comme une invitation secrète, murmurante par endroits. Je ne bougeais plus. La musique embellissait tout : les digitaires entre mes pieds sont devenus forêt luxuriante, et le broussin d'un tronc voisin était une autre planète.

Dans mon lycée, on ne manquait pas de guitaristes et de bassistes, de mecs qui composaient des morceaux et se retrouvaient le week-end pour répéter ensemble. Il y avait aussi des filles, comme ma joueuse de batterie éconduite. Et bien sûr, j'avais entendu de la trompette à la messe de minuit (une tentative ratée de ma mère pour « resserrer les liens familiaux »), mais je jure que la musique d'Orion Lewis était unique au monde. Elle me donnait envie de me blottir dedans pour y passer le reste de ma vie. Il semblait jouer avec son âme.

Quand il s'est arrêté, un écho métallique a rempli mes oreilles. Elles en voulaient encore.

De l'intérieur, Orion a hurlé un « putain ! » si retentissant que j'ai failli sursauter sur place.

– Hé ! lui ai-je lancé en m'approchant de la cabane. J'entends tous tes tourments artistiques !

La porte s'est ouverte en grand. Orion tenait une trompette dorée à la main gauche, et ses joues cramoisies ressemblaient à deux pommes. Il avait la bouche en feu, le contour rougi et enflammé, comme s'il venait de passer des heures à embrasser une personne barbue.

– Qu'est-ce que tu fais là ?

– J'ai lu ton adresse sur ton permis de conduire, ai-je répondu en brandissant son portefeuille.

J'avais fouillé dedans, bien sûr. Mais le truc le plus scandaleux que j'avais trouvé était une carte d'adhérent au programme *Seafood Watch*[1].

– Oh ! Quel idiot. Merci. Tu... veux entrer ?

Je savais que je ferais mieux de partir. Quelque chose me disait que radio Romance captait de très bonnes ondes dans cette cabane. Je devais partir, je devais partir, je devais partir...

– Avec plaisir, ai-je répondu.

Le sol à l'intérieur était jonché de trucs de jardinage et recouvert d'une couche de sciure. Il y avait une platine vinyle, quelques pupitres. Au mur, au-dessus d'une table de camping vert menthe, était affichée une carte punaisée en plusieurs endroits. Les Antilles. J'ai soudain compris : c'était dans cette cabane qu'ils avaient commencé à construire leur bateau.

Derrière l'unique fenêtre, on apercevait une bâche en plastique bleu recouvrant un gros objet de la taille... disons, de la taille d'une petite barque à rames. Je croyais que le bateau n'avait jamais

1. Programme de certification conçu pour aider les consommateurs à choisir des poissons et des fruits de mer issus de la pêche durable et de l'aquaculture responsable.

été terminé, or l'embarcation dissimulée sous la bâche avait l'air bien réelle, solide et prête à prendre la mer.

On est restés plantés là, un peu bêtes, pendant un instant. Ça me faisait bizarre de me retrouver avec lui ailleurs qu'à l'aquarium. Je comprenais soudain pourquoi les gens établissaient des listes de sujets de conversation.

– Tu m'as donc déjà entendu jouer deux fois, a-t-il déclaré en s'asseyant sur un tabouret. Alors, à ton tour. Chante-moi la sérénade. Je veux entendre ta voix, pour de vrai.

– Tu m'as déjà entendue chanter.

– *Truite and Shout* avec Andy ? Ça ne compte pas.

– Mais...

Je n'avais aucune envie de chanter. Mais je n'avais pas plus envie de me lancer dans une négociation pour capituler à la fin. Cela risquait de fatiguer mon peu de voix. Je n'avais pas vraiment de coffre. Mon timbre était grave, légèrement voilé et un peu mélancolique. « Hanté », pour reprendre le terme de mon chef de chœur. Ma voix n'aurait pas été à la hauteur de son mythe.

Et au fond de moi, j'avoue que ça me titillait de chanter depuis ma performance sur l'air de *Moon River*.

J'ai donc entonné le premier air qui me passait par la tête :

– *Joyeux anniversaire...*

Orion a plaqué sa main sur sa bouche. Riait-il ? J'ai cherché un sourire sur ses traits, en vain. Au contraire, il me prenait au sérieux. Très au sérieux. Parce que seule, sans accompagnement musical, cette chanson était hyper triste. Bien plus lourde sur le plan émotionnel que je le pensais. J'aurais pu choisir n'importe quoi d'autre... par exemple, *Mean Mr. Mustard* des Beatles ou la chanson des Munchkins dans *Le Magicien d'Oz...*

– *Joyeux anniversaire...*

N'était-ce pas aussi, bizarrement, devenu un truc sexy depuis Marilyn Monroe et JFK ? Je me suis efforcée de garder l'air le plus platonique possible. Pire que platonique : moche. J'avais un méchant bouton sur la joue, et je me suis tournée exprès pour qu'Orion le voie.

– *Joyeux anniversaire…*

J'ai regardé fixement une poubelle remplie de crosses de hockey.

– *Orion…*

Puis un tas de guirlandes lumineuses emmêlées.

– *Joyeux anniversaire…*

J'ai voulu coincer mes cheveux derrière mon oreille et me suis frotté le crâne à la place. Je me sentais comme un nerf dentaire à vif.

– Tu as une très jolie voix.

– Arrête…

– Sérieusement. Ton timbre possède une vraie mélancolie. Sais-tu ce qu'on appelle une chute mourante, en musique ?

– Orion !

– C'est comme un vertige qui vous submerge. Un sentiment si fort que le chanteur soupire et descend de plusieurs notes. Comme dans *Greensleeves*, par exemple. Ça t'irait bien de chanter ça.

– C'est bon, on peut passer à autre chose ?

– Ou la montée dans *Hallelujah* : « *It goes like this, the fourth, the fifth…* »

– « *The minor fall, the major lift* », ai-je complété.

– Voilà, c'est tout toi. Ce vers. Si c'était une personne, ce serait toi.

L'air autour de nous s'est raréfié. Orion semblait lui-même choqué par son audace. C'était la chose la plus gentille qu'on m'ait jamais dite. J'ai enfoui mes bras sous mon nouveau sweat et désigné la fenêtre du menton.

– C'est quoi, ça ?

– Oh. Tu te souviens du bateau dont je t'ai parlé ?

– Je croyais que ce n'était qu'une idée.

– Ça l'était, oui. Mais… je l'ai fini tout seul. J'avais beaucoup de mal à dormir, pendant un moment.

J'ai regardé la bâche, bouche bée.

– Tu as construit un bateau ?

– Ce n'est qu'une coquille de noix. Une simple barque. Avec un moteur hors-bord, certes… Mais voilà. À la base, on voulait faire un voilier, mais c'était trop compliqué, du moins à faire tout seul pour un débutant comme moi. Le père de Liv m'a beaucoup aidé. Ce n'est pas l'exploit du siècle du tout.

– Arrête de faire ton modeste. Tu déchires tout à la trompette et tu as fabriqué un putain de *bateau*. Liv sait que tu l'as terminé ?

Il a fait non de la tête.

– Je ne suis pas sûr de lui en parler.

– Pourquoi ? En ma qualité d'entremetteuse officielle, je sens qu'on tient l'argument de séduction ultime. Peu de filles résisteraient à un bateau. Avec un air de trompette en prime, c'est dans la poche.

– Et toi, tu résisterais à un bateau ?

– Dois-je te rappeler qu'il ne s'agit pas de moi ?

– Pas ce bateau-ci. Un autre.

J'ai hésité. J'avais le pouvoir de laisser radio Romance soigneusement éteinte.

– Mes capacités de résistance sont légendaires.

J'avais réussi !

– Mais il ne serait pas impossible qu'elles s'inclinent face à un bateau. Pas le tien, bien entendu.

Je vaincrais mon gène du naufrage une autre fois.

– Bien entendu, a répété Orion. Je peux te monter autre chose. Mais ça nécessite qu'on marche un peu. Partante ?

– Oh, oui ! ai-je rétorqué, sans doute avec un enthousiasme excessif.

La maison d'Orion était plus à l'intérieur des terres que celle de Toby, nichée plus profondément au cœur de la forêt.

Nous avons suivi un sentier à travers bois. Les arbres semblaient se refermer au-dessus de nos têtes et la lumière du jour s'est atténuée. Au loin, je percevais un bruit d'eau. Le trajet en soi n'était pas si terrible : le sol était plat, mais il faisait chaud et humide, les nuages pesaient lourd dans le ciel, et il y avait de plus en plus d'insectes à mesure qu'on avançait.

– On y est presque, a dit Orion.

Tout à coup, le manque de New York a déferlé sur moi comme un typhon. Et pas seulement New York, mais aussi un tas de choses que je n'aurais jamais soupçonné : le bruit, les voitures, le métro l'été. Mes parents. Mon frère. J'étais censée faire des recherches sur l'épave, et voilà où je me retrouvais : au milieu d'une forêt avec un garçon. Je n'avais aucune suite dans les idées. C'était le retour de Rus et du karaoké du cauchemar, mais sans alcool, cette fois. Bientôt, un été entier se serait écoulé et mon seul trophée pour Sam serait un sweat-shirt d'occasion.

– Tiens, c'est juste là, a dit Orion en pointant le doigt devant lui.

Une trouée dans la colline se dessinait au milieu d'énormes rochers : une caverne, comme une ouverture vers un autre monde.

– C'est trop cool à l'intérieur, m'a-t-il assuré en se dirigeant vers l'entrée.

– Tu veux que j'aille là-dedans ? ai-je protesté. Et les ours ?

Il a éclaté de rire et s'est enfoncé de biais dans le passage. Je l'ai imité, pas très rassurée. Au moins, ce n'était pas une vraie grotte ; le son de ma voix s'échapperait au-dehors si on se faisait dévorer par des bêtes. La cime des arbres demeurait visible à mesure qu'on s'enfonçait vers l'intérieur, ainsi qu'un rectangle de ciel gris et humide, d'abord trois, puis quatre, puis six mètres plus loin. Il faisait un froid de canard.

– Voilà ce que je voulais te montrer, a dit Orion.

Il a désigné une sorte de plateau rocailleux tout au fond de la trouée et plongé dans l'ombre. Là, dans la chaleur de juillet, étincelait une couche de neige résiduelle.

– Bienvenue dans la niche de nivation, a déclaré Orion.

Je savais qu'il pensait m'étonner. M'émerveiller. De la neige en juillet au fond d'un trou, n'était-ce pas le plus incroyable des trésors ?

Mais j'avais le mal de chez moi. Mon frère me manquait. Je me sentais comme la pire des ratées. Qu'est-ce que je foutais ici, dans cette caverne, avec ce mec, au lieu de prendre des nouvelles de Sam tous les jours ?

Orion, lui, s'était lancé dans un cours de géologie.

– Ça s'appelle aussi un névé, et sa formation est un processus périglaciaire. Grosso modo, la neige gèle et ne fond jamais totalement. Elle reste là durant des siècles.

La paroi rocheuse s'effritait sous ma main. Des fragments d'argile me collaient au bout des doigts. Je les ai frottés contre mes cuisses pour les détacher.

– Il y avait plus de neige, avant. Je venais ici avec ma boîte à déjeuner, en plein mois de juillet, et je la remplissais. Puis je la mettais au congélateur. Histoire d'avoir de la neige en août.

Des noms avaient été gravés dans la roche tout le long de la paroi : JOHN ET LORETTA, 1999. YOU ARE BEAUTIFUL. MARIE EST VENUE ICI. Certains graffitis étaient encore plus anciens. L'un datait de 1884, l'année précédant le naufrage du *Lyric* et l'inauguration officielle de la ville. Je n'arrivais pas à croire que des gens soient venus ici depuis si longtemps. Il devait y avoir tant de neige, à l'époque. Que pourrais-je bien écrire ? « Violette, descendante de Fidelia et ratage complet. »

Un objet humide et froid s'est glissé dans mon dos. J'ai glapi en me secouant. Un morceau de glace est tombé de l'ourlet de mon sweat-shirt.

– Je n'ai pas pu résister, a ricané Orion.

Il a façonné une boule de neige pour me la lancer dessus. Je l'ai récupérée et l'ai projetée sur lui avec une telle force qu'elle s'est pulvérisée contre le mur derrière lui. Il l'a évitée juste à temps.

– T'aurais pu me péter le nez, Babe Ruth ! s'est-il exclamé en riant.

Je n'étais pas d'humeur.

– Je croyais que Babe Ruth était un frappeur.

– Mais il a démarré au poste de lanceur.

– Quelle heure est-il ? Je meurs de faim.

J'avais les doigts rouges et à vif en raison du froid. J'ai soufflé dessus pour les réchauffer.

– Attends, a dit Orion en s'avançant vers moi.

Il a pris mes mains pour les enfouir sous son tee-shirt et les plaquer sur son ventre. Oui. *Sur son ventre.* Avec sa peau tiède qui me provoquait des picotements au bout des doigts et la ligne de poils qui courait de son nombril à la ceinture de son jean.

– Je suis une vraie chaufferette, a-t-il ajouté.

J'aurais fait une blague si j'en avais été capable (ça m'aurait bien dépanné, à vrai dire) mais je pouvais à peine ouvrir la bouche. Parce que je *touchais le ventre d'Orion Lewis* avec mes mains pleines de neige fondue. Ces mains pathétiques et désemparées, ces mains qui avaient tout perdu, ces mains qui auraient dû être en train de taper « comment retrouver une épave » sur Google… mais qui avaient encore trouvé un corps humain auquel se rattacher. Les ondes de radio Romance émettaient à pleine puissance, au son de « oui oui oui »…

Il s'est penché vers moi. Mon cœur cognait à tout rompre. Orion avait encore la bouche rougie à cause de la trompette. Ses doigts froids se sont pressés contre mon visage, ont effleuré ma bouche. Par réflexe, j'ai fermé les yeux. Ses lèvres ont frôlé les miennes, à peine, si délicatement qu'on aurait dit des flocons.

J'ai entrouvert ma paupière gauche, juste assez pour voir les manches élimées de mon nouveau sweat-shirt sur son ventre.

Je suis navrée de devoir admettre que c'était sexy à mort.

Parce que n'oublions pas que j'avais le gène du naufrage.

Quand sa bouche a rencontré la mienne, je n'ai prononcé qu'un seul mot :

– Liv.

Oui. C'est exact. Orion Lewis, la bombe, le dieu des Sourcils, l'homme qui parlait à l'oreille des bateaux et des trompettes, le chanteur aux homards, a essayé de m'embrasser dans le cadre magique d'une niche de nivation, et j'ai susurré le prénom de son grand amour *à l'intérieur de sa bouche.*

Mon but étant de ne pas céder à ce baiser, on pouvait donc considérer que j'avais gagné la partie.

Sauf que je n'avais rien gagné. Rien du tout. Parce que j'aurais pu faire l'amour comme une dingue dans une niche de nivation avec un dieu vivant aux dents du bonheur et aux sourcils à tomber par terre.

Le trajet du retour a été tendu. Orion ne disait rien, il arrachait les feuilles aux branches et les déchirait le long de leurs veinures. La situation est devenue encore plus tendue quand je lui ai demandé de me ramener chez moi en voiture. On a roulé dans l'Apogée sans échanger un mot. J'ai compté les bouteilles vides à mes pieds : neuf.

– J'aurais pas dû faire ça, a-t-il enfin lâché. Je te présente mes excuses, Violette. C'est vrai, quoi. Il y a Liv. Et on bosse ensemble.

Voilà ce que je crevais d'envie de lui répondre : « Recommence, je t'en supplie ! Je t'embrasserai cette fois, c'est promis ! Tu m'as surprise au mauvais moment, en pleine crise de mélancolie ! »

Et voilà ce que j'ai répondu :

– Ça ne fait rien, je t'assure.

Je n'en revenais pas moi-même. Je n'avais jamais refusé qu'on m'embrasse, même si le type portait une barbe mouche ou des tee-shirts à messages ironiques ou si la fille avait fumé toute la soirée. Mais il suffisait qu'un garçon adorable fasse le premier pas pour que non, pas question, jamais de la vie, pense à Liv, dis Liv, Liv, Liv Liv Liv Liv !

Quelle plaie, ce gène du naufrage.

« Peut-être, a alors hasardé une petite voix qui ne ressemblait même pas à la mienne, n'était-ce en rien les conséquences du gène du naufrage, mais plutôt un choix, la prise de responsabilités que tu appelais de tes vœux, et maintenant te voilà en bonne voie pour… »

– Pas un mot à Liv, d'accord ?

– C'est promis.

– Est-ce que ça va tout gâcher entre nous ? a demandé Orion. J'espère que non.

– Rassure-toi.

Il était au moins ressorti une bonne chose de mon Année de la déglingue. Les situations requérant un minimum de grâce, de nuance et de compréhension (cf. : « Ça suffit, Violette ») étaient compliquées à gérer. Mais faire comme si un baiser refusé dans une niche de nivation magique avec mon collègue de boulot ne s'était jamais produit…

Ça, c'était carrément dans mon répertoire.

FÊTE DE **L'INDÉPENDANCE**

Le lendemain, j'ai célébré l'indépendance de notre grande nation en ne pensant pas au sexe et en lisant les lettres de mes arrière-arrière-arrière-grands-parents. Taper « comment retrouver une épave » sur Google n'a rien donné, hormis une ribambelle de sites déprimants consacrés aux bourses d'études de l'Agence d'observation océanique. Les lettres, en revanche, avaient été plus faciles à exhumer : en paquet, dans une malle, au grenier.

– Comment se fait-il que tu conserves là-haut des documents datant des années 1900 ? ai-je demandé à mon oncle. Ne faudrait-il pas une cave à température contrôlée ? Ou, au moins, un récipient en plastique ?

Ça ne l'a pas perturbé plus que ça.

– Certains entreposent bien des toiles du Caravage dans leur grenier. Mon exemple est insignifiant, en comparaison.

Trouver les lettres avait été un jeu d'enfant. Mais les lire était une autre paire de manches. Toby a eu le temps d'assembler presque toute la cité d'Émeraude pendant que j'essayais de déchiffrer les pattes de mouche de Fidelia et les gribouillis de Ransome. Il y avait peu de lettres écrites entre eux. La plupart des courriers s'adressaient à leurs fils partis à l'université. Les rares spécimens de leur correspondance étaient truffés de « mon amour » mais comportaient essentiellement des informations banales sur leur quotidien, comme les horaires du livreur de lait ou le récit de ce qu'ils avaient vu durant leurs promenades. Leur vie de couple semblait bien ennuyeuse. Et absolument normale. Pas vraiment de quoi alimenter la théorie de Liv selon laquelle «leur relation était beaucoup plus bizarre que les gens ne veulent bien l'admettre». Ils avaient juste l'air d'éprouver une grande tendresse l'un pour l'autre.

Ces lettres constituaient une perte de temps. J'aurais dû m'investir dans des recherches plus sérieuses. Au minimum, j'aurais dû passer plus de temps avec Cousteau et son *Guide du chasseur de trésors sous-marins*. J'ai rouvert mon gros volume en soupirant, déterminée cette fois à comprendre les principes de l'archéologie sous-marine et à ne pas regarder seulement les images.

– Ne devrais-tu pas être dehors en train de tirer des feux d'artifice interdits? m'a demandé Toby sans lever le nez de son puzzle.

Lui qui ne cessait de se plaindre de son dos.

– Ne devrais-tu pas décourager les comportements dangereux?

– Où sont donc passés tes nouveaux amis?

– Pourquoi est-ce que ça t'intéresse autant?

– C'est mon boulot de m'intéresser à toi, a-t-il rétorqué. Tu pourrais au moins passer un coup de fil chez toi. Ta mère adorerait avoir de tes nouvelles.

– Tu n'as qu'à l'appeler toi-même. Je suis occupée, ai-je rétorqué en lui montrant mon paquet de lettres.

– Je te propose un marché. Tu téléphones, et je lis le reste pour toi.

J'ai réfléchi à sa proposition. Il était quatre heures de l'après-midi, et ma mère ne travaillait sans doute pas aujourd'hui. Elle devait avoir fini ses mots croisés depuis belle lurette et cherchait à présent le moyen d'être productive – réorganiser la bibliothèque ou la cuisine, par exemple. Son incapacité à se poser sans rien faire m'avait toujours agacée, mais j'avais soudain un pincement au cœur rien que de l'imaginer en train de chercher un meilleur endroit où ranger le poivrier.

– D'accord, ai-je répondu.

– Que suis-je censé chercher dans ces lettres ?

– N'importe quelle preuve que « leur relation était beaucoup plus bizarre que les gens ne veulent bien l'admettre », ou toute allusion à l'emplacement de l'épave du *Lyric*.

– Une aiguille dans une botte de foin, a résumé Toby.

– Tu as tout compris.

– *Vimachériequellebonnesurprise !*

Au son de la voix de ma mère, ma poitrine s'est serrée. Mon cœur s'est mis à battre la chamade. « J'aime ma maman », ai-je pensé bêtement. C'était aussi simple que ça.

– Tu nous manques tellement !

– Toi aussi. Je suis dans ta chambre, d'ailleurs.

J'avais pris le téléphone sans fil pour aller me lover sur son lit bleu, au milieu de ses chats en peluche. Dire qu'elle me manquait était un doux euphémisme. J'aurais voulu me téléporter entre ses bras et ne plus jamais en partir.

– Comment va papa ?

– Ça va, a-t-elle répondu. Il fait des grillades.

On pouvait toujours compter sur mes parents pour faire des grillades, même le pire jour de fête nationale dans l'histoire de notre famille. La persévérance, telle était notre devise.

– Et Toby ? m'a demandé ma mère.

– C'est une vraie bille en puzzles.

– Certaines choses ne changeront jamais. Il m'a envoyé le lien vers ta photo sur le site du musée du phare. Je n'en reviens pas que tu sois enfin allée le visiter ! C'était comment ? Tu fais très adulte, avec ton rouge à lèvres.

– C'était le tien. Je l'ai trouvé dans ta chambre.

– Waouh. Je m'étonne qu'il ait survécu jusque-là.

Nous pensions toutes deux à la question suivante. Aucune de nous n'avait envie de la poser.

– J'ai parlé à Sam, a-t-elle fini par déclarer. Ils sortent ce soir voir le feu d'artifice. Tout son groupe, je veux dire. Il a repris du poids, c'est une bonne chose. Il a maintenant le droit de se rendre en ville, ce qui signifie qu'il a fait des progrès.

– Je lui ai envoyé une lettre. Avec un tee-shirt de l'aquarium.

– Bonne idée.

Nouveau silence. Je l'imaginais en train de triturer sa boucle d'oreille. J'ai soulevé un petit chat en peluche blanc élimé avec des billes bleues à la place des yeux.

– Ton père et moi envisageons de venir passer la dernière quinzaine d'août en famille dans le Maine. Tous ensemble. Sam n'est pas très loin de toi, finalement.

Je n'ai rien dit. La dernière fois qu'on était partis en vacances tous ensemble...

– Ça ne sera pas comme en Espagne, a-t-elle ajouté d'un ton hésitant.

– Alors je suis d'accord.

– Tant mieux.

On a respiré. J'ai tapoté les yeux du chaton avec mes ongles. Comment pouvait-on avoir si peu de choses à se dire, après tout ce qui s'était passé ? Cette femme qui m'emmitouflait jadis dans les replis de son manteau en m'appelant son koala ?

– Maman, est-ce que je suis là à cause de ce qui s'est passé au distributeur de l'hôpital ? Ou de ce que j'ai dit à l'hôpital sur le masque de plongée ? Parce que je suis vraiment désolée... Je ne voulais pas dire ça, il faut que tu le saches, je crois que j'étais sous le choc... tu étais tellement en colère...

– Chérie, chérie... arrête. Respire un grand coup. Et écoute-moi. Premièrement, je n'ai aucun souvenir de cette journée, ni de cette semaine ou de celle d'avant, et je te présente mes excuses si je t'ai mal parlé. Tu étais sous le choc, en effet. Moi aussi. Nous l'étions tous.

J'ai acquiescé, avant de réaliser qu'elle ne pouvait pas me voir.

– Deuxièmement, tu sais que ton séjour à Lyric n'a rien à voir avec Sam. Enfin si, un peu. Mais disons que ce n'est pas à cause de lui. Nous avons déjà évoqué cette question.

– Alors c'est radio Romance ?

– Radio Romance ? Non. C'était vraiment idiot de ma part de te dire une chose pareille. Non, quand je t'ai parlé de… (Elle a soudain ravalé son souffle.) Je réalise que je ne t'en ai même pas parlé.

– Parlé de quoi ?

– Je suis vraiment la pire des mères. Non mais je rêve…

– Maman, que se passe-t-il ? J'ai fait quelque chose de mal ?

– Non, tu n'y es pour rien. C'est ma faute. Oh, Violette. Ma chérie, écoute-moi.

Elle m'a avoué la vérité pendant que je pressais le chat en peluche contre ma figure : Toby et elle s'étaient beaucoup reparlé, au printemps juste après l'Espagne. Il avait proposé de m'accueillir chez lui quelques semaines. En juillet, par exemple. Mes parents voulaient me consulter pour savoir ce que j'en pensais mais, avec l'histoire de Sam, ils avaient finalement pris la décision eux-mêmes.

– C'est donc Toby qui m'a invitée ? ai-je résumé en m'essuyant la figure avec le chat.

– Oui. Oui ! Ta présence était désirée. Et elle l'est ici aussi. Violette, veux-tu rentrer à la maison ?

– Quoi ?

– Je n'avais plus toute ma tête en juin, à l'évidence. Tu as dû te sentir si abandonnée… Tu veux rentrer à la maison ? Parce que tu peux, si tu le souhaites. Tu ne rates rien d'extraordinaire, juste ton père et moi en train de faire des grillades, mais…

Si je voulais rentrer à la maison ?

Si je voulais rentrer à la *maison*.

Je pourrais rependre les choses où je les avais laissées. Envoyer des messages à mes copines. Aller aux concerts en plein air. Mettre des paillettes sur mes joues et courir la nuit à travers la ville, pompette, hilare, dans la chaleur de l'été. Hier encore, New York me manquait tellement. À condition que je ne retombe pas dans mes vieilles habitudes. Je pourrais juste me blottir dans les bras de ma mère et ne plus bouger.

Je n'aurais plus jamais à revoir Orion. Ou Liv. Je pourrais faire une croix sur l'épave et la recherche de vérité. Quelles chances avions-nous, honnêtement, de découvrir quoi que ce soit?

– Je ne sais pas, ai-je répondu d'une voix lente. C'est que... je me suis lancée dans des recherches sur l'histoire de Fidelia. Pour essayer de remplir les zones d'ombre et comprendre un peu mieux la famille.

– Ah bon?

Elle essayait d'avoir l'air positive, mais je sentais qu'elle était déçue. Elle voulait que je revienne. Je lui manquais. Pour de vrai.

– Et as-tu trouvé des choses intéressantes?

Les réponses ont enflé comme des ballons à l'intérieur de moi. «J'ai appris que tu avais élevé ton frère toi-même et que je ne t'avais pas facilité l'existence. Que tu es bien plus forte que tu ne le crois. Que ta vie était bien plus complexe que je ne le pensais.»

– Pas encore, ai-je répondu. Hé, maman?

– Oui, Vi?

Un nouveau ballon a rejoint les autres. «Je t'aime.» Ce n'était pas si dur à dire.

– Tu m'autorises à fouiller dans ton ancienne boîte à bijoux?

Le ballon a crachoté avant de se dégonfler. Je l'ai entendue soupirer.

– Bien sûr. Ce n'est que de la camelote, tu sais. Des trucs que je portais à ton âge. (Une courte pause.) Quoi de neuf, à part ça?

Juste que Sam me manquait à en crever.

– Pas grand-chose.

– Ici non plus.

Qu'est-ce qu'on mentait mal.

Après avoir raccroché, j'ai étalé ses bijoux sur le lit : le pendentif cheval doré, le collier en cristal, le bracelet en faux diamants. Ma pièce préférée était une montre à gousset en argent : cassée, bien sûr, et ternie par le temps, mais son poids au creux de ma paume était celui d'un bon galet à ricochets. Une boucle d'oreille solitaire – en verre taillé vert, et de la taille d'un clou de girofle – s'était entortillée dans la chaînette, mais j'aimais bien cette association. On aurait dit une sorte de collier porte-bonheur improvisé. Dans le reflet de la glace, avec le collier au cou et le rouge à lèvres, je me trouvais pas mal de ressemblances avec ma mère.

– On joue à se déguiser? m'a lancé Toby depuis le pas de la porte. Oooh, tu as trouvé le trésor des trésors! Ta mère et moi, on se battait sans arrêt pour cette montre. Notre propre mère nous disait qu'elle portait bonheur.

– Je ne devrais jamais m'en séparer, dans ce cas.

– Je ne prendrais pas tout ce que disait ta grand-mère au pied de la lettre.

J'ai joué nerveusement avec la breloque du collier.

– Maman m'a proposé de rentrer si je voulais.

– Et tu restes?

J'ai opiné. Je devais avoir la tête de quelqu'un qui vient de pleurer, mais il a fait semblant de ne rien remarquer.

– Tant mieux. C'est bien que tu sois là. Tu me surveilles. Franchement, j'ignore comment ta mère peut survivre à New York. J'en suis parti au bout d'un an.

– Tu as vécu là-bas, toi aussi ?

– Il y a des années. Un bref passage par une école d'art. Mais j'ai dû partir. J'avais trop d'angoisses.

– Une école d'art ? Quoi ? Et pardon, mais tu n'es pas du tout quelqu'un d'angoissé.

– Dans une autre vie. Et si je ne le suis plus, c'est parce que les médocs font effet. Et parce que j'aime ce que je fais. Pourquoi crois-tu que j'ai choisi de vivre ici, et pas à New York ?

Je n'avais jamais envisagé la vie de Toby comme un choix. Je l'avais plutôt toujours vu comme le vilain petit canard. Le Maine, la maison, les séances de puzzle, le catogan… tout cela, il l'avait choisi. Il menait la vie qu'il souhaitait. Malgré son lourd héritage génétique.

Je descendais de la survivante d'un naufrage, certes. Mais je pouvais aussi faire mes propres choix. Ne venais-je pas de décider de rester à Lyric, après tout ?

– Je suis content que tu restes, m'a dit Toby. (Il a sorti une lettre de sa poche de poitrine, et me l'a tendue.) D'autant que ton assistant en recherches vient de faire une découverte capitale. J'accepte les espèces et les chèques.

Novembre 1919

Mon fils chéri,

Ton père et moi avons bien reçu ta dernière lettre. Nous avons le cœur lourd pour toi et t'envoyons tout notre amour. Souviens-toi que tu as déjà traversé d'autres périodes de mélancolie, et qu'elles ont fini par s'éloigner. La tristesse qui nous submerge a parfois la force des marées, et cette vague-ci, comme les autres, finira par se retirer. Tu dis que tes frères sont plus forts que toi parce qu'ils ont combattu, mais ils en ont gardé des séquelles, mon trésor, et ils parlent souvent de toi et de ton courage. Veille à prendre soin de toi. Consulte un médecin, prends un fortifiant, fais de vrais repas. Et dors, mon chéri. Le sommeil est une chose vitale. Sache que mes pensées t'accompagnent chaque instant de chaque journée. Comme j'aimerais que cela puisse suffire.

Te souviens-tu des histoires que nous te racontions quand tu étais petit? Je pense, en particulier, à celle de la baleine qui m'a sauvée du naufrage. Tu l'aimais tant que tu me suppliais sans cesse de te la raconter! Ta courageuse maman, montée sur le dos d'une baleine pour échapper à la mer. Je me délecte, encore maintenant, du ravissement qui éclairait ton visage.

Tu le sais, mon garçon, ce n'est bien sûr qu'une histoire. Même si elle contient sans doute une part de vérité. Car j'ai bien vu une baleine. À travers l'étrange voile de brume qui flottait sur la mer, face à un aveuglant mur de blancheur, j'ai vu sa queue jaillir de l'eau. Mais elle ne m'a pas portée jusqu'au rivage. Et je n'aurais pas souhaité qu'elle le fasse. Quand je l'ai vue, j'ai prié pour qu'elle m'avale tout entière. Agrippée à un fragment de canot de sauvetage, au milieu des hurlements de détresse et des cadavres des noyés, je n'avais plus l'envie de vivre.

Je me disais que ce serait trop difficile.

J'ai échoué sur la rive d'une contrée inconnue. Je n'étais pas courageuse. J'étais désespérée. Je regrettais de ne pas être morte.

Si je te raconte cela, c'est parce que je suis heureuse, aujourd'hui, d'avoir survécu. J'en suis heureuse grâce à ton père, grâce à toi et tes frères.

Je t'enverrais une baleine sur-le-champ si je le pouvais, une grande baleine bleue qui te mènerait jusqu'à bon port. Mais tu sais que la vie n'est pas toujours tendre. Ces baleines sont rares qui viennent pour nous sauver, si tant est qu'elles viennent. Et lorsqu'elles le font, elles ne nous changent pas de la manière que nous pensons. Oui, ces baleines magiques méritent bien leur nom, elles disparaissent en un clin d'œil, vous laissant seul face à l'étendue de votre vie.

Je t'offre donc quelque chose de moins spectaculaire mais de plus durable qu'une baleine magique. J'ai commencé à les envisager comme des galets, ces petits instants du quotidien que je collectionne et entrepose dans un coin de mon esprit. Ce sont les moments auxquels je me raccroche quand la mélancolie revient : un morceau de sucre qui se dissout dans une tasse de café. Regarder l'encre sécher sur une page. Le sourire qui illumine les traits de ton père quand nous tombons sur les empreintes d'un cerf dans les bois ; sa connaissance des noms des arbres. Ton écriture sur une enveloppe portant mon nom.

Ces galets sont là, dispersés au long de la journée, si tu les cherches bien. Trouve tes propres galets, mon chéri. Ils formeront peut-être une plage, et cette plage te sauvera peut-être. Bien plus qu'une baleine magique.

Avec tout mon amour,

Ta maman.

Tout se bousculait dans ma tête. Mon arrière-arrière-arrière-grand-mère était une *personne*.

Elle n'était pas qu'une histoire. Elle avait une écriture. Des mots. Des pensées et des sentiments, des conseils pour ses enfants. Elle n'était pas que chance et persévérance. Elle avait survécu à un vrai naufrage (l'aveuglant mur de blancheur n'était autre que le blizzard, il y avait eu une baleine, un canot de sauvetage) et une partie de moi se faisait déjà l'écho des réflexions de Liv, se demandait comment utiliser ces informations pour confirmer sa théorie, tandis que l'autre était touchée en plein cœur. Fidelia avait connu la tristesse, la peur et la solitude.

Assise sur le lit de ma mère, j'ai senti la douleur faire son chemin en moi. Elle avait su trouver les mots pour consoler son fils. Elle avait su trouver les mots pour Sam, et pour moi.

C'était celui-là, l'héritage dont je voulais.

Cher Sam,

Je te souhaite une belle fête du 4-Juillet! Tu n'as pas encore dû recevoir ma première lettre, mais j'avais juste envie de te faire un petit coucou. Les recherches sur l'épave avancent bien. Il y a même des histoires de baleines. Et voilà un petit dessin de nous deux.

Avec tout mon amour,
Ta sœur.

REPRISE **REJETÉE**

Trois jours après notre non-baiser, pendant que mes lettres volaient à tire-d'aile vers Sam, je suis entrée d'un pas décidé dans l'aquarium avec une question susceptible de désarmer toute tension potentielle entre Orion et moi. Je portais mon sweat-shirt FESTIVAL DE L'AQUARIUM DE LYRIC et la montre à gousset de ma mère (sans trop y croire, donc, mais j'aimais assez l'idée qu'elle portait bonheur).

– Orion, si tu étais une baleine en mars 1885, dans quelle partie de l'océan te trouverais-tu ?

Je l'ai entraîné vers la carte animée du naufrage. La ligne rouge s'est étirée avant d'exploser et le survivant-bâton a nagé jusqu'à la rive, encore et encore.

– Fidelia a vu une baleine la nuit de la catastrophe. Si on savait où évoluent habituellement les baleines, j'ai pensé qu'on pourrait retrouver l'emplacement de l'épave.

– Pfiou. Je savais que Liv t'était montée à la tête, mais à ce point-là…

J'ai dit « Liv » dans sa bouche.

J'ai dit « Liv » dans sa bouche.

J'ai dit « Liv » dans sa bouche.

– Désolé, a poursuivi Orion. J'essaie juste d'avoir l'air décontracté. *Hum*, laisse-moi réfléchir. La migration des baleines a lieu généralement au mois de mars. Elles mettent bas au printemps dans les eaux plus chaudes. Il est possible que certaines se soient trouvées dans la région vers la fin mars, mais… elles viennent plutôt se nourrir par ici. (Il m'a montré un point situé tellement au nord que j'ai aussitôt imaginé des calottes de glace et des ours polaires.) Le bateau avait peut-être dévié de son plan de navigation ?

– Peut-être.

L'aveuglant mur de blancheur décrit par Fidelia ne semblait pourtant pas l'indiquer.

– Violette, j'aimerais te demander quelque chose.

Oh, non. Ne pouvait-on pas juste faire comme si de rien n'était ?

– Ça te dirait d'organiser une série de concerts pédagogiques ici, pour les enfants ? Je ne sais pas si tu as remarqué, mais l'aquarium galère pas mal. Joan pense que les animations pédagogiques sont la solution. Elle a tellement aimé ton atelier chanson la dernière fois qu'elle voudrait en organiser tous les jours. Elle a aussi évoqué le fait que tu souhaitais t'investir davantage.

J'en suis restée bouche bée.

– On a déjà quelques textes. Il suffit de les rendre plus éducatifs. Ça ne vaut pas les pingouins, mais on pourrait même organiser un spectacle à la fin de l'été pour lever quelques fonds.

Je nous ai imaginés tous les deux en train de chanter *Call Me Guppy* en mimant des téléphones avec nos mains. Je n'étais pas montée sur une vraie scène, face à un vrai public, depuis Broadway.

– Ça demanderait beaucoup de travail, mais ce serait amusant…

– Non.

Il s'est décomposé.

– Comment ça, non ?

– Je ne chante plus.

– Tu as chanté avec les gamins l'autre jour. Tu as chanté pour moi.

– La première fois, j'étais désespérée. La seconde, tu m'as forcé la main. (J'ai pris le temps de respirer, de réfléchir à la meilleure façon de lui expliquer les choses.) Je ne sais pas si tu sais que j'ai fait partie de la reprise de *Peter Pan* à Broadway...

– Qu'est-ce que je disais ? C'est parfait. Je savais que tu étais douée ! Tu es une star !

– Non. Pas du tout. Justement. *Peter Pan* a gâché des vies, tu comprends ?

– Pourquoi, t'as buté la fée Clochette ?

– Laisse tomber.

Je suis partie me réfugier dans le magasin de souvenirs, mais Orion m'a suivie et je me suis retrouvée coincée derrière Balthazar Picsou.

– Écoute, je ne pense pas qu'une comédie musicale puisse gâcher des vies. Et on n'est pas à Broadway, ici. Seulement cinq chansons. Tu ne réalises pas le charisme que tu as sur scène. Tu rayonnes. Tu me donnes envie de chanter, alors que je ne l'ai pas fait depuis des années. Je ne voulais pas à t'en parler, mais... (Il a baissé la voix.) C'est pour ça que je t'ai embrassée. À cause de ta voix.

Comme si j'avais besoin d'une raison supplémentaire de lui dire non.

– Orion, crois-moi sur parole, OK ? Oublie que tu m'as entendue chanter. Ce n'est pas une bonne idée. Quand je suis face à un public, ça ne peut que virer au fiasco.

TOUS LES ENFANTS **GRANDISSENT**, SAUF UN

Si je devais dater précisément le moment où la relation entre Sam et moi a volé en éclats, ce serait le soir de ma première à Broadway. Mes débuts sur scène allaient précipiter notre fin.

J'avais douze ans, Sam onze. J'avais déjà interprété Dorothy dans *Le Magicien d'Oz*, Annie dans *Annie du Far West*, et j'avais cassé la baraque avec *Moonshine Lullaby* au printemps précédent. Mon metteur en scène avait un ami qui cherchait des comédiens pour une reprise à Broadway, et il m'a envoyée passer une audition avec lui. Sans le vouloir, il a commis une grossière erreur : il m'a parlé de cette histoire d'audition *avant* d'en informer mes parents. Et je l'ai dit à Sam.

L'après-midi, en rentrant du boulot, ma mère a retrouvé la baby-sitter exténuée et nous deux occupés à sauter sur le canapé en criant : «Je vole, je vole, je vole!» Dans le Maine, nous étions des plongeurs sous-marins mais à New York, nous étions *magiques*. On volait! On allait explorer le monde entier, lui et moi, du fond de la mer jusqu'aux étoiles.

– Violette va jouer dans *Peter Pan*! s'est exclamé Sam.

Comme si ma mère avait la moindre chance de dire non. Surtout après que j'avais décroché une audition.

– Ça ne me plaît pas, l'ai-je entendue dire à mon père ce soir-là. Je n'aime pas l'idée qu'elle rate l'école. Ni qu'elle prenne le métro toute seule.

– Chérie, tu as grandi dans le Maine, lui a-t-il répondu. Tous les gamins prennent le métro, ici. Elle est si heureuse. Et Sam aussi, d'ailleurs… tu l'as vu ?

Il n'avait pas tort : Sam venait de traverser une phase compliquée. Ses crises s'étaient espacées, mais ses profs appelaient de plus en plus souvent pour signaler qu'ils le trouvaient taciturne et isolé. Il était trop maigre, et son médecin lui avait prescrit des gaufres à la crème au petit déjeuner pour l'aider à reprendre du poids. Il était vaguement question d'hormones de croissance aussi, même si on attendait encore de voir si son corps rattraperait naturellement son retard. « Difficile de déterminer ce qui relève du plan physique et du plan émotionnel », répétait sans arrêt le docteur.

À travers la cloison entre nos chambres, j'ai entendu un bruissement de tissu, puis un son humide. J'ai mis une seconde avant de comprendre : mes parents étaient en train de s'embrasser.

– Il s'agit de théâtre professionnel, a insisté mon père. Tout va bien se passer.

Alors, j'ai donné le change. À Broadway, tout était formidable et sain – du moins, dans l'esprit de mes parents. Quand ils me demandaient comment s'était passée une répétition, je bafouillais un truc à propos du tuteur qui nous faisait apprendre les verbes du troisième groupe en français, ou du pudding au lait de soja qu'on avait eu au goûter – miam, nourrissant *et* délicieux ! Ou bien je leur parlais de mon amie Isla – prononcez « aïe-la » –, quinze ans, d'origines lettone, philippine et dominicaine, ce qui signifiait, pour reprendre son expression, qu'elle pouvait jouer « presque toutes les ethnicités ». Elle avait même un agent, et – tenez-vous bien – sa mère jouait le rôle de Maria dans la tournée nationale de *West Side Story*.

Les trucs glauques, je les gardais pour moi. Comme la fois où certains Garçons perdus plus âgés échangeaient des conseils avec les pirates sur la fellation avant de s'apercevoir que je les écoutais, et ils se sont alors mis à parler fist-fucking. Le contenu du mug de voyage de Mrs. Darling qui sentait davantage le dissolvant que le café. La rumeur selon laquelle Wendy (dix-neuf ans, la pauvre) avait une liaison avec le directeur technique, un homme de l'âge de mon père affublé d'une queue-de-cheval plus longue que la mienne. Derrière la porte de sa loge, Isla et moi guettions les bruits de leurs ébats sexuels en pouffant de rire, avec un verre plaqué contre la cloison comme dans les enquêtes d'*Alice détective*, et je m'apercevais avec stupeur que j'avais *envie* d'entendre des bruits sexuels et que j'espérais chaque fois les surprendre. Avec Isla.

Je me gardais bien de raconter ça à mes parents. Et puis, Sam avait piqué une crise en cours de dessin ce jour-là. Il avait déchiré sa peinture et s'était caché sous sa table jusqu'à la fin de l'heure. C'était du moins ce que j'avais compris en épiant la conversation de mes parents pendant qu'on jouait *Peter Pan* en chaussettes. Ils faisaient la vaisselle et je les écoutais d'une oreille tout en apprenant à Sam ce que je devais moi-même apprendre parce que ça m'aidait à le mémoriser.

– Il n'est pas un peu jeune pour être sous médocs ? a demandé mon père. Le collège est une épreuve pour tout le monde. Si on réduisait un peu nos heures au travail, histoire de passer plus de temps à la maison ?

– Et comment comptes-tu payer leurs études ? a répliqué sèchement ma mère. Excuse-moi. Les choses se bousculent tellement en ce moment. Je suis à bout de nerfs. Tout redeviendra plus simple quand *Peter Pan* sera derrière nous.

J'ai laissé à Sam le passage où il était question de dignité et de grimper aux arbres parce que c'était son préféré et qu'il avait le sourire jusqu'aux oreilles en le chantant.

Le directeur musical (et non le directeur technique) m'aimait bien. Je savais bloquer l'air. Je maîtrisais bien les harmonies. Je chantais et je me taisais quand on me disait de le faire.

– Dieu merci, quelqu'un qui m'écoute ! disait-il. Ça, c'est un talent.

Un après-midi, le directeur m'annonce qu'il a une surprise pour moi. Il m'envoie sur scène, où je trouve l'un des techniciens responsables des câbles, avec le harnais à la main. Flying by Foy; tout le monde connaît le nom de la société, désormais, et sait aussi qu'ils sont « une référence dans le métier », détail qu'ils nous répètent en permanence. Nous avons appris le mot « aérographie » et j'ai mémorisé quasiment tous les mouvements aériens de Peter pour la scène de *Je vole* à force de la regarder répéter avec admiration et de secrètement rêver d'avoir son rôle.

– Prête à t'envoler ? me lance le technicien.

« Je vais voler », me dis-je.

Il m'aide à enfiler le harnais, qui se révèle plus fin que je ne m'y attendais, mais très solide et compliqué, avec une armature composée de sangles en nylon croisées et de boucles épaisses. John se plaint toujours que le harnais frotte. Les mains du technicien opèrent à toute vitesse, une boucle resserrée ici, un câble sécurisé par là, et puis ça y est, je me retrouve attachée, prête à m'envoler.

Des membres des Garçons perdus et de la tribu de Lily la Tigresse affluent vers la scène, avec leurs mères ou leurs nounous, et m'observent d'un air interloqué, car on leur a répété un millier de fois que seuls les rôles principaux volent dans le spectacle et que « ce n'est pas un jouet ». Isla et moi échangeons un petit signe de la main. Milo est avec elle. Il a seize ans, et il joue Michael. On passe pas mal de temps tous les trois, ces derniers temps.

Les câbles auxquels je suis suspendue sont en métal épais et solide. Quand on a appris que j'avais obtenu le rôle, Sam et moi avons emprunté un livre sur le vol à la bibliothèque. Parce que c'est son truc : il lit. On est très fans de l'ornithoptère de Léonard de Vinci, une machine à voler qui s'inspire du battement d'ailes des chauves-souris. Les croquis sont tracés à l'encre rouge et marron. Légers et ravissants. Aucun de ces modèles n'a jamais fonctionné. Ces câbles qui me suspendent dans le vide n'ont rien d'esthétique mais, quand on les regarde de près, ils sont constitués de plusieurs câbles fins et argentés entrelacés comme une tresse médiévale, ou un fragment d'ADN, et quand la lumière les éclairait sous un certain angle, on voyait vraiment des étincelles...

– Tu peux te tenir aux câbles, m'a lancé le technicien, ils ne vont pas se casser.

Une première secousse...

Je me soulève du sol, m'agrippe aux câbles.

Une deuxième...

Je retiens mon souffle, comme avant de plonger...

Et je m'élève d'un coup, vers le ciel, les projecteurs sont des soleils et les sièges des montagnes, je suis Icare aux ailes de métal, je peux rester ici tout le temps que je veux. Isla me fait signe de la main, je vois la raie de ses cheveux, et les Garçons perdus semblent vraiment perdus à présent...

J'oscille à droite et à gauche, le harnais me pince mais ça n'a pas d'importance – quel râleur, ce John ! Je tends les pieds, les jambes en arabesque, les boucles s'entrechoquent, et c'est le son le plus merveilleux qui soit. J'atterris sur le dessus de la cheminée, comme Peter (je connais vraiment l'aérographie par cœur)...

Isla m'acclame d'en bas et je lâche les câbles. Je ne me tiens plus à quoi que ce soit. Il me prend une soudaine envie de chanter, alors j'y vais. La chanson de Peter, ma voix, mon chant, jaillissent hors de moi, et le théâtre à moitié vide explose en un feu d'artifice de musique et de paroles exaltées et, si j'avais le choix, je ne redescendrais plus jamais. Je chante la dernière phrase à pleins poumons :

Suivez-moi car je vais bientôt disparaître, je m'envole !

Mes orteils rasent le plateau, et je me sens les genoux mous comme la fois où je me suis fait surprendre par un contre-courant l'été dernier. Le metteur en scène me regarde comme s'il me voyait pour la première fois. Puis il me sourit et déclare :

– Tu feras le bonheur du public, un jour.

Quand je retrouve Isla, elle m'embrasse sur la joue, me dit que je suis une star et que j'aurais dû voir la tête de Milo.

Soudain, je sais : ma performance va éblouir ma famille de joie.

Le grand soir, une vague de chaleur inattendue s'abat sur la ville. La radio diffuse des messages de sensibilisation à l'attention des personnes âgées, en rappelant les chiffres de la mortalité de l'été précédent. Je m'inquiète pour mes parents. Sam est encore plus irritable que d'habitude. Maman pense qu'il souffre d'un trouble émotionnel saisonnier inversé. Le collège a appelé la semaine dernière pour signaler une nouvelle crise. Ils commencent à appeler à propos de mes notes, aussi.

Dans le théâtre, c'est la fournaise. On nous applique un fond de teint spécial et de la laque extraforte. Je vais mettre des siècles à retirer toutes les brindilles de mes cheveux. Isla et moi regardons les spectateurs arriver sur les écrans de contrôle au sous-sol. Elle devient de plus en plus tactile, me donne des coups de hanche, des conseils d'épilation. Mon attachement pour elle prend des proportions délirantes. J'aimerais parfois me glisser sous sa peau.

– Violette. Je te dis merde.

C'est Milo. On parle de plus en plus souvent, tous les deux. Il vient de décrocher le rôle du fils d'Anna dans *Le Roi et Moi*, mais m'a fait promettre de garder le secret.

– Quelqu'un a flashé sur toi, me chuchote Isla. Et beau gosse, en prime.

Le frôlement de ses lèvres contre mon oreille provoque des sifflements lointains. Je frissonne.

Deux Garçons perdus passent en courant. L'un d'eux a la bouche barbouillée de chocolat, à cause de ce répugnant pudding. L'autre est celui dont Isla est amoureuse. Elle m'a dit qu'elle lui trouvait un joli petit cul – je ne savais même pas qu'on pouvait dire ces choses-là.

– Isla, lui dit-il, faut que tu viennes voir ça ! Un gamin est en train de péter les plombs, là-haut. Il hurle en se roulant par terre, la totale. Il refuse de bouger et le spectacle ne peut pas commencer parce qu'il bloque l'accès aux coulisses. La sécurité va intervenir.

Je sens un truc dégringoler à l'intérieur de moi.

– Viens, Violette ! me lance Isla, mais je reste.

J'ai suffisamment assisté à ce genre de scène pour les connaître par cœur. Ma mère se trompe : ce n'est pas seulement à cause du collège, et les choses ne seront pas plus simples après *Peter Pan*.

Sam et elle ratent la première. Sur scène, nous construisons une adorable maisonnette pour Wendy, dansons le pas de bourrée avec les Garçons perdus et fabriquons un lit de fortune. Peter s'extasie sur les poches, et je jette des oreillers en fausse mousse. « Nous ne serons plus jamais seuls. » Je ne rate pas un seul temps, aussi insignifiant soit-il.

Chaque soir nous reconstruisons la même cabane magique, cette stupide maison en toc que j'avais bêtement crue capable de sauver ma vraie famille.

Je suis censée aller rencontrer ma famille à l'étage, mais j'ai encore plein de brindilles dans les cheveux et je me demande si j'ai encore le temps de prendre la fuite quand j'entends mon prénom. « Violette. » C'est Milo, qui vient de passer la tête hors d'une loge plongée dans le noir. Il tient le mug de Mrs. Darling à la main.

– Viens voir, ajoute-t-il.

Le mug est rempli de vodka. On se le repasse à tour de rôle, assis sur le canapé dans la pénombre de la loge vide. On boit tout, jusqu'à la dernière goutte. Mes lèvres me brûlent. Les brindilles me tiraillent le cuir chevelu. La vodka me fait l'effet d'un bourdonnement d'abeilles au fond de la gorge. Je n'arrête pas de lécher le rebord du mug, non pas pour le goût, qui est horrible, mais pour le picotement de la brûlure. Ça me plaît. Milo n'y prête même pas attention. Il ne fait que parler du *Roi et Moi*.

– Être petit pour son âge, c'est un avantage, dans ce métier, affirme-t-il. Sans vouloir te vexer.

Je ne le suis pas. Je sais déjà que je suis trop grande, trop imposante. La costumière doit me bander les seins pour les aplatir avant chaque représentation. « Rien à faire pour les hanches, par contre, me dit-elle. Tout chez toi est disproportionné. » Je lèche le rebord du mug.

– Tu pourrais jouer... genre...

– Je m'en fous du théâtre, l'interromps-je.

C'est ce que dit Isla, parfois, mais dans ma bouche, ça a l'air méchant.

– Oui, mais... (Milo a l'air de pédaler dans la semoule, et ça m'amuse. Le voir s'enfoncer me rend puissante.) Je veux dire, t'es une fille sublime. T'as même pas besoin du théâtre, au fond. C'est dire à quel point t'es belle.

– Arrête. Sérieux ?

(Alors que j'aurais dû lui demander : « Pas besoin du théâtre pour quoi ? »)

– Oui. Tout le monde le dit. Même le capitaine Crochet.

Je suis censée le prendre comme un compliment, de toute évidence. Le capitaine Crochet a les bras les plus poilus que j'aie jamais vus. Je l'imagine assis là à la place de Milo, et cette pensée me terrifie un peu.

– Violette, je peux t'embrasser ?

– Bien sûr, dis-je en roulant des yeux comme si j'avais fait ça un million de fois alors que jamais de la vie.

Alors on s'embrasse. Mon premier baiser. C'est donc ça ? J'ouvre les yeux et manque pouffer de rire parce qu'il a l'air tellement idiot… Si seulement il voyait sa tête ! Il essaie de me caresser les cheveux, mais il ne peut pas à cause des brindilles, alors il se contente de poser sa main sur ma tête, comme un casque. Je m'oblige à me concentrer sur les sensations. Je pense à Isla et au verre plaqué contre la cloison, mais c'est une mauvaise idée, je ne veux pas penser à Isla, elle est trop à part, elle appartient à mon autre cerveau, le cerveau des pensées sacrées.

Le baiser commence à être agréable.

Ça me plaît d'embrasser Milo. Ça me plaît beaucoup.

En fait, je crois que j'aime ça.

J'en veux encore. Je veux que ça ne s'arrête jamais.

Je me retrouve au-dessus de lui, je presse mon corps contre le sien comme j'ai vu une fois dans un film, sauf que c'était la fille qui était allongée en dessous. Mes hanches se mettent à onduler comme si elles étaient animées d'une volonté propre. J'ai envie de ça. J'ai envie de plus.

Puis je m'arrache à lui si soudainement que Milo se retrouve à embrasser le vide, paupières closes, l'air idiot et vulnérable.

– J'ai douze ans, dis-je.

Dans mon souvenir, je me tiens à présent assise, les bras autour de mes genoux, sauf que je ne me souviens pas avoir bougé. On ne faisait que s'embrasser. Pourquoi suis-je si effrayée ?

Milo se redresse tant bien que mal. Il n'aime pas ce qu'il vient d'entendre.

– Je croyais que t'avais le même âge qu'Isla, dit-il, comme si je l'avais trahi.

– J'ai presque treize ans.

La peur s'entend aussi dans ma voix. Je tremble de partout. Mais je ne veux pas m'arrêter. Je veux continuer. Je crois.

– T'as douze ans, dit-il, et t'embrasses *comme ça*?

Il s'essuie la bouche avec le dos de sa main parce que s'embrasser comme ça, c'est mal. M'embrasser, c'est dégueu et malsain.

– Il faut que j'y aille.

Il a l'air encore plus effrayé que moi. Je lui ai fait peur.

– Salut, dis-je d'un air faussement blasé.

Une fois seule, j'enfonce ma main dans le mug de Mrs. Darling pour me lécher les doigts et tenter de sentir à nouveau la brûlure. J'ai douze ans, et j'embrasse comme ça. Ce serait différent si j'en avais treize? Dix-sept? Comment étais-je censée embrasser à mon âge?

Je commence à avoir un peu mal au cœur. Les abeilles me picotent l'intérieur du crâne. Je recense tout ce que je vois autour de moi pour me rappeler où je suis. Je tiens à la main le mug de Mrs. Darling. Je porte mes vêtements de ville. Ça, ce sont mes chaussures. Ça, ce sont les brindilles dans mes cheveux. Je me tiens debout. Dans le miroir, j'ai la même tête que d'habitude alors que je me sens déjà différente. J'ai le ventre atrocement noué. Je modifie l'éclairage de la coiffeuse, je me rapproche si près du miroir que je me vois floue.

Mes parents m'attendent à l'étage. Nous allons rater notre réservation pour le dîner. Pas grave. Sam ne mangera rien, de toute manière. Bientôt, il ira voir le psy jusqu'à trois fois par semaine, il commencera les médocs et excellera dans toutes les matières. À l'automne, j'irai une ou deux fois voir Isla, mais elle fera venir son mec et je me sentirai si mal que j'irai pleurer dans les toilettes et m'inventerai une excuse pour rentrer plus tôt. Je m'en remettrai vite, je commencerai à traîner dans des fêtes où les gens s'extasieront sur ma façon d'embrasser, sans s'essuyer la bouche comme si j'étais un être maudit et répugnant.

Ces brindilles me font un look pas mal, en fait.

Je hais Milo. J'espère qu'il se fera renverser par un bus.

– Je suis Oz, le grand, l'unique ! dis-je, les lèvres pressées contre le miroir. Ozzzz.

Je bourdonne comme une abeille, parce que je suis seule, et que je suis méchante, et que je peux le faire. Devant le miroir, j'épure mes traits et me fige, et me voilà transformée d'un coup en statue de marbre. Je change d'expression et me voici à présent bleu nuit et or, constellations barbouillées. Les touristes s'agglutineront autour de moi pour me prendre en photo, leurs flashs pareils à des galaxies. Un autre visage, un autre, encore un autre…

Je redeviens moi-même. Si on veut. Moi-même, et toutes les choses, aussi. Moi, garçon, fille. Lui, toi. Chose belle, puissante. J'embrasse comme ça, comme un don et une malédiction. Je laisse derrière moi des éclats de bois fendu, des immeubles démolis et des petits garçons effrayés.

TRÉSORS DE L'ATLANTIDE

Orion n'a plus évoqué le fait de chanter de toute la semaine, et je lui en étais reconnaissante. Je lui ai demandé de m'organiser un rendez-vous avec Liv pour élucider cette histoire de hublot du *Lyric* dont m'avait parlé Mariah. Le samedi suivant, Liv m'attendait devant les Trésors de l'Atlantide pour mener l'enquête. C'était sympa de se fixer des rendez-vous sans téléphone ; chaque fois qu'on se retrouvait, ça me faisait l'effet d'un petit miracle.

– Si nous entrions ?

Elle a poussé la porte, la clochette a tinté, et j'ai plissé les yeux par réflexe face au déluge de cristaux, de trucs de toutes sortes entassés partout et de gadgets scientifiques argentés. Le Bazar des Merveilles n'était qu'une version tout aussi bordélique, mais un peu plus chic, de la maison de Toby, entre New Age et antiquités. Un endroit où passer beaucoup de temps et dépenser beaucoup d'argent. Ma mère détestait.

– Camarades ! retentit la voix de Felix depuis les profondeurs. Puissiez-vous trouver ici tout ce dont vous ne soupçonniez pas avoir besoin ! Je suis là, avec tous les machins maritimes !

– Comment sait-il que c'est nous ? ai-je demandé à Liv.

– Il doit sortir la même chose à tous les clients qui entrent depuis une heure.

On s'est frayé un chemin à travers les allées, en veillant à ne rien faire tomber. Felix se tenait tout au fond, entouré de lanternes dotées de lentilles rouges et bleues et enserrées dans des cages en cuivre, près d'un authentique volant en bois – ou plutôt, d'une barre à roue – et d'énormes cloches rouillées arrachées du fond des mers. Felix a désigné une sirène en bois posée en équilibre précaire contre le mur derrière Liv et, juste à côté, un hublot doré portant la mention PAS À VENDRE.

– La plus belle trouvaille de mon père. Il passait le détecteur de métaux sur la plage de Seal Cove. Bien sûr, nous sommes de simples historiens amateurs... et gardez ça pour vous, car les détecteurs de métaux sont interdits à Seal Cove... mais nous sommes *convaincus* qu'il s'agit d'un fragment du *Lyric*. C'est tout à fait dans le style que devait avoir le bateau.

Le hublot formait un cercle de cuivre parfait. Il avait donc traversé l'océan avec Fidelia. Peut-être avait-elle regardé au travers pour observer l'aveuglant mur de blancheur qui s'avançait vers elle, et essuyé les gouttes de condensation sur la vitre. J'avais envisagé de montrer la lettre à Liv, mais c'était un objet trop personnel. Je préférais la garder pour moi.

– Il faut absolument qu'on se rende sur cette plage, ai-je déclaré.

– Pour quoi faire ? Nager jusqu'au fond ?

– Il reste peut-être d'autres débris !

– Je peux vous emmener au magasin de détecteurs de métaux, a proposé Felix. C'est un endroit un peu chelou, mais...

– Je croyais que c'était illégal, l'a interrompu Liv.

– Justement ! Si ça se trouve, le bateau est enfoui là-bas, caché à la vue de tout le monde depuis des années, comme ce bateau de l'époque de la guerre de l'Indépendance dont tu parlais l'autre jour. Allez, quoi ! On ne risque rien à jeter un œil. Une autre découverte nous permettrait de confirmer l'emplacement de l'épave. Pourquoi pas ? Le week-end prochain ?

– Tu as créé un monstre chercheur d'épaves, Liv, a commenté Felix.

– Ça m'apprendra à dire aux gens de considérer les choses

comme des métaphores, a-t-elle marmonné, mais je voyais bien que ça lui faisait plaisir.

J'ai examiné le hublot tout en touchant la montre autour de mon cou. Elle ne me quittait plus depuis l'instant où je l'avais trouvée dans la boîte à bijoux de ma mère. Chaque fois que j'avais besoin de réfléchir, je touchais la breloque.

– Sacré collier, Violette, a dit Felix.

– C'était à ma mère. Un porte-bonheur, paraît-il.

– Les émeraudes ont plutôt la réputation d'être maudites...

– Oh non, je voulais parler de la montre. Et ce n'est pas une émeraude. C'est du toc.

– Crois-moi, a-t-il insisté en tapotant l'espace entre ses sourcils, je sais reconnaître le verre, et ça n'en est pas.

– Tu rigoles ? a lâché Liv dans un souffle.

Horrifiée, j'ai passé le collier par-dessus ma tête. Le bijou vert entortillé dans la chaînette de la montre m'a renvoyé un éclat étincelant. Il avait soudain l'air plus lourd et authentique qu'auparavant.

– Putain, dire que j'ai nettoyé des aquariums avec ça autour du cou !

– Je peux voir ? a demandé Felix en tendant la main.

– Bien sûr.

Je ne voulais même plus y toucher.

– Elle est ternie, a commenté Felix avec un claquement de langue embarrassé. Mais la forme est très belle. Tu veux que je la polisse ?

– Ce serait formidable.

– Mais en échange de quelque chose, alors. (Il a levé vers moi des yeux pleins d'espoir.) Tu serais cobaye pour une séance de lecture de feuilles de thé ?

La dernière chose dont j'avais besoin, c'était qu'un apprenti médium me fouille l'intérieur du cerveau et découvre mes promenades passionnelles ratées avec Orion. Liv prétendait ne pas s'intéresser à lui, mais je ne tenais pas à crier sur tous les toits le récit de mon non-baiser avec son non-mec.

– Moi, je veux bien, a-t-elle déclaré.

– Je t'ai déjà tiré les cartes il y a quelques semaines, a objecté Felix. Nul n'est censé sur-analyser le futur. Ça affaiblit le pouvoir de la séance. Et puis, Violette, n'as-tu pas volé des trucs dans ce magasin ? Tu me dois bien ça.

J'ai grogné.

– Je déteste le thé.

Felix a tapé dans ses mains avant de disparaître dans une allée.

– Je mets l'eau à bouillir ! l'avons-nous entendu crier.

Liv farfouillait dans une boîte de cartes postales anciennes.

– Ça alors, je n'aurais jamais pensé qu'il puisse s'agir d'une vraie émeraude.

– C'est un sacré coup de chance, m'a-t-elle répondu.

Sa voix était un peu sèche. Ou bien était-ce juste dans ma tête ? Elle m'a tendu un paquet de vieilles cartes.

– Tu vas voir, c'est spécial.

Je les ai regardées : il y avait des femmes déguisées en sirènes et posant sur les rochers, d'autres nageant sous l'eau, des pin-up des années 1950 aux lèvres ultrarouges, avec queue de sirène scintillante et maillot de bain jaune crème. Un message au crayon était griffonné au dos de l'une des cartes :

Cher Stan, c'est le spectacle que nous avons vu à Weeki Wachee. J'espère que Minnie va mieux. Avec toute notre affection. Lois et Bill.

– J'ai toujours vu les sirènes comme des créatures méchantes, a dit Liv en me passant la boîte. Peau verte. Dents pointues. Nettement moins…

– Sexy ?

– Oui, a-t-elle répondu avec désinvolture.

Il restait d'autres images du Weeki Wachee, et je les ai achetées, ainsi que quelques-unes en plus pour envoyer à Sam et à mes parents, peut-être. Voire à Toby, quand je serais partie cet automne.

– Qu'est-ce que ça cache chez moi, à ton avis, cette passion pour les filles à écailles ? ai-je demandé.

– C'est une question rhétorique ?

– Je suis peut-être devenue fétichiste des poissons à force de bosser dans un aquarium.

– Qui sait. (Elle s'est éclairci la voix.) Violette, je peux te poser une question ?

– Vas-y.

– Désolée si c'est indiscret, mais... tu te considères plutôt comme...

Soyons clairs : je voyais exactement où elle voulait en venir. Je l'ai su à la seconde où elle m'avait passé la photo de la sirène pin-up. Qui plus est, j'avais envie qu'elle me pose cette question. Parce que je rêvais justement de lui demander la même chose.

– Je me considère plutôt comme... ? ai-je répété pour l'encourager.

– Je veux dire... tu te définis comment ? Par rapport à... Disons, en termes... d'attirance ?

– Tu voudrais savoir si je préfère les filles ou les garçons ?

– Si c'est trop indiscret, je...

– Je plaisante.

– Oh. C'est malin. Et maintenant, tu vas me tirer ma queue-de-cheval ?

Sa réaction a paru l'étonner elle-même. Elle s'est aussitôt affairée à réaligner de vieilles lampes sur une étagère en les dépoussiérant avec ses doigts.

– Je penche d'un peu tous les côtés, ai-je répondu. À New York, c'était plutôt les mecs. Mais si une fille comme ça se présentait devant moi, ai-je ajouté en montrant la sirène, je dirais oui tout de suite. Comment résister ?

J'ai guetté la moindre réaction sur le visage de Liv – attirance, ou rejet... ?

– Je connais des tas de gens à Lyric, Maine, qui résisteraient très bien, a-t-elle répondu.

– Excuse-moi. Je ne voulais pas...

– T'inquiète. Ce n'est pas à toi que j'en veux.

Elle ne m'en voulait peut-être pas, mais elle avait raison. Je traversais l'existence en m'imaginant qu'on était tous dans le même bateau. Alors que le mien était un yacht, ai-je réalisé, en repensant à l'émeraude avec culpabilité.

– Tes parents l'ont mal pris ? m'a-t-elle demandé.

– Mal pris ? Non. On n'en parle quasiment jamais. (Mon yacht s'agrandissait à vue d'œil.) Et toi ?

– Moi ?

– Non. *Elle*, ai-je dit en désignant la sirène en bois.

– Bonne question. Je serais curieuse de savoir comment les sirènes font des bébés.

– J'ai toujours pensé qu'elles pondaient des œufs. Même si ça les rend moins sexy. Quoique... Il y en a pour tous les goûts, après tout. Regarde le porno à tentacules.

Liv a éclaté de rire.

– Je ne penche que d'un seul côté. Celui des garçons. Et certainement pas du côté des tentacules. Mais je m'intéresse surtout à mes études. Oxford.

– Les yeux sur le trophée.

– Je peux te poser une question idiote ?

– Vas-y.

– Pourquoi ne l'as-tu pas dit ?

– Tu voulais que je débarque en criant : « Entrez tous, c'est gratuit » ?

– Violette, arrête une seconde, OK ? Sérieusement… Pourquoi ?

J'ai regardé Liv. J'ai pensé à cet imbécile en cinquième qui avait déclaré : « On est soit gay soit hétéro, les autres sont juste désespérés » sous un déluge d'éclats de rire ; à la fille aux cheveux noirs qui m'avait qualifiée de « test décisif » quand on était sorties ensemble l'été dernier. Ou encore aux propos du proviseur qui, quand je m'étais fait prendre en train de fumer un joint, m'avait chanté les louanges de l'association des étudiants *queer*, certain de m'avoir offert la minute de révélation psychanalytique que j'avais attendue toute ma vie.

J'ai regardé Liv en pensant très fort que j'aurais voulu garder cette partie de moi bien rangée à l'intérieur. Comme les blancs d'œuf.

– Je ne voulais pas que ce soit la seule chose que tu entendes.

– Je peux le comprendre. (Elle s'est retournée vers les lampes, toutes inclinées selon le bon angle, dans la même position.) Moi, je vais à l'église tous les dimanches avec mes parents. Je sais que l'Église a plein de défauts. Mais j'aime bien ça. Ce rituel. Je passe beaucoup de temps à observer les visages des autres, leurs expressions d'ennui… je rôtirai sans doute en enfer pour avoir dit des choses pareilles, mais je ne sais pas trop quoi penser de Dieu. Et jamais je ne l'avouerai à mes parents, mais… ces visages… Parfois, je me dis que c'est ça, l'intérêt de l'église : peu importe qui mène le show, l'essentiel est d'observer les autres et d'imaginer à quoi ils pensent. Ou alors, Felix a peut-être raison à propos de l'univers, de l'énergie, et c'est pour ça que l'Église a brûlé les sorcières, parce qu'elles faussaient la compétition. Typique du capitalisme. Parce que c'est la même idée derrière. Comme un filet de sécurité tendu en dessous de nous. Je sais que ça a l'air dingue. Je devrais m'arrêter de parler.

– Tu n'es pas dingue, ai-je répliqué. Et tu ne dois *jamais* t'arrêter de parler.

– Tu vas vite en avoir marre de m'entendre jacasser, a-t-elle répondu, mais j'ai vu qu'elle se retenait de sourire.

J'aurais préféré qu'elle ne se retienne pas.

– Pourquoi ne pas en discuter avec l'un de tes parents ?

– Je ne sais pas... Ma mère enseigne les sciences sociales à des CM2, et mon père est dans le bâtiment. Ils sont dans le concret, tu vois.

La question a jailli comme une bulle dans ma gorge : « Et toi, Liv, es-tu *dans le concret* ? »

Mais avant que je puisse la poser, la bouilloire a émis un sifflement assourdissant depuis l'arrière-boutique. L'appel du futur.

– La tassographie, a annoncé Felix, ou l'art de lire les feuilles de thé.

– Tu fais ça sur ton téléphone ? a lâché Liv, stupéfaite.

On était assis dans la minuscule pièce du fond qui faisait office de bureau, serrés autour d'une petite table. Felix avait tamisé les lumières et allumé un bâtonnet d'encens au jasmin. J'ai toussé.

– Les médiums aussi vivent à l'ère digitale. Il faut bien s'adapter.

Il m'a tendu un mug de voyage en plastique rempli de thé fumant ; on y voyait Elvis en train de chanter face à un micro.

– SOUVENIR DE GRACELAND ? ai-je lu à voix haute. Ça commence mal.

– Le récipient n'a aucune influence sur le résultat de la lecture m'a-t-il assuré. Bois.

J'ai bu... et aussitôt recraché mon thé par terre.

– T'es dingue ? a commenté Felix avant d'aller fouiller les tiroirs à la recherche d'un torchon.

– Ça a un goût d'écorce !

J'ai passé mon mug à Liv pour qu'elle confirme. Nos doigts se sont frôlés. Je me suis efforcée de ne pas y penser. Je me suis efforcée de ne pas penser au fait que ses lèvres étaient posées au même endroit que les miennes il y avait un instant à peine. Je me suis efforcée de ne pas y voir une forme délibérée de baiser par procuration. Surtout maintenant que j'avais sa réponse : «Je ne penche que d'un seul côté. Celui des garçons.»

– On ne partage pas! Vous êtes en train de mélanger vos destins, nous a sermonnées Felix. (Il a consulté son écran.) Violette, tu peux déchirer le sachet en forme de croix. Pour représenter les quatre éléments. Tradition païenne.

J'ai coulé un regard en direction de Liv en pensant à l'église, aux visages et à l'ennui... Et en dépit de tout le reste (le mug Elvis, le téléphone), j'ai senti un frisson de joie à mesure que les feuilles s'éparpillaient sous mes doigts, brûlantes et forestières. Élémentaires.

– Et merde, a lâché Felix. T'étais censée penser à une question pendant ce temps-là.

– Bonjour l'amateurisme, a glissé Liv.

– On ne peut pas tous être des professionnels en formation, a rétorqué Felix. Tu n'as qu'à t'en poser une maintenant. À propos de ton avenir.

– Mon avenir?

Je venais de passer ces deux dernières semaines immergée à ce point dans le passé que j'en avais totalement oublié que j'avais un avenir. Moi. Violette. J'étais une personne en mouvement dans ce monde. Cet été prendrait fin un jour; je finirais par rentrer chez moi. À New York. Dans notre appartement. Dans mon lycée. Les mêmes classeurs, les mêmes couloirs, les mêmes toilettes aux néons agressifs que Sam évitait à tout prix. Les mêmes gens que j'avais laissés au début de l'été.

Comment pourrions-nous tranquillement reprendre le cours

de nos vies comme si de rien n'était ? Comment pourrions-nous aller de l'avant ?

– Prête ? a demandé Felix.

– Oui.

Il a examiné le fond de ma tasse, puis a recouvert son œil de verre d'une main.

– Je dirais que ça ressemble à un anneau. (Il a fait défiler les infos sur son téléphone.) C'est le symbole du mariage.

– J'ai seize ans.

– Ou bien c'est la lettre *O*, est intervenue Liv. Orion.

Mon cœur a cessé de battre. Qu'essayait-elle de me dire ? Était-elle au courant pour notre non-baiser ? Non. Impossible. Il m'avait fait promettre de garder le secret. Il n'avait pas pu en parler à Liv.

– C'est peut-être toi qui l'épouseras, ai-je rétorqué, puisque Felix nous a accusées de mélanger nos destins.

– Ne m'oblige pas à me répéter.

– Et si c'était un donut ? a dit Felix en poursuivant ses hypothèses, imperturbable.

– Ou un trou noir, ai-je avancé.

– Quel optimisme.

– Alors la lune.

– Le soleil, a renchéri Liv.

– Ou les deux à la fois.

Je l'ai regardée, et elle s'est empourprée. De quoi est-ce qu'on parlait ?

– On a tout foiré, a dit Felix. Voilà une importante leçon à retenir : les choses ont un sens uniquement si on leur en accorde un.

– Quel philosophe, a raillé Liv.

– T'es pire que Mariah. Bon, on passe à la montre ?

Il l'a sortie de sa poche, emballée dans un morceau de velours.

– La première chose que je dirais à propos de cet objet, a-t-il déclaré, c'est qu'elle dégage une énergie très étrange.

– Mon oncle m'a dit que c'était un objet porte-bonheur.

– J'irais même jusqu'à dire que c'est un objet hanté.

– Génial.

– Mais regardez, a poursuivi Felix.

Il l'avait polie jusqu'à la faire briller, révélant la silhouette d'un arbre gravé sur son couvercle en métal. L'arbre était couvert de cercles minuscules – pas des feuilles, mais des fruits, dessinés de la façon la plus sommaire qui soit.

– Waouh, ai-je lâché. C'est magnifique. Merci, Felix.

– La deuxième chose que je peux dire, c'est : t'as cherché le papier ?

– Pardon ?

– La plupart des horlogers inséraient un morceau de papier dans le boîtier pour protéger le mécanisme des intempéries. À l'époque, ça servait aussi de support publicitaire. (Il a retourné la montre et ouvert le boîtier. Un cercle de papier en est tombé, jauni par le temps et aussi desséché qu'une chips.) Bingo !

Il a soulevé le morceau de papier entre ses doigts. Accompagnée d'un dessin à l'encre représentant un nœud celte compliqué, on pouvait lire la mention suivante, imprimée dans un lettrage chargé de fioritures : HORLOGERIE CRANES, LONDRES, ANGLETERRE. Felix a posé le papier au creux de ma paume, et Liv s'est penchée vers moi pour mieux voir. La visière de sa casquette m'a cogné la tempe.

– Désolée, a-t-elle marmonné.

Avant d'étirer une de ses tresses le long de sa bouche.

– Il y a aussi une inscription au dos, a fait remarquer Felix. (Il a remis une dose de produit sur son chiffon et frotté l'arrière du boîtier.) La vache, c'est minuscule, a-t-il commenté en plissant les yeux. Y a-t-il un *S* dans ta famille ?

– Mon frère, Sam. Ma grand-mère avait pour prénom Sterling, ainsi que son père…

– Son grand-père, a corrigé Liv.

– Ces gens étaient-ils encore vivants en janvier 1884?

Felix m'a passé la montre. On pouvait lire une inscription gravée en tout petit :

F.

MA POMME, ŞCINDÉE EN DEUX.

S.

FÉVRIER 1884

Ma mâchoire s'est affaissée. D'abord l'émeraude, et maintenant *ça*? Le cercle de papier nous envoyait en Angleterre, 1884 nous plaçait juste la bonne année, et le *F*...

– Serait-ce la montre de Fidelia?

– À moins que tu connaisses une autre personne de nationalité britannique vivant en 1884 et dont les bijoux traîneraient chez toi, a rétorqué Felix.

– Ça veut dire qu'elle portait cette montre *sur le bateau*...

– En cet instant précis, Violette, tu incarnes la définition même de l'ébahissement.

Comme d'habitude, Liv avait trois coups d'avance sur nous.

– Quelqu'un a offert cette montre à Fidelia juste avant qu'elle quitte l'Angleterre à bord du *Lyric*. Ce *S* a peut-être un lien direct avec son départ. Cette montre était peut-être un cadeau... une preuve d'amour! (Elle a frappé la table avec excitation.) Je savais qu'il y avait une explication bizarre derrière le fait qu'elle n'ait jamais écrit à sa famille.

– Hum, pourquoi cette thèse du cadeau romantique?

– Février, bien sûr. La Saint-Valentin. Et la pomme! L'arbre est forcément un pommier. Une allusion à Adam et Ève. La tentation. Le fruit défendu!

– La pomme ne symbolise-t-elle pas plutôt la connaissance? a demandé Felix.

– La connaissance biblique, a répliqué Liv en haussant les sourcils d'un air sous-entendu. Mais même sans cela... « scindée en deux ». Ils ont été arrachés l'un à l'autre quand elle est montée à bord de ce bateau. Il y a une telle douleur dans ces mots. Peut-on y lire autre chose qu'une peine de cœur ? Deux amants séparés de force ?

– « Leur amour qui nous a donné le jour était né en réalité d'une séparation tragique », a déclamé Felix.

– Tu peux penser ce que tu veux, a insisté Liv. Cette inscription est si minuscule... Elle n'était pas censée être vue. Cela me paraît hautement suspect.

– Ça y est, la professeure Stone repart dans ses divagations !

Felix n'avait pas tort. C'est tout juste si on ne voyait pas une ampoule de dessin animé s'allumer au-dessus de la tête de Liv.

– Fidelia était peut-être enceinte de S, a-t-elle poursuivi. La pomme est un fruit, après tout. Ça expliquerait son mariage précipité avec Ransome ! (Elle s'est tournée vers moi, fébrile.) Quand a-t-elle accouché de leur premier enfant ? Faisons le calcul.

– Ton anti-histoire d'amour est presque aussi absurde que la vraie, ai-je objecté. Revenons en arrière une minute. Qui est ce S ? Que savons-nous de l'existence de Fidelia avant son départ d'Angleterre ?

Liv s'est rembrunie.

– C'est bien le problème. Nous n'avons pas grand-chose sur elle, du moins dans les archives officielles. Son histoire est un grand point d'interrogation. Mais si elle avait une liaison torride et qu'on l'a expédiée de l'autre côté de l'Atlantique à cause d'une grossesse scandaleuse... tout s'explique. Son déguisement en garçon et sa relation avec Ransome seraient alors partis d'une volonté d'effacer son passé. La boucle d'oreille est peut-être liée à toute cette histoire. L'émeraude, a précisé Liv. Elle a peut-être offert la seconde à quelqu'un en Angleterre comme gage d'amour.

Certaines personnes offraient une mèche de leurs cheveux, mais elle était sans doute plus snob.

– La boucle d'oreille s'était juste entortillée dans la chaînette, ai-je dit. Nous n'avons aucune preuve qu'elle appartenait à Fidelia.

– Elle ne porte ni poinçon ni marque, a renchéri Felix. J'ai vérifié.

– Tu vois, Liv ? Aucun lien.

– Pour ce qu'on en sait, a-t-elle précisé.

– Et tu trouves ridicule de tirer les cartes, a soupiré Felix. C'est complètement tiré par les cheveux !

– Je formule des hypothèses, je ne prétends pas lire dans une boule de cristal !

– Je t'ai déjà dit ce que je pensais de cette arnaque des boules de cristal.

– Violette, t'en penses quoi, toi ? m'a demandé Liv en se tournant vers moi, les yeux brillants.

C'était dingue, la vitesse à laquelle elle avait escaladé mentalement les barreaux pour parvenir à une théorie aussi sophistiquée. Mais aussi…

– C'est un peu triste qu'on en sache aussi peu sur elle. Genre… qui était sa mère ? Pourquoi ce détail n'intéresse-t-il personne ?

– Si ça peut te consoler, nous aussi, tout le monde nous aura oubliés un jour.

– Ça ne me console pas *du tout*, merci.

– Ce que je voulais dire par là, c'est qu'on doit mener l'enquête, tu comprends ? *Carpe diem*. Tu connais le poème ? Horace. *Tu ne quaesieris, scire nefas, quem mihi, quem tibi…*

Décidément, Liv était un cas à part.

– Et c'est *moi* que Mariah traite de vantard, a bougonné Felix.

Difficile de déterminer ce qui était le plus improbable : que Liv démythifie l'histoire d'amour entre mes arrière-arrière-arrière-grands-parents, ou que je retrouve une épave au fond de l'Atlantique. Mais elle avait la lettre *S*, et maintenant une théorie. Moi, j'avais une plage. Et Felix, un détecteur de métaux.

– C'est un début, ai-je concédé.

J'avais tellement hâte d'en parler à Sam.

– Felix !

– Merde. C'est mon père.

– J'espère pour toi que tu as été ligoté par des cambrioleurs, je viens de voir deux clients repartir les mains vides !

La voix s'est rapprochée. Felix, affolé, s'est empressé de nous faire sortir par la porte du fond qui donnait sur une ruelle.

– Salut, merci d'être venues, la prochaine fois on tirera les cartes ! a-t-il lancé avant de claquer la porte.

Liv et moi étions incrédules. Un siècle entier venait de s'écouler dans le Bazar des Merveilles, mais il faisait encore jour dans le monde réel. L'espace entre les deux immeubles était à la fois ombragé et lumineux. De petites fleurs jaunes et violettes surgies de l'asphalte fendillé cherchaient vaillamment le soleil.

– Tiens, tu connais ça ?

J'ai cueilli un bouton-d'or pour le placer sous le menton de Liv.

Les pétales étaient d'un jaune si brillant qu'on aurait dit du plastique, mais un halo a éclairé la peau de Liv comme un bouton-d'or lampe torche.

– Tu aimes le beurre, ai-je déclaré.

– Oh, oui, je connais ce truc ! Mais ça vient d'où ?

– Qui sait. D'un réseau secret de filles.

J'ai piqué la fleur dans l'une de ses tresses en prenant tout mon temps. Ses cheveux semblaient secs comme de la paille mais, au toucher, ils avaient la douceur des pétales. Les cloches de l'église ont sonné : dix-huit heures.

– Ça te dirait de venir dîner chez moi ? m'a proposé Liv. À moins que tu aies d'autres projets, bien sûr. Je sais que je t'ai dressé un portrait pas très flatteur de mes parents, mais ils sont très gentils. Et ils aiment beaucoup recevoir du monde à la maison.

– Je meurs de faim. Alors oui, avec plaisir. Juste…

J'ai cueilli quelques fleurs (mauvaises herbes, pissenlits, boutons-d'or) et les ai mises dans une vieille boîte de conserve de soupe Campbell léchée jusqu'à la dernière goutte par un rongeur quelconque.

– Ma mère serait furieuse si j'arrivais chez quelqu'un les mains vides.

– Tu es insupportable. La mienne va t'adorer. (Elle a chipé un pissenlit à ma composition florale.) Et ça, tu connais ?

Elle a entaillé la tige à l'aide de son ongle et, comme avec un cheveu fourchu, l'a ouvert en deux jusqu'en haut, révélant son intérieur vert pâle.

– Non. C'est quoi ?

– Rien de spécial. Je m'amusais toujours à faire ça. J'aimais bien la sensation… je l'aime toujours.

J'ai touché l'extrémité du pissenlit. L'intérieur était tout poisseux de glucose, la tige brunissait déjà par endroits. Nous la tenions chacune d'un côté, comme l'os de dinde totalement desséché et prêt à craquer qu'on brise rituellement à Thanksgiving. J'aurais voulu savoir quel était son vœu, mais je n'ai pas eu le courage de le lui demander.

LES **FAMILLES** UNIES SONT TOUTES LES MÊMES

J'avais prié pour que les parents de Liv m'apprécient.

Je savais que ce n'était qu'un dîner, mais j'avais la même sensation dans mon ventre qu'avant de passer une audition. L'envie de décrocher le rôle, l'impression que j'en étais capable, et la certitude que les choses allaient horriblement mal se passer.

– Coucou, Livvy ! ai-je entendu à l'instant où nous avons franchi la porte.

La maison sentait l'ail et le basilic. Le son d'une radio s'échappait de la cuisine. Je n'étais jamais entrée chez des gens ayant perdu un enfant, et je m'attendais à... je ne sais pas quoi. À une atmosphère froide et sévère, comme dans une église médiévale, un vide si immense qu'il évoquait la peur.

Au lieu de ça, j'ai pénétré à la suite de Liv dans une cuisine chaleureuse et lumineuse. Sa mère était en train de découper des tomates sur une planche en bois. Elle était encore plus petite que sa fille, vêtue d'un tee-shirt bleu clair et de tongs noires bon marché, ses cheveux poivre et sel coupés au carré maintenus en arrière par deux barrettes en écaille. Ses boucles d'oreilles en perles de verre violettes étaient assorties à son collier, le genre de bijoux qu'on fabriquait en colonie de vacances. Je me suis demandé si c'était un cadeau de Liv ou de Will.

– Ton père est de corvée de maïs, dehors. J'ai pris beaucoup trop de maïs, mais il avait l'air tellement bon, j'espère que tu as faim...

– Maman, je te présente Violette. Elle vient dîner avec nous, c'est d'accord ?

Sa mère s'est tournée vers moi, et j'ai aussitôt flippé à cause de mon crâne rasé, de ma taille immense, des taches de café et de jus de poisson sur mon short en jean. « Cette femme a perdu un enfant, ai-je songé, fais bien attention à ce que tu dis. »

– Mais bien sûr ! a-t-elle répondu avec un sourire radieux, comme si elle m'avait attendue toute sa vie. Salut, Violette ! Moi, c'est Ann, sans *e*, je t'aurais volontiers serré la main mais je suis couverte de jus de tomate. On peut se saluer des coudes, si tu veux. C'est ce qu'on fait avec les amis de Liv pendant la saison grippale, de toute manière.

On s'est touché les coudes, le mien râpé et pâle, le sien doux et hâlé. J'étais prête à parier qu'elle était le genre d'enseignante qui générait un culte parmi ses élèves, et que tous les gamins espéraient l'avoir à la rentrée suivante.

– C'est pour vous, ai-je dit en lui tendant ma boîte de conserve, un peu intimidée.

Les fleurs commençaient à brunir, et il restait au fond un infâme magma de soupe que je n'avais pas remarqué avant.

– Adorable ! a commenté Ann. Il nous manquait justement un bouquet pour décorer le centre de la table. Va aider ton père, Livvy, tu veux bien ? Il y a des crackers au fromage par là… Sers-toi, Violette, prends ce que tu veux ! Et ne laisse pas Tom t'imposer la visite guidée du jardin, à moins que tu y tiennes vraiment.

Leur maison était plus grande qu'elle n'en avait l'air de l'extérieur. Son agencement était complexe, riche de détails déroutants – une marche inattendue ici, une poutre apparente là. Chaque pièce semblait posséder de petites alcôves ou un rebord de fenêtre idéal pour aller s'y blottir avec un livre et une couverture. J'avais un peu l'impression de déambuler à travers le cerveau d'un individu très gentil, un décor labyrinthique et chaleureux. Seule, j'aurais frappé les murs à la recherche de passages secrets.

Dehors, dans le jardin en pente douce, le père de Liv était en train d'éplucher des épis de maïs, assis sur une grande chaise d'extérieur en bois. Le sol autour de lui ressemblait à une fin de journée dans un salon de coiffure réservé aux blondes. Il était complètement chauve, chaussé d'une paire de Crocs orange, et il avait les mêmes yeux que sa fille.

– Papa, je t'ai amené une victime pour ta visite guidée du jardin, lui a-t-elle annoncé.

– Je suis sûr que c'est bien la dernière chose que souhaite ton invitée, a-t-il répondu. (Il s'exprimait avec douceur, et ses manières étaient affables. Son tee-shirt était enfoncé dans l'élastique de son short.) Tom Stone. Enchanté.

Sa main dans la mienne était tiède et sèche.

– J'aimerais assez voir le jardin, en fait.

C'était sincère.

– Eh bien, a-t-il déclaré avec la même expression que Liv quand elle avait une idée, mes delphiniums valent le coup d'œil, à vrai dire.

Nous avons longé les parterres de plantations. Il m'a montré les cimicaires, la sauge de Russie, les hémérocalles. De petites surprises se nichaient parmi la végétation : une famille de lapins en pierre, une fontaine gazouillante en forme de poisson bondissant. J'ai appris que Tom avait lui-même conçu les plans de la maison, ainsi que le jardin ; il m'a parlé de l'ombre, de l'eau et de la lumière, des mille et une choses à penser et à entreprendre pour décider de l'endroit où faire pousser les plantes. Derrière la fenêtre de la cuisine, j'ai vu Liv étreindre sa mère longuement, en la berçant tout doucement. Cela semblait être un geste ordinaire et quotidien. Je ne savais même plus à quand remontait la dernière fois où j'avais serré ma mère contre moi.

– Goûte ça, m'a dit Tom en cueillant une minuscule fraise sur un buisson.

Elle était encore plus savoureuse que les tartes de Toby.

Liv et moi avons mis la table, apporté un pichet d'eau en verre et une pile de serviettes en tissu. Ann a allumé des bougies à la menthe poivrée, qui sentaient meilleur, d'après elle, que la citronnelle tout en éloignant également les insectes.

– Mais si on en arrivait au point de non-retour, je sortirais le napalm, a-t-elle ajouté en m'adressant un clin d'œil complice. Santé ! a-t-elle déclaré quand tout le monde s'est enfin assis.

– Tchin, a déclaré Tom en trinquant.

Nous avons fait passer le maïs, les haricots verts, la salade de tomates et d'avocats, le poulet au pesto. Toby n'y allait pas de main morte avec ses desserts mais, face à cet étalage de légumes, j'avais soudain l'impression d'être atteinte de scorbut. Je me suis généreusement servie en haricots verts.

– Alors comme ça, tu es new-yorkaise, m'a dit Ann. Et quel bon vent t'amène à Lyric ?

– Son oncle est propriétaire du Mola Mola… tu te souviens ? lui a gentiment rappelé Liv.

– C'est loin, New York, a commenté Tom. Tu dois beaucoup manquer à tes parents.

– Au contraire, ils sont ravis de ne plus m'avoir dans les pattes.

– Crois-moi, a-t-il insisté, tu dois occuper leurs pensées à chaque instant de la journée.

– New York, a soupiré Ann. On y est allés une fois à Noël, tu te souviens, Tom ? On venait juste de se marier. Je devais avoir vingt-trois ans, j'étais tout excitée, je m'imaginais que ce serait comme dans les films : le patin à glace, les chocolats chauds…

– Nous avons dû repartir plus tôt, a expliqué Tom. Trop de monde partout.

– Je ne suis pas une citadine. Elle non plus, a précisé Ann en prenant la main de Liv, qui a pressé la sienne en signe d'agrément.

– Et Oxford, alors ? ai-je demandé.

– Oxford ? a répété Ann, intriguée. Qu'y a-t-il donc, à Oxford ?

– Felix m'a soutenu que j'y avais sans doute habité dans une vie antérieure, a raconté Liv. (Ce beau mensonge avait roulé hors de sa bouche aussi facilement qu'une bille.) Apparemment, j'étais une comtesse.

– Et moi, qui étais-je, déjà ? lui ai-je demandé, prête à jouer le jeu.

– Tu étais Amelia Earhart[1], m'a-t-elle répondu.

Même si c'était faux, ses mots m'ont atteinte en pleine poitrine avec la force d'un coup de poing.

Tom a ricané et s'est resservi des haricots.

– Sacré Felix. Quel phénomène, celui-là.

Il l'a dit avec tendresse. Mais n'empêche. Son « quel phénomène » m'a rebondi entre les côtes, juste à côté de mon nouveau cœur d'aviatrice.

– Mais j'ai adoré le Met à New York, a poursuivi Ann. La salle égyptienne ! Si silencieuse et contemplative, pleine de grâce... et nous, jeunes mariés, moi malade, sans doute déjà enceinte de Will, bien sûr, sauf que je l'ignorais à l'époque, et c'est pour ça que...

Elle n'a pas fini sa phrase. Ses doigts ont attrapé son collier et joué nerveusement avec les perles. Je l'ai vue chercher ses mots, puis partir soudain ailleurs, dans un lieu qui m'était totalement inaccessible. D'un coup, l'atmosphère de la soirée a changé.

– Maman ? a demandé Liv d'un ton prudent.

Ann jouait avec son collier, le regard au loin, par-dessus mon épaule gauche. J'ai jeté un coup d'œil à Tom, histoire de l'inciter

1. Célèbre aviatrice américaine et première femme à avoir traversé l'Atlantique en avion, disparue dans l'océan Pacifique en 1937.

à intervenir, mais il restait concentré sur son assiette de haricots verts. Mes dents ont claqué une fois, puis deux. J'ai agrippé ma mâchoire pour la bloquer.

Avec tendresse et subtilité, Liv a pris la main de sa mère dans la sienne.

– Maman, tu veux qu'on rentre ?

– Qu'est-ce que je disais ? a-t-elle répondu tout bas en se tournant vers sa fille.

– La salle égyptienne. Pleine de grâce.

– Oh, oui, a dit Ann en recouvrant peu à peu ses esprits. Elle l'était.

– Tes haricots sont délicieux, mon amour, a dit Tom.

– C'est vrai, ai-je renchéri.

– Je les prépare toujours de la même façon, a répondu Ann.

Et là-dessus, le dîner a repris son cours comme si de rien n'était. Nous avons parlé du cours d'Ann sur la civilisation maya, et de l'inquiétude de Tom à propos d'un arbre qui perdait ses branches ; de son enfance à elle dans le New Hampshire, et de la sienne à lui dans le Minnesota. Leur rencontre à l'université, et la décision d'Ann de suivre Tom à Lyric après la fin de leurs études.

– C'était la décision la plus folle de mon existence, a-t-elle avoué. Nous étions si jeunes. Mais laissez-moi vous dire une bonne chose, les filles : quand vous rencontrerez l'amour de votre vie, quel qu'il soit, vous saurez que c'est lui.

« Ou elle, ou eux, ou ils. »

– Qui sait, a-t-elle ajouté, peut-être l'avez-vous déjà rencontré.

Liv ne manifestait aucun cynisme en écoutant le récit de l'histoire d'amour de ses parents. La soirée est restée aussi calme et douce que la mer, ce jour-là, au phare.

Après le dîner, Liv m'a fait grimper un escalier discret à l'arrière de la maison, en emportant deux bols de glace à la myrtille maison. Sa chambre était compacte, comme elle : quatre murs jaune citron tapissés de photos de ses amis, un petit bureau blanc couvert de stickers à moitié décollés, et une estampe encadrée d'*Alice au pays des merveilles.* Sur son lit, un lapin en peluche très amoché était soigneusement bordé sous une couverture rose en patchwork qui semblait si peu correspondre à ses goûts que j'ai failli me demander si elle dormait vraiment là.

– Bref, voilà mes parents, a-t-elle déclaré d'une voix lente.

– Je les trouve sympas, ai-je répondu parce que c'était la vérité. Ta mère a souvent ce genre de…

– D'absences ? Aucune idée. Suffisamment pour que je sache comment y réagir, en tout cas.

J'ai acquiescé et suivi du doigt le tracé d'une couture sur sa couverture.

– Je dois t'avouer que je t'imaginais plus dans une chambre de type monastère intellectuel.

– C'est vraiment l'image que tu as de moi ? Tu t'imaginais que je faisais du calcul sur un boulier pendant mon temps libre ?

– Non, ai-je répondu en riant.

– Tiens, je vais même t'avouer un truc qui va te sidérer : j'adore la télé.

– Ah bon ?

– Mais oui, pourquoi est-ce si difficile à croire ? Tu n'imagines pas les heures que je passe devant. Je pense que nous avons évolué en tant qu'espèce pour développer une prédisposition génétique à la télé, et j'ai l'intention de donner mon corps à la science afin d'isoler ce gène télévisuel.

– Tu vois, c'est ce genre de conneries qui me fait penser au boulier.

– Attends un peu…

Elle a ouvert sa penderie, écarté ses vêtements et, à ma surprise totale, a disparu vers la gauche, là où je pensais pourtant qu'il y avait un mur. J'ai jeté un coup d'œil à l'intérieur. La penderie était fortement imprégnée de l'odeur de Liv et bien plus profonde que je ne l'aurais cru. Dans le recoin, tout au fond, là où le plafond formait une pente, elle s'était blottie sur une rangée de coussins alignés autour d'une télé noir et blanc encore plus petite que certains gros gâteaux de Toby.

– Quand j'étais petite, on n'avait pas le droit de regarder la télé les jours de semaine... enfin, techniquement, c'est toujours vrai... mes parents nous installaient cet appareil quand on était malade, mon frère ou moi. Je crois qu'ils pensent qu'on l'a perdu. On ne reçoit pas beaucoup de chaînes, mais il doit bien y avoir un film, à cette heure-là...

– Mariah est au courant ?

Ma tête a touché le plafond quand je me suis penchée vers elle.

– Bien sûr. Tu t'imagines qu'on fait quoi, quand elle passe à la maison ? Oooh, c'est *Thelma et Louise*, tu l'as vu ?

J'ai fait non de la tête et suis venue m'installer sur les coussins, en veillant à ne pas la toucher. Mon cœur battait la chamade.

– On a raté le début, mais ça ne fait rien. Désolée, on est un peu à l'étroit...

– Pas grave, ai-je répondu.

Mon genou a frôlé le sien. J'ai failli m'excuser, mais je n'ai rien dit.

On a regardé le film. Nos cuillers tintaient dans nos bols en plastique comme des sabots de poneys miniatures. Liv remuait sa glace au point de la rendre presque liquide, comme je le faisais quand j'étais gamine. Tout cela était platonique, me disais-je. Purement platonique.

– Brad Pitt joue dedans, m'a-t-elle expliqué, les yeux rivés à l'écran.

– Ah ?

– Il donne à Thelma son premier orgasme, a-t-elle ajouté – et en le disant, je jure qu'elle s'est rapprochée de deux centimètres.

Le volume était bas ; il fallait se concentrer pour entendre les dialogues. Je respirais très fort. Elle sentait tellement bon, j'ai soudain éprouvé l'envie de lui embrasser l'arrière du bras, celui avec lequel elle tenait sa cuiller. Mon non-baiser avec Orion avait dû me faire perdre la tête. Mon bras a effleuré le sien, et mon sang a aussitôt été remplacé par un torrent d'aiguilles.

À l'écran, Thelma soupirait de plus en plus violemment. Ici, à côté de Liv, chaque parcelle de moi était en feu. L'air était lourd entre nous et pulsait comme un battement de cœur. Je l'ai regardée, mais son visage était impassible. On regardait une scène de sexe. Comment cela pouvait-il être platonique ?

– Elle s'est éclatée, on dirait, ai-je commenté.

Je n'avais pas l'habitude d'être aussi nerveuse.

– Ouais.

– Tu as de la soie de maïs sur ta robe, lui ai-je fait remarquer.

J'ai tiré dessus, les doigts aussi légers qu'un nuage de pissenlit. Nos regards se sont croisés et un frisson m'a parcourue, comme quelque chose qui se déployait, les ailes secrètes d'une coccinelle prenant son envol. Je voulais lui prendre son bol de glace des mains, sentir le poids de son corps sur le mien, plonger ma main sous sa robe et voir si elle était aussi humide que moi, elle qui semblait à présent retenir son souffle…

Elle m'avait appelée Amelia Earhart.

Elle était hétéro.

En bas, j'ai entendu Ann lancer une question à Tom à propos d'un récipient Tupperware…

– La scène d'après est géniale, a dit Liv en désignant l'écran. Il faut qu'on la regarde.

– Bien sûr, ai-je répondu, la bouche sèche.

Elle était hétéro au point de ne pas comprendre ce qui se passait. Et c'était tant mieux. J'aimais bien être son amie. Celle d'Orion, aussi. Je ne voulais pas constituer un obstacle entre eux deux.

– Au fait, désolée d'avoir gaffé à propos d'Oxford.

– Quoi ?

– À table. Oxford. Tes parents. Je pensais qu'ils étaient au courant.

– Ah. T'inquiète pas pour ça.

Elle a remonté ses genoux contre sa poitrine. Plus aucune partie de nos corps ne se touchait, à présent, et ça m'a rassurée, comme si j'étais libre de dire ce que je voulais sans ruiner toutes mes chances.

– C'est juste qu'on n'a pas encore abordé la question de la fac, a-t-elle poursuivi. Ils ont tous les deux étudié à l'université du Maine. C'est à deux heures de route d'ici. Je pourrais revenir le week-end. Les frais d'inscription sont abordables.

– Mais tu rêves d'aller à Oxford.

– Oui, mais ça me rend moins triste d'aller à l'université du Maine qu'ils le seraient si je partais à Oxford.

– Je ne sais pas… Il me semble que tu devrais pouvoir faire tes propres choix. Tes parents veulent que tu sois heureuse, non ?

– Peut-être.

Elle a frotté son menton contre ses genoux, et j'ai su qu'on pensait toutes les deux à Will. À quel point sa vie serait-elle différente si son frère était encore en vie ? Serais-je seulement ici ?

– Je peux te confier un vrai secret ? m'a-t-elle demandé.

– Bien sûr, ai-je répondu avec une légère pointe d'appréhension.

– Je déteste qu'on m'appelle professeure Stone.

Je m'attendais à tout sauf à ça. Cet aveu surprise m'a fait l'effet d'un soulagement, comme si elle venait d'ouvrir une fenêtre secrète dans cet espace réduit.

– Vraiment ? Mais pourquoi ?

– Ça me donne l'impression d'être une Mme Je-sais-tout. Méprisante. Prétentieuse.

– Tu *es* une Mme Je-sais-tout.

– Je te remercie, Violette.

– Tu ne m'as pas laissé finir. C'est justement ce que j'aime chez toi. Ton cerveau est un acrobate ! Mais j'ai compris le message. J'arrêterai, promis.

– Merci. C'est, hum… super gentil. Ce que tu viens de dire à propos de mon cerveau.

– C'est peut-être gentil, mais c'est surtout vrai.

Je suis restée même après la fin du film. Pendant l'heure qui a suivi, alors qu'un autre programme avait commencé, elle a essayé de me faire deviner le début de *Thelma et Louise*, et j'ai imaginé plusieurs scénarios possibles, chacun plus délirant et compliqué que le précédent. On passait une soirée ennuyeuse, au meilleur sens du terme. Faire rire Liv me procurait des sensations encore plus divines que quand j'étais sur scène.

NOUVELLES DE LYRIC **JAMAIS ENVOYÉES**

Mercredi 13 juillet

Cher Sam,

J'ai du mal à croire que je suis à Lyric depuis un mois. Je ne sais pas trop si tu reçois mes lettres, mais je voulais te tenir au courant de l'affaire de l'épave. Énorme avancée le week-end dernier, grâce à une vieille montre de maman qui est peut-être un objet hanté, ou bien un porte-bonheur. Et tiens-toi bien : ce week-end, on va aller à Seal Cove pour passer la plage au détecteur de métaux. Il est possible que l'épave repose là-bas depuis le début, là où on allait nager.

À part ça, la fille que j'ai rencontrée a échafaudé toute une théorie à propos du passé potentiellement sordide de Fidelia : une liaison secrète ! Une grossesse cachée ! C'est croustillant à souhait.

Cette fille – celle à la théorie – a perdu son frère il y a quelques années. Elle s'appelle Liv. Elle sait comment marche le phare. Mon pote Orion dit qu'elle est brillante, et il a raison. Je dirais même qu'elle étincelle. Son frère est mort dans un accident. Brutalement, d'après ce que j'ai compris. J'imagine qu'elle a dû vivre ça dans un état de choc, quand les mots qu'on entend ne veulent rien dire.

Tu savais qu'il m'arrivait d'imaginer ta mort autrefois ?

Je n'en avais jamais parlé à personne. J'osais à peine me l'avouer moi-même.

*Il y a un passage dans les aventures d'*Alice détective *où elle est prisonnière et envoie des signaux de détresse à l'aide d'une lampe par la fenêtre. C'est comme ça que je te voyais. Une lumière clignotante. SOS. Depuis toute petite, j'ai toujours imaginé ton enterrement. Je jouais à ce petit jeu malsain où je me représentais le monde sans toi, pour voir si j'arrivais à me faire pleurer. Ton enterrement était très chic. Je portais une robe de velours noire, maman un manteau de fourrure et papa un smoking. On t'enterrait à Central Park, on répandait tes cendres en barque sur le lac. Quand j'en arrivais à cette partie, généralement, j'étais en larmes.*

Une goutte est tombée sur la page, l'encre a bavé.

On a grandi. On a entendu des choses aux infos. Des gamins plus jeunes que moi, ou que toi, même, se jetaient sous des trains ou piquaient l'arme à feu de leur père. Une ou deux fois, ce fut une vague connaissance, quelqu'un d'un autre lycée, un ami d'ami. Vivant un jour, disparu le lendemain. Toi et moi, dans un univers parallèle. Chaque fois que j'entendais parler d'une histoire comme ça, je me repassais la question dans ma tête : est-ce que Sam, lui aussi, pourrait… Est-ce que moi, je pourrais… ?

Où était la fin de lui et le début de moi ? Penser, était-ce la même chose que vouloir ? Essayer ?

Quand maman a appelé ce jour-là pour me prévenir de ce qui t'était arrivé, ma première réaction n'a pas été la surprise. Je lui ai juste demandé : « Quel hôpital ? »

Je n'ai eu aucun mal à comprendre que tu avais tenté de te suicider.

Je l'avais vu venir, et je n'avais rien fait.

J'ai déchiré la lettre en mille morceaux que j'ai ensuite passés au mixeur pour faire bonne mesure. À la place, je lui ai envoyé une carte postale débile de Weeki Wachee.

ANAGRAMMES

Seal Cove était une vaste étendue de sable cernée par des formations rocheuses idéales pour sauter dans l'eau et (avec un peu de chance) emprisonner les bateaux au fond de l'océan, où ils restaient cachés durant des siècles. Quand je suis arrivée samedi après-midi avec mon détecteur de métaux, la plage était en train de se vider, les familles remontaient péniblement les dunes avec leurs parasols et leurs paniers à pique-nique. Quelques amateurs de bronzette étaient encore allongés sur leurs serviettes, et les vagues venaient tranquillement lécher le rivage. Une émotion m'a serré le cœur. Cette plage était si banale et si fréquentée qu'il semblait difficile de croire que l'épave soit cachée là depuis des années.

Tout au bout, une fille agitait les bras dans ma direction. Elle semblait me faire signe, mais je ne la reconnaissais pas. Elle s'est mise à crier plus fort. Un feu de camp était allumé derrière elle. Avait-elle un problème ? J'ai trottiné jusqu'à elle, en essayant de comprendre ce qu'elle disait.

– Violette ! Violette !

Merde. J'étais donc censée la reconnaître. Sauf que pas du tout. Parce que, pour la première fois, je voyais Liv Stone sans sa casquette.

Laissez-moi ouvrir ici une petite parenthèse pour parler du Visage.

Chaque jour de mon enfance, j'ai vu mon père arborer la même paire de lunettes : monture fine et dorée, simple et élégante, façon savant à l'ancienne. Je ne le voyais jamais sans ses lunettes, si bien que je croyais qu'elles faisaient partie de lui, rattachées à son corps au même titre que les articulations de ses genoux ou les poils de ses orteils. La première fois que je l'ai vu sans lunettes, je ne devais pas avoir plus de cinq ou six ans et, d'après la légende familiale, j'ai éclaté en sanglots. Sans ses lunettes, mon père était un inconnu. Il avait de petits yeux enfoncés, des joues creusées. Son visage semblait dilué, comme si ses traits allaient se détacher. Ces lunettes servaient de colle. Sans elles, les morceaux de son visage partaient dans tous les sens.

Voir Liv sans sa casquette n'avait rien de comparable avec le fait de voir mon père sans lunettes.

Ce n'était pas comme si je n'avais jamais vu son visage. Une casquette ne cache pas tout. Je savais qu'elle avait les yeux gris, les sourcils fournis et blond cendré. Je savais qu'elle avait les lèvres rouges et fines; que ses joues s'empourpraient quand elle s'animait. Je savais qu'elle avait des boutons d'acné sur les joues, surtout la droite. Je savais qu'elle avait un front. Je me doutais qu'elle avait une raie dans les cheveux.

Ce que je ne savais pas avant de la voir tête nue, c'est que les fronts et les raies s'annonçaient d'eux-mêmes, qu'ils disaient : « Hé, regardez-moi, je suis tellement belle ! » J'avais toujours pensé qu'elle se faisait la raie au milieu, mais en réalité elle la traçait du côté gauche, révélant un fin trait de cuir chevelu. Je m'attendais à lui trouver les cheveux ternes à force de ne pas être exposés au soleil, mais ils étaient plus brillants que je ne m'y attendais, et parcourus de reflets cuivrés. Quant à ses nattes, il s'agissait bien sûr de tresses françaises qui encadraient sa figure, bien tirées derrière ses oreilles. Elle avait le genre de visage qu'on ne parvenait pas à quitter du regard, qu'elle soit en train de se mettre de l'anticerne ou de manger une salade aux œufs durs.

Je n'aurais jamais cru qu'on puisse se sentir autant attiré par le sillon d'une raie dans les cheveux.

– Salut, m'a-t-elle lancé quand je l'ai enfin rejointe.

Elle avait sa voix du musée, professionnelle, précise. Puis elle a tiré une de ses tresses en travers de sa bouche. Un petit frisson m'a parcourue. Ce geste était un tic, une habitude. Je voulais connaître toutes les autres. Je voulais qu'elle connaisse les miennes.

Derrière elle, le feu a crépité et projeté des gerbes d'étincelles vers le ciel. La proue d'un bateau s'enfonçait lentement dans mon cœur.

Voilà ce que j'aurais dû lui dire : « J'ai vu ton visage et le monde a changé. »

Voilà ce que j'ai bafouillé :

– Eh, meuf, sympa de voir ton front.

Il y a eu un silence. J'ai prié pour qu'une vague scélérate m'emporte.

– Merci pour le compliment, a-t-elle répondu d'une petite voix.

– Où sont les autres ?

– Quels autres ?

– J'ai invité Orion, et il doit venir avec Felix et Mariah.

J'ai vu qu'elle avait déjà installé le camp de base : une couverture, le détecteur de métaux, du melon et des Oreo. Deux lampes de poche.

– Je croyais qu'on serait juste toutes les deux, a dit Liv.

– Oh. Je pensais juste que… enfin, je croyais…

– Pas grave. C'est super. Je suis sûre que Beavis et Butt-Head auront des tas de commentaires intéressants à faire sur ton maniement du détecteur de métaux.

– Tu veux que…

– Non. Pas du tout. C'est parfait, a-t-elle rétorqué sur le même ton que ma mère quand je laisse des miettes plein la table après avoir débarrassé. Espérons qu'ils apporteront de la bière.

Ils n'ont pas failli à leur réputation : Felix, Mariah et Orion ont débarqué chacun avec un pack de six, hurlant et hululant à la vue de Liv.

– Sans casquette, c'est la fête ! s'est exclamé Felix.

– Tu es splendide ! a commenté Mariah en la serrant dans ses bras. (Pourquoi n'avais-je pas pu en faire autant ?)

Orion, lui, dévisageait Liv comme s'il la voyait pour la première fois.

– Tu ne dis pas bonjour ? a-t-elle fini par lui demander.

– C'est juste que… t'es tellement jolie.

Il était amoureux d'elle. Totalement, inconditionnellement amoureux d'elle. Leur histoire était une saga. Comment pouvait-elle ne pas craquer pour lui quand il lui disait ces choses-là ? Quand ils se sont salués, ils se sont longuement pris dans les bras l'un de l'autre, bien plus que ne l'auraient fait de simples amis. Felix et Mariah ont échangé un regard.

– Je boirais bien un coup, a déclaré Liv quand ils ont fini par se séparer.

– Je croyais que tu avais dit adieu à l'alcool après avoir vomi derrière un arbre, l'hiver dernier.

– Il n'y a que les imbéciles qui ne changent pas d'avis, a-t-elle rétorqué en ouvrant sa bière avec un petit chuintement.

« Changer d'avis. » C'était tout ce que j'avais besoin d'entendre. Au revoir, casquette, bonjour Orion.

L'opération détecteur de métaux a été retardée jusqu'à la tombée de la nuit, histoire d'agir avec le plus de discrétion possible. Nous nous sommes tous assis autour du feu, et je me suis retrouvée entre Orion et Liv. J'avais voulu me sentir happée dans leur monde, mais maintenant que j'étais là, je me sentais de trop. Comme un caillou moche posé au milieu de leur joli ruisseau. Mariah et Felix se chamaillaient, mais notre trio demeurait silencieux. Le genou d'Orion a touché le mien et je me suis rapprochée de Liv, qui s'est à son tour déplacée légèrement vers Felix. Était-elle jalouse ? De toute évidence, Orion ne voulait pourtant qu'elle...

– Vous connaissez la dernière théorie de Liv à propos de la devise de Lyric ? ai-je déclaré. (Ramener le sujet vers notre enquête lui remonterait peut-être le moral.) Elle pense que mon arrière-arrière-arrière-grand-mère a fui son pays en raison d'une liaison torride avec un mystérieux inconnu prénommé S.

– Sebastian ? a suggéré Orion.

– Stephen ?

– Sarah ? a proposé Liv.

Mon cœur a failli se décrocher.

– Sulfureux ! s'est écrié Felix.

– Pas du tout. S aurait très bien pu être une femme.

– Et ta théorie sur sa grossesse cachée ?

– Le calcul ne tient pas, finalement, m'a-t-elle répondu. Et puis, si Fidelia avait eu une relation avec une femme, elle aurait eu encore plus de raisons de vouloir s'enfuir. Et rester à l'endroit où elle avait échoué. Sans parler de cette histoire de déguisement...

– Ils ont quand même eu trois enfants, ai-je insisté.

– Le sexe ne veut rien dire.

– Alors là, je ne suis pas du tout d'accord ! est intervenu Orion.

Felix a mimé le geste de s'éventer et a jeté un coup d'œil à Mariah. Orion avait embrassé Liv. Liv l'avait embrassé. « La consolation par le pelotage », avait-elle affirmé. Mais ils étaient peut-être allés plus loin. Si ça se trouvait, elle m'avait menti sur toute la ligne.

– Si vous nous chantiez quelque chose, Violette et toi ? a dit Liv en se tournant vers lui.

– Pardon ? ai-je lâché.

– Voilà une requête bien sentimentale de ta part, Liv, a commenté Mariah.

– Je suis pour ! s'est exclamé Felix. Chantez pour nous, ô créatures merveilleuses !

– Je ne chante jamais, ai-je aussitôt répondu.

– Tu as chanté pour Orion, a rétorqué Liv. C'est ce qu'il m'a dit, en tout cas.

J'ai poignardé l'intéressé du regard. « Sérieux ? » Après tout ce que je lui avais raconté sur Broadway ?

– Désolé, Violette, mais c'est la vérité ! s'est-il justifié. Tu as une belle voix. Expressive, unique... J'ai apporté mon harmonica... On pourrait reprendre *You Belong to Me*. C'est ta préférée, non ?

– Oui, oui, oui ! s'est enthousiasmé Felix. On va vivre une vraie expérience de feu de camp, comme en colo !

– Je détestais la colo, a marmonné Mariah.

– Mais ce sera encore mieux.

– Je n'ai vraiment pas envie de chanter, ai-je insisté.

J'avais pourtant le sentiment que si on s'y mettait vraiment, Orion et moi, on ferait de super trucs ensemble. Si Liv m'en voulait – si elle pensait que j'essayais de draguer Orion, ou que...

« Elle voulait qu'on soit seules toutes les deux », ai-je soudain réalisé.

– C'est très court, a insisté Orion. S'il te plaît !

– S'il te plaît ! a crié Felix.

– Oh, oui, s'il te plaît ! a renchéri Mariah.

Liv a allumé une clope, déjà agacée. Je crevais d'envie qu'elle me regarde.

– OK, j'ai soupiré. Alors chantons.

Avais-je le choix ?

Roméo et Juliette ont eu un jour une conversation qui est devenue un sonnet. Seuls, ils étaient bons ; ensemble, ils faisaient de l'art. Je me suis toujours demandé quel effet cela faisait de se sentir tellement en phase avec quelqu'un que la création jaillissait toute seule.

J'ai tout de suite eu la confirmation de ce que je soupçonnais : Orion était mon âme sœur sur le plan musical. Notre expérience à l'aquarium était simple, improvisée, mais ici, sur la plage, c'était du sérieux.

« *See the pyramids along the Nile*
Watch the sunrise on a tropic isle... »

Orion ponctuait mes mots de ses notes bluesy et nasillardes, et j'ai fixé le ciel. Je n'essayais d'impressionner personne, seulement de me rappeler à quel point j'aimais cette chanson triste et rauque et ses paroles étincelantes qui révélaient une nouvelle image à chaque ligne.

« *Send me photographs and souvenirs...* »

Ma voix se mêlait harmonieusement aux notes d'Orion. J'ai risqué un coup d'œil en direction de Mariah et surpris son air rêveur. Felix se balançait doucement. Je voulais tellement, tellement que Liv me regarde de la même façon que je l'avais observée au musée...

« *Fly the ocean in a silver plane*
See the jungle when it's wet with rain... »

J'ai enfin posé mes yeux sur elle. Elle fixait Orion.

« *Just remember till you're home again...* »

Durant le dernier couplet, j'ai tenté d'aimanter ses prunelles grises. Voyant que ça ne marchait pas, j'ai à nouveau levé mon visage vers le ciel. Ma voix était chargée d'émotion, l'harmonica d'Orion était déchirant, et j'ai chanté le dernier vers en plongeant mes yeux dans les étoiles. « *You belong to me.* » « Tu m'appartiens. »

Mais la direction de mon regard importait peu. Dès le début, je n'avais chanté que pour elle.

Orion a joué ses dernières notes, et j'ai reconnu le silence qui a suivi comme celui d'un public transporté. Ce n'était pas un sonnet, mais ça s'en rapprochait. Je n'étais même pas sûre que Liv s'en soucie.

Felix a été le premier à reprendre la parole :

– Vous feriez le duo de bébés musicaux le plus extraordinaire qui soit !

Mariah lui a frappé l'épaule.

– Vous êtes géniaux, mais cette chanson est atroce. Je préférerais entendre : « Tu n'appartiens à personne et tu es libre de faire tes propres choix. »

– Oui, mais ça sonne moins bien, a répliqué Orion.

Je me suis tournée vers Liv et la réalité nouvelle de son visage. Pour la première fois, nos yeux se sont croisés. Plongée dans la profondeur grise de son regard, j'avais envie d'entendre tout ce qu'elle pensait, de l'entendre utiliser des mots que je ne connaissais pas, me parler d'un vieux quartier de La Nouvelle-Orléans ou comparer ma voix à une obscure chanteuse que je m'empresserais d'écouter et dont je tomberais instantanément amoureuse.

– Pas mal, a-t-elle commenté.

Puis elle a pris la bière des mains de Felix et en a bu une longue, très longue gorgée.

Le temps que la marée soit suffisamment basse pour lancer l'opération, Liv était bourrée.

« Ça va ? » ai-je articulé en la montrant du doigt à Mariah pendant qu'elle se débattait avec son briquet.

« Emmène-la avec toi », m'a-t-elle répondu en mimant le geste de sonder le sable.

– OK, Violette, a déclaré Felix en soulevant le détecteur posé sur le sable. Petite leçon accélérée pour apprendre la manipulation de ce machin. C'est la version pas chère, mais quand même.

L'appareil en lui-même était simple : une simple tige, munie à la base d'un capteur. Des câbles reliaient la poignée à un boîtier de contrôle censé émettre un *bip* sonore à la moindre trace de métal. À la seconde où je m'en suis emparé, le détecteur est parti en vrille et a percé le silence de ses cris stridents. Liv en a fait tomber sa bière sur le sable.

– On l'a acheté d'occasion, s'est excusé Felix. (Il a pianoté sur le boîtier de contrôle.) Pour être honnête, il a toujours été un peu capricieux.

Ce truc était peut-être détraqué et bon marché, mais je me sentais puissante en le faisant passer au-dessus du sable, comme si je brandissais une baguette magique. J'allais retrouver des fragments qui nous révéleraient l'emplacement de l'épave. J'écrirais à mon frère pour lui annoncer qu'on savait où était le *Lyric*. J'avais tellement hâte.

– Tu ressembles à une aventurière, a dit Orion.

Liv a roulé des yeux. « Emmène-la », m'a suppliée Mariah en silence.

– Tu m'accompagnes, Liv ?

– Tu sais très bien que tu vas rien trouver. Certainement pas avec ce truc à la con.

– L'excès de bière te rend étrangement négative, a commenté Mariah.

– Je ne lui apprends rien, a poursuivi Liv. Il y a trois millions d'épaves dans l'océan. Tu t'imagines vraiment qu'il suffit de se balader sur la plage avec un détecteur de métaux pour tomber sur le *Lyric* ?

– Le pouvoir de la pensée positive, a commenté Felix.

– Ouais, c'est tout moi.

Le silence est tombé. Dans la pénombre, elle a siroté sa bière. Je ne savais même plus combien elle en avait bu.

– Je croyais que c'était notre enquête, ai-je dit d'une toute petite voix.

– Moi aussi.

– Alors viens avec moi.

– Demande à Orion, a-t-elle marmonné.

– Je peux vous accompagner, si tu veux, a-t-il aussitôt proposé.

– Quel preux chevalier, a raillé Liv.

Felix et Mariah ont échangé des regards embarrassés.

– Ça ne fait rien, je peux me débrouiller toute seule.

Je me suis élancée sur la plage nocturne en balayant devant moi avec le détecteur comme une parfaite idiote. Quelle importance que Liv me suive ou non ? Elle avait trop bu. En prime, elle avait raison : au cours de la première demi-heure, les seuls trésors que j'ai exhumés étaient des cannettes de soda et des pièces de monnaie oxydées. Pas exactement les indices dont j'avais besoin.

J'avais atteint le bout de la plage quand j'ai entendu la voix de Liv derrière moi.

– Alors, des trouvailles ?

Elle avait pris une lampe torche qu'elle a braquée sur moi. J'ai exposé le maigre butin au creux de ma paume : des bouts de métal rouillés, quelques écrous et boulons, les pièces de monnaie verdies.

– C'est une déception, ai-je avoué.

J'attendais qu'elle me contredise. Qu'elle me dise que les écrous et les boulons n'étaient qu'un début, qu'elle me sorte une théorie basée entièrement sur la façon dont ces rivets avaient rouillé. Elle a gardé le silence.

Le détecteur a bipé. J'ai examiné le sable.

– Continue, m'a dit Liv.

J'ai creusé, à toute vitesse. Rien qu'une vieille clé.

– Jolie. Tu la veux ?

– Je suis ta poubelle ? m'a-t-elle rétorqué.

– Je ne... Ce n'était pas...

– Orion m'a dit que vous vous étiez embrassés.

Et merde.

– C'était plutôt une sorte de demi-baiser, j'ai répliqué en un furieux mouvement de rétropédalage. Il m'avait demandé de ne pas t'en parler.

– Pourquoi ne pas m'avoir dit qu'il te plaisait ? Au lieu... de me tenir tous ces grands discours sur lui ? Toi, le soi-disant témoin objectif ? Au lieu de m'extirper des anecdotes personnelles, de me laisser déblatérer sur les anagrammes, sur ma famille ? C'était quoi, une mission d'espionnage ? Voir à quel point je suis tarée, lui faire un compte rendu ?

J'étais tellement sous le choc que j'ai à peine réussi à bafouiller : « Jamais de la vie » avant que le son du détecteur de métaux explose dans le silence.

– Vas-y. Creuse. Je sais que t'en meurs d'envie.

Elle a braqué sa lampe vers mes pieds. Au bout d'une quarantaine de centimètres, ma pelle a heurté quelque chose de dur. Dans le faisceau lumineux, j'ai exhumé une paire de jumelles – un tout petit modèle, le genre qu'on utilise au théâtre ou à l'opéra – rongées par le sel et couvertes de coquillages, mais bel et bien là, dans ma main. Elles avaient l'air antiques. Elles étaient *incroyables*. Elles auraient pu sortir tout droit de...

– Tu te fous de moi ? Quarante-cinq minutes sur une plage avec un détecteur cassé et tu trouves des *artefacts* ? Ça fait des années que je cherche sans jamais rien trouver ! La photo du zoo. L'émeraude ! As-tu la moindre idée de la valeur que ça peut avoir ?

De ce qu'on donnerait, nous tous, pour faire des découvertes comme ça ?

– Tiens, prends-les ! me suis-je écriée en agitant les jumelles devant elle. Prends l'émeraude, aussi ! Et pour Orion… sérieux, il n'y a rien, rien du tout !

– Tout est si simple pour toi, hein ? Putain. Je suis pathétique. Pendant une seconde, j'ai cru que ça allait être simple pour moi aussi. Genre, j'enlèverais ma casquette et *pouf!* métamorphose magique. Je suis toujours la même. Toujours moi. Avec les mêmes problèmes. Les mêmes, tous. Je n'aurai jamais ce que je veux. Alors que toi, si.

J'ai amorcé un geste vers elle, parce qu'elle était ivre, parce qu'elle souffrait…

– Quoi ? Tu veux que je te tienne par la main, c'est ça ?

– Non. Je… Je voulais juste…

– Ne me tiens pas par la main. Je ne suis pas un personnage tragique. Ni cool. La mort n'a rien de cool. Fidelia n'est qu'un gadget distrayant pour toi. Moi, mon mort est littéralement *de l'autre côté du couloir.* On n'est pas pareilles, toi et moi.

– Non ! On est des anagrammes, je croyais que…

– TU SAIS CE QU'EST UNE ANAGRAMME, AU MOINS ? Ce sont des mots différents ! Une *armée* n'est pas une *marée.* Un *reflet* n'est pas un *trèfle.* Ta famille recherche une épave, la mienne a perdu une *personne.* Tu te fais surprendre à fumer comme une débile dans ton lycée privé de luxe et ça te paraît la fin du monde, alors que Felix – il va me tuer si je te le dis mais tant pis –, Felix a perdu un œil en sixième et ce n'était pas la fin du monde pour lui, il a failli quitter le bahut l'an dernier à cause du harcèlement qu'il subissait ! Et ton frère ! Bon sang, tu lui téléphones même pas ! Tu sais combien de fois par jour je voudrais pouvoir appeler mon frère ? Tout est facile pour toi. Toute ta putain de vie ! Tout est si facile !

J'ai reculé. Elle était dans une rage folle. Et elle avait tellement raison.

– Tu n'es qu'une ingrate, a-t-elle lâché. Une sale peste écœurante et abjecte !

Je ne pensais pas qu'il était possible de se sentir assommé par une vérité qu'on soupçonnait depuis toujours, et pourtant si. C'était même une expérience dévastatrice.

Je n'entendais plus rien. J'ai posé le détecteur de métaux par terre et je me suis enfuie le long de la plage, laissant derrière moi le feu de camp et les voix qui me criaient de revenir. C'était les amis de Liv, pas les miens. Elle avait besoin d'eux.

Arrivée à la maison, j'ai trouvé une enveloppe posée sur mon lit. J'ai tout de suite reconnu l'écriture.

Chère Violette,

J'ai une photo de famille posée ici sur ma commode. Malheureusement, c'est celle que tu détestes, prise au mariage de Margot, quand le photographe t'a placée sur le côté « en raison de ta taille » (non, ne me dis pas que tu ressembles à un béhémoth, je sais que c'est ce que tu penses). Chaque fois que quelqu'un voit cette photo, il y a toujours un silence avant qu'il ou elle dise : « C'est ta sœur, ça ? » Je m'attends toujours à ce qu'ils disent alors qu'ils te trouvent trop belle. C'est souvent ce qui se passe. Mais aujourd'hui, la personne a dit : « Vous êtes *les mêmes. »*

Je ne sais pas si tu te souviens de ce mariage. C'était l'été dernier, juste avant que ma vie tourne au cauchemar, un cauchemar encore pire que d'habitude, et avant que la tienne se mette à déconner aussi, je crois. Le groupe jouait si fort que je ne pouvais pas supporter de rester dans la salle avec tous les gens qui dansaient. Les cousins me fichaient la trouille, ils étaient tous immenses, tellement adultes. La moitié d'entre eux avaient des enfants ! Papa m'a dit de me détendre, que c'était juste la famille, et il avait raison, mais ça ne m'a pas calmé pour autant. Puis il a disparu pour aller parler foot avec notre cousin Adam, et son regret de ne pas avoir un fils qui s'intéresse au sport était si évident que j'avais envie de me planquer dans l'arrière-salle avec les serveurs. J'ai essayé de me montrer courageux, mais j'avais juste envie de partir.

Tu l'as compris.

Tu m'as dit : « Allons faire un tour dehors. »

Il y avait un étang, avec des plantes vertes et des cygnes. On a passé le reste de la soirée à fabriquer de petits bateaux à l'aide de feuilles. C'était vraiment sympa de ta part.

On n'est pas les mêmes, pas le moins du monde. Tu es une Amazone. Tu es courageuse. Il n'y a que toi pour penser qu'il est possible de retrouver une épave. Il n'y a que toi pour essayer ! J'ai rêvé d'être comme toi toute ma vie. Au lieu de quoi, je suis moi : un tas de gelée molle, terrifié par mes propres cousins. Effrayé par tout. J'aurais dû être un escargot. J'aurais toujours une cachette, au moins.

Je sais que je peux être pénible. Je sais que je ne suis pas le plus facile à vivre des frères. Tu es une super sœur. Je tenais juste à te le dire. Je t'aime de tout mon cœur, et tu me manques. J'espère que ça va pour toi dans le Maine, mais tu as aussi le droit de dire que ça ne va pas. Le Vermont, c'est pas si mal. Je me sens un peu mieux, mais j'aimerais qu'on soit ensemble. Et j'aimerais t'aider à retrouver l'épave.

Je t'embrasse,

Sammy.

P.-S. : Aucune des personnes qui ont vu cette photo ne trouve que tu ressembles à un béhémoth.

P.P.-S. : Maman m'a dit que tu t'étais rasé le crâne ?

Je ne me sentais pas du tout comme une Amazone. Je me sentais comme une merde. Une merde ingrate. Comme le vortex des déchets du Pacifique Nord. Je devais une lettre à mon frère. Une vraie lettre. Je ne pouvais plus me défiler éternellement.

J'ai respiré bien à fond. Je me suis assise à mon bureau et enfin, *enfin*, j'ai écrit tout ce que j'aurais dû écrire depuis des lustres.

Cher Sammy,

Merci mille fois pour ta lettre. Je suis si contente d'avoir de tes nouvelles. Désolée d'avoir mis tant de temps à t'écrire autre chose que des mises à jour sur ma recherche de l'épave. Je ne savais pas quoi dire d'autre.

Je réfléchis beaucoup aux raisons qui ont fait qu'on se retrouve là où on est – toi dans le Vermont, moi ici dans le Maine. Héritage génétique ? Malédiction familiale ? Simple malchance ? Broadway, peut-être. L'épicentre de tout ce qui a déconné.

Je reconnais aujourd'hui que je suis en partie fautive pour ce qui s'est passé. Je t'ai peut-être aidé une fois à construire des bateaux avec des feuilles. OK. Mais ce n'est qu'un exemple contre un million d'autres. Je te demande pardon pour toutes les fois où je t'ai ignoré dans les couloirs du lycée. Toutes les fois où j'ai choisi un délire amoureux au lieu de passer du temps avec toi. Je te demande pardon pour l'Espagne. Je m'excuse de n'avoir été que méchanceté.

Tu dis vouloir être comme moi. Écoute bien : c'est moi qui voudrais être comme toi. Tu possèdes en toi des trésors de patience, de bonté et d'amour. Une intelligence qui ne s'apprend pas. Tu aurais dû être l'aîné. Si tu avais été mon grand frère, tu m'aurais prise sous ton aile.

J'aurais dû mieux te protéger. Je suis si heureuse que tu sois encore en vie. Et je suis si heureuse que tu sois mon frère.

Bises,

Vi.

P.-S. : l'enquête progresse. Quelques petits accrocs sans importance. J'aimerais tant que tu sois là, moi aussi. En attendant, je m'efforce d'être à la hauteur.

LOCALISER UNE ÉPAVE DE BATEAU :
LE MANUEL DE LA DÉBUTANTE

Pour commencer : réduis toutes tes amitiés en miettes. Tu te sentiras peut-être seule, mais la solitude, c'est *bien*. Ça aide à ne pas se disperser.

La solitude est l'état naturel de la chercheuse d'épaves.

« Concentre-toi. » Le week-end où tu pulvérises toutes tes relations d'amitié, passe tes documents de source primaire en revue : une montre à gousset avec un arbre gravé dessus et une émeraude insupportablement entortillée dans les maillons de sa chaînette, une lettre où il est question de baleines et d'un « aveuglant mur de blancheur », une paire de jumelles de théâtre fraîchement déterrée. Examine les jumelles et cherche des infos sur le fabricant; découvre que son entreprise n'a été fondée qu'en 1920. Comprends que les jumelles ne proviennent donc pas du *Lyric*. Ne t'inquiète pas. Les chercheurs d'épaves sont tous confrontés à des déceptions de ce genre.

Assieds-toi par terre et dispose tes indices en cercle autour de toi. Attends le choc de la révélation. Envisage une séance de spiritisme pour demander à ton arrière-arrière-arrière-grand-mère : « Bon, Fidelia, elle est où, ton épave ? »

Dors avec la montre sous ton oreiller. Par effet d'osmose, l'épave se manifestera peut-être à toi dans un rêve.

Au boulot, cette semaine-là, remercie les orages qui attirent des foules de visiteurs à l'intérieur, monopolisant toute ton attention et ta vélocité sur le clavier de la caisse. Toujours un rouleau de papier toilette à remplacer, toujours un achat à enregistrer, pas une seconde pour parler chant et musique. Tant mieux. Chaque soir, tu as l'impression qu'un camion t'a roulé dessus. Les jours passent. Si le garçon te demande ce qui s'est passé avec la fille sur la plage (ce qu'il fera à coup sûr, lui toujours si *prévenant* et *attentionné*), montre-lui la queue à la boutique de souvenirs, réponds-lui que tu adorerais bavarder avec lui mais que tu as des clients qui t'attendent.

Lorsqu'il repart, vexé, ne bouge pas d'un iota. Rappelle-toi : solitude.

La nuit, succombe à l'appel d'Internet. Note que les chercheurs d'épaves n'ont pas des sites très sophistiqués. Ils ne jurent que par les cliparts et les boutons fluo qui disent : « Cliquez ici ! » Et pourtant, ces gens sont à la pointe de la technologie. Ce ne sont pas des adolescents qui échafaudent des théories absurdes. Ils sont océanographes, géologues physiciens, archéologues marins, et ils expliquent que pour chercher une épave, il faut un bateau, un GPS et un sonar. Des caméras et des projecteurs. Un diplôme de plongée. Un petit sous-marin. Des robots nageurs.

Découvre un blog intitulé « Les Fous d'épaves » et tes nouveaux meilleurs amis : Steve et Trent, deux passionnés qui font des plongées de *malades*. C'est marrant de les détester au début, mais tu finis par les apprécier et par souhaiter sincèrement qu'ils réussissent. Trent a de solides connaissances en océanographie. Steve aime citer des poèmes. Ils se rendent à Fabian's Bluff, près de Lyric, pour voir l'épave du navire de guerre de la guerre de l'Indépendance dont parlait la fille de la lentille de Fresnel. Referme la fenêtre.

Cherche une approche plus originale. Replonge-toi dans *Le Guide du chasseur de trésors sous-marins*. Lis trois pages avant de te sentir submergée par le coût, l'équipement, les efforts nécessaires pour retrouver une épave – même dans une eau cristalline, et même lorsqu'on connaît déjà son emplacement.

Le commandant Cousteau ne fait pas mention des montres à gousset ou de la migration des baleines.

Perds lentement espoir.

Un après-midi, après le travail, rends-toi à la bibliothèque. La personne sur place t'aide dans tes recherches, tout excitée par procuration, t'installe devant la poussiéreuse machine à microfiches dans une pièce minuscule où il fait trop chaud. Tu découvres un article décrivant le blizzard de 1885 comme « la tempête de l'année », mais s'intéressant davantage à ses conséquences sur la pêche qu'à ses effets sur l'eau. Compare les cartes de la baie à la trajectoire du *Lyric*, sachant que ladite baie comporte plus de trois cents îles éparses et non répertoriées. Trois cents îles à vérifier. En partant du principe que l'épave a sombré près de l'une d'elles.

Commence à te dire que tu as eu les yeux plus gros que le ventre.

Après la bibliothèque, erre sur la plage en bas de chez toi. Tourne ton regard vers le large, les yeux embués face aux rubans bleus. Plus de trois millions d'épaves reposent au fond de l'océan mais, de là où tu te trouves, tu n'en vois pas une seule.

Autorise-toi une récréation. Passe ta nuit à concevoir une comédie musicale provisoirement intitulée *Cousteau !* Situe une partie de l'action dans un sous-marin. Ajoute une baleine chantante. Les baleines chantantes sont en effet indispensables au processus de recherche d'épaves.

Au terme d'une semaine de recherches et d'écriture d'une moitié de comédie musicale épouvantable, accepte la vérité : tu es une gamine égoïste de seize ans, avec pour héritage une montre à gousset cassée et des antécédents familiaux de maladie mentale. Tes atouts sont tes mains rapides, tes parodies de chansons avec jeux de mots poissonniers et ton style capillaire brut de brut. Tu n'as pas d'amis. Tu voulais prouver à ton frère qu'il comptait pour toi ? C'est gagné.

Retiens cette leçon une bonne fois pour toutes : ce sont les épaves, non les découvertes, qui coulent dans ton sang.

QUAND **SOUDAIN**, LE MONDE REFLEURIT

Une semaine entière a passé sans Liv. Semaine au cours de laquelle j'ai à peine échangé trois mots avec Orion, ou avec qui que ce soit d'ailleurs. Un jour, vers la fin de mon service, Boris s'est pris dans mes pieds et je me suis étalée par terre. De plein fouet. Boris, tout contrit, a voulu me lécher la figure. Je l'ai repoussé brutalement et j'ai crié, un peu trop fort :

– Débile de chien !

Il a gémi et couru se réfugier dans les bras rassurants d'Andy. Une mère et son fils près du bassin tactile m'ont foudroyée du regard.

– Elle est drôlement méchante, cette dame, a dit le gamin.

– Tu as raison, mon chéri. Je me demande si elle travaille ici.

Orion est venu m'aider à me relever.

– Est-ce que ça va ?

– Ouais.

– Non, je veux dire… toi, tu vas bien ? Je t'ai trouvée bizarre toute la journée.

« Bizarre », c'était gentil de sa part. J'étais une mauvaise sœur, et une mauvaise chercheuse d'épaves. Un échec sur toute la ligne.

– Je vais super bien, merci.

– Très convaincant. Si tu faisais une pause ? La journée est bientôt finie, de toute manière.

À l'étage, je me suis affalée sur le canapé marron en essayant d'oublier jusqu'au moindre détail de ma misérable existence. Je me suis mis un coussin sur la figure, et j'ai dressé la liste de tout ce que je pouvais faire pour m'améliorer. « Arrête de foutre la merde partout. Arrête de te disputer avec les gens. Arrête d'ignorer ton frère. Arrête de pleurnicher sur ton sort. Arrête d'être aussi pathétique. Persévérance. »

Une demi-heure plus tard, Orion est venu s'asseoir à côté de moi et s'est mis à tapoter quelque chose sur l'écran de son téléphone.

– Désolée de m'être donnée en spectacle. Je sais qu'on manque de visiteurs. Mais tu peux me laisser toute seule. Je te promets de mieux me comporter.

– Regarde ça. (Il a brandi son écran devant moi.) Mais surtout, écoute.

Une baleine à bosse mâle est apparue à l'image, se mouvant lentement dans les profondeurs. Au début, je n'ai entendu qu'un glouglou. Puis un autre son a émergé. Un grincement. Une mélopée. Un bruit étrange et déplaisant.

– Le chant des baleines, a expliqué Orion. C'est censé être apaisant.

– Je ne trouve pas.

– C'est mon psy spécialiste du deuil qui me l'avait conseillé. Ce n'est pas le truc de tout le monde mais moi, ça me calme, au bout d'un moment. J'ai pensé que ça pourrait te plaire. Il y a un schéma qui se répète, si on écoute bien.

– Tu as consulté un psy spécialiste du deuil ?

– Ouais. Après la mort de Will. On l'a tous fait. J'aurais volontiers continué les séances si ce n'était pas aussi cher.

La baleine a tournoyé sur elle-même ; un autre chant a rempli le silence.

– Elles me font penser à toi. À ta voix. Désolé, je sais que ça se termine toujours mal quand tu chantes, soi-disant. Et je m'excuse de t'avoir obligée à chanter l'autre soir. J'ai appris que tu t'étais disputée avec Liv, et j'ai peur que ce soit ma faute.

La baleine a grogné.

– Pas du tout. Dois-je prendre cette comparaison comme un compliment ?

– Oui. Écoute.

J'ai fermé les yeux, écouté les échos et les crépitements de cette musique nouvelle et étrange. Lentement, la laideur s'est estompée. Orion avait raison : un thème a émergé, et le chant de l'animal m'est curieusement apparu à la fois reconnaissable et ancien, comme un langage d'avant le langage. Comme la voix de quelqu'un qui n'aurait pas parlé depuis longtemps mais qui ôterait la rouille de son instrument.

– Ma vie est un ratage complet, ai-je dit à Orion. Je foire tout, quoi que je fasse. J'ai foiré à New York, je foire ici…

– Violette, tu t'es juste énervée contre Boris. Ça va aller. Il te pardonnera.

J'ai secoué la tête. Boris me pardonnerait peut-être, mais Liv, jamais. Et Sam non plus, probablement. Orion ignorait à quel point j'avais été odieuse avec ma famille, et je ne trouvais pas la force de lui en parler. L'histoire était trop longue et trop compliquée. Mais je pouvais essayer de trouver un point de départ.

– Broadway a été un désastre. Mais pas un désastre total. J'ai au moins pu voler.

– OK.

– Je n'ai pas buté la fée Clochette. C'est juste que je n'aime plus chanter parce que ça me rappelle trop Broadway. Il y a eu de bons moments, bien sûr, mais aussi des moments très durs. Je sais comment deux choses opposées peuvent en même temps être vraies. Tu me suis ?

– On peut aimer deux choses à la fois, a dit Orion lentement.

– Non, je ne parle pas des gens. C'est comme d'aimer et haïr la même chose. Ou, par exemple, différents aspects de la même chose.

– *Hmm.*

– J'ai fait des tas de recherches dont j'aimerais parler à Liv. Elle me manque, en fait. C'est bizarre, non?

– T'as raison, Violette, c'est vraiment bizarre qu'un ami nous manque quand on s'est disputé avec lui. Mais non, voyons. C'est normal! Tu devrais lui dire que tu regrettes. Je parie qu'elle aussi. Elle n'aime pas les conflits. D'après ma mère, en tout cas.

Le chant de la baleine a résonné. J'ai pensé à ce qu'Orion m'avait dit l'autre jour : quand je chantais, j'étais vraiment vivante. Chanter m'avait toujours rendue heureuse. Même cette semaine...

– J'ai commencé à écrire une comédie musicale. Ça s'appelle *Cousteau!* C'est vraiment grotesque, pour l'instant. Mais si on en faisait un vrai projet, au lieu des activités musicales? Si on montait un spectacle?

– T'es pas sérieuse.

– Hélas, si.

– Je peux entendre un extrait?

– La mélodie n'est pas parfaite, mais...

J'ai pris mon meilleur accent français, et j'ai chanté :

« *Zere is nothing quite très jolie*
As a sparkling dive beneath ze sea,
You hold your breath, and one, tou, triii,
Ze world blooms unexpectedly... »

Orion avait l'air accablé. J'ai enfoui mon visage dans le canapé.

– C'est affreux! Je le savais! Je ne sais même pas lire une partition...

– Non, Violette, je trouve ça génial. Je suis partant. On fabriquera les accessoires et je demanderai à Joan l'autorisation d'ouvrir l'aquarium le soir, on pourrait en faire un événement... Mais il y a un problème, a-t-il soudain déclaré. Je ne peux pas te détourner de ta recherche d'épave.

– Je travaille aussi dessus. On peut aimer deux choses à la fois, pas vrai ?

La porte de la salle de pause s'est entrouverte. J'ai aperçu une truffe noire, un museau gris et une paire d'yeux tristes surmontés de sourcils rêches et broussailleux. Chien d'amour.

– Boris. (Je me suis relevée en écartant les bras.) Viens là, mon chouchounet.

À terre, il avait la taille idéale pour un câlin. J'ai enroulé mes bras autour de son corps canin, enfoncé mes doigts dans ses poils.

– Je te présente mes excuses, lui ai-je chuchoté à l'oreille.

Il a grogné, réclamé davantage.

– Et à Sam, aussi.

Était-ce l'effet du chant des baleines ou le fait d'avoir prononcé ces mots à voix haute ? Je me sentais déjà plus légère.

– *Arrghghrghr*, a répondu Boris en se tortillant sous mes caresses.

– OK, t'en as marre, ai-je dit en le relâchant. Pardon. Orion, tu disais ?

– Je ne sais plus, a-t-il répondu d'une voix lente.

Par terre, couverte de poils de chien, je devais avoir l'air d'une folle car c'est exactement le message que son regard me renvoyait. Je venais de faire un gros câlin bien ardent à ce pauvre Boris.

– Tu es sûr ? On ne parlait pas des accessoires ?

– Nan. Ça me revient pas.

– Ça reviendra, lui ai-je dit comme une promesse.

À OZ

Joan a validé le projet *Cousteau!*, programmé la première représentation trois semaines plus tard et annoncé la date sur le site de l'aquarium. Du jour au lendemain, la comédie musicale est devenue une réalité, et la pression a nettement monté d'un cran. Durant la journée, Andy nous aidait à construire des tambourins avec des assiettes de pique-nique, des guitares en boîtes de Kleenex, le sous-marin à l'aide de cartons et les poissons en papier mâché. Le soir, je bossais sur les paroles pendant que Toby poursuivait son puzzle. Dorothy commençait vraiment à prendre forme, malgré un trou qui lui perforait la joue ; le découpage des pièces autour de son front évoquait les cicatrices de la créature de Frankenstein.

– La fille d'Ann Stone est passée au salon de thé, aujourd'hui, a annoncé Toby. Elle est restée tout l'après-midi, jusqu'à la fermeture.

– *Hmm.*

Il était tombé des cordes toute la journée et je m'ennuyais ferme sur une grille de mots croisés, histoire de détourner mon esprit d'une rime impossible à trouver sur le bocal plongeant du commandant Cousteau. Je me demandais si Liv poursuivait ses recherches sur l'épave, sur la devise de Lyric, ou si elle avait tout abandonné, comme moi.

– Je n'arrive pas à croire qu'Ann la laisse fumer, a soupiré Toby.

– Ann n'est pas au courant… Attends, comment t'es au courant?

Son visage a exprimé une déception encore plus grande que lorsqu'il m'avait déposée devant le club Tentacules.

– Elle sent le tabac à trois kilomètres, fillette. Tu crois vraiment que les adultes ne sentent rien ?

Je ne savais plus ce que je pensais de Liv.

– Cette joue trouée me rend dingue. Tu ne m'aurais pas chipé des pièces, des fois ? C'était la manie de ta mère, pour toujours finir les puzzles elle-même.

– Pas cool.

– Vive les grandes sœurs.

Je tripotais distraitement mon collier tout en fixant mes mots croisés. Je n'osais plus porter la montre à gousset hors de la maison par crainte de perdre l'émeraude, que je n'arrivais pas à détacher de la chaîne quelle que soit la méthode employée : aiguilles, huile minérale, talc. Un site sur lequel j'étais tombée conseillait simplement la patience (« pas de photo disponible ! »), ce que je trouvais d'une condescendance extrême.

– Ça existe, ça, AOZ ?

J'avais l'impression de fixer ce mot depuis des heures. Ça ne voulait rien dire, mais je n'arrivais pas à déterminer laquelle des trois lettres était fautive.

– Quelle définition ?

– « Tout l'alphabet y passe. »

– Ah. Ce n'est pas AOZ. Tu t'es trompée. C'est AAZ. A à Z. Trois lettres séparées.

J'ai regardé ce que j'avais inscrit dans les cases. AOZ. « À Oz ». Trois lettres, plusieurs façons de lire les choses. Comme la cité d'Émeraude : une ville constituée de prismes si lumineux qu'on doit s'en protéger les yeux.

Mon cerveau s'est mis à sautiller, à reculer comme un crabe sur le sol sableux de l'océan, pour rejaillir à la lumière éblouissante du jour.

– L'aveuglant mur de blancheur, ai-je lâché à voix haute.

– C'est un extrait de chanson ? m'a demandé Toby

– Mais non. Oh, mon Dieu. Fidelia. « L'aveuglant mur de blancheur. » Je pensais qu'elle parlait du blizzard sur un mode métaphorique. Pour décrire la neige. Mais si elle voulait parler d'autre chose ?

– Je ne te suis pas.

J'ai fouillé parmi mes grilles de mots croisés et mes pages de bloc-notes à la recherche de sa lettre. Pourquoi étais-je si peu ordonnée ? Où l'avais-je donc mise ? Pourquoi ne l'avais-je pas rangée dans un endroit… ?

Aveuglant mur de blancheur
La baleine
J'ai vu sa queue

La montre et ses aiguilles arrêtées sur 2h48… mais du matin, ou de l'après-midi ?

– Et si elle parlait plutôt du soleil ? Ou de ses reflets à la surface de l'eau, ou de la luminosité de la neige, si éblouissante…

– Très agaçant quand on a oublié ses lunettes de soleil sur un bateau qui a coulé.

– Oh, mon Dieu. Steve et Trent. Steve et Trent !

– Qui ça ? Tu fais un AVC, Violette ?

Je lui ai montré la sortie papier, il a lu à voix haute :

– « Expédition intense. Heureusement, on avait pensé à prendre nos lunettes #frérots #laroutelamoinsempruntée #vivelefroid. » Qui sont ces deux abrutis ? Sont-ils vraiment bêtes au point d'aller faire du kayak à Fabian's Bluff, et pourquoi font-ils des citations ratées de Robert Frost ?

– Fabian's Bluff, ai-je répété. Fabian's Bluff…

Le tourbillon d'Old Sow. Le désert du Maine. J'ai feuilleté

fébrilement mon manuel de l'aquarium jusqu'au chapitre consacré aux merveilles naturelles du Maine : « À Fabian's Bluff, les falaises de calcaire baptisées localement "les petites falaises de Douvres" s'étendent sur près de deux kilomètres et s'élèvent d'environ cinquante mètres au-dessus de l'océan. »

– On a cherché au mauvais endroit !

– Mais pourquoi tu t'énerves comme ça ?

– Toby ! L'épave ! Elle n'est pas ici ! Elle est *là-bas* ! me suis-je écriée en désignant la page imprimée.

– Je m'en voudrais de démolir tes rêves, mais Fabian's Bluff est vraiment loin d'ici vers le nord. Les falaises donnent sur la baie d'Aguecheek.

– Là où se trouve l'épave du navire de guerre ?

– Tu te remets à crier.

– Mais c'est parfait ! Bien sûr que l'épave se trouve là-bas ! Oh, mon Dieu, Toby ! Les baleines ! C'est là qu'elles vont se nourrir !

– Ah, oui, a-t-il articulé lentement, les baleines...

– Toby. (Ma voix avait retrouvé son calme.) Je sais que tout ça doit te paraître fou. Ça l'est pour moi aussi. Mais... tu voudrais bien m'emmener quelque part en voiture ? Pendant les horaires de bureau ?

– Quel bureau ? Quel professeur as-tu ennuyé ?

– Pas un prof. Désolée. Ce n'est pas ce que je voulais dire. J'ai besoin... de parler à Liv.

Ann Stone était ravie de me voir. Elle m'a donné une serviette pour éponger mes vêtements trempés par la pluie, et m'a confié un mug de thé doré pour le monter à Liv. L'odeur, sucrée et épicée, m'a soudainement fait envie alors que je venais de décliner une tasse.

Liv était blottie sous sa couette en train de lire *Chut, chut Charlotte*, la capuche de son sweat rouge relevée sur sa tête si bien que je ne voyais que son visage. Elle portait des lunettes, et ses yeux semblaient magnifiés derrière les verres. La chaleur du mug entre mes mains se propageait jusque dans des zones insoupçonnées de mon propre corps, comme le point de rencontre entre ma nuque et ma boîte crânienne, ou le creux à l'intérieur de ma cheville.

– Je ne savais pas que tu portais des lunettes.

Elle a relevé le nez de son livre, le regard absent, puis effarouché.

– Qu'est-ce que tu fais ici ?

– Je t'apporte ton thé. Je peux te tenir compagnie un moment ?

– OK, a-t-elle murmuré, mal à l'aise.

Je me suis assise tout au bout de son lit, les pieds sur le sol, avec l'impression bizarre que je venais la border. Elle a reposé son livre à côté d'elle et tendu la main vers une de ses tresses, mais n'en a trouvé aucune.

– C'est qui, ton personnage préféré ? lui ai-je demandé.

– Charlotte. Et toi ?

– Templeton.

– Il est bien, lui aussi.

Je lui ai tendu son mug de thé, et nos doigts se sont effleurés. Je savais pourquoi on s'était disputées, du moins je le croyais – je savais peut-être beaucoup moins de choses que je le pensais, en réalité.

– Liv, je suis désolée.

– Non, Violette, je t'en prie. J'ai été odieuse. Je n'arrête pas de me repasser le film dans ma tête, j'étais bourrée, et j'avais tort. Bien sûr que tu sais ce qu'est une anagramme ! Felix était furieux contre moi, lui aussi, d'avoir raconté sa vie à sa place, comme si je m'étais servie de lui, alors qu'on ne fait pas un concours pour savoir qui est le plus triste…

– Tu étais contrariée, ai-je répondu. Et tu avais entièrement raison. J'ai écrit à mon frère. Une vraie lettre. Je ne suis qu'une ingrate.

Le mot l'a fait tressaillir, mais j'ai secoué la tête.

– J'avais besoin de l'entendre, ai-je ajouté.

– Je m'excuse quand même.

J'ai inspiré à fond. Devais-je en dire plus ou en rester là ? Au final, j'ai réalisé que ce je pouvais dire n'avait pas grande importance.

– Tu es une fille géniale, Liv.

– Toi aussi.

On s'est regardées, un nuage de vapeur de thé entre nous. Mon corps vibrait d'une mélodie grave et familière, comme un air que j'avais dû entendre une fois. Sauf que je n'avais jamais entendu cette mélodie-là. Ce n'était pas radio Romance. C'était une fréquence nouvelle, avec une musique si belle, si inconnue et si effrayante que je n'avais jamais recherché son signal.

– On est toujours amies, pas vrai ? m'a-t-elle demandé.

La musique s'est tue.

– Si tu le souhaites, oui.

Elle a acquiescé trop vite, et mon cœur s'est fendillé.

– Je suis contente que tu sois là, a-t-elle déclaré en s'adossant à sa tête de lit. (Je me suis assise en tailleur. Je me sentais déjà beaucoup moins d'humeur maternelle.) J'ai beaucoup réfléchi à cette histoire de pomme. « Scindée en deux. » C'est un peu tiré par les cheveux. J'ai lu pas mal de choses à propos des vieux vergers de Londres, qui étaient souvent situés près des hôpitaux ou des instituts psychiatriques de cette époque, et je me suis demandé si Fidelia n'avait pas eu une aventure avec le propriétaire d'un verger...

– Liv, je déteste l'idée de briser tes rêves, mais je crois vraiment que leur histoire d'amour était sincère. Leurs lettres sont d'un ennui !

– Tu as trouvé leurs *lettres* ?

– Ça fait quelques jours, oui…

– T'aurais pu m'en parler !

– C'est justement ce que je suis en train de faire ! Liv… je crois que je sais où se trouve l'épave.

– Mais non.

– Si, je t'assure ! Écoute-moi. Dans ses lettres, Fidelia évoque un « mur aveuglant de blancheur ». Au début, j'ai cru qu'il s'agissait d'une description métaphorique du blizzard. Mais si l'image était à prendre au premier degré ?

– Je suis tout ouïe.

– Voilà. Je suis tombée sur le blog de deux types, et ça m'a fait réfléchir. Le bateau a peut-être dévié sa trajectoire pour éviter la tempête et s'est retrouvé bien plus au nord, du côté d'Aguecheek, près du navire de guerre de la guerre de l'Indépendance. La blancheur ne serait pas celle de la neige mais des falaises de calcaire de Fabian's Bluff, avec en prime une luminosité très forte, comme au mois de février… et donc, par exemple… ça aurait ébloui le capitaine, qui a perdu le contrôle de son bateau. Ou non, ils ont juste coulé en plein jour pour une raison inconnue, mais Fidelia n'y voyait rien à cause du soleil qui l'aveuglait !

– Les falaises comme un phare inversé, a murmuré Liv. (J'ai soudain eu envie de l'embrasser, de sentir le goût de sa nicotine, de sa mauvaise haleine, du thé que je n'avais pas bu.) C'est on ne peut plus poétique, en tout cas.

– Je crois qu'on devrait y aller.

– Et faire quoi ? Passer toute la zone au détecteur de métaux ? Je n'ai sûrement pas besoin de te rappeler ce qui s'est passé la dernière fois qu'on s'y est essayé. En plus, c'est flippant, là-bas. On allait y camper quand j'étais gamine, mais on a arrêté parce que Will était persuadé qu'il y avait des fantômes et il stressait comme un dingue. Chaque année, quelqu'un se perd ou se noie à cause de la brume.

– « L'étrange brouillard » ! Pourquoi ne m'en as-tu jamais parlé avant ?

– Parce que tu ne m'as jamais parlé de cette lettre ! As-tu bien entendu ce que je viens de te dire ? Les promeneurs *meurent,* là-bas. Et que fais-tu du hublot de Seal Cove ?

– Les gens ont peut-être toujours cherché au mauvais endroit, ai-je rétorqué. Il faut qu'on y aille !

– Violette, tes preuves reposent essentiellement sur un blog.

– Et alors ? Pourquoi cette obsession des preuves ? Les gens découvrent sans arrêt de nouvelles épaves. Il y a un bateau qui repose au fond du lac Michigan, tu le savais, ça ? Un galion sous un ponton, vers la rive côté New Jersey. Un autre dans le fleuve Connecticut ! Cette semaine encore, en Floride, près de l'endroit où mon père allait en vacances avec ses parents, un plongeur a découvert un trésor espagnol datant du début du XVIIIe siècle ! Il y a tout un tas de trucs, partout, au fond de l'eau !

– Mais oui, et n'oublions pas les quatorze pieds humains qui se sont échoués ces dernières années sur les rives du Pacifique Nord-Ouest ! Des cadavres, Violette, des gens découpés en morceaux ! On ne trouve pas que des paillettes et des arcs-en-ciel au fond des mers !

Je respirais très fort. Elle aussi. En bas, j'ai entendu un robinet couler et Ann crier quelque chose à Tom. Je me suis demandé à quoi ressemblait la voix de Will lorsqu'il appelait d'une pièce à l'autre.

– Sur le plan purement rationnel, a déclaré Liv (et j'ai aussitôt eu envie de casser la figure à cette idiote de rationalité), quand bien même le bateau serait passé par là-bas, tu t'imagines que Fidelia aurait fait tout le trajet à pied depuis Aguecheek jusqu'à Lyric après avoir survécu à un naufrage, en 1885, sans la moindre route, au milieu de la nature sauvage ? Les gens meurent d'hypothermie dans ce froid.

Une pluie torrentielle tombait derrière la vitre. Liv a siroté son thé. Elle était vraiment agaçante. Comme toute cette histoire, d'ailleurs. Pourquoi m'intéressais-je autant à cette épave ?

– Tu sais quoi ? J'emmerde Fidelia.

– Première nouvelle.

– Je ne comprends même pas pourquoi elle s'est sentie obligée d'avouer à tout le monde qu'elle était l'unique survivante de la catastrophe. Elle avait décidé de se cacher. Mais elle a changé d'avis. Elle aurait pu entamer une nouvelle vie, et ses descendants auraient été normaux. Au lieu de quoi, ils sont maudits par le gène du naufrage !

– Tu ne trouves pas que tu exagères un peu ?

– Je crois que je vais démissionner.

– Violette, c'est ça, la recherche. C'est ennuyeux la plupart du temps. Les impasses et les renoncements en font partie. Dans ces cas-là, on repart de zéro et on change son angle d'attaque. Tu crois qu'Orion a fabriqué son bateau en une journée ? Tu crois qu'il savait ce qu'il faisait à chaque étape ? Bien sûr que non. Mais il s'est accroché.

– Il t'a montré son bateau ?

Liv s'est un peu crispée, planquée derrière sa tasse de thé.

– On était dedans quand on est sortis ensemble.

Je les ai imaginés, comme dans *La Petite Sirène*, flottant à la surface d'un lagon bleu. Connaissant Orion, il avait dû convoquer quatre différentes lunes couleur de fruits pour l'occasion et entraîné une équipe d'anguilles coiffées de bonnets de bain assortis pour effectuer un ballet aquatique. Peu de filles, avait jadis déclaré une imbécile, sont capables de résister à un bateau.

– C'était très chouette, a-t-elle ajouté.

– Hmm.

– J'essaie de trouver les mots pour te le dire, Violette… Orion et moi, on est amis. Plus qu'amis. Je sais que j'ai passé beaucoup à te dire que je ne voulais pas de lui…

Waouh. Merde.

– … et c'est toujours le cas…

Oh, mon Dieu. Oh, non, non, non.

– … donc s'il se passe quoi ce soit…

Ce n'était pas en train d'arriver. Ce n'était pas en train d'arriver. Était-ce vraiment en train d'arriver ?

– … entre vous deux, n'hésite pas à foncer. Ça ne me dérange pas le moins du monde. Je ne veux que son bonheur. Le tien, aussi. Je crois vraiment que tu lui plais.

– Ah. (C'était donc son état d'esprit envers moi : apathique.) Eh bien, merci.

– Mais ne renonce pas à l'épave, a-t-elle poursuivi. Pas si tu te sens investie dans ce projet. Choisir d'essayer, c'est le seul choix qui nous reste, parfois.

– C'est toi qui n'oses pas essayer, ai-je rétorqué.

– J'ai besoin de plus d'infos avant de monter dans une voiture, de dépenser de l'essence et de foncer vers l'inconnu. En plus, j'ai promis à mes parents de les aider à faire le ménage ce week-end.

J'aurais pu lui répondre tant de choses. « S'il te plaît. On va bien se marrer. Ce n'est pas si dangereux, ce n'est même pas si loin. On fera peut-être des trouvailles. N'as-tu pas ressenti la même chose que moi, dans cette penderie, en regardant cette soie d'épi de maïs sur ta robe ? J'ai envie de devenir moite, transpirante et haletante avec toi sur ce lit, en plein jour, de te toucher, de te goûter, puis qu'on se pelotonne sous la couette pour que je te lise *Chut, chut Charlotte,* ta tête posée sur ma poitrine. Je ferai même les voix des personnages. »

– Rien de tel qu'une bonne séance de ménage, ai-je répondu d'un ton neutre.

– En effet. (Je jure qu'il m'a semblé percevoir une pointe de regret dans sa voix.) Tu n'as qu'à y aller quand même, Violette. Sans moi. Je parie qu'Orion serait ravi de t'y emmener.

– Tu sais que je veux retrouver cette épave pour Sam.

– Je ne crois pas que tu aies besoin de retrouver une épave pour prouver à ton frère que tu l'aimes. Mais continue. Si tu t'accroches à quelque chose, tu verras que l'univers commencera à te sourire.

– On croirait entendre Felix.

– C'est à cause d'un truc débile qu'il m'a dit un jour. Mais les trucs débiles sont parfois réconfortants. Tiens, prends ça. Felix me l'a donnée il y a longtemps. Ça te portera peut-être chance.

Elle a ôté sa bague violette de son doigt et me l'a tendue, comme un lot de consolation stylé.

Premier truc que m'a sorti Orion le lendemain :

– Liv m'a dit que tu avais retrouvé l'épave ?

J'étais en haut, dans la salle de pause, en train de mettre la touche finale à notre sous-marin en carton. J'étais arrivée hyper tôt, et j'avais bien avancé : j'avais commencé à peindre le tableau de bord ultracompliqué, avec boutons rouges et leviers. J'espérais avoir un style naïf et maladroit, comme celui de Ransome, mais le résultat aurait sans doute l'air purement médiocre. Pourvu que personne ne se pointe le soir du spectacle.

– La vache, s'est exclamé Orion, t'as déjà presque fini le sous-marin ! T'es comme moi avec la construction du bateau !

– Ah ah, ai-je lâché d'une voix faible.

La bague de Liv était énorme à mon doigt. J'avais mal rien qu'à la regarder, mais je ne pouvais me résoudre à l'enlever. Orion ne se doutait pas de ce que nous avions en commun.

– Ça veut dire qu'on est potes à nouveau, alors ? Et qu'on va aller à Fabian's Bluff tous les deux ?

– Liv a du ménage à faire avec ses parents. Et je ne suis même pas sûre de ce qu'on va trouver là-bas.

– Ouais. Ses parents ont besoin d'elle, parfois. Mais on n'a qu'à y aller tous ensemble. Avec Felix et Mariah. On pourrait même prendre mon bateau… c'est pour ça qu'il a été construit. Pour vivre des aventures. Ce pourrait être notre voyage d'inspiration musicale…

– J'en sais rien, Orion. Ma théorie n'est pas très solide. Et Liv m'a aussi parlé d'une histoire de pieds tranchés…

– On n'est pas obligés de chercher l'épave, si tu n'y tiens pas. Mais tu n'as jamais exploré les alentours de Lyric. C'est vraiment cool, Aguecheek, genre hyper sauvage, on se croirait au bout du monde…

– Liv m'en a fait une description plutôt flippante.

– Parce qu'elle a peur de tous les endroits où il n'y a ni bouquins, ni télé, a répliqué Orion (et j'ai soudain réalisé que c'était un détail qui me plaisait beaucoup, chez elle). Sérieusement, pourquoi pas ? N'est-ce pas ce dont tu rêves depuis le début ? Retrouver cette épave ?

Il était si motivé, si enthousiaste. J'ai fait tourner la bague à mon doigt, observé l'anneau tatoué sur son bras. Il n'avait pas tort. Pourquoi me compliquais-je autant la vie ? Quelle était cette phrase de Felix, déjà ? « Les choses n'ont de sens que si tu leur en accordes. » Je voulais retrouver ce bateau pour Sam, un point c'est tout.

Si tel était mon objectif, pourquoi me soucier de la trajectoire ?

– OK. Allons-y, ai-je dit simplement.

Orion a souri comme si je venais de résoudre la question du réchauffement climatique.

De : violette.rudolph.larkin@mail.com
À : samuel.alan.larkin@mail.com

Sam,

Je pensais être bien plus excitée que ça en t'annonçant la nouvelle. Alors voilà : je crois avoir localisé l'épave du *Lyric*. Et on se rend sur place ce week-end. Mariah a un plan pour se procurer du rhum, Felix menace de nous confectionner des bandeaux de pirate pailletés, et Orion a préparé une mixtape secrète durant toute la semaine. Tous les ingrédients d'une EXPÉDITION de plongée digne du commandant Cousteau sont réunis.

Mais Liv ne sera pas là. Et toi non plus.

Je trépigne d'impatience quand même, et j'essaie de ne pas jouer les ingrates. C'est tout ce dont je rêvais depuis le début. Pourtant... Difficile à dire. J'aimerais tellement que tu participes à cette aventure. C'est la nôtre. Depuis toujours. Et rien ne changera jamais cela.

Tu me manques beaucoup.

Violette.

SIGNES POSITIFS

Juillet a cédé la place à août, et les premières journées de ce nouveau mois se sont évaporées dans un tourbillon de chansons sur les poissons et de rêves d'épaves. Le vendredi soir avant notre excursion à Aguecheek, malgré le froid, je suis descendue sur le ponton pour écrire un message à ma mère. Je portais mon sweat Marine Mingle, le coupe-vent de Toby, et j'avais même emporté une couverture de la maison, mais c'était vraiment le seul endroit où j'avais du réseau. On avait inclus mon père dans la boucle, et j'allais ajouter Sam quand un nouveau numéro est apparu : « T'es où je suis chez toi c Liv Orion m'a filé ton tel. »

« En bas sur le ponton », ai-je répondu. Que venait-elle faire ici ?

Elle a descendu la colline avec un gros carton, bras et jambes nus, chaussée d'une simple paire de tongs. Elle devait se peler.

– Tes textos sont encore plus mal rédigés que ceux de ma mère.

– Je t'ai quand même retrouvée.

– T'as pas froid ?

– Pas vraiment.

Ses claquettes étaient fuchsia et ornées de gros tournesols en tissu à l'endroit où les branches en plastique se croisaient.

– J'aime bien tes tongs.

– Elles sont à ma mère. (Elle a posé son carton entre nous.) OK, tu ne vas pas me croire, mais je suis allée à La Pièce manquante aujourd'hui avec mon père et regarde un peu ce qu'on a trouvé.

Elle a exhibé deux combinaisons de plongée élimées, une espèce de lampe torche énorme et plusieurs masques de forme allongée.

– C'est un projecteur sous-marin. Il était cassé, mais mon père l'a réparé. Et ça, c'est un appareil photo… la seule explication à ce miracle, c'est que quelqu'un a dû renoncer à la plongée récemment. On n'a pas le certificat, je sais, mais un jour, peut-être…

Que venait-elle faire ici ?

– Ça veut dire que tu nous accompagnes ?

– Ben ouais. Si vous êtes d'accord. Je me suis dit que c'était un signe.

Je l'ai taclée plus que je ne l'ai enlacée, et j'ai enroulé ma couverture rugueuse autour de nos épaules. C'était peut-être un signe pour elle, et c'en était un pour moi aussi… J'ai décidé de les compter. Cinq, c'était un bon chiffre. Cinq signes, et je lui dirais tout.

– Ouille, oui, oh, salut, merci, ouille.

Elle a extrait un bras et m'a tapoté l'épaule, timidement, sans la moindre passion.

– Tiens, et ça, c'est pour toi.

« Premier signe : un cadeau. »

Elle a sorti une photo de la poche où elle rangeait habituellement ses mégots de cigarette. J'ai vu une femme en noir et blanc. Elle était dans l'océan, vêtue d'une sorte de combinaison de sûreté ou d'astronaute, et s'accrochait à un tonneau.

– C'est une *ama*, une pêcheuse de perles japonaise. Cette pratique remonterait à l'an 700. Littéralement, ça veut dire « femmes de la mer ». Il faudra qu'on aille au Japon, un jour…

« Deuxième bon signe : un projet de voyage pour dans longtemps. »

– Elles vont au fond des mers ramasser des algues, des ormeaux et des oursins pour nourrir les villageois. Les femmes étaient meilleures plongeuses, soi-disant parce que leur masse de graisse était plus épaisse que celle des hommes, ce qui maintenait leur corps au chaud, et elles plongeaient nues…

« La nudité : troisième bon signe. » Ça s'enchaînait à toute vitesse. On y était presque.

– Elles ont commencé à porter des combinaisons de plongée en 1964, à cause d'un célèbre négociant en perles, mais c'est une autre histoire. Elles apprennent le métier dès l'âge de quinze ans. Incroyable, non ? Ça m'a fait penser à toi. Enfin, à nous.

« Quatrième signe. » Mais qu'allais-je lui dire ? J'utiliserais mes propres mots, comme une grande personne. « Tu me plais. J'aimerais t'embrasser, mais j'ai peur que ce ne soit pas ce que tu veux. » La femme sur la photo avait un sourire éclatant. Les lucioles scintillaient autour de nous. Était-ce le cinquième signe ? Non. Je trichais.

– Comment tu fais pour retenir tout ça ? lui ai-je demandé.

– C'est à force de lire. Toi, tu fais quoi ? Tu chantes. Tu danses. Je n'arrête pas de penser à ce que tu as chanté l'autre soir. Je sais que j'ai pété un câble, mais tu as vraiment une belle voix, Violette. (Court silence.) Orion me parle de toi sans arrêt.

Ça aurait pu être le cinquième signe que j'attendais, mais son allusion à Orion a tout gâché. J'allais donc devoir en retirer un. On en était à combien, maintenant ? Quatre ? Ou bien trois ?

– Liv, est-ce qu'on pourrait ne *pas* parler d'Orion pendant une minute ?

– OK. Je chronomètre.

Elle a regardé sa montre. Le bracelet était noir, le cadran blanc. Comment avais-je pu ne pas la remarquer avant ? C'était un modèle bon marché, très joli. Les deux aiguilles noires tournaient sans faire de bruit. Le bracelet en plastique était un peu lâche. Il y avait de l'espace autour de son poignet. Juste assez pour que j'y glisse deux doigts. C'est exactement ce que j'ai fait.

Son pouls s'est accéléré.

Le mien aussi.

J'ai laissé mes doigts où ils étaient, accrochés à sa montre.

Au diable les signes.

Je l'ai attirée vers moi et là, enfin, enfin : je l'ai embrassée.

Embrassée. Embrassée, embrassée, embrassée.

Je l'ai embrassée tout en songeant que j'étais en train de l'embrasser quand j'ai réalisé qu'*elle* m'embrassait aussi, genre *OH, MON DIEU, ELLE EST EN TRAIN DE M'EMBRASSER*, ses lèvres si charnues, son léger goût de cigarettes, le feu et la fumée se sont répandus jusque dans mes chevilles, sa main était posée sur ma joue, alors j'ai posé ma main sur la sienne et sa peau s'est mise à onduler sous mes doigts comme le fond de la mer, que se passait-il, quelle créature étions-nous devenues, une anguille soudain munie de jambes découvrant la terre ferme après avoir passé sa vie entière dans un récif sombre ? Une sirène ayant troqué sa voix et son âme contre ça ? Ses dents qui mordillaient ma lèvre, sa langue enroulée autour de la mienne, ça valait le coup, putain, ça valait tellement le coup, pas un son dans sa bouche, sa bouche, sa bouche, infimes bactéries jaillies de la soupe primordiale, notre couverture à présent si douce, fourrure d'abeille, dire que j'en rêvais depuis tout ce temps, dire que je le *savais* mais je n'avais jamais, jamais... pourvu que ça ne s'arrête plus jamais...

Une corne de brume a résonné dans le lointain. Les vagues ont léché les rochers, un crabe a filé sur la plage à quelques mètres de nous. Les palourdes faisaient des bulles sous le sable et je jure avoir entendu un battement d'ailes de luciole. Liv s'est détachée de moi, et des plaques tectoniques ont bougé en dessous de nous ; tout au fond de l'océan, à des kilomètres, le sol s'est entrouvert.

Je n'avais toujours pas lâché le bracelet de sa montre et je me suis aperçue qu'elle m'avait agrippé la hanche, comment mon os n'avait-il pas implosé sous le choc, son visage si près du mien que je n'arrivais pas à déterminer si je regardais son nez mon nez ou nos deux nez l'un contre l'autre. Elle a reculé, son visage s'est recentré, et j'ai contemplé le seul miroir déformant satisfaisant au monde. Liv. Mienne.

« Pourquoi seulement maintenant ? » ai-je pensé.

– Pourquoi seulement maintenant ? a-t-elle dit tout haut.

J'ai caressé ses lèvres. J'ai pensé à la plante de son pied, à la courbe de sa cuisse, à son parfum. J'avais envie de l'embrasser, encore, envie de l'embrasser maintenant. Liv m'a regardée, douce et tremblante, ébahie, émerveillée. Elle a tiré sur l'un des passants de ma ceinture, un peu nerveuse.

– Tu te sens bien ? lui ai-je demandé.

– Je croyais que tu avais un faible pour Orion. (Elle a ri.) Quelle idiote ! Voilà, c'est tout. Je ne suis qu'une idiote.

– Au contraire.

Elle a attiré mes hanches vers les siennes jusqu'à ce que nos bouches se rencontrent à nouveau. Je n'avais jamais embrassé qui que ce soit de toute ma vie. Je n'avais jamais eu une conversation comme celle-ci. Je sentais les muscles de ses mollets se raidir parce qu'elle se dressait sur la pointe des pieds, je sentais le mouvement de ses mains, je devrais bouger les miennes moi aussi, pourquoi ne le faisais-je pas, toucher son cou, ses oreilles, sa poitrine, son ventre.

« Je pourrais l'embrasser dans le cou », ai-je soudain réalisé.

Liv a pressé son visage contre mon épaule, le Marine Mingle entre nous, nos corps en écrasé de pommes de terre, de patates douces, le genre avec des Chamallows par-dessus. Elle était si douce, elle qui se croyait pleine d'aspérités, elle ne l'était pas le moins du monde et moi non plus.

– Je ne savais pas..., ai-je fini par lâcher.

Je l'ai embrassée sur le front, la joue gauche, la tempe droite. Sa peau était lisse, sa joue froide.

– Moi non plus, m'a-t-elle répondu. Pas avant que tu débarques ici. Ou bien je le savais sans le savoir. Je ne sais toujours pas. Même quand j'y pensais, c'était impossible que tu penses à moi…

Je pouvais poser mon front sur le sommet de son crâne et j'adorais cette idée, j'aurais aimé être encore plus grande, une géante, pouvoir la ranger dans ma poche et l'emmener partout avec moi. J'avais envie de lui raconter des trucs grandioses – sur le temps, l'histoire et sa portée, les abeilles qui nagent –, mon corps rejouait à nouveau la lentille de Fresnel, la lumière qui se projetait et se réfractait en arc-en-ciel…

– Tu devrais vraiment laver ce pull, a-t-elle murmuré.

J'ai ri. Elle a levé les yeux vers moi. Je ne l'avais jamais vue sous cet angle.

– Si on rentre, tout sera fini ? m'a-t-elle demandé.

– Ce n'est pas un sortilège.

– Promis ?

– Oui.

Le littoral sud-américain qui s'étend du Pérou au Chili subit chaque année un phénomène de remontée des eaux côtières. Des courants froids et riches en nutriments affluent soudain à la surface, attirant une surabondance de poissons en quête de nourriture. Qui sait à quoi cela ressemble, en réalité ? Quand j'ai lu ces pages dans le manuel de formation de l'aquarium, je me suis imaginé des bancs de poissons qui envahissaient l'océan et créaient un pont argenté depuis le sable jusqu'à l'horizon. Un phénomène qui transformait la mer froide et sombre en une passerelle solide et scintillante. Une sorte de rare alchimie aquatique.

Côte à côte. Sur le canapé. Son corps contre le mien, le mien contre le sien. Des mains sur des hanches, sur des ventres. J'ai touché le lobe de son oreille, juste parce que je le pouvais. S'embrasser comme ça durant des jours. Des heures. Des minutes. Qui l'eût cru ? Les lentilles de Fresnel n'indiquent pas l'heure.

Le bas de sa robe est remonté. J'ai posé ma main sur sa cuisse.

– Je n'ai jamais fait l'amour, m'a-t-elle avoué avec franchise et douceur, un peu effrayée.

– On n'est pas obligées.

– Mais tu l'as déjà fait, toi ?

J'ai acquiescé, et mon nez a frotté le sien.

– Filles et garçons ?

– Oui.

J'avais envie de pleurer, j'avais peur, j'étais heureuse, comme à l'instant d'entrer en scène.

– Ça t'embête si je ne l'ai jamais fait ?

J'ai secoué la tête.

– On n'est pas obligées, ai-je répété.

Même si j'en avais très envie.

Entre nous, ça semblait naturel. Je le savais. Elle aussi. Pourtant, une partie de moi souhaitait que cet instant demeure parfait et intact, comme ces fossiles marins retrouvés dans le désert bien après le retrait des mers.

Son souffle se mêlait au mien. Nous n'étions pas des fossiles. Nous étions changeantes, vivantes, et j'avais envie d'elle.

– Je... je veux le faire. Avec toi. Si tu le veux aussi, m'a-t-elle demandé.

La chaleur de sa bouche m'a fait frissonner. J'ai glissé ma main sous sa robe, remonté le long de la virgule de sa cuisse jusqu'à la bordure de sa culotte en coton, et sa gorge a émis un son que j'entendrais encore en rêve durant des années. Si j'en avais envie ? Oui. Ce n'était même pas une question.

– Tout va bien, a-t-elle chuchoté.

J'étais trop nerveuse. Elle était réelle. Elle avait des aspérités. J'ai positionné mes doigts sur son ventre, la paume creusée comme une petite créature à quatre pattes. Puis, lentement, j'ai aplati ma main contre sa peau, comme un faon étalé sur la glace.

Sa respiration s'est accélérée. Bon sang, j'étais si nerveuse. Pourquoi ?

Je n'étais pas intimidée. Je tremblais, mais je savais ce que je faisais. J'ai imaginé que ma main plongeait à travers sa peau, chacune de mes cellules connectée à chacune des parties de sa cage thoracique. Je me suis émerveillée de la solidité de ses côtes, de la force de son souffle. Son cœur cognait à tout rompre et sa peau était glacée. Mon index a frôlé le tissu de son soutien-gorge. J'ai rouvert les yeux. Un trait violet épousait le contour de ses yeux, comme s'il était tatoué. J'ai passé deux doigts sous l'armature de métal, et j'ai cherché son pouls entre ses seins.

Elle a enfoui sa main sous mon tee-shirt et l'a posée à plat sur mon cœur. Quatre bras, quatre jambes et deux cœurs battants, chacun à leur rythme, son regard aussi chaleureux et constant qu'une veilleuse lumineuse. Elle m'a souri et a délicatement pris ma main pour la guider plus bas.

– Maintenant, s'il te plaît ? m'a-t-elle demandé, avec une politesse exquise.

À un moment donné, l'une de nous a étouffé un bâillement.

– Moi aussi, a dit l'autre.

– Il faut que je rentre, a déclaré Liv.

Ses nattes étaient toutes défaites, ses cheveux emmêlés à l'arrière de son crâne. La prochaine fois que je la reverrais, ils seraient soigneusement brossés et à nouveau tressés, et toutes les preuves de ce qui s'était passé entre nous effacées par l'action d'une douche et d'un peigne. Nous n'étions pas des fossiles, mais nous avions des souvenirs, et nous nous avions l'une l'autre.

– C'est bien arrivé, pas vrai ? lui ai-je demandé en me rasseyant à côté d'elle.

– Je crois. Non. Je le *sais*.

– C'est peut-être pour ça que les gens s'offrent des gages d'amour. En guise de preuve.

Elle a touché mon visage.

– Ça te va si… si on garde ça pour nous ?

J'ai pensé à ses parents. À Felix. Au type qui m'avait insultée par la fenêtre de sa voiture. On ferait comme elle voudrait. C'était sa ville.

– Je peux le dire à Sam ? Pas dans les détails, mais juste lui parler de toi ?

Elle a caressé mon tatouage d'OVNI, pensive.

– D'accord, a-t-elle fini par répondre.

– Super. Mais… on pourra recommencer, dis ?

Elle m'a embrassée. *Elle m'a embrassée.*

– C'est arrivé. Et ça arrivera encore. (Elle a consulté sa montre.) De toute manière, je passe te prendre dans six heures pour aller chercher l'épave, donc tu vas m'avoir sur le dos pendant tout le week-end.

À l'instant où elle a franchi la porte, le temps a basculé. Les aiguilles des secondes se sont traînées autour du cadran. Ma vie entière s'est résumée à une attente : l'attente impossible du matin pour revoir Liv. Pour l'embrasser. L'embrasser, et l'embrasser et l'embrasser et l'embrasser.

Impossible de fermer l'œil. Possédée par une incontrôlable

effervescence, je me suis lancée dans un grand ménage de la maison de ma grand-mère. J'ai récuré les toilettes, les lavabos et les douches. J'ai balayé. J'ai ôté la poussière. Pendant que je travaillais, la pensée de Liv était comme un voile de gaze qui recouvrait ma vision, un film diffusé en boucle sur la courbe humide de mes yeux, une lentille de contact blottie contre mes pupilles et mes iris.

– La vache, t'as pris de la drogue ou quoi ? m'a demandé Toby en entrant d'un pas traînant dans la cuisine à quatre heures du matin, prêt à partir pour la boulangerie.

– Non, fini tout ça !

C'était bien meilleur que la drogue. Le moindre objet que je touchais me paraissait à la fois neuf et ancien. Je me sentais reliée à tout : je baignais dans ce puits collectif d'amour et d'histoire, comme si j'avais inventé ce sentiment la première. Mais ça, *ça, ça,* ça me dépassait moi, ça dépassait Liv, ça dépassait l'humanité. Quand je pliais des tee-shirts, je ne sentais pas le tissu mais les balles du coton récolté pour sa confection ; quand je frottais la table de la salle à manger pour la faire briller, je comprenais son ancienne vie en tant qu'arbre, je voyais la forêt dans laquelle il avait grandi, je sentais la verdure cireuse de son feuillage estival.

– Je sais que je ne suis pas un oncle très présent, mais je ne pensais pas que tu étais accro au speed.

– Attention, je viens de passer la serpillière !

– Que fais-tu debout à cette heure ? Et où as-tu trouvé cette serpillière ? (Il a palpé mon front.) Tu te sens bien ?

J'ai repoussé sa main. Je ne m'étais pas sentie aussi bien depuis des lustres.

Après son départ, je me suis attelée au puzzle. Il ne restait plus qu'un champ de maïs, un ciel bleu, le tissu vichy de la robe de Dorothy – typiquement les parties difficiles qu'on gardait pour la fin. Je n'avais que les formes de chaque pièce en guise d'indices, aucun modèle pour me guider, mais je savais que je pouvais y arriver. Je pouvais finir les parties compliquées.

Vers sept heures du matin, on a sonné à la porte. « Liv. » Elle était de retour, je le savais. Comme moi, elle n'en pouvait plus d'attendre. J'allais ouvrir la porte et la serrer dans mes bras. Je voulais étendre ses tresses en travers de ma bouche. Lui enlever sa robe noire. Presser mon corps contre le sien. J'ai ouvert la porte en grand, le cœur bondissant hors de ma poitrine.

C'était Sam.

TROISIÈME PARTIE : SURVIE

PORTRAIT DE FAMILLE

Année de la déglingue. Petite chronique familiale.

Chaque matin, les Parents se réveillent à cinq heures. La Mère passe sa journée à ouvrir des enfants malades, à trifouiller leurs organes et à les recoudre bien proprement. Parfois, malgré ses efforts herculéens, elle doit annoncer aux parents épuisés qu'elle a fait de son mieux mais que leur Marcus/Chloé/Roberto adoré(e) n'a pas eu la force de se battre. Son boulot est un cauchemar absolu. Le Père fait des trucs compliqués avec les chiffres, les impôts et les affaires. La Fille l'imagine avec un boulier, même si elle n'en sait rien puisqu'elle ne lui a jamais rien demandé. Au lieu de Papa, le Fils et elle l'appellent parfois le ministre des Finances, ce qui ne doit pas lui faire plaisir. Le Père a tellement de paperasse sur son bureau que quand elle était petite, la Fille avait peur qu'il se fasse écraser par une avalanche de papier.

La Mère et le Père bossent tous deux en moyenne quatorze heures par jour. Tout ça pour pouvoir s'offrir un appart hyper luxueux de l'Upper West Side et envoyer leur progéniture chérie, leurs cancres d'enfants, dans une école privée. Le Fils a toujours été… compliqué, mais la Fille s'en sortait bien. Au pire, elle aimait juste chanter très fort le soir au dîner. Un jour, elle a exigé leur présence à sa représentation seule en scène de *My Fair Lady*, organisée dans le salon familial.

Maintenant, la Fille a seize ans et les choses se corsent. Elle en fait vingt-cinq. Elle sort tard le soir. Il y a des garçons. Il y a des filles. Ses parents ont la trouille. Ils la regardent comme s'ils n'arrivaient pas à croire qu'ils l'avaient fabriquée. Est-ce vraiment leur enfant? Pour le Fils, au moins, c'est simple : il se désagrège sous leurs yeux. Manifestation physique d'un trouble mental plus lourd. Il a besoin d'un suivi, d'une prescription médicale, de thérapeutes. Mais la Fille? Ils ne savent plus quoi faire. Ça leur fait tellement peur qu'ils n'osent même plus lui poser de questions. Ils savent que quelque chose ne va pas, mais c'est plus facile de fermer les yeux sur l'heure à laquelle elle rentre et sur ce qu'elle a consommé durant le week-end.

Un jour, pourtant, ils reçoivent un coup de fil. La Fille s'est fait surprendre en train de fumer un joint, en pleine journée, à une rue de son lycée. Exclusion temporaire. Le Fils, quant à lui, aime se cacher dans un placard inusité de son collège sous prétexte que les lumières sont trop vives, les voix trop fortes, et que le monde entier est en train de devenir un endroit si horrible qu'il veut juste lire et ne plus s'alimenter. Mais venant de lui, ça n'a rien de vraiment surprenant. Et de toute manière, il excelle dans toutes les matières. En revanche, l'exclusion de la Fille est un point de non-retour. Ils ne peuvent plus ignorer le désastre qui gronde.

Les Parents fomentent alors un plan. Au printemps, juste avant la future tentative de suicide du Fils, ils partent tous les quatre passer de coûteuses vacances en Espagne, histoire de « renouer les liens familiaux ». Le jour, ils font des visites, cuisent sous le soleil et bataillent avec la barrière de la langue. Le soir, la Fille fume du hasch et boit du rioja avec le jeune réceptionniste de l'hôtel pendant que le Fils lit seul dans leur chambre. Le Fils ne lui demande jamais de rester, mais la Fille remarque qu'il attend son retour pour dormir.

Le Fils ne s'amuse pas du tout en Espagne. Il a horreur des patates et de la mayonnaise, ne supporte pas l'immensité des cathédrales, trouve la langue râpeuse et vulgaire. Il ne supporte ni le soleil ni la chaleur. Il ne comprend pas pourquoi il n'y a jamais d'eau dans cette ville. Durant un déjeuner particulièrement sinistre en terrasse où des mouches ne cessent de venir se poser sur sa salade thon-tomates anémique arrosée de mayonnaise, la Mère reconnaît qu'elle a un peu bâclé la préparation de ce voyage. Le Père rappelle à tout le monde qu'ils descendent de l'unique survivante d'un naufrage et qu'ils sont en *Espagne*, pour l'amour du ciel, ne peuvent-ils pas juste savourer leur chance ? Le Fils, qui se sent visiblement un peu coupable, se force à avaler un morceau de tomate et réprime un haut-le-cœur. La Fille fantasme sur le serveur et l'imagine en train de lui faire un doigté aux toilettes.

Les Parents persévèrent. Il le faut. Ils vont voir *Guernica*. Ils prennent le train à grande vitesse pour aller visiter Grenade et l'Alhambra, obligent leurs enfants à poser avec des lions en pierre. La température chute, phénomène rare en cette période de l'année, mais ce brusque épisode de fraîcheur est un soulagement pour les touristes. Ils assistent à un spectacle de flamenco dans une cave, après quoi le Père se ridiculise adorablement en tentant de recréer les mouvements. Il fait danser sa Fille avec lui dans la rue, ce qu'elle accepte. Cet événement, aussi mineur soit-il, n'est en fait que le début.

Après cette soirée, le Fils demande à manger du riz blanc : c'est la première fois qu'il réclame un aliment depuis des mois. Résultat, la famille se retrouve souvent à manger dans des restaurants chinois miteux, et les triples problèmes de traduction qui s'ensuivent inévitablement donnent lieu à des sketches qui font rigoler tout le monde, personnel y compris, tous sont hilares, au point que le Père en pleure de rire et relève ses lunettes sur son front. La Fille se souvient : ça alors, mais oui, Papa est *humain*, comme nous. Ce soir-là, elle reste avec son frère. Ils perfectionnent leur imitation du commandant Cousteau. Son frère lui avoue qu'elle lui a beaucoup manqué durant l'année. La Fille dit : « Ouais, je sais. » Ils font des mots croisés ensemble. Ils remplissent deux grilles et un acrostiche.

Le lendemain soir, ils prennent une belle photo de famille au sommet de San Nicolas au crépuscule, avec la lumière orangée qui se reflète sur l'Alhambra et l'illumine de l'intérieur comme une lanterne. La Fille médite, amusée, sur l'homonymie du mot « grenade ». La ville lui semble soudain aussi mûre, rouge et mythique que le fruit lui-même. Des hippies font de la musique sur des instruments bricolés, et la Fille et son frère dansent un tango au son des flûtes. Les Parents s'embrassent – longuement. « Ça marche », songe tout le monde sans oser le dire à voix haute. Ce qui prouve la fragilité et l'incrédulité que ce moment leur inspire : leur bonheur familial flotte timidement, telle une éphémère bulle de savon.

Et en effet, le voyage en Espagne aurait peut-être été un succès sans l'incident de la table.

Après la photo, toute la famille va dîner. Il est vingt-deux heures, encore un peu tôt selon les horaires espagnols. Le restaurant est vide. Le Fils n'arrive pas à choisir sur le menu. La Fille est gênée par ce silence. La Mère lui demande si elle va bien. « Ouais », lui répond-elle sèchement. Plus que quelques jours avant la fin du voyage ; le retour à New York pèse déjà au-dessus d'elle.

La Mère dit qu'elle a une question à lui poser.

« Oh oh », commente le Père.

La Mère, dans un élan de bonne volonté et de sagesse tout droit sorti des guides parentaux, demande à la Fille si elle n'aimerait pas, de retour chez eux, prendre rendez-vous avec le psy hors de prix du Fils. Ils n'ont jamais reparlé de cette histoire d'exclusion du lycée, mais la Mère pense qu'une séance de thérapie serait un bon point de départ.

La Fille résiste, sans méchanceté. Pour l'instant. La Mère insiste avec ses gros sabots, sans se laisser décourager par ses réponses sèches et monosyllabiques. Gonflée à bloc par la complicité familiale de ces derniers jours, elle voit là une occasion unique de tendre la main à sa fille. « C'est si merveilleux de te voir sourire à nouveau, dit-elle. Je ne sais même plus à quand remonte la dernière fois. » La Mère a laissé ses petits patients mourir à l'autre bout du monde pour se retrouver ici, avec sa famille cabossée et dysfonctionnelle, dans ce restaurant désert, bien avant l'heure locale du dîner, avec sa Fille qui ne sourit jamais et son Fils anorexique. De toute évidence, elle est au bout du rouleau, ses yeux sont cernés, son mascara constelle ses pommettes comme les taches de rousseur d'un cadavre.

Bien que la Fille songe dans son for intérieur qu'une séance de psy lui ferait le plus grand bien, elle ne supporte pas la gentillesse de la Mère. L'agitation new-yorkaise lui manque. Elle a envie de se défoncer. De faire l'amour. Elle n'a pas envie d'aller en thérapie. Elle n'a pas envie d'aller *mieux*, parce que cela signifierait qu'il y a un problème chez elle.

Alors elle crache sa réponse : « C'est pas parce que je baise avec tout le monde que je suis malheureuse. »

Bien sûr, la Mère se met à pleurer.

La Fille jette un coup d'œil à son frère. Il fait tourner sa cuiller dans son bol de soupe, son autre main serre le poing sur la table. Elle ne se rappelle pas la dernière fois où elle l'a vu manger un repas complet. Ses veines sont bleues, ses joues creusées. Il perd ses cheveux blonds, mais un fin duvet tapisse ses bras. La Fille se sent soudain furieuse. Elle en a ras le bol de ce cirque, ras le bol de mater l'assiette de son frère pour vérifier combien de bouchées il avale, ras le bol de cette surveillance permanente, elle n'en peut plus de bouffer au restaurant chinois alors qu'il y a partout des montagnes de *jamón ibérico*, de fromage de chèvre, de miel et de paella dont elle respire les parfums. C'est si dur que ça, franchement, d'avaler un foutu gaspacho ?

Le gène du naufrage gronde au fond de son estomac. La Fille regarde la Mère droit dans les yeux.

« Sam voit un psy depuis qu'il est né, lui assène-t-elle, et regarde le résultat ! »

Le Fils cesse de jouer avec sa nourriture. Il repose sa cuiller dégoulinante de soupe en laissant un archipel de taches sur la table. Il se lève. Il traverse la salle, se met à quatre pattes et disparaît sous une table. Les serveurs échangent des regards affolés. La nappe tremble, puis s'immobilise. *Rideau.*

Le Père félicite la Fille d'avoir mis la moitié de la famille en larmes. Il s'y joindrait volontiers, ajoute-t-il, s'il n'était pas aussi déshydraté. Il règle l'addition.

« Merci, ministre des Finances », raille la Fille.

La Fille a conscience qu'elle doit changer. Plus que tout le reste, plus que sa famille, elle est écœurée par la personne qu'elle est devenue. Elle sait que ce n'est pas difficile de dire un mot gentil de temps en temps. Par exemple : « Merci, maman, je crois que tu as raison, je prends bonne note de ton conseil. » Elle sait que quand son frère et elle regagneront leur chambre, elle devrait se blottir sous la couette avec lui, lui prendre la main et lui dire que tout va s'arranger, qu'elle est là pour lui, promis juré.

À la place, de retour à l'hôtel, la Fille fait le mur pour rejoindre le réceptionniste. Il se prénomme Elio. Chez lui, dans son appart miteux, elle découvre un futon noir occupé par trois gros types défoncés, ses colocataires, devant une tenture bordeaux déchirée au milieu et révélant un mur de stuc beige derrière. Aux pieds de la Fille est enroulé un chat gris perle à l'oreille rongée par une sorte de champignon ; une vilaine zone à vif et croûteuse s'étend juste derrière. La Fille regarde la croûte et la désigne à Elio. Il lui répond que c'est un chat de gouttière, pas de quoi en faire un plat. Ils fument.

Quand le hasch commence à faire effet, la Fille pète un câble.

Le chat a besoin d'un traitement antibiotique. Elle le dit à Elio, qui lui répète que c'est juste un chat de gouttière. Elle insiste, l'animal doit être soigné. Il souffre. Elle traite Elio de « méchant propriétaire de chat », ce qui lui apparaît sur le moment comme la pire insulte possible (connaissant la Fille, et de quoi elle est capable, ça en dit long sur son état de défonce). Mais elle lui crache ces propos à la figure. Elio la dévisage. Le chat miaule. Les oreilles de la Fille se mettent à siffler tellement elle crie. Elle ne s'en rend même pas compte.

Il y a un silence. Puis Elio éclate de rire.

Dans sa tête, la Fille se voit comme si elle flottait au-dessus d'elle-même : une adolescente en train d'engueuler un parfait inconnu chez lui, à Grenade, à cause d'un chat de gouttière, pendant que sa famille ne trouve pas le sommeil dans un hôtel deux kilomètres plus loin.

Quand elle regagne enfin leur chambre, son frère a disparu.

APPARITION

Sept heures du matin, un samedi brumeux du mois d'août, groggy par le manque de sommeil, brûlante de désir et m'attendant à voir *Liv Liv Liv*, j'ai d'abord pris mon frère pour une apparition – pas même une apparition de mon frère, ni d'un fantôme, mais de *moi-même*. Bêtement, j'ai pensé que quelqu'un avait placé un miroir devant la porte et que c'était mon propre reflet que j'avais devant moi, cheveux ultracourts et blond cendré, éreintée par mon ménage intensif, les yeux à la fois éteints et brillants d'amour, le cœur battant sous le coton fin de mon tee-shirt de l'aquarium de Lyric.

Puis mon reflet a bougé. Et il a parlé :

– Dis surtout rien aux parents. Tu m'en veux ? M'en veux pas, s'il te plaît.

– *Sammy ?*

– Salut.

Il m'a saluée d'un geste timide en souriant, lèvres closes, comme il le faisait depuis qu'il avait un appareil dentaire. Je n'avais pas vu ses dents depuis deux ans.

– Violette ? T'es fâchée ?

Je n'étais toujours pas sûre qu'il soit réel. Quand j'ai tendu la main vers lui, je m'attendais plus ou moins à ce qu'elle traverse son corps. Mais ce n'était pas un fantôme, Sam était bien là, en cette frisquette matinée dans le Maine, planté devant moi, presque aussi grand que moi. Je l'ai serré dans mes bras et il sentait les pins, la sueur et le Coca Light. Les os de son épaule saillaient sous mes doigts. Mon frère était là. *Mon frère était là.*

– Aïe ! Violette. Tu me broies les côtes.

Je l'ai relâché. Il avait à la fois beaucoup changé et pas du tout : mêmes yeux verts d'animal en fuite, mêmes pieds tournés en dedans, mêmes épaules voûtées. Mais ses cheveux étaient plus longs, bouclés au creux de la nuque, et son visage d'elfe s'était un peu épaissi. De nouvelles taches de rousseur constellaient l'arête de son éternel petit nez de lapin.

– Tu as tellement grandi.

– Je n'ai pris qu'un centimètre et demi depuis la dernière fois qu'on s'est vus.

– Quoi ? Mais non. Tu fais presque ma taille !

– Je mesure un mètre soixante-dix-sept. Je faisais un mètre soixante-douze en juin dernier.

– Non, je n'y crois pas…

– Ils nous mesurent, tu sais ? Chaque semaine. On a droit à la pesée. Tu ne devais pas trop faire attention avant mon départ.

Il a enfoui ses poings dans les poches de son sweat à capuche, le regard passant d'une direction à une autre, sans se poser sur moi. C'était bien lui, aucun doute.

– Sam, que se passe-t-il ? Tu as des ennuis ?

– Non. Enfin, peut-être. Maintenant que je suis ici. Ça ne fait rien.

Je repartais déjà à l'intérieur quand je me suis retournée. Il restait immobile sur le pas de la porte.

– Entre, voyons !

– T'es sûre ? Toby est là ?

– Parce que tu comptais rester planté dans l'allée toute la matinée ? Entre, je te dis.

Dans la cuisine, on s'est assis chacun d'un côté de l'îlot central. Sam avait les traits tirés sous la lumière un peu trop vive, des cernes comme des Chamallows, mais il ne semblait pas aussi stressé qu'à son habitude. Il avait l'air plus fort. Plus solide.

– Ça sent bon, ici, a-t-il fini par déclarer.

– Cupcakes. Et confettis en sucre.

J'ai eu envie de le prendre à nouveau dans mes bras, de le serrer si fort qu'il ne pourrait plus jamais repartir. Le soir de sa fugue en Espagne, il avait pris un taxi pour l'aéroport. La Guardia Civil l'avait retrouvé là-bas, en train d'essayer de modifier son billet de retour. Il voulait juste être dans un endroit qu'il connaissait, avait-il expliqué.

– Sam, comment es-tu arrivé jusqu'ici ?

Était-ce un fugitif, un ado recherché ?

– J'ai pris le bus. (Lui qui était à peine capable de prendre le métro seul pour se rendre au collège, que dire d'une ligne de bus inconnue traversant deux États !) C'est pas très compliqué, Violette, j'ai juste acheté un billet. Mon compagnon de chambrée me couvre. Personne ne remarquera mon absence avant le milieu de matinée. C'est quoi, tout ce matériel ? C'est pour le *Lyric* ? Vous y allez ce week-end, c'est ça ?

Il s'est mis à fouiller dans le carton de Liv. Il a fait la grimace en reniflant la manche d'une des combinaisons avant d'exhumer les palmes au plastique grignoté. Du coin de l'œil, j'ai aperçu un couteau posé sur le plan de travail. Il allait falloir que je sécurise cette maison pour Sam, que je planque les lames de rasoir et les cachets. Du moins jusqu'à ce que je sache comment gérer cette foutue situation. Du moins jusqu'à ce qu'on appelle nos parents.

Car il faudrait bien le faire.

Sam a enfilé les palmes sur ses mains. On aurait dit une otarie.

– Tu crois que vous allez vraiment plonger ? Genre, entrer dans l'eau et nager jusqu'à l'épave ?

Nous n'avions qu'un an d'écart, mais il faisait si jeune. J'ai senti un truc se briser en moi comme une brindille trop sèche.

– Sam. *Arrête.*

– T'es fâchée ? a-t-il couiné, et je l'ai senti à deux doigts de se retirer en lui-même, de s'éloigner de moi.

– Sam, tout va bien. Mais dis-moi ce qui se passe. Je veux savoir ce que tu fais ici.

– C'était trop ennuyeux, là-bas. Pas juste ennuyeux-on-s'ennuie. Ennuyeux comme au fond d'un trou. C'était bien, au début, je me sentais mieux, j'ai même repris l'habitude de manger, mais j'ai ensuite senti que j'étais prêt à quitter cet endroit. Je crois que je suis guéri, maintenant.

Sa voix s'est brisée ; elle était plus grave que dans mon souvenir.

– Ton psy est du même avis ? Pourquoi n'en as-tu pas parlé à quelqu'un ? Genre à papa et maman ?

– Tu l'aurais fait, toi ? m'a-t-il répliqué. Au même moment, j'ai reçu ton mail. Je n'avais pas consulté ma messagerie depuis des siècles – je ne reçois que des trucs débiles du collège – et *bam*, un mail de toi, et ça m'a fait comme un déclic ! Tu semblais si triste. Moi aussi, j'avais envie d'être avec toi. Tout à coup, j'ai réalisé que c'était possible. Il me suffisait d'acheter un billet de bus. (Il a haussé les épaules et regardé ses pieds.) Bref, me voilà.

– Il faut qu'on prévienne les parents.

– Non, Vi, je t'en supplie, ils vont trop stresser !

– Ils vont stresser de toute manière quand ils verront que tu es parti.

– Tu voulais que je vienne, non ? Ce sera juste pour un jour, grand max. Tu vis de grandes expériences. Je veux de l'aventure, moi aussi. J'ai déjà raté tant de choses… tout ça parce que je suis né avec ce cerveau à la place du tien…

J'ai bien observé son visage, son air implorant. N'avais-je pas ardemment souhaité sa présence ? C'était pour lui que je recherchais le *Lyric*. Et à présent, il était là…

– Je peux savoir au moins quel bus tu as pris ?

Son visage s'est illuminé.

– Trois bus différents, en fait. Des lignes locales. Le premier est passé me prendre derrière une banque, le deuxième devant un centre commercial, et le troisième... c'était un peu bizarre... le précédent m'avait plus ou moins largué au bord de l'autoroute, et là j'ai flippé. Mais un type est arrivé, je lui ai demandé s'il savait comment aller à Lyric et il m'a fait : « Ouais, t'inquiète, c'est le bon bus. »

Il portait toujours les palmes au bout de ses mains. Je l'aimais tant.

– Là-dessus, tiens-toi bien... Je lui ai demandé où il allait et il m'a expliqué qu'il était pêcheur de homards, c'était trop cool ! Il m'a raconté un tas d'histoires sur ses expéditions en bateau – il n'avait rien d'un pervers, fais pas cette tête – et là-dessus, le bus est ARRIVÉ ! Comme par miracle ! On s'est assis chacun à une place différente, mais ça ne faisait rien, hein, et puis il m'a donné sa carte au moment de descendre en me disant qu'ils avaient besoin de recruter des gens intelligents, alors pourquoi pas, j'en sais rien, je ferai peut-être ça l'été prochain. Violette, arrête de me regarder comme ça, j'ai grandi à New York, je sais reconnaître les dépravés, sans doute encore mieux que toi.

Il a croisé les bras, sur la défensive. Je lui ai fait un doigt d'honneur, bien méchant, pile sur le *R* de son tee-shirt AQUARIUM DE LYRIC.

– Eh, s'est-il exclamé en se frottant le torse de sa main palmée, qu'est-ce qui te prend ?

Ouf. Sam était réel. Il était bien là. Je n'avais pas perdu la boule.

– Le voyage m'a coûté seulement six dollars soixante-quinze, a-t-il conclu fièrement.

– Il faut qu'on appelle papa et maman.

– Non, Violette, pitié...

Un crissement de pneus sur le gravier. « Toby. »

– Vite, cache-toi !

Je l'ai attrapé par le poignet et on a grimpé les marches quatre à quatre jusqu'à ma chambre en abandonnant les palmes dans l'escalier. On venait à peine de refermer derrière nous quand la porte d'entrée a claqué. La voix de Toby a résonné à travers la maison :

– Violette ! T'es là ?

– Entre, ai-je soufflé à Sam en lui désignant ma penderie.

– C'est quoi, tous ces manteaux de fourrure ? a-t-il commenté en se glissant entre les visons alignés sur leurs cintres.

– Violette ! s'époumonait Toby.

– J'en sais rien, Sam, tais-toi !

J'ai refermé la porte juste à temps. Toby a déboulé dans ma chambre, le regard fou, le teint cireux, encore affublé de son tablier de boulanger.

– Je viens d'avoir ta mère au téléphone. Tu n'aurais pas de nouvelles récentes de ton frère ?

Mon oncle n'était qu'à un ou deux mètres de ma penderie, et la porte bâillait. De l'endroit où je me trouvais, je devinais la silhouette de Sam, planqué au milieu des fourrures.

– Il ne s'est pas présenté au petit déjeuner dans son centre. Apparemment, il a laissé un message pour dire qu'il prenait un car. Pour New York. Tout le monde va se mettre à sa recherche, et on va contacter la compagnie de bus, mais… et je ne dis pas ça pour t'alarmer… ce n'est jamais bon quand le rescapé d'une tentative de suicide décide de fuguer. Il ne t'a rien dit ?

– Non.

– Merde, a-t-il lâché avec la violence du désespoir.

Je me suis rappelé la promesse que je lui avais faite dans la voiture, au petit matin, sur le parking de l'aquarium : si j'avais besoin de son aide, je devais me confier à lui. C'était à ce genre de situation qu'il pensait.

– Sam passe son temps à disparaître. Souviens-toi, en Espagne. Il est très doué pour jouer à cache-cache. C'est toujours lui qu'on retrouvait en dernier quand on jouait aux sardines. Je suis sûre qu'il va bien. Il n'a juste pas envie qu'on le retrouve.

J'avais dit ça pour le rassurer, mais Toby m'a dévisagée d'un regard perçant. Savait-il que je lui mentais ?

– Écoute, il faut que je retourne à la boulangerie. Mais laisse bien ton téléphone allumé, au cas où il essaierait de te contacter. Si tu as de ses nouvelles...

– Je te tiens au courant, ai-je répondu.

– Violette, c'est vraiment très sérieux.

Toby ne savait pas. Il était fou d'inquiétude. Mes parents devaient se faire un sang d'encre. Je me suis contentée d'acquiescer, de peur que mes paroles me trahissent, et j'ai regardé mon oncle s'en aller.

Il était hors de question que Sam nous accompagne en mission. Et tant pis s'il en mourait d'envie ou si le monde était injuste. Sa déception serait immense, mais je l'avais déjà déçu tant de fois... une fois de plus ou de moins, qu'est-ce que ça changerait ?

J'ai rouvert les portes du placard et allumé la lumière. Sam se tenait plaqué contre les manteaux de fourrure, et il souriait. De toutes ses dents. Un sourire franc, radieux, absolu.

– On se croirait dans *Narnia* ! Tu vois, Violette, c'est déjà l'aventure !

Ses bagues ont étincelé dans un rayon de lumière comme des bijoux. Il avait pris trois bus. Il voulait travailler sur un chalutier. Je pouvais lui offrir en vrai des choses qu'il avait seulement lues.

– Et je meurs de faim, aussi... on les goûte, ces cupcakes ?

Changer d'avis tenait parfois à peu de chose.

Chère maman, chers papa et Toby,

Nous allons bien. Ne vous fâchez pas.

Sam n'est pas à New York, mais nous sommes ensemble. Nous prenons la route vers le nord et serons de retour d'ici demain après-midi. Je promets de vous appeler très vite. Sam est conscient qu'il risque d'être privé de sorties à vie dès son retour. C'est juste que pour l'instant…

Pour l'instant, on a une mission à accomplir. Nous ne sommes même pas sûrs de trouver ce que nous cherchons – ce sera difficile, peut-être insurmontable – mais nous pensons qu'en nous y mettant à deux, avec nos regards complémentaires, nos deux brillants cerveaux et nos cœurs d'aventuriers, peut-être, je dis bien peut-être, trouverons-nous la réponse à la question qui nous hante.

Nous vous aimons très fort tous les trois. Désolés de vous causer des frayeurs.

Bisous,

Sam & Violette.

P.-S. : Maman, sois cool avec Toby. Il n'y est pour rien.

P.P.-S. : Toby, sois cool avec toi-même. Tu n'y es pour rien non plus.

P.P.P.-S. : Vous savez pourquoi l'océan ne s'ennuie jamais ? Réponse : parce qu'il ne manque pas de sel.

P.P.P.P.-S. : C'était une blague d'océanographes.

P.P.P.P.P.-S. : Je suis sûre qu'on en rira ensemble, un jour…, dit-elle en croisant les doigts.

– Tu réfléchis trop, a dit Sam. (Il m'a pris mon stylo des mains, a rayé tous les post-scriptum et déposé la lettre au milieu du puzzle, là où Toby la verrait à coup sûr.) N'es-tu pas la reine de l'évasion ?

– Je n'ai pas dormi de la nuit. Je suis totalement à côté de mes pompes.

– Il faut toujours dormir. Tu sais ce que le manque de sommeil peut faire à ton cerveau ?

Il a pris une énorme bouchée de mon cupcake, répandant une pluie de miettes sur le puzzle et mon rude labeur. Était-il possible de se sentir *trop* à l'aise ?

Il a tendu la main vers la dernière version du livret de *Cousteau !*

– *Le Tango de la Calypso* ? a-t-il lu tout haut.

– Ne touche pas à ça, ai-je dit d'un ton sec.

– Pardon, a fait Sam en levant les mains en l'air comme un criminel.

– C'est moi qui m'excuse. Vas-y, tu peux le lire.

– Non, je ne veux pas. (Il a soulevé une pièce du puzzle – un morceau de ciel – et l'a insérée à la bonne place du premier coup.) Tu étais une excellente Dorothy.

– J'avais douze ans. Personne n'est bon, à cet âge-là. Excepté Yael Dwyer, qui reste à ce jour le meilleur épouvantail que j'aie jamais vu.

– Mais c'est toi qui es montée sur scène à Broadway, a-t-il

rétorqué en disposant une autre pièce. Tu te souviens de la fois où tu m'as fait visiter les coulisses...

– Moi ? Non, jamais.

– Pas à Broadway. Au lycée. Tu m'as emmené en coulisses et on a regardé la Méchante Sorcière de l'Ouest enlever son maquillage. Elle avait de faux ongles, tu m'as fait enfiler une main et je t'ai fait enfiler l'autre. C'est le détail qui m'est resté. Ces ongles noirs. Je devais tourner les pages de mes livres avec mes paumes. Tu sais que j'ai encore tes souliers rouges ?

– Non...

J'avais besoin d'un café.

– Dans mon placard. Maman m'a appris à marcher avec. Elles ne me vont plus, mais je les trouve tellement jolies ! Et puis, elles me font penser à toi. (Il a désigné la montre à gousset, qui me servait désormais de presse-papiers. Je l'avais ôtée de mon cou quand j'étais avec Liv, et posée sur la table quand elle était partie.) Tu permets ?

– Bien sûr. Voyons si tu réussis à défaire le nœud. Je vais nous faire du café.

Les traits de Sam se sont éclairés. Tant mieux. Accros à la caféine, unissez-vous.

J'ai lancé la cafetière. Mon estomac me faisait l'effet d'une succession de rouages grinçants. L'épave. Tous les deux. Sam ici. Allait-il vraiment mieux ? Il avait meilleure mine, en tout cas. Et nous allions partir en mission ensemble. J'avais fait l'amour avec Liv. Liv. Épave ? Liv. Sam. Sexe.

– Qu'est-ce qui t'a empêchée de dormir ? m'a demandé mon frère, soudain debout derrière moi.

– Hum... (Il avait certainement dû entendre des rumeurs au bahut, mais nous n'avions jamais vraiment évoqué ma vie amoureuse. Pour la première fois, j'avais envie de me confier à lui.) J'étais avec une fille.

– Bonasse ?

– Sam !

– Oui ou non ?

– Je n'en reviens pas que tu dises des choses comme ça !

– Pourquoi ? C'est une vraie question. (Il a sorti de sa poche un paquet de chewing-gums à la menthe et me l'a tendu avec un sourire narquois.) Tiens, t'en auras besoin si tu sors avec une meuf bonasse.

J'ai regardé sa main.

– Je croyais que c'était interdit de mâcher du chewing-gum quand on portait des bagues ?

– Tu n'as pas le monopole de la rébellion, chère sœur.

La cafetière a ronronné pour acquiescer. J'ai pris un chewing-gum et l'ai glissé dans ma poche arrière.

– Pour plus tard, ai-je précisé. Ne dis rien à Liv. Elle nage en plein chaos. Sa situation familiale est compliquée. Ses parents sont très sympas, mais…

– On a vraiment les meilleurs parents du monde, tu sais ?

Oui. Je le savais.

– C'est la première fois que tu me confies un vrai secret, a-t-il poursuivi.

– On devrait ériger un monument pour fêter ça, ai-je rétorqué en songeant à Fidelia et à ses galets.

Premiers secrets. Un chewing-gum à moitié fondu. Les dents de Sam. Si on continuait comme ça, on allait bâtir une plage secrète rien qu'à nous, et que même le gène du naufrage ne pourrait pas détruire.

Sam s'est assis par terre, adossé à l'îlot central, en agrippant ses chevilles.

– Il y a donc Liv. Et Orion. Tu m'as parlé de lui dans ta lettre.

– Et aussi Mariah et Felix.

– Ça fait beaucoup d'amis, dis donc.

– Quatre.

Je ne savais pas si ce chiffre confirmait ou infirmait ce qu'il venait de dire.

Il a tiré sur un bout de caoutchouc qui se décollait de sa basket.

– Au centre, il y avait un groupe de trois filles qui faisaient le mur pour aller en ville et fumer. Elles se surnommaient les Triplettes. Elles ont piqué tout le stock de fil dans la salle d'activités manuelles pour être les seules à pouvoir se faire des bracelets, et je sais que ça n'a pas l'air bien méchant comme ça, mais crois-moi, c'était une violation des règles de la vie en communauté ou quelque chose dans ce goût-là.

J'ai regardé la cafetière. Je n'aimais pas du tout la direction que semblait prendre ce monologue.

– Durant l'un de mes rendez-vous d'étape, j'ai raconté à notre coordinatrice que je me sentais un peu exclu. Je l'ai juste glissé comme ça, en passant. Sans en faire tout un plat. Mais elle a aussitôt organisé une réunion de groupe sur le thème des bandes. Elle prononçait le mot en mimant des guillemets en l'air, comme si elle croyait que ça lui donnait un air plus intelligent. « Les "bandes" sont préjudiciables à notre guérison, les "bandes" ne sont pas admises dans notre communauté. »

– Ces filles m'ont l'air de parfaites connasses, Sam.

– Ne dis pas ça. C'est un vilain mot.

Sa voix se faisait plus aiguë, plus familière. J'aurais aimé qu'il redevienne un étranger.

– Bref, l'une des Triplettes, leur capitaine ou je ne sais quoi, lève la main, avec tous les bracelets qui prennent la moitié de son avant-bras, et elle déclare qu'elle ne voit pas de « bandes » autour d'elle mais plutôt des amis, que les amis sont essentiels au processus de guérison et, en disant ces mots, elle me fixe du regard. Tout le monde fait : « Ben ouais, on est amis », mais la coordinatrice insiste : « Certains ne sont pas de cet avis », et là les autres comprennent que le problème vient de moi.

J'ai oublié la cafetière et je suis allée m'asseoir à côté de lui. Les galets commençaient à s'amonceler au fond de nos poches, lourds, bien réels.

– Elles m'ont détesté, après ça, les Triplettes.

Il faisait passer la montre d'une main à l'autre.

– Les gens qui te détestent ont bien tort, Sam.

– C'est ce que disent toujours papa et maman, mais tu ne comprends pas… Cette façon qu'elles avaient de… (Il a baissé la tête et parlé à ses genoux.) Elles me faisaient un peu penser à toi, en fait.

Les coutures de mes poches ont craqué d'un seul coup, sans crier gare, et mes galets se sont répandus par terre. L'un a atterri sous le four, perdu pour toujours.

– Ça veut dire quoi, ça ?

– Rien. J'en sais rien. Désolé.

– Ça veut dire que je suis une connasse ?

– Non, je t'en prie, *pas ce mot* ! L'une d'elles était sympa, des fois, quand on la prenait à part…

– Sam, je veux que tu sois là, avec moi. Tu as entendu Toby, comme il était inquiet ? Papa et maman sont rongés par l'angoisse. J'ai promis de ne pas les appeler, je fais tout ce que tu me demandes…

Il se recroquevillait à mesure que je parlais, serrait ses genoux de plus en plus fort tel un bernard-l'ermite s'efforçant de rentrer dans sa coquille.

– Tu m'en veux. Ne te fâche pas, Violette. J'ai horreur que tu te mettes en colère.

– C'est *toi* qui es en colère contre moi !

– Je n'aurais pas dû venir…

Les articulations de ses doigts devenaient blanches à force de serrer la montre.

– Sam, non. Ce n'est pas ce que je voulais dire. Ne t'énerve pas…

Il a rabattu sa capuche sur sa tête.

– Je m'excuse de t'avoir dit ça, Violette, vraiment. Pardon, pardon…

– Cool, calme-toi.

– Je n'aurais pas dû venir, je n'aurais pas dû venir. (Sa voix était étouffée, étranglée.) Je suis désolé. Désolé. Désolé…

– Sam…

J'ai posé mes mains à plat sur ses épaules et je les ai écartées au maximum, comme pour lui donner la carrure d'Orion. Sam n'avait pas fermé l'œil de la nuit. Moi non plus.

– Chhhhut, ai-je chuchoté. (Ma voix était comme un mélange de celles de nos deux parents et de Toby.) S'il te plaît.

J'ignorais à qui – ou à quoi – s'adressait cette prière.

– Vi, il faut que tu me croies, je ne voulais pas dire ça. J'ai juste besoin d'être seul.

– Et moi, j'ai trop peur de te laisser pour le moment, ai-je répondu.

Ces mots sont sortis tout seuls, sans que je sache d'où ils venaient.

– Je ne bougerai pas, a dit Sam. Je le jure. S'il te plaît. C'est promis. J'ai changé.

– Dix minutes chrono, alors.

J'ai pressé ma main dans son dos avant de la retirer, telle une grenouille arboricole prenant son élan pour passer d'une branche à l'autre, laissant derrière moi une trace de matière gluante, de poussière et de café, mixture magique qui allait lui remonter le moral, maintenant et pour toujours.

L'air frais du dehors m'a fait un bien fou. Le silence était agréable. Je devais être encore plus sensible au calme que ne l'était mon frère.

Au bout de six minutes sur les dix du temps convenu, la voiture de Liv a déboulé dans mon champ de vision et ça m'est devenu égal de vivre à Times Square le restant de mes jours. J'avais ouvert la portière côté passager et grimpé sur le siège avant même qu'elle coupe le moteur

– Je ne t'avais jamais vue bondir comme ça, a-t-elle commenté.

– Salut, ai-je répondu en ôtant sa main droite du volant pour la prendre dans la mienne. C'est arrivé pour de vrai, dis ? Je veux dire… ça continue. Toi et moi.

– Ça continue, oui. Je le sais, parce que je viens de passer les cinq heures les plus longues de mon existence.

Je me suis penchée vers elle tout en l'attirant vers moi. Le levier de vitesse s'est enfoncé dans mon ventre à l'instant où mes lèvres ont rencontré les siennes au goût tabac, café et dentifrice mentholé, mon corps liquide, en fusion, nous deux en train de nous embrasser, c'était si doux, si réel. Durant mon Année de la déglingue, j'avais rarement embrassé la même personne plus d'une fois ; sobre, la liste était encore plus courte… j'aurais pu les compter sur les doigts d'une seule main. Deux fois *et* sobre ? Ça relevait de l'exploit. J'avais connu un paquet de lèvres, mais jamais aussi intimement : celle du bas charnue, celle du haut plus fine, l'espace qui se formait entre elles quand elles se séparaient.

– Tu as un goût sucré, m'a-t-elle dit.

– J'ai fait des cupcakes.

– Une vraie petite pâtissière.

Je lui ai mordillé la lèvre du bas.

– Je veux mémoriser ton visage. Surtout ta bouche.

– Je vais te faire l'inventaire. La carte détaillée de mes lèvres. Le coin gauche s'affaisse un peu. Et j'ai un bouton de fièvre récurrent ici, un an qu'il s'incruste sans arrêt, j'espère que tu t'y habitueras.

Elle m'a planté une rafale de baisers sur la bouche, en coup de vent. Ils étaient chouettes aussi, ces petits bécots pour rire, surtout lorsqu'ils devenaient sérieux, quand nos langues se mêlaient et que je me sentais prête à tout – *tout* – pour ne jamais plus m'arrêter de l'embrasser, plus de Sam, du balai, que ceci soit la seule chose au monde, cette *Liv*, ce sentiment de se retrouver dans un autre être…

Je me suis figée.

Ce n'était pas la réalité. La réalité, c'était mon frère, en train de flipper tout seul dans la cuisine. La réalité, ce n'était pas seulement s'embrasser. La réalité, c'était difficile et ça demandait du boulot.

– Que se passe-t-il ?

Liv était pantelante. Un frisson m'a parcourue ; je lui avais coupé le souffle.

– Mon frère est ici.

Elle a désigné l'extérieur.

– Ici, genre, *ici* ?

– Il nous accompagne à Aguecheek. Mes parents ont voulu me faire une surprise.

Je n'aimais pas l'idée de lui mentir, mais je n'avais pas vraiment le choix.

– Heureusement qu'Orion a un minivan, a-t-elle déclaré simplement avant d'effleurer la peau sous mes yeux. (Je devais avoir des cernes, bouffis et violets.) Tu te sens bien ? Tu es contente de le voir ?

– Oui. Non. On est déjà en train de s'engueuler. Il a l'air en forme. Mais c'est pire, du coup, parce qu'il est différent, et moi aussi. On sait pertinemment qu'on ne devrait pas se balancer toutes ces horreurs à la figure, mais c'est plus fort que nous.

Liv s'est gratté la clavicule. C'était la première fois que je la voyais faire ce geste devant moi. Elle se laissait partout sur le corps des marques rougeâtres que j'avais envie de caresser avec le pouce pour les apaiser. Je voulais tout apprendre d'elle.

– J'aimerais te le présenter, ai-je dit.

– Je serais heureuse de le rencontrer.

– Il est très timide.

À vrai dire, il devait encore jouer les bernard-l'ermite sur le carrelage de la cuisine.

– Je sais qu'il a beaucoup morflé, a dit Liv.

– Si ça se trouve, il ne t'adressera même pas la parole. Ne le prends pas pour toi, OK ?

– Promis, m'a-t-elle assuré.

J'avais tellement envie de la croire.

– J'ai peur de ne jamais trouver les mots justes avec lui, ai-je avoué.

– Peut-être que ça n'existe pas, les mots justes. Il n'y a que des mots, dans leur infinité, et il faut tous les essayer.

Sam n'était plus dans la cuisine. Le monde a explosé. Puis Liv a pris ma main.

« Trois bus. Respire à fond. Du calme. »

– Sam ? ai-je lancé avec appréhension.

– Je suis là ! m'a-t-il répondu depuis la salle à manger (et soudain, tout s'est remis en place, comme par un claquement de doigts à la Mary Poppins). J'ai réussi !

– Réussi quoi ?

– Si on allait voir ? m'a suggéré Liv.

Une pensée terrible m'a traversée : et si Sam et Liv ne s'appréciaient pas ? Pire encore : si Liv me regardait interagir avec mon frère – la vraie moi, la mauvaise sœur, la New-Yorkaise, l'ingrate – et décrétait qu'elle n'avait plus jamais envie de m'approcher ?

– Violette ? a crié Sam.

On est entrées dans la salle à manger. Mon frère n'était plus un bernard-l'ermite. Il était assis à table, totalement absorbé par quelque chose, et s'est animé en nous voyant. D'une main, il tenait la montre de Fidelia ; de l'autre, l'émeraude. Séparées. Enfin démêlées.

– Tu as réussi, ai-je lâché dans un souffle.

Ses yeux étaient rougis, son petit nez de lapin tout rose, mais il avait bonne mine. Il parlait. Il avait défait la boule, puis le nœud.

Son regard s'est fixé derrière moi.

– C'est toi, Liv ?

– Oui. Bonjour, Sam.

Elle lui a tendu la main. Sam n'avait jamais aimé les poignées de main – « Quelle horreur, devoir toucher des inconnus, disait-il, sans parler des microbes ! » Mais il a accepté la sienne, timidement.

– Toi, mon ami, tu as une poigne solide, a commenté Liv.

– Pas comme un poisson mort, lui a-t-il répondu.

Elle a ri.

– Sam, lui ai-je demandé, comment as-tu réussi à défaire ce nœud ? Tu ne réalises pas la mesure de ton exploit, ça fait des semaines que j'essaie en vain.

– Tu exagères, a-t-il marmonné. (Sa voix était plus retenue en présence de Liv, mais il parlait quand même.) C'est juste que tu n'avais pas la patience.

– Tu m'étonnes ! a soupiré Liv.

– Elle ne finit jamais un seul livre, a ajouté Sam.

– Tu aurais dû voir à quelle vitesse elle a failli envoyer balader notre enquête sur le *Lyric* ! Elle n'aurait jamais fait tout ça sans nous. (Liv a laissé l'émeraude retomber sur la table et brandi la montre.) Si je croyais aux présages, je dirais que celui-ci est excellent. Felix pense que la montre dégage une énergie particulière, Violette affirme qu'elle porte bonheur… Tout ce que je sais, c'est que c'est la tienne, désormais, a-t-elle déclaré à Sam. Tu devrais la porter. Après tout, il y a un *S* gravé dessus.

Elle a ouvert la chaînette et Sam a penché la tête, comme s'il se faisait adouber. La montre a rebondi contre son torse, et mon frère (vision incroyable) a pris la pose en battant des cils.

Comment les choses pouvaient-elles se dérouler aussi… quel était ce mot, déjà… aussi *bien* ?

– Resplendissant, a commenté Liv. Vous êtes prêts ? L'Apogée nous attend.

Sam a opiné et glissé la montre sous son tee-shirt.

– C'est qui, S ? a-t-il demandé.

– Tu poses toutes les bonnes questions. Viens, je te brieferai pendant le trajet.

Elle a pris mon frère par le coude et l'a entraîné vers la porte en papotant, comme si discuter avec lui était la chose la plus naturelle au monde.

Nous avons retrouvé Orion en équilibre sur le pare-chocs de l'Apogée, le visage rubicond, en train de sécuriser l'attache du bateau sur le toit et de donner des instructions à Felix et Mariah, qui mimaient un combat d'épées avec les tendeurs. Sam et Liv avaient passé tout le trajet en voiture à dialoguer sur le thème des épaves pendant que je les écoutais depuis la banquette arrière, ébahie. Je n'avais pas entendu mon frère s'exprimer aussi spontanément depuis des mois. Entre ça et ses dents, c'était déjà une journée à marquer d'une pierre blanche.

– Waouh, a lâché Liv en voyant le trio réuni autour du bateau. C'est bien réel, on y va !

Une pensée m'a frappée. Avec la force d'une prophétie. Sam était là. Liv était là. Les étoiles étaient alignées dans le ciel : le *Lyric* n'attendait plus que nous.

Quand Liv est descendue de voiture, Mariah et Felix ont poussé de petits cris.

– Je croyais que tu ne venais pas ! s'est exclamée Mariah en la serrant dans ses bras.

– Ils ont tous l'air vieux, a commenté Sam.

– Orion va entrer en terminale, les autres ont pile mon âge.

– C'est donc moi le plus jeune…

– Mais tu n'en as pas l'air, ai-je répondu d'un ton agacé.

Maintenant qu'on était tous là, je n'avais plus qu'une envie : prendre la route. On allait retrouver l'épave. Sam ne le voyait-il pas ? S'il nous accompagnait, on allait la retrouver à coup sûr, Liv serait admise à Oxford, Orion sauverait peut-être l'aquarium… et tout s'arrangerait entre nous. Entre mon frère et moi.

– Ils ne vont pas te manger, ai-je ajouté.

– Je ne devrais peut-être pas venir.

J'aurais voulu que Liv revienne ; elle seule savait murmurer à l'oreille de Sam. Un mantra, voilà ce qu'il me fallait. Les mantras n'avaient-ils pas le don d'apaiser, de recentrer les gens sur leurs priorités ? « Sois douce comme Liv, sois douce comme Liv, sois douce comme Liv… »

– Écoute. Si tu te sens mal, demande à Liv de te raconter l'histoire de Lyric. Tout le monde râlera, mais tu auras droit à un cours particulier. OK ? Vas-y, dis-le devant moi.

– Quoi, pour m'entraîner ?

– Pour apprendre tes répliques.

– Je suis un ado dépressif, pas un gamin de cinq ans.

La personne qui a inventé les mantras était clairement fils ou fille unique.

– Viens avec nous, je t'en prie. J'ai envie que tu sois là.

Apparemment, cela a suffi pour que le déclic s'opère. Il est sorti de la voiture, étape 1 réussie. Je n'aurais pas cru que le fait de me tenir debout au milieu d'une allée de garage me ferait un jour l'effet d'une victoire.

– Salut, tout le monde ! Je vous présente, Sam, le frère de Violette, a dit Liv. C'est pour lui qu'on part à la chasse à l'épave ! Sam, voici Orion, Mariah et Felix.

Mon frère a juste eu le temps de marmonner un vague « salut » avant que la conversation s'emballe :

– Un autre descendant de Fidelia ! s'est écrié joyeusement Felix.

– Quelle fête pour toi, Liv, a renchéri Mariah.

– Tu ne t'imagines pas à quel point.

– Oh, Sam, tu m'autorises à te tirer les cartes ? a demandé Felix.

Là-dessus, Mariah l'a ligoté avec un tendeur. J'ai repensé à ma première soirée avec eux : ils m'avaient paru si complices, et j'avais eu si peur de ne jamais m'intégrer à leur petit groupe.

– Ils sont sympas, je t'assure, ai-je murmuré à mon frère.

– Quelqu'un pourrait venir m'aider, par pitié ? a lancé Orion, qui galérait pour fixer le bateau sur le van.

J'ai accouru de l'autre côté du toit pour faire un nœud du mieux possible. Lorsqu'on est redescendus à terre, Orion m'a demandé :

– Alors comme ça, t'as un frangin ?

Ne lui avais-je donc jamais parlé de mon frère ?

– Bonjour, a-t-il lancé à Sam.

Ce dernier a aussitôt blêmi. Nul n'était à l'abri de la beauté du dieu des Sourcils.

– Vous vous ressemblez vachement, a commenté Mariah.

– Fraternels, mais monozygotes, a dit Felix.

Gloire à eux : quand on était petits, Sam adorait raconter partout qu'on était jumeaux.

– Les gens nous confondaient vraiment, autrefois. Pas vrai, Sammy ?

Il n'avait pas encore desserré les dents. J'aurais voulu qu'il raconte lui-même ces détails de notre enfance : nos coupes au bol identiques, nos sacs à dos assortis, nos tenues coordonnées.

Mais Sam n'avait pas saisi la perche que je lui tendais. Il évitait même de me regarder.

– Liv, a-t-il lancé d'une petite voix, tu voudrais bien me raconter l'histoire de Lyric ?

Comme prévu, Felix et Mariah se sont mis à ronchonner. Liv a eu un sourire radieux et ouvert la portière arrière de l'Apogée.

– Veuillez entrer dans le bureau de la professeure Stone.

J'ai ouvert la portière avant, prête à repousser l'habituelle montagne de détritus pour pouvoir m'asseoir, mais rien : toutes les saletés avaient disparu. Le siège et le sol avaient été nettoyés à l'aspirateur. L'habitacle sentait bon le citron.

– En parlant de surprises..., a déclaré Orion.

– Moi aussi, j'ai fait le ménage toute la nuit.

– Les grands esprits, etc.

« Tu n'as pas la moindre idée de ce qui se passe entre Liv et moi », ai-je pensé.

– Allez, on démarre ! a crié Mariah depuis la banquette arrière. Avant que quelqu'un me voie monter dans le van d'un inconnu et prévienne mes parents !

– Prêts ? a lancé Orion.

Sam était en pleine conversation avec Liv. Tout allait très bien. Le seul signal qui manquait au départ, c'était le mien.

– Prête, ai-je répondu.

Ma dernière vision familière a été celle de Frieda, croisée sur la route à six kilomètres de la sortie de Lyric, la tête droite, en train de revenir de sa séance de running. Bientôt, elle n'a plus été qu'un point au loin, puis elle a disparu. Notre mission pouvait commencer.

– On est partis ! (J'ai martelé le tableau de bord et je me suis retournée sur mon siège.) On est partis, les gars !

– Interdiction de perturber le chauffeur ! a protesté Orion au milieu des applaudissements et des exclamations de joie.

– Vous imaginez, si on retrouve *vraiment* le bateau ? ai-je lancé.

– Ah bon, on le recherche pour de vrai ? a répondu Mariah. Je croyais que c'était juste une excuse pour aller picoler dans la forêt.

– Bien sûr qu'on le recherche pour de vrai ! a dit Liv. On a le bateau d'Orion, des combinaisons de plongée, des palmes !

– Je suis sûr à cent pour cent que quelqu'un a pissé dans cette combi, a grommelé Felix.

« Ça va ? » ai-je articulé silencieusement à l'attention de Sam, qui a levé les yeux au ciel comme si j'étais sa mère.

– Si on ne trouve pas le bateau, pour moi, ça ne fait rien, a déclaré Liv. Mais si on le trouve...

– Bienvenue à Oxford, a complété Orion.

– Oxford ? s'est récrié Felix. Mais non, Hollywood ! Vois les choses en grand, Liv !

– Personnellement, je suis partante pour Hollywood, a rétorqué Mariah. Mais les sorcières sont-elles censées être attirées par la célébrité ?

– Nous vivons dans une société capitaliste, a analysé Sam.

Felix a applaudi.

– OUI ! Même les sorcières ont besoin d'argent !

– Tu as dit quoi à tes parents ? a demandé Liv à Mariah.

– Que j'étais chez toi. Et toi ?

– Que je partais camper avec Orion.

– Un grand classique. Ann t'a refilé des capotes avant que tu partes ?

Dans le rétroviseur, j'ai vu Liv s'empourprer violemment. J'ai fixé la route droit devant moi, submergée de désir à la pensée de son corps contre le mien. « Regarde les pins, regarde les pins, ne pense pas à sa bouche, ni à ses mains, ni aux endroits où elles sont allées... »

– Arrête ça, Mariah, a dit Orion. C'est nul.

– Ouais, pardon. Je sais que tu incarnes plutôt une figure paternelle pour Liv.

– C'est clair ! a ricané Felix en tapotant l'épaule de Sam. Attends d'entendre les blagues d'Orion et son humour à la papa.

– Elles ne peuvent pas être pires que celles de Violette...

– Ton frangin vient de te tuer ! a chantonné Felix.

– J'accepte la critique, ai-je répondu.

Dans le rétroviseur, j'ai vu le rougissement de Liv s'estomper. Tant mieux.

– Je ne suis pas une figure paternelle, a grommelé Orion. Violette, tu aimes ce morceau ?

Il avait allumé la radio. Sa mixtape secrète, ai-je réalisé. C'était une chanson dans le style punk à roulettes, avec de petites voix féminines qui parlaient de whisky pas cher et de bonbons trop acidulés. « *Picking flowers on LSD. This song's good and it sets me free*[1]. » Le regard de Liv a croisé le mien dans le rétro et je me suis autorisée à repenser à la nuit dernière, à laisser mes souvenirs s'attarder sur les siens.

– J'aime bien, ai-je dit. J'aime vraiment bien.

À une heure de route d'Aguecheek, on s'est arrêtés pour faire quelques courses dans une station-service miteuse qui vantait son café à soixante-quinze cents, ses articles de pêche et ses appâts bien frais. Un épais brouillard humide s'était installé, et j'ai frissonné en descendant du van, malgré le coupe-vent de Toby. On avait tous parlé non-stop durant le trajet, boostés par la musique, le sucre, l'énergie de groupe. La fraîcheur du dehors et la brume m'ont soudain fait prendre conscience de mon état de fatigue. J'avais fait une nuit blanche.

1. « Cueillir des fleurs sous LSD / Cette chanson est bonne et elle me libère. »

– Vous saviez qu'on appelait cet endroit la côte Fantôme ? a dit Felix.

– Merci, on a tous grandi ici, a répondu Liv.

– Pas tous, a nuancé Sam.

– Il faut *absolument* que j'aille faire pipi ! a crié Mariah en écartant Felix de son chemin.

– On devrait s'acheter de la vraie nourriture, pas seulement des cupcakes, ai-je suggéré.

– Du café, a ajouté Sam.

– Du café, oui ! a grogné Felix.

Sur le chemin de la supérette, mon téléphone a vibré un million de fois sous une avalanche soudaine de SMS. On devait se trouver dans une microzone de réception cellulaire. J'ai pensé ce que je pensais toujours dans ces cas-là : qu'il y avait eu une fusillade, un attentat, qu'un de mes proches était mort dans un crash d'avion. En réalité, c'était une succession de messages affolés de la part de mes parents et de Toby. « Appelle-nous immédiatement. Violette, où es-tu ? Violette, réponds-nous. Violette. On arrive par le prochain vol. »

J'ai répondu : « Tout va bien. »

Puis j'ai éteint mon téléphone pour la première fois depuis le mois de juin.

– Un admirateur secret, en plus de ton frère secret ? a voulu savoir Orion.

– Juste mes parents.

La tête me tournait un peu, et je me suis assise sur le pare-chocs de l'Apogée. J'avais besoin d'un sandwich à la dinde. De protéines.

– Tout va bien ?

– Oui.

Mes parents ne me pardonneraient sans doute jamais. Mais, au moins, je faisais à Sam le cadeau d'une grande aventure.

– J'espère que ton frère s'amuse bien, a poursuivi Orion en

venant s'asseoir à côté de moi. Dis, Violette, pourquoi n'étais-je même pas au courant que tu étais la sœur de quelqu'un ?

– Comment ça ?

– Je ne comprends pas. J'ai partagé tant de choses avec toi à propos de Liv, de Will… et de Louise, et du chant des baleines… de l'amour… Bon sang, tu sais tout ou presque de moi. Tu crois que je me confie comme ça au premier venu ? Je te trouve exceptionnelle.

J'ai baissé les yeux. Je n'avais rien d'exceptionnel. Je lui mentais. Une flaque d'essence s'étendait à mes pieds : irisée, amorphe. Si je la touchais du bout de l'orteil, je me transformerais peut-être en créature hideuse et repoussante, et Orion me verrait telle que j'étais vraiment.

– Écoute, je n'essaie pas de t'obliger à me confier tes secrets les plus intimes et inavouables. Mais parfois, j'ai l'impression que… tu gardes tes distances avec moi. De toute évidence, il se passe plein de choses dans ta vie. Ta crise de panique, ta colère l'autre jour à l'aquarium… Tu peux tout me dire. J'avais le sentiment qu'on devenait plus proches, toi et moi. Ou n'était-ce qu'une impression ?

– Non, pas du tout.

Je ne rêvais peut-être plus de l'embrasser, mais il avait raison : on s'était rapprochés. En tout cas, il s'était rapproché de moi. Et je m'étais rapprochée de Liv.

– Violette, je n'avais pas du tout prévu de te le dire ici et maintenant…

Ce ton dans sa voix – la sonnerie aux morts.

– Mais parfois, je crois qu'il faut dire les choses quand on les ressent…

« Non. Tais-toi. »

– Je t'aime beaucoup.

Mon cœur s'est décroché pour atterrir sur le bitume. Le muscle a continué de battre hors de moi, charnu et répugnant, encore plus beau que la flaque d'huile. Électrique. Celui de Liv.

– Je t'ai fait flipper dans la niche de nivation. Je sais. Je me suis fait flipper, moi aussi. Mais là, c'est différent. Ça fait beaucoup de choses à digérer pour toi, le moment est mal choisi, ça pue l'essence et on va bientôt reprendre la route, mais il fallait que je te le dise avant d'exploser.

– Je sais ce que tu ressens.

C'était la stricte vérité.

– Vraiment ? a-t-il répondu d'un ton hyper soulagé.

Étais-je censée rectifier son erreur ? Orion était mon âme sœur musicale. Je ne voulais pas le blesser.

Liv et Sam sont ressortis de la supérette, affublés de nouveaux couvre-chefs et sautillants de joie. Liv portait un bonnet turquoise avec un élan rose brodé et surmonté d'un pompon assorti ; Sam, quant à lui, arborait une casquette de camionneur indiquant THE PINE TREE STATE[1]. La petite partie mesquine et suppliante en moi n'a pas pu s'empêcher d'espérer qu'ils en aient aussi acheté un pour moi.

– Je sais que tu n'as pas envie d'être en couple en ce moment, a insisté Orion, donc je n'attends rien, mais… tu crois que toi et moi, un jour… ?

Ils ont posé devant l'enseigne du magasin d'articles de pêche avec leurs nouveaux accessoires, et Sam a pris selfie sur selfie. Pourquoi était-ce si difficile de dire non ? « Je veux être ton amie, rien de plus. » Pourquoi fallait-il que les gens se vexent ? Pourquoi fallait-il que je lui fasse du mal ?

– Je n'ai vraiment pas la tête à ça en ce moment, lui ai-je répondu.

Il a opiné, faussement stoïque. J'avais adouci ma réponse, mais

1. L'État du Pin : surnom officiel de l'État du Maine.

je ne lui avais pas dit ce qu'il voulait entendre. Je regardais Sam et Liv faire les idiots. J'aurais voulu qu'on s'achète tous des casquettes débiles et qu'on soit heureux comme au putain de pays des Bisounours. Orion y compris.

– Quand je serai vieille et toute fripée, peut-être, ai-je ajouté.

– Je te fabriquerai une jolie canne, m'a-t-il répondu avec une telle tendresse que j'ai compris que je venais de commettre une erreur.

Je ne pouvais pas lui en vouloir. Pas plus que je ne pouvais blâmer mon gène du naufrage. Le désastre qui s'annonçait serait entièrement ma faute.

Le site où nous avions décidé d'établir notre campement était désert et situé tout au bout d'une étroite route en gravillons sans le moindre panneau, en lisière d'une forêt de pins qui semblait bel et bien hantée. L'océan s'ouvrait juste derrière les arbres, mais le brouillard était si dense qu'on ne voyait même pas à un mètre devant soi. Les oiseaux faisaient du bruit dans les arbres et je les imaginais dotés de crocs, gros comme des koalas. Je me sentais exactement comme lors de mes premières soirées pyjama : j'avais tellement pleuré que mes parents avaient dû venir me chercher au milieu de la nuit. Je voulais revoir l'aquarium, je voulais revoir mon oncle, je voulais mon lit. Je voulais faire le puzzle avec Liv et Sam. Pourquoi l'aventure ne pouvait-elle jamais se dérouler chez soi ? Un puzzle, n'était-ce pas aussi une grande expérience ?

– C'est si paisible, ici, avec les grenouilles, a commenté Sam.

– Tu fais des bains de forêt, je parie ? Ouh, j'ai une idée : si on se baignait tous à poil, plus tard ?

J'ai jeté un coup d'œil à Liv, mais elle observait les arbres.

– Ça me fait bizarre de me retrouver ici, a-t-elle déclaré.

Évidemment, elle pensait à son frère. Comment avais-je pu l'oublier ?

– Will serait heureux de voir qu'on est revenus, tu ne crois pas ? Tu domines ses peurs à sa place, a dit Orion.

L'aisance avec laquelle il venait d'inviter Will avec nous, parmi les arbres, m'a bluffée.

Une grotte s'est peu à peu dessinée dans la brume, révélant un couple de campeurs dans la cinquantaine ; ils avaient déjà planté leur tente, installé leur réchaud et entreposé leurs deux kayaks contre des pins. La femme nous a salués d'un geste sec, mais l'homme s'est contenté de nous fusiller du regard. De toute évidence, la compagnie de six adolescents ne les réjouissait guère.

– Est-ce qu'on doit leur dire qu'on est bien élevés ? a chuchoté Felix.

– Bien élevés, mais bruyants, a précisé Mariah en agitant une bouteille de rhum dans notre direction. Yo, oh, oh !

– Yolo oh, a raillé Felix.

Elle lui a flanqué un coup de pied dans le mollet.

J'ai allumé mon téléphone, juste pour vérifier. Pas de réseau. Ce n'était que pour une nuit. On serait de retour le lendemain. Ces gens étaient mes amis. Mes parents me manquaient. J'avais le mal de chez moi. J'ai soudain compris l'envie de Sam de s'enfuir, de partir loin.

Liv a désigné une trouée entre les pins, derrière le campement des kayakistes.

– On ne le voit pas pour l'instant, mais il y a un sentier, là-bas. En le suivant vers la droite, on tombe sur un chemin qui mène à un point de vue imprenable sur la baie. Tu pourras enfin admirer le navire de guerre, Violette.

Je me suis raccrochée de toutes mes forces à ces paroles : un galet supplémentaire, ce bateau qui réapparaissait comme la comète de Halley, cette excursion avec Sam et Liv.

– Tu vas venir avec nous, hein ? lui a demandé mon frère.

Elle a fait non de la tête.

– Je connais par cœur. Et Violette m'a déjà vue randonner… Je suis un cauchemar ambulant.

Elle ne voulait pas nous accompagner. Avait-elle changé d'avis à mon sujet ? Elle avait affirmé que c'était réel, entre nous, mais elle avait peut-être menti. Je mentais bien sans arrêt… Liv avait peut-être démasqué la menteuse en moi, compris que j'étais au bord des larmes sans raison, que j'étais un gros bébé, une personne moche, que j'embrassais mal, trop fort et trop vite…

– Faut que j'aille pisser d'abord, a dit Sam.

– Ne t'éloigne pas trop ! lui ai-je lancé tandis qu'il s'enfonçait entre les arbres, et il m'a fait un doigt d'honneur.

– Vous êtes trop mignons, a dit Mariah en allant prêter main-forte à Orion et Felix pour l'installation des tentes.

La brume continuait à s'épaissir, au point que je me suis retrouvée isolée avec Liv. « Elle ne veut pas de toi. Tu es une mauvaise sœur. Une mauvaise amie. » Les voix de la côte Fantôme me soufflaient des mots insidieux.

– Tu es sûre de ne pas vouloir nous accompagner ?

– Allez-y tous les deux. Sam est venu pour te voir.

– Je sais, mais…

– Tu fais une de ces têtes, Violette. Que se passe-t-il ? Tu ne crois pas que vous avez besoin de vous retrouver un peu seuls, tous les deux?

Elle a froncé les sourcils. Elle sentait le tabac, alors que je ne l'avais pas vue allumer une seule clope de la journée.

– Si, bien sûr. Mais…

– Mais ?

– Cette matinée a été un calvaire avant ton arrivée. En plus…

– Quoi ?

– Il t'apprécie plus que moi, ai-je lâché du bout des lèvres.

– Violette, c'est pour toi qu'il est venu.

– Je sais, mais… vous vous êtes acheté des chapeaux…

Elle a enlevé son bonnet pour me l'enfoncer sur le crâne, une main posée sur ma poitrine, l'autre suspendue à la tirette de la fermeture éclair de mon coupe-vent. Un battement d'ailes de colibri m'a chatouillé la gorge.

– Violette, ce n'est qu'un bonnet. C'est facile pour moi parce que je suis nouvelle dans sa vie, donc je ne le connais pas aussi bien que toi. Mais tu es sa sœur. On est tous dans le même bateau. Ce n'est pas un concours, a-t-elle insisté. L'amour n'est pas quantifiable.

J'ai acquiescé. Le bonnet me tenait bien chaud, il sentait le parfum de ses cheveux et estompait la voix des fantômes.

– Vas-y avec Sam, a-t-elle conclu. Crois-moi, il a besoin de ta présence. Ce n'est pas une excursion très longue, et je serai là à votre retour. Promis.

Elle m'a embrassée dans la brume, très vite. Cela m'a redonné du courage.

Dans la forêt, l'air était humide et les arbres immenses. Plus on progressait, Sam et moi, et plus le sentier semblait grimper en falaise : le paysage sur notre gauche s'est dérobé peu à peu pour devenir un à-pic au-dessus de l'océan. C'était drôlement escarpé, mais je savais que ça vaudrait le coup de voir enfin ce navire de la guerre de l'Indépendance qui apparaissait et disparaissait telle une éclipse.

– Vous êtes amoureuses, Liv et toi ? m'a demandé Sam tout à coup. Désolé… C'est trop personnel, comme question ?

J'ai avalé une bouffée d'air de la pinède. Ici, au milieu des arbres, c'était plus facile de ne pas s'énerver.

– Tout est différent, avec elle. Pour commencer, on se parle.

– Je l'aime bien.

– Merci.

Nouveau silence. Sam avait le souffle court. Avait-il ingurgité autre chose que du sucre et de la caféine, aujourd'hui ? J'aurais dû mieux le surveiller.

– J'ai lu ta comédie musicale, m'a-t-il avoué, un peu haletant.

– Je te l'avais interdit !

– Non, tu as fini par m'y autoriser, souviens-toi. De toute façon, tu ne me l'aurais jamais montrée. Tu es tellement secrète...

– Pas du tout !

– Si, Violette. Tu ne dis pas la moitié de ce que tu penses. Tu es introvertie. Tu gardes tout pour toi.

– Je ne suis pas introvertie. Maman dit toujours que je remplis l'espace.

– Ça ne veut rien dire. Regarde comme tu as l'air fatiguée, fuyante et misérable après avoir passé des heures dans un van avec tes copains bruyants. On se ressemble plus que tu ne le crois.

Avait-il toujours été aussi clairvoyant, ou était-ce moi qui ne voyais rien ?

– Tu devrais continuer à travailler sur *Cousteau !* J'ai bien rigolé en lisant le livret.

– Alors aide-moi. Après tout, tu as réussi à finir *Le Guide du chasseur de trésors sous-marins*.

– Pas toi ?

– Tu m'as déjà vue aller au bout de quelque chose ?

– Je me demande comment tu as validé ton évaluation d'anglais de fin de troisième.

– Est-ce qu'ils trouvent de vrais trésors, dans ce bouquin ?

– Pas vraiment. Essentiellement de la camelote.

Typique.

Les arbres se sont espacés et le chemin a débouché sur une vaste esplanade dominant la baie. À l'orée de la pinède était érigé une sorte de banc constitué de grandes dalles de pierre, et Sam et moi avons grimpé dessus pour contempler l'océan. Le brouillard se levait, révélant une constellation d'îles déchiquetées aux rivages abrupts et rocailleux. Devant nous, au loin, de l'autre côté de l'immensité bleue, s'élevaient les blanches falaises de calcaire de Fabian's Bluff.

Mon cœur s'est serré. La baie était *immense*. Il y avait tant d'îles, tant de recoins à explorer. Jamais nous ne retrouverions le *Lyric* dans une telle étendue.

– C'est ça, les épaves dont parlait Liv ? a demandé Sam en désignant un vieux remorqueur échoué sur la plage, un machin rouillé recouvert de graffitis roses.

Cette plage à elle seule recelait mille et une cachettes : la côte traçait une ligne irrégulière, disparaissait par endroits sous les rochers pour se redéployer plus loin, créant une succession d'anses et de criques dentelées.

– Guerre de l'Indépendance, on t'a dit.

– Je ne parlais pas du remorqueur. Regarde, à côté.

– Près du morceau de bois flotté ?

– Non, le bois flotté, *c'est* l'épave.

J'ai sorti les jumelles de théâtre de ma poche – celles que j'avais trouvées une nuit à Seal Cove. L'image était floue, le verre méchamment rayé. Ça ne ressemblait pas du tout à un bateau. Plutôt à des souches d'arbre, surgies du sable comme des dents pourries et mal espacées. L'usure du temps avait réduit l'ancien navire de guerre à une série de moignons.

J'ignore ce que je m'étais imaginé. Peut-être un bateau mouvant. Comme si, après tout ce temps, les épaves jaillissaient du sable, tels d'immenses bateaux fantômes.

Je me sentais tellement idiote.

Ces épaves n'avaient rien de magique, évidemment. Et le *Lyric* non plus.

Sa découverte ne résoudrait pas les problèmes entre Sam et moi. Il allait falloir bien plus que cela. Et je le savais depuis le début, n'est-ce pas ? J'avais juste peur d'affronter cette réalité. Peur de me l'avouer, parce que cela exigeait des efforts.

– Tu parles d'une déception, ai-je murmuré.

– Ah bon ? Je trouve ça cool, moi, a répondu Sam en me prenant les jumelles des mains.

– Sur le chemin du retour, on demandera à Orion de longer la côte.

À la mention du mot « retour », Sam est redescendu du banc. Des herbes hautes poussaient au bord de l'affleurement et il en a arraché quelques-unes avant de les tresser ensemble. Le vent lui ébouriffait les cheveux. Il avait les joues rose vif à cause de la marche.

Mes parents nous déclaraient sans arrêt leur amour, mais je ne crois pas qu'on l'ait jamais fait entre nous. « Je t'aime, Sam. » Pourquoi cela me semblait-il si compliqué ?

– Donne ta main, m'a-t-il ordonné.

Il a noué sa tresse en un délicat bracelet autour de mon poignet. Un minuscule scarabée a remonté le long d'une des tiges avant de mettre le cap vers le pli de mon coude.

– Fais-en un pour toi aussi, lui ai-je suggéré.

Quand il a fini le second bracelet, je l'ai aidé à l'attacher autour de son poignet. Ses veines étaient extraordinairement bleues. J'ai frissonné en songeant à l'extrême finesse de sa peau.

– Parfait, ai-je commenté.

– Non, pas du tout, a-t-il rétorqué en triturant son bracelet. Je sais qu'on fait comme si tout allait bien. Moi, je vais bien. Mais le reste, c'est n'importe quoi. Ce sera toujours pareil.

– Tout va s'arranger, Sam.

– Non. Non, c'est faux. Arrête de dire ça. Tu ne comprends pas, Violette. Tu réussis ce que tu entreprends. Tu es drôle, tu es grande ! Tu te fais des amis où que tu ailles. Je n'ai même pas été fichu de me faire des potes chez les fous.

– Tu n'es pas fou.

– Tu fais tout ça en un claquement de doigts. Vivre. Deux mois ici, et t'as déjà une amoureuse.

– Ça ne compte pas.

– C'est ce qui compte le plus ! Et c'est insultant d'affirmer le contraire. Les gens normaux ont des relations. Les gens normaux vont au lycée. Les gens normaux grandissent. Tu m'imagines à l'âge adulte ?

– Personne ne sait comment il sera plus tard.

– C'est différent. (Il a secoué la tête.) Tout ce que je vois dans mon avenir, c'est que je resterai le même. Pour toujours.

Mon cœur m'a soudain fait l'effet d'une brique. Pour la première fois, je ressentais dans ma poitrine le poids de la tristesse de mon frère. C'était une méduse à qui on demandait de flotter sur la terre ferme. La vie serait peut-être toujours une épreuve, pour lui. Je n'avais rien à dire.

– Parfois, je regrette que Fidelia ait survécu. Si elle s'était noyée, ça aurait évité beaucoup de problèmes à un tas de gens.

– Sam… (Je ne trouverais jamais les bons mots, tout simplement parce qu'ils n'existaient pas. L'essentiel, c'était de dire quelque chose. D'essayer.) Autrefois, je croyais que le naufrage était un gène récessif. Surtout avec papa et maman qui nous rebattaient les oreilles avec l'*accomplissement* et la *persévérance*.

– Nous descendons de *survivants*, a dit Sam en une parfaite imitation de la voix de papa.

L'espace d'un instant, l'illusion a été parfaite, hormis les lunettes. Nous étions tous si douloureusement, si magnifiquement liés.

– Merci, ministre des Finances. Mais je n'ai jamais vu les choses comme ça. Je pensais qu'on avait le désastre inné en nous. Qu'on était maudits.

– Et cet été t'a prouvé le contraire ?

– Loin de là ! Et je ne plaisante pas. Mais est-ce forcément une mauvaise chose ? Qui sait si ce n'est pas une chance, au fond ? Parce que tous ces autres trucs – la chance, la persévérance – sont là-dedans, aussi.

Aucun de nous deux n'a plus parlé. Mais ça n'avait pas d'importance. Écouter, c'était aussi une façon d'essayer.

– Chacun de nous possède trente-deux arrière-arrière-arrière-grands-parents, a soudain déclaré Sam.

– Pardon ?

– C'est mathématique, et c'est exponentiel. Quatre grands-parents, huit arrière-grands-parents, puis seize, puis trente-deux. Fidelia n'est qu'une de nos ancêtres parmi trente-deux.

J'ai tenté de reconstituer l'arbre généalogique dans ma tête, ses branches et ses ramifications, en remontant de nos deux parents. À quoi pouvaient bien ressembler nos arrière-arrière-arrière-grands-parents du côté paternel ? Nous étions faits de tant de gens différents.

– C'est dingue, ai-je fini par commenter.

– En effet.

Nouveau silence. J'ai tendu l'oreille pour m'efforcer de capter les voix de la côte Fantôme, en vain. Il n'y avait plus que Sam et moi, notre respiration, le bruit du ressac. Fidelia avait entendu les mêmes sons. Elle s'était arrachée des griffes de cet océan et échouée sur cette plage avant de marcher, dans le froid, jusqu'à Lyric.

– Parfois, je me dis que le plus fou, ce n'est pas que Fidelia ait survécu, mais qu'elle ait *choisi* de le dire aux autres.

Sam n'a rien dit.

– Elle a d'abord voulu garder le secret. Puis elle a changé d'avis. Pourquoi ? Nul ne le sait. Mais elle n'a soudain plus souhaité être quelqu'un de normal. Elle a souhaité devenir la survivante d'un naufrage. Elle a fait un choix : celui de l'histoire qu'elle voulait incarner. Tu es un être capable de *choix*, toi aussi.

– Sauf celui d'aller mieux, a rétorqué Sam.

– Bien sûr que non. Nous sommes tous le produit de notre ADN, de nos gènes déficients et de tout un tas de trucs pas nets mélangés au reste. Ce que je dis, c'est que nos choix comptent. Faire le choix d'essayer… ça représente déjà quelque chose.

Je l'ai pris par l'épaule, geste bizarre et maladroit, mais nécessaire.

– Sam, le monde est vaste. Il y a de la place pour toi.

Il a hoché la tête, presque imperceptiblement. Il avait pleuré. Moi aussi.

– Je suis contente que tu aies survécu. Maintenant, tu dois *continuer à survivre.*

C'était la première fois que je prononçais ce mot à voix haute. Sam avait survécu. Il avait survécu, et moi aussi. Désormais, nous survivrions ensemble.

La brume était revenue, noyant la baie sous ses nuages.

– Tu crois qu'on va retrouver le *Lyric* ? ai-je demandé à mon frère.

Il s'est mordu les lèvres.

– À vrai dire… notre équipement semble un peu désuet.

Je n'ai pas pu m'empêcher de rire. Il m'avait répondu avec le plus grand sérieux, mais notre entreprise était d'une absurdité totale : comment croire que notre projecteur sous-marin, notre montre à gousset et nos masques nous guideraient avec succès dans les profondeurs jusqu'à une épave cachée là depuis plus d'un siècle ? J'ai donc éclaté de rire, et mon frère aussi – le sien était très beau, enroulé comme une boucle. J'adorais ce son. Cela faisait si longtemps que je ne l'avais pas entendu. Nous avons ri jusqu'à nous en faire mal au ventre. Puis, pendant un long moment, nous avons juste repris notre souffle, inspirant et expirant de concert, tout en essuyant nos yeux du revers de nos mains.

– Tu m'as posé une question tout à l'heure, à propos du commandant Cousteau. De ce qu'il a réellement trouvé au fond de la mer.

– Je t'écoute.

– En fait, ce n'est pas le trésor qui l'intéresse, mais l'aventure. Du moins, c'est comme ça que son équipe voit les choses. Il les appelle les derniers vrais poètes de la mer. Des gens pour qui la *découverte* – le concept de voyage – constitue le trésor en lui-même.

– La quête, ai-je résumé.

– Si tu veux employer les grands mots.

– C'est une manie chez moi.

Mes chansons ne répareraient pas mon frère. Pas plus que la découverte du *Lyric* ou tous les mots justes que je pourrais essayer de trouver. Rien ne nous réparerait, car rien n'était cassé en soi. La seule réparation possible naîtrait de nos efforts pour nous accrocher. La survie était une quête en soi : il nous faudrait choisir de survivre, jour après jour. Il nous fallait échouer sur la rive, et faire ce choix, encore et encore. Il fallait laisser la survie suivre son cours, galet après galet, construire une plage à partir d'un million d'instants minuscules, jusqu'au moment où on pourrait s'interrompre pour regarder autour de nous et songer, par un beau samedi dans le Maine : « Je suis bien contente qu'on soit là. »

– Je suis bien contente qu'on soit là, Sam. Et je t'aime très fort.

– Moi aussi.

Il m'a montré comment coincer de gros brins d'herbe entre mes pouces pour siffler, et on a crachoté sur nos doigts jusqu'à en avoir la tête qui tourne. Le soleil commençait à descendre dans le ciel. On a plissé les yeux pour tenter d'apercevoir des créatures marines dans le brouillard, persuadés d'avoir entrevu la silhouette d'une baleine. Il y avait quelque chose en bas, à coup sûr. Il suffisait de se donner la peine de regarder. Il y avait de la vie, sûrement, si on se donnait la peine de la chercher.

– Hé, a dit Sam, tu ne trouves pas que ce rocher là-bas ressemble à une baleine ?

APRÈS TOUT ÇA...

– J'hallucine..., a commenté Orion.

On était descendus sur la plage, sans Felix et Mariah qui s'étaient portés volontaires pour préparer le dîner. Orion observait l'autre côté de la baie à l'aide des jumelles de théâtre. Sam se tenait juste derrière lui, tremblant d'excitation. Un petit vent s'était levé depuis qu'on était revenus de notre expédition.

Sam a repris les jumelles des mains d'Orion pour me les passer. Au large, à quelques centaines de mètres du rivage, nos yeux ne nous avaient pas trompés : un rocher en forme de baleine surgissait des vagues, qui s'écrasaient tout autour en projetant des gerbes d'eau avant de retomber en un épais tapis d'écume. J'ai fini par comprendre que ce cétacé rocailleux faisait partie d'une barrière naturelle qui protégeait la baie. Comme une digue qui séparait les eaux calmes du grand large.

– De là-bas, je parie qu'on a une vue imprenable sur les falaises, a déclaré Sam. « L'aveuglant mur de blancheur. »

– La direction des courants est concordante, a ajouté Orion. N'importe quel débris en mer finit par échouer ici.

J'ai tendu les jumelles à Liv. J'avais du mal à croire les mots que je m'apprêtais à prononcer.

– Je crois qu'on est au bon endroit.

Elle a ravalé son souffle. Les petites jumelles lui allaient à ravir.

– On dirait bien.

À côté de moi, Sam a fait des petits bonds de joie.

– On peut y aller maintenant ?

– Quoi, traverser cette barrière de rochers sur la coquille de noix d'Orion ? (Elle lui a jeté un regard.) Ne le prends pas mal. Ton bateau serait parfait pour une balade sur une rivière, mais...

– Je sais, t'inquiète. Ce n'est qu'une barque à rames, pas du tout conçue pour affronter l'océan.

– Mais il y a un moteur ! C'est quand même pour ça qu'on est venus, non ? a insisté Sam. Pour retrouver l'épave du *Lyric* ? Hein, Violette ?

J'ai hésité. Les vagues avaient l'air énormes. La mer à cet endroit devait être particulièrement profonde et parcourue de courants sournois si elle avait pu dissimuler la carcasse d'un navire durant près d'un siècle.

– Orion ? Dis-moi ce que tu en penses. C'est ton bateau, après tout.

Il a secoué la tête.

– On va chavirer en deux secondes. Surtout si le vent se lève.

– Mais on doit y aller, a lâché Sam d'un ton incrédule. C'est le but de cette expédition. Pas vrai, Violette ?

J'ai observé les trois personnes qui se tenaient devant moi. Un frère, une amoureuse, un ami. L'épave n'était pas le but en soi. L'intérêt, c'était ce voyage, notre présence ici, ce que nous étions tous ensemble, ici et maintenant.

– Orion a raison.

Le visage de Sam s'est défait.

– Mais... pourquoi ?

– D'abord, parce que c'est trop dangereux. Et puis parce que nous n'avons pas besoin de cette épave. Tu le sais très bien.

Sam n'avait pas besoin de vivre une grande aventure. Il avait besoin d'un bon repas. De ses parents. Et eux avaient besoin de leurs enfants.

– Mais j'ai fait tout le trajet jusqu'ici...

La déception dans sa voix était à fendre l'âme.

– As-tu déjà oublié Cousteau, la quête ?

– Tu as défait le nœud, a renchéri Liv. Tu as trouvé la solution. Tu as réussi là où nous avions tous échoué.

Le visage de mon frère s'est ratatiné d'une façon familière et j'ai redouté l'imminence d'une crise, mais il s'est contenté d'enfoncer ses mains dans ses manches en marmonnant :

– C'est nul.

– Je sais, a dit Liv.

– Mais c'est quand même l'aventure, ai-je ajouté.

Il réagissait bien. Vraiment bien.

– Je vais aider Felix et Mariah à préparer le dîner, a-t-il grommelé.

– Je t'accompagne, a dit Orion.

Ils sont partis tous les deux, nous laissant Liv et moi.

– Ça va, toi ? m'a-t-elle demandé en les regardant s'éloigner. Et ton frère ?

– On a parlé. Ça nous a fait un bien fou. Je mentirais en disant qu'il est au top. Pareil pour moi. Mais ça va aller, je crois.

Orion et mon frère ont disparu dans la pinède.

– Bon, a dit Liv, on fait quoi, maintenant ?

L'obscurité nous cachait presque. Les dunes grimpaient légèrement. On s'est embrassées, mon cœur s'est transformé en vague et je me suis sentie grignotée par le sel. On s'est embrassées, saumons sauvages remontant les eaux tumultueuses d'un torrent.

– Il y a encore un tas de questions sans réponses. Genre, qui était S, et pourquoi Fidelia…

– Violette ? Tais-toi.

Elle embrassait divinement dans le cou.

– Ça ne te tape pas trop sur les nerfs ? Que personne n'ait envie de franchir la barrière de rochers ?

– Non. C'est toi qui me titilles les nerfs…

Ses cheveux sentaient la fumée.

On était couchées sur le sable.

Les algues brunes étaient notre lit.

– On devrait s'arrêter là, j'ai dit.

– Non, pas question.

Son corps pressé contre le mien, ses mains, déjà en train de…

– Liv ?

La petite voix de Mariah.

On s'est aussitôt séparées. Mariah était juste devant nous, les bras chargés de fagots.

Le jour était encore bien plus présent qu'on le croyait.

– Je suis désolée, jamais je n'aurais… Les kayakistes regardaient fixement dans cette direction, je croyais qu'ils avaient… vu un phoque ou… Pardon. Je vous laisse ? Je vais…

– Non, reste, a dit Liv en prenant ma main comme pour me dire « toi aussi ».

Mariah n'a pas bougé, et j'ai failli lui sauter au cou rien que pour ça.

– Livvy, a-t-elle fini par déclarer, tu sais que je me fous de savoir avec qui tu sors.

– Je te l'aurais dit, je te jure, mais c'est arrivé tellement vite, genre hier soir, n'en parle à personne, s'il te plaît…

– Si on en discutait tranquillement ? a répondu Mariah avec calme.

On s'est assises en cercle dans le sable, genoux contre genoux, façon sorcières, ou comme trois fillettes jouant aux sorcières. Liv serrait ma main dans la sienne au point de la broyer.

– Livvy, tu imagines si c'était Orion qui vous avait découvertes ? Ça l'aurait achevé.

– Non. On a parlé tous les deux. Il a lâché l'affaire avec moi. Je t'assure.

– Alors pourquoi ne pas lui dire la vérité ?

– Quelle vérité ?

– Que tu es…

– Mais je ne sais pas ce que je suis ! C'est bien mon problème !

– OK, alors… Dis-lui juste, pour…

Elle nous a désignées toutes les deux. Liv a eu mouvement de recul ; une algue s'était coincée dans ses cheveux, et je l'ai ôtée.

– Je sais, a-t-elle fini par répondre. Et je sais qu'intellectuellement parlant, ce que je m'apprête à dire est ridicule. J'en suis consciente. Je suis intelligente, après tout…

– Nul ne le conteste, professeure Stone.

– Si j'en parlais à Orion, et qu'il ne m'appréciait plus ?

Je ne l'avais jamais entendue parler d'une si petite voix.

– Oh, Liv…

– Et si l'espoir qu'on sorte ensemble était la seule raison pour laquelle il continue à me parler ? Il était un peu macho avant, tu sais ! Will aussi, et ça lui était égal, je crois, mais c'est…

– Will savait ?

– Je pense, a répondu Liv.

Mariah a alors brisé le cercle des genoux pour la prendre dans ses bras. Ça a duré un long moment. J'ai eu le temps de compter deux cent cinquante-six grains de sable et de perdre le compte à plusieurs reprises. Liv a essuyé ses larmes tout en cherchant ma main.

– Tu lui avais dit quoi ? a voulu savoir Mariah.

– C'était idiot. On regardait une émission de télé-réalité avec une fille super jolie et un jour, comme ça, sans crier gare, il m'a demandé si c'était mon genre de meuf, avec cette façon nonchalante qu'il avait de poser les questions. Je lui ai répondu « ouais », sans réfléchir. Mais bon, j'avais treize ans ! On n'en a plus jamais reparlé, donc il ne savait peut-être pas vraiment…

– Liv. J'ai plutôt l'impression qu'il savait et que ça ne l'a jamais empêché de t'aimer.

Sa bouche a tremblé.

– Ce serait pareil avec Orion, tu sais.

J'ai repensé à toutes les fois où j'aurais pu lui dire, moi aussi. N'avais-je pas tout fait pour le convaincre que j'étais strictement hétéro? J'aimais tant sentir l'attention des autres sur moi. La sienne aussi. Ce n'était pas par peur qu'il m'apprécie moins, mais qu'il m'apprécie différemment. Je voulais que son affection reste intacte, inchangée, comme des bocaux de myrtilles scellés durant l'été.

– Et si tu te trompais? a rétorqué Liv. Je sais que c'est irrationnel, mais… et si je perdais aussi Orion? Si mes parents le perdaient? Tiens, Ann et Tom, parlons-en! Quand Felix a fait son coming out, ils n'ont pas arrêté de dire à quel point ses parents devaient souffrir, alors tu penses si ma mère va me détester, elle ne soupçonne pas une seconde que…

– Ann ne pourra jamais te détester, l'a interrompue Mariah.

Liv a secoué la tête.

– Felix avait déjà tout compris à l'âge de dix ans et il a dû subir toutes ces conneries, moi je sortirai peut-être avec un mec un jour, peu importe… en ce moment, j'ai juste envie d'être avec Violette, mais c'est juste le bayou dans ma tête!

– Le quoi?

– Le bayou. C'est comme ça qu'on appelle les marécages en Louisiane.

– Ah, OK. Si tu veux être un marécage, alors sois un marécage. «T'es gay?» «Nan, je me considère plutôt comme un marécage de Louisiane.»

– À bien y réfléchir, j'aimerais autant être un marais du Norfolk…

– Et si on était juste des gens, tout simplement? a soupiré Mariah. J'aimerais préciser que primo Felix n'a pas *tout* compris, loin de là. Tu te souviens de l'époque où il croyait qu'Allyson Wilson était la réincarnation de Mata Hari et qu'il m'envoyait lui acheter des tickets de cinéma à sa place parce que « sa beauté était trop immense pour lui » ?

Liv a ri-pleuré-failli s'étrangler.

– Et deuzio, je sais que Tom et Ann sont des êtres fragiles, mais…

– T'es leur fille, ai-je complété en songeant à Frieda – ou à Fidelia.

– Exactement. Et tertio, mais ça tu le sais déjà, Orion s'en fichera. Je crois que ce sont surtout le mensonge et les faux-semblants qu'il ne supportera pas. (Mariah s'est mordillé la lèvre.) En plus… pour ce que ça change, je crois qu'il est plutôt sous le charme de Violette, non ?

– Je confirme, hélas.

– Je le provoquerai en duel, a déclaré Liv.

– C'est un pacifiste.

– Je plaisantais !

– Violette, a poursuivi Mariah en se tournant vers moi, sache que mon amitié pour toi est purement platonique, mais j'avoue mon admiration totale pour tes sortilèges sexuels. Surtout que tu portes ce même sweat-shirt depuis le jour où tu l'as acheté.

– Je te donnerai des leçons, si tu veux.

– Pas avec ce pull. Je te l'interdis.

– Avec le coupe-vent de Toby, alors ?

– Je suis sûre que ce truc agit dans le sens inverse.

– Liv, est-ce que ça marche ? lui ai-je demandé. Tu te sens mieux ?

– Pas vraiment.

– OK. Alors j'ai une autre proposition à te faire : je ne bougerai pas d'ici. Cette dingue non plus, apparemment.

– Je ne sais plus quoi faire, maintenant, s'est lamentée Liv. Je ne veux pas que notre soirée tourne autour de ça. Ni notre week-end.

– Alors tu voudrais que ça tourne autour de quoi ?

Elle a hésité.

– Je ne sais pas. Je voudrais juste passer un moment normal. Je sais que ce mot est vide de sens, mais c'est la vérité. J'ai envie de conneries débiles qui ne veulent rien dire.

J'ai tendu mes mains vers chacune d'elles, et elles ont regardé fixement mes paumes ouvertes.

– Vous avez déjà joué au jeu de l'énergie ?

– Oh, oui, oui ! s'est exclamée Mariah.

– C'est comme le jeu du pouls ? a demandé Liv.

Elles connaissaient chacune de légères variantes. Nous avons établi nos propres règles et serré nos mains très fort pour accorder nos pouls, jusqu'à ce qu'on aperçoive nos amis en train de traîner une barque à rames sur la plage.

C'est comme ça qu'on s'est retrouvés, tous les six, à pousser la frêle embarcation d'Orion vers les vagues de la baie d'Aguecheek au crépuscule. On a opté pour l'usage des rames plutôt que du moteur. Notre but n'était pas de retrouver l'épave de mon arrière-arrière-arrière-grand-mère, ni de nous lancer dans une grande expédition maritime, on avait juste envie de nager.

Notre équipage biscornu était constitué de deux amis d'enfance, de deux amoureuses, de deux âmes sœurs musicales, d'un frère et d'une sœur enfin réunis, d'un médium amateur et d'un ami très cher. Il était habité par le souvenir d'un frère et d'un meilleur ami, d'un couple d'arrière-arrière-arrière-grands-parents. Il y avait des secrets entre nous, des histoires dont nous ne comprenions pas tous les enjeux. Mais dans la mer, nos fils ne s'emmêlaient pas. Ils se mêlaient harmonieusement les uns aux autres.

Debout dans l'eau jusqu'aux mollets, Orion et moi avons

maintenu le bateau de part et d'autre tandis que Sam et Liv grimpaient à l'intérieur. L'océan est devenu orange, puis rose, puis or.

– À trois, a lancé Orion. Un, deux…

On a poussé. Sam a actionné les rames pour emmener mon amoureuse vers le large, dans le bateau de mon meilleur ami. Felix a plongé pour rejaillir tel un phoque à côté de la coque. Mariah a éclaté de rire.

– Ouuuh, s'est-il écrié, elle est fraîche !

Orion, Mariah et moi – encore habillés, pour l'instant – avons nagé pour les rejoindre et barboté en cercle autour d'eux à la manière d'un banc de dauphins. Au-delà du rocher de la baleine, les vagues se faisaient plus tumultueuses mais ici, dans la baie, nous étions parfaitement à l'abri. J'ai plongé à côté du bateau en retenant mon souffle le plus longtemps possible, émerveillée par la sensation de bien-être que me procurait l'océan. Comment avais-je pu ne pas nager une seule fois de tout l'été ?

Je suis remontée à la surface. Des mains m'ont prise par les bras et hissée à bord de la barque. Orion a plongé ; Sam l'a suivi, Mariah est montée, puis redescendue. Je ne savais même plus qui était dans l'eau ou hors de l'eau, tout allait si vite. Notre embarcation tanguait, mais tout allait bien.

Je n'avais jamais eu d'amis avant, pas comme eux.

Dans la pénombre, nous avons fait un feu et réchauffé nos mains. Orion a joué de l'harmonica, et Sam et Liv l'écoutaient, blottis l'un contre l'autre. Felix a lu les lignes de la main de Mariah. (« Ta ligne professionnelle est forte, ininterrompue… et orientée vers l'ouest », a-t-il déclaré. Mariah a refréné un sourire satisfait.) Liv a fumé cinq cigarettes, bu zéro bière et m'a adressé un clin d'œil qui a amplement suffi à mon bonheur. J'ai siroté du whisky. Mon frère a mangé un Guim-o-choco, puis un deuxième, et j'ai essuyé les traînées de Chamallow mêlées de miettes de biscuit qui lui barbouillaient la figure.

– Aux chasseurs d'épaves, a déclaré Orion en levant sa bouteille d'eau. Et au chant des baleines.

– Aux chercheurs de vérité, a ajouté Liv.

– Aux feuilles de thé, a proclamé Felix.

– Aux minivans, a dit Mariah.

Nous avons continué à porter des toasts : à Fidelia et Ransome. Aux autres passagers du *Lyric*, donc les squelettes avaient été patiemment nettoyés par les poissons. À l'aventure. Nos voix se mélangeaient, méconnaissables : aux casquettes de base-ball, à Patsy Cline. Au whisky, à la fellation et au cunnilingus, à la contraception, aux trésors réels et à ceux qui n'existaient pas, aux sacs de couchage, à l'insecticide, aux mots croisés.

– À la famille, ai-je lancé.

– À la survie, a proposé Sam.

– Vous pourriez parler moins fort ? a hurlé une voix depuis la tente des kayakistes.

– Aux vieux campeurs aigris, a chuchoté Mariah très fort.

On s'est tous écroulés de rire, puis on a éteint le feu et on est descendus sur la plage pour une lecture improvisée de *Cousteau !* à la lumière de nos téléphones portables. Sam avait emmené la dernière version imprimée dans ses affaires.

Cette nuit-là, les événements passés et futurs ne comptaient plus. À cet instant, nous étions les derniers vrais poètes de la mer, et rien n'avait plus d'importance que notre quête.

AU **VOLEUR**

– OK, bande de petits voyous.

J'ai été réveillée brutalement par une voix sèche et inconnue accompagnée du faisceau intrusif d'une lampe torche. À la dernière minute, nous avions renoncé à nos tentes pour dormir à la belle étoile, si bien qu'il m'a fallu une ou deux secondes pour me rappeler où j'étais. L'aube s'annonçait imperceptiblement dans le ciel, déjà passé du noir au bleu marine. Les dernières étoiles jouaient à cache-cache avec les nuages et la lune luisait d'un éclat pâle, comme la pelure desséchée d'une orange. « La côte Fantôme », ai-je pensé bêtement.

– Qu'est-ce que vous avez fait de notre kayak ?

Orion s'étirait tout en protégeant ses yeux de la lumière aveuglante de la lampe.

– Vous voulez quoi, là ?

– Notre kayak a disparu. Ne m'obligez pas à me répéter. Nous avons supporté le bruit. Le chahut. L'alcool entre mineurs. Le feu de camp – pour lequel vous n'avez pas d'autorisation, je parie. Vos petites blagues d'adolescents ne nous intéressent pas.

On avait tous dormi en cercle, la tête au milieu. Mariah était allongée à côté de moi, avec son masque de sommeil brodé d'yeux bleu azur ; Felix était affalé sur le ventre, comme un lamantin. Puis Orion, puis Liv, la belle Liv, encore endormie à mes côtés, ses tresses brouillonnes et défaites.

Mais… mais où était donc… ?

– Sans parler de vos cochonneries sur la plage ! Non merci, nous sommes venus ici pour avoir la paix ! Alors pour la dernière fois, où est notre kayak ?

– Où est Sam ? me suis-je exclamée tout haut.

Le campeur hystérique m'a braqué sa lampe en pleine figure.

– Non, où est mon *kayak* ?

– Quelles cochonneries ? a balbutié Orion en se tortillant hors de son sac de couchage.

– Elles deux, là ! À se tripoter sur la plage !

J'ai secoué Liv pour la réveiller. Durant le bref instant avant de reconnaître la panique sur mon visage, elle m'a regardée d'un air si rêveur et heureux que j'aurais voulu vivre à l'intérieur de son regard pour toujours.

– Sam a disparu, ai-je annoncé.

– Mais non, m'a-t-elle répondu, instantanément réveillée. Il est là.

– Non, Liv. Il est parti. C'est une manie chez lui. Il a fugué en Espagne, il a fugué dans le Vermont…

Felix et Mariah s'arrachaient péniblement au sommeil, grognons et hagards. Orion essayait de calmer l'homme, mais il continuait à brailler :

–Vous allez m'aider à retrouver mon kayak, oui ou non ?

J'ai compris où était Sam.

– Il est parti chercher l'épave.

Liv a rejeté son sac de couchage et enfilé un sweat-shirt.

– Non, a-t-elle insisté, je suis sûre qu'il est là…

– Il est parti à l'assaut des vagues avec le kayak. Liv, il va très mal. Je t'ai menti. Mes parents ne savent même pas qu'il est ici. Il n'a pas toute sa tête. On doit aller le chercher.

– Je t'accompagne, a-t-elle déclaré en prenant ma main. Orion ! Orion ?

Il s'est tourné vers nous deux. Liv a laissé sa main où elle était.

– Il faut qu'on prenne le bateau, lui a-t-elle expliqué. Sam est parti. Seul en mer.

Le regard d'Orion a oscillé entre nous deux, puis vers nos deux mains. Son expression est passée de l'incompréhension au vide total. Puis, à la lueur de la lune, j'ai vu l'incrédulité l'envahir peu à peu. La douleur sur ses traits m'a fait penser à un fruit fraîchement épluché, frais et à vif.

– Je vous accompagne. La barque est encore sur la plage. Liv, cours chercher le projecteur et les gilets de sauvetage dans le van. Violette, aide-moi à transporter les rames. On les prend, au cas où. À trois, on les soulève et on les porte à travers bois. Prête ? Un…

L'homme secouait catégoriquement la tête.

– Vous ne pouvez pas sortir en mer, voyons. Il fait nuit, c'est dangereux…

– Deux…

– Que se passe-t-il ? a demandé Mariah en ôtant son masque de sommeil.

– Trois, a dit Orion.

De toutes les façons dont Orion aurait pu apprendre la vérité, pour Liv et moi, jamais je n'aurais imaginé celle-ci. Je l'avais sous-estimé. Et j'avais honte.

C'était quelqu'un de bien. Un vrai pote. J'avais traité son amitié avec ingratitude, et je n'avais même pas le temps de lui donner l'explication qu'il méritait.

Le vent soufflait beaucoup plus fort à présent, et la baie était si coléreuse que notre embarcation menaçait de se retourner à tout instant. Les vagues s'écrasaient contre la coque. En deux secondes, on s'est retrouvés trempés. Assise à l'avant, je braquais le projecteur dont le faisceau perçait faiblement la lumière grisâtre. On ne voyait presque rien à cause du vent et des embruns. Liv frissonnait à côté de moi, mais je sentais à peine le froid. Nous avions tous enfilé nos gilets de sauvetage. Je n'étais pas sûre que Sam ait eu le réflexe d'en emporter un. C'était un bon nageur, mais l'océan était vaste et noir. Si le kayak se retournait…

Liv a mis sa main sur mon épaule, les traits figés par l'inquiétude, les tresses défaites, ses mèches folles plaquées sur son front. Elle m'a dit quelque chose en hurlant par-dessus le bruit du moteur et le fracas des vagues. J'ai compris les mots que formait sa bouche, j'ai compris qu'elle cherchait à me rassurer, mais je ne ressentais rien d'autre que la peur.

Une pensée horrible m'a traversée. Et si Sam n'essayait pas seulement de trouver l'épave, mais de la rejoindre tout au fond?

– On peut accélérer? ai-je crié en me tournant vers Orion.

– On ne sait pas ce qu'il y a devant nous, m'a-t-il répondu depuis la poupe. Il y a des rochers partout!

– On va y arriver, a dit Liv. On y est, regardez!

Elle a pointé son index. La baleine de pierre se rapprochait à toute vitesse, de plus en plus immense dans les premières lueurs de l'aube. De loin, les jumelles n'avaient pas donné toute la mesure épouvantable de cette impressionnante barrière naturelle : entre chaque rocher, les vagues éclataient et formaient des tourbillons qui ne demandaient qu'à piéger les frêles embarcations comme la nôtre. Il faudrait des talents de navigateur inouïs pour les franchir. Et une fois cette épreuve passée, nous nous retrouverions seuls face au grand large. Dans une simple barque qui se remplissait peu à peu d'eau salée.

Retrouver l'épave du *Lyric* signifiait en créer une autre.

Une vague s'est abattue sur nous et le bateau a violemment tangué. Orion a attrapé les bretelles du gilet de sauvetage de Liv pour l'empêcher de tomber. Un bruit atroce a résonné, comme une sorte de grattement. Le jour naissant sentait le gas-oil. Les embruns et le vent me fouettaient le visage tandis que j'essayais désespérément de fixer mon regard au-delà de la baleine de pierre, vers l'océan, son immensité et rien d'autre.

– On continue. Il faut qu'on franchisse ces rochers !

Une main sur le moteur, Orion s'efforçait de stabiliser le bateau au milieu des vagues.

– Vi, tu ne vois que le sommet de l'iceberg. Il y a d'autres rochers en dessous de nous... On va se fracasser dessus, à coup sûr !

– On n'est même pas sûrs qu'il soit là, a renchéri Liv d'une voix aussi douce que possible dans ce vacarme. On n'est même pas sûrs qu'il ait pris le kayak, après tout !

– Si oui, il a sûrement pris peur et fait demi-tour, a dit Orion.

– Partons d'ici, a supplié Liv, et j'ai soudain perçu le désespoir dans sa voix. C'est trop dangereux !

– Violette, ce bateau n'est pas fait pour ça !

Ils ne comprenaient pas : Sam voulait casser la chaîne de la survie, la nôtre, celle qui remontait jusqu'à Fidelia. Je maintenais le projecteur vers l'océan noir au-delà des rochers. Ils avaient besoin de regagner la rive. Mais pas moi. Mes pieds étaient pareils à deux ancres.

– Violette, a insisté Liv.

– *Violette !* a répété Orion.

– Arrêtez de dire mon prénom comme ça ! Et si mon frère est bel et bien là-bas ? Et si...

J'ai soudain vu une apparition dans le cône lumineux du projecteur : une embarcation flottant à la surface, derrière la barrière rocheuse. Un flash jaune. Aussitôt disparu, englouti par les vagues. Le kayak avait chaviré et perdu son voleur.

Sans même avoir pris la décision de sauter, j'ai fendu l'air. Puis l'eau m'a submergée comme une gifle, glaciale et acérée.

Sous l'eau, j'étais aveugle. Le courant me tirait dans tous les sens, m'entraînait vers le fond, me retournait sans cesse. J'étais une excellente nageuse, je m'étais déjà tirée de situations délicates, je portais un gilet de sauvetage, mais j'étais à bout de souffle, je ne savais même plus de quel côté se trouvait la surface, je n'avais plus que le projecteur et mon espoir auxquels me raccrocher. Je m'étais blessée au mollet; j'avais la tête fracassée, martelée; la douleur éclatait derrière mon front. J'ai battu des bras, atteint la surface et avalé une brève goulée d'air avant qu'une déferlante me renvoie vers les profondeurs.

Comment Fidelia avait-elle survécu?

Comment Sam survivrait-il?

Sous les vagues, mes oreilles se sont emplies d'un bruit noir comme si d'horribles turbines aquatiques s'étaient mises en action autour de moi. Le monde entier ne se résumait plus qu'à une masse d'eau bruyante et enragée...

Puis un autre son s'est manifesté, faible mais distinct. À peine si je l'entendais, au début : c'était comme un grattement, un gémissement, porté par une fréquence sous-marine traçant un sillon à travers le tumulte. C'était une voix. Une voix qui n'avait rien d'humain, plutôt comme un chant de baleine qui traversait les profondeurs atlantiques jusqu'à moi, vénérable, crépitant, primordial. Ce n'était pas un langage, pas tout à fait, mais le message était aussi clair que si je me l'étais formulé moi-même :

– *Bats des pieds,* me disait la voix.

J'ai obéi. Mes pieds étaient mes nageoires, et je me suis imaginée à la place de Fidelia s'arrachant à l'obscurité glacée. J'ai battu des pieds, encore, et encore, et encore, sans même savoir dans quel sens j'allais, et j'ai fini par atteindre la surface.

La mer était plus calme, ici, et j'ai mis un moment avant de comprendre pourquoi : j'étais au-delà de la barrière rocheuse. J'avais dépassé la baleine en pierre.

Les yeux piquants de sel, j'ai cherché mes amis du regard, mais je ne voyais plus rien derrière les rochers.

Je n'avais pas d'autre choix que de nager vers le large en direction de l'endroit où j'avais aperçu le kayak. Dans toute cette immensité, je ne savais pas trop où aller.

J'ai juste nagé.

Mon corps était transi de froid, mes poumons me donnaient l'impression d'être compressés dans un poing géant, et j'agitais les jambes en vain. L'océan s'ouvrait sous moi, je le sentais, et j'ai compris que le plateau continental venait de se dérober. Mon pouls s'est accéléré au point que je le sentais battre au fond de ma gorge. Enfant, je ne m'éloignais jamais trop de la plage de peur qu'un poisson – ou pire encore – attende de m'avaler toute crue, tapi dans les profondeurs, et c'était cette même sensation qui m'envahissait à présent.

Mon corps l'a deviné avant moi. Il y avait quelque chose. Une présence. Solide.

J'ai plongé sous la surface et braqué la lumière du projecteur vers le fond. À travers l'épais rideau de la mer, j'ai vu se dessiner une forme immobile et menaçante.

L'épave.

C'était là que je devais aller pour retrouver Sam.

Mon gilet de sauvetage me maintenait à la surface. Il me faudrait m'en séparer pour plonger le plus loin possible.

J'ai défait l'attache et dégagé mes épaules. Il est lentement parti à la dérive, et je me suis sentie petite et vulnérable à mesure que je le regardais s'éloigner. Mes jambes pédalaient furieusement sous la surface.

J'ai pris une grande, très grande inspiration, et j'ai replongé.

– *Non*, ai-je entendu.

L'eau était écrasante et obscure, dangereusement glaciale. J'ai ignoré la voix-chant de baleine, et j'ai continué. Le courant semblait faciliter ma descente en me projetant tel un grand toboggan vers la forme que j'avais aperçue. Ses éléments se dévoilaient un à un dans le faisceau de ma lampe : un mât brisé, un pont envahi par les algues.

« Sam, Sam, tu es là ? »

J'avais envie de crier, de pleurer.

Ma vision s'est assombrie – la pression me fendait le crâne, un gémissement s'immisçait entre mes oreilles. Comment le courant pouvait-il m'entraîner à une telle vitesse ? Si je voulais remonter maintenant à la surface, cela me serait impossible...

La voix-chant de baleine s'est de nouveau adressée à moi :

– *Oublie l'épave. Lève la tête.*

J'ai lutté contre le courant, opéré une vrille sur moi-même et dirigé le projecteur vers la surface. Une silhouette glissait au-dessus de moi tel un phoque. Le faisceau lumineux a révélé un éclat d'argent.

La montre à gousset. Celle de Fidelia. Celle de Sam. Il l'avait emportée avec lui.

– *Remonte,* m'a ordonné la voix-chant de baleine.

J'ai essayé, mais le courant continuait à m'aspirer vers l'épave. Je ne pouvais plus m'échapper, j'étais prisonnière d'un tourbillon et je commençais à sentir le manque d'oxygène. L'océan était plus fort que moi. L'épave ne voulait pas me laisser partir. Je n'avais plus la force de résister.

– *Lâche le projecteur. Remonte. La lumière. Abandonne-la. Remonte !*

J'ai laissé tomber le projecteur, et j'ai essayé...

J'étais si épuisée que je sentais mes forces m'abandonner, mes poumons s'effondrer. L'aspiration était trop forte, la pression s'exerçait de partout, elle m'écrasait, me comprimait, me broyait, jusqu'à ce que deux petits mots résonnent soudain à l'intérieur de moi :

– *En haut.*

J'ai agité mes pieds, autant que je le pouvais, et me suis enfin arrachée à l'emprise du courant. J'étais libre de mes mouvements, tout à coup, et je nageais vers le reflet argenté à la surface. Était-ce Sam ? Des paillettes dansaient devant moi, des taches – étais-je en train de me noyer ? J'avais désespérément besoin de respirer mais autre chose apparaissait devant moi et la surface était maintenant si proche…

– *EN HAUT.*

La surface était toute proche, la silhouette semblait presque humaine… était-ce quelqu'un que je connaissais ? Cette apparition m'était si familière, j'ai tendu la main…

La voix-chant de baleine a résonné jusqu'à ce qu'un vrombissement immense m'engloutisse.

Je toussais. Non, pire que ça. Je vomissais. J'avais des haut-le-cœur. L'eau salée me déchirait l'intérieur de la gorge. Une main me martelait le dos, puis un objet long et noir comme un lacet de chaussure a jailli hors de ma bouche. J'ai craché sur le sable et je jure avoir vu un œil, blanc et gélifié comme un oignon grelot.

– Oh, mon Dieu, répétait une voix, oh, mon Dieu, mon Dieu.

J'ai expectoré de la bile, du sel et du sable. Ma gorge me brûlait. J'étais vivante. En train de mourir ? Ou déjà morte ? C'était comme ça que les gens mouraient. Un tas de trucs gluants gisaient devant moi. Des trucs qui s'étaient retrouvés au fond de mon estomac et s'étalaient à présent sur le sable noir. Mon visage me faisait mal. Mon corps *entier* me faisait mal. Une vague m'a submergée et j'ai vomi une nouvelle fois. Quelqu'un m'a assené un coup entre les omoplates.

– Violette, Violette, disait la voix, est-ce que ça va ? Tu peux t'asseoir ? Je voulais juste aller voir par moi-même… je pensais être de retour avant le lever du jour et remettre le kayak à sa place, mais… le vent soufflait, il faisait si noir, j'avais oublié le projecteur, alors j'ai préféré rester près des rochers… Je suis désolé, je n'ai pas réfléchi…

Sam, penché au-dessus de moi, une croûte de sel autour des yeux, la peau à vif, lacérée par les vagues. Sam, vivant. J'ai touché ses cheveux, et il m'a touché la tête. Quand il a ôté ses doigts, ils étaient maculés de sang. Il les a aussitôt cachés, comme s'il ne voulait pas que je les voie.

– Où sommes-nous ? ai-je demandé.

– Je ne sais pas. Sur un banc de sable. Je t'ai vue dans l'eau, toute seule, flottant dans ma direction… j'ai nagé vers toi, j'avais encore mon gilet de sauvetage…

– J'ai entendu une voix. Un chant de baleine. Elle me parlait.

Il a opiné.

– Est-ce qu'elle t'a dit de nager vers le haut ?

– Comment…

– J'ai entendu la même chose. Pourquoi n'avais-tu pas ton gilet de sauvetage ? Où est-il passé ?

Un voile de brume a effacé le visage de mon frère. Ou bien était-ce moi qui m'y enfonçais peu à peu ? Le monde scintillait. Mon Dieu, je me sentais si faible. Tout bourdonnait, tout devenait flou. J'ai à nouveau entendu une voix, des mots qui résonnaient non plus du tréfonds de l'océan, mais à l'intérieur de moi : « Lui, elle, une baleine, toi, quelle importance ? Vous avez tous les deux vu l'épave, et vous avez tous les deux retrouvé le chemin de la surface. »

MUSIQUE DE VOYAGE

Un spectacle. Une histoire en train de se jouer. La salle est plongée dans le noir pour préparer le changement de plateau.

Mais l'orchestre, lui, continue à jouer. La mélodie principale amorce une légère variante – plus sombre, plus angoissante, ou d'un romantisme échevelé – pour annoncer le ton de la scène suivante. Les techniciens envahissent la scène, s'empressent de placer les accessoires et de retourner les décors avec l'agilité d'une bande de taupes capables de retrouver leur chemin dans le noir. Même sans lumière, la situation est parfaitement sous contrôle. La musique impose sa présence et prend le spectateur par la main : c'est elle qu'il faut suivre, elle qui indique le chemin.

Voici la musique au son de laquelle je me suis réveillée, celle de voix discordantes, inconnues et affolées :

– Il est encore transi de froid…

– Elle est glacée…

– Ces petits ont eu une chance inouïe…

– C'est leur bêtise qui est inouïe. Ils ne sont pas encore tirés d'affaire.

– Elle saigne encore ?

– Moins.

– Il ne se réchauffe toujours pas…

– Tiens, une autre couverture…

– On est encore loin du port…

– Je n'aurais jamais pensé dire ça, mais heureusement qu'on s'est perdus !

– Sam ?

Cette voix-là, je l'ai reconnue. C'était la mienne.

– Elle s'est réveillée.

– Maintiens-la éveillée. Parle-lui.

Un visage féminin s'est encadré dans mon champ de vision – cheveux blancs, yeux marron emplis de larmes –, et une main brûlante s'est posée sur mon front.

– On est là, ma belle, tout va bien.

Le décor s'est matérialisé autour de moi. Une pièce étroite lambrissée de bois sombre, humide et pleine de craquements. Un bourdonnement résonnait à mes oreilles ; était-ce à nouveau la voix, le chant de baleine, qui s'adressait à moi ? Non. C'était plutôt un bruit mécanique et crachotant, accompagné de relents de gas-oil. Un moteur. J'étais dans le ventre d'un bateau, ai-je soudain réalisé, étendue sur une couchette. J'ai tenté de bouger, mais impossible : j'étais emmaillotée dans une couverture, mes bras plaqués contre moi. Une odeur de cèdre et de laine mouillée me chatouillait les narines. Une bouilloire sifflait dans une autre pièce, et j'ai légèrement relevé la tête. À travers la porte ouverte, j'ai aperçu une kitchenette et, couché sur une banquette recouverte de coussins avec à son chevet un homme coiffé d'une casquette de base-ball, mon frère. Immobile.

– Maintiens-la éveillée, Pat ! a lancé l'homme.

La bouilloire mugissait sur la cuisinière.

– Mon frère, ai-je balbutié.

Je me sentais molle, des billes plein la bouche. Ma gorge me brûlait.

– Du calme. Tâche de ne pas te rendormir, d'accord ?

J'ai essayé, mais le monde vacillait autour de moi. Une radio grésillait, et la voix de l'homme a retenti depuis la pièce voisine. Une gorgée de thé bouillant a failli me déchirer la gorge. La femme a tapé des mains à quelques centimètres de mon visage, comme un geste d'applaudissement hargneux. J'avais désespérément envie de dormir.

– Concentre-toi, ma belle. Reste avec moi. Parle-moi, si tu t'en sens capable.

J'ai fait des efforts. Je le sais. Je m'en souviens. Mais mes souvenirs de ce trajet en bateau sont cotonneux et fragmentés. Ce qui me revient à la place, avec une clarté et une précision aveuglantes, c'est cet après-midi d'été de la tentative de suicide de Sam, alors que j'avais un peu fumé – une petite défonce tranquille, rien de bien méchant, mais suffisante quand même pour rendre le monde autour de moi hyper saturé, doublement mémorable.

Je traînais dans Central Park avec mes copains. On s'était lancés dans une session interminable de « Mariage, sexe ou meurtre » quand ma mère a appelé. Notre conversation a duré moins d'une minute. J'ai quitté mes amis sans même leur dire au revoir et hélé le premier taxi qui passait. 7N25. Je mémorisais toujours les codes parce que je paumais toujours des tonnes de trucs à l'arrière des taxis. Le conducteur, d'après sa fiche d'identification, s'appelait Edward Rhee. Ses freins couinaient. Sur le trottoir, un chien jappait. La radio diffusait un morceau que je détestais, et j'ai eu des envies de musique de voyage. Cette chanson était tellement merdique, comment pouvait-elle servir d'introduction à la scène qui allait suivre ?

– Belle journée, a dit Edward.

– Bof.

La voiture a couiné à l'arrivée, le trajet avait été bien trop court à mon goût. J'ai tendu douze dollars à Edward Rhee. Les billets étaient sortis du fond de ma poche, moites et froissés, mais j'ai été soulagée de les trouver là ; j'avais rarement de l'argent liquide sur moi. J'ai glissé mes mains sous mes cuisses moites pour les décoller du siège en cuir. Je ne faisais pas mine de sortir.

– Ça va, mademoiselle ? m'a demandé Edward.

Silence. J'ignorais la réponse à cette question.

– Vous préférez attendre ? a-t-il insisté.

Peut-être.

– Mon frère a fait une tentative de suicide, j'ai dit.

Edward Rhee a ravalé son souffle.

– Je peux attendre. (Sa voix était douce, bienveillante.) Aucun problème.

– Ça ira, ai-je fini par déclarer.

Edward Rhee, taxi 7N25. Je devrais lui envoyer un message de remerciement.

Au lieu de me rendre à l'hôpital tout de suite, j'ai fait le tour du pâté de maisons. Je suis passée devant un traiteur, un salon de manucure, une échoppe de bagels. Ce truc débile de la radio me tournait en boucle dans la tête. J'avais besoin d'une autre chanson, plus rassurante, avant de pénétrer dans l'hôpital. Une chanson pour moi, pour Sam. Ma version personnelle d'une prière.

J'ai refait un tour en attendant l'inspiration. Un traiteur, un salon de manucure, une échoppe de bagels. J'avais l'esprit vide. Rien ne me venait. Je connaissais des centaines de chansons, mais le contenu de ma tête semblait avoir été aspiré. J'avais peur, je me sentais idiote et défoncée, seule et complètement paumée. Je regrettais déjà le taxi d'Edward Rhee et ses freins qui couinaient. Le trottoir était constellé de gros pois foncés et j'ai soudain réalisé comme une imbécile qu'il s'agissait de chewing-gums écrasés et noircis par la crasse. Seize ans dans cette ville et mon cerveau choisissait un moment pareil pour me faire cette révélation ? Moi qui n'étais même pas capable de penser à une chanson ?

L'homme dans la pièce voisine avait repris la parole.

– Il ne va pas fort, il ne va pas fort du tout…

La musique de ce bateau – ces voix effrayées, cette radio grésillante, ces claquements de mains – ne présageait rien de bon pour la suite. Sam et moi avions besoin d'une autre chanson. Dans mon brouillard, j'ai tenté de fredonner un air. La chanson n'était jamais venue jusqu'à moi, cet après-midi-là, dans le quartier de l'hôpital, mais voilà que je la trouvais enfin, allongée sur cette couchette. C'était une offrande magnifique. La cité d'Émeraude scintille à l'horizon, quatre amis et un chien courent à travers un champ de coquelicots et, avant la neige, avant le sommeil, des voix s'élèvent en un chœur joyeux, cristallin et entraînant.

Il n'y a eu d'abord qu'un filet d'air râpeux et étranglé qui m'a piqué l'intérieur de la gorge. J'ai réessayé et réussi à émettre faiblement quelques sons – telle une bête à l'agonie, ou en plein bonheur. Les notes étaient à peine audibles mais, à condition de persévérer, elles finissaient par former un pouls fragile au fond de ma gorge. Je ne me rappelais plus son titre, mais les paroles, si. Il était question de s'accrocher : à un souffle, à l'amour, à l'espoir.

SURVIE

Quand je me suis réveillée, il faisait plus chaud. Mon index était pris dans la pince d'un moniteur cardiaque et les bruits du bateau avaient disparu, remplacés par des bips stériles et le cliquetis de chariots métalliques. J'étais bordée dans un lit, mais le soleil entrait à flots par la fenêtre et le monde autour de moi s'est précisé quand j'ai cligné des yeux. Journée. Soleil. Une fenêtre. Ma mère était assise à mon chevet, paupières closes, un gilet étalé sur elle comme une couverture. Elle n'avait absolument pas changé : petite queue-de-cheval brune, minuscules clous dorés aux oreilles, pas de maquillage. Elle était si menue. L'avait-elle toujours été ? Ma mère était là. Mais où...

– Où est Sam ?

– Vi, a-t-elle lâché en ouvrant les yeux.

Elle a bondi de sa chaise pour me serrer contre elle. J'avais beau la dépasser depuis l'âge de douze ans, je redevenais toujours une petite fille entre ses bras. Je me sentais protégée. J'ai enfoui mon nez au creux de son coude, et j'ai respiré son odeur. Nous étions dans un hôpital – ça, je l'avais compris –, mais ma maman sentait toujours aussi bon que le pain chaud, comme chaque matin à la maison.

– Qu'est-ce qui se passe ? Où est Sam ?

– Tu es à Lyric, Violette. Oh, mon Dieu, nous étions morts d'inquiétude...

Elle m'a étreinte si fort que je pouvais à peine respirer.

– Sam, maman ? ai-je insisté.

Elle ne répondait pas assez vite, et j'ai commencé à claquer des dents. Ça ne suffisait pas. Ça n'avait pas suffi. Nous avions tous les atouts de notre côté – la chance, la persévérance, l'espoir –, mais ça n'avait peut-être pas suffi, peut-être nous manquait-il la force de Fidelia, ou au contraire... La vie n'offrait aucune garantie, tout était si arbitraire, un piano pouvait nous tomber demain sur la tête. Et où était Sam, pourquoi ne me répondait-elle pas, où était-il donc... ?

– Là, m'a-t-elle dit en désignant la porte.

Mon père et mon frère se tenaient sur le seuil, main dans la main. Sam avait un œil au beurre noir et une balafre en travers de la joue, mais il était là, debout.

Ma famille était réunie dans cette chambre d'hôpital.

– Salut, leur ai-je lancé.

Mon père avait de nouvelles lunettes.

Soudain, j'ai éclaté en sanglots. Comme ça ne m'était pas arrivé depuis toute gamine, avec de la morve partout, la bave aux lèvres, un torrent de larmes incontrôlables. C'était le poids exténuant de l'existence qui jaillissait hors de moi : l'Année de la déglingue, l'Espagne, Rus/Gus, *Peter Pan*, les raies de l'aquarium, les feuilles de thé, les visages stupéfaits de Sam et d'Orion, l'amour de Liv enfin. La vie pouvait contenir tant de choses.

– Je suis là, a dit ma mère.

– Où est Liv ? Où est Orion ?

– Ils vont bien, a dit Sam.

– Un peu sous le choc, a précisé mon père.

– C'est l'euphémisme du siècle. Ils souffraient d'hypothermie et de traumatismes cliniques. Toi aussi. Nous tous.

– Que s'est-il passé ? ai-je demandé en passant ma main sur mes joues humides.

Je me souvenais d'une bouilloire sifflante, de quelqu'un qui tapait dans ses mains, de coquelicots. Mais à part ça, tout se brouillait dans ma tête.

– Le couple de campeurs possédait un téléphone satellitaire, a expliqué mon père. Quand vous êtes partis en mer, ils ont appelé les garde-côtes, qui ont alerté par radio tous les bateaux présents dans la zone. Un couple vous a retrouvés sur un banc de sable… Ils voulaient aller pêcher, s'étaient perdus en route. S'ils n'avaient pas été là…

– J'ai cru que tu…

J'ai regardé mon frère. Les souvenirs du bateau me sont revenus peu à peu, ainsi que l'air que j'avais chanté en guise de prière. Et là, d'un coup, j'ai retrouvé le détail qui m'avait échappé.

– *Optimistic Voices* ! C'est ça, le titre de la chanson !

– Elle est encore un peu perturbée, je crois, a dit mon père.

– Pas du tout. Je vais très bien. Je viens de… penser à quelque chose.

– C'est une chance que ces gens se soient égarés en mer.

– On leur doit un kayak, a déclaré Sam. Au couple de campeurs, je veux dire.

– On leur doit davantage que cela, a dit mon père en le tapotant dans le dos. Mais c'est un miracle que vous vous soyez échoués sur ce banc de sable. Et ce couple, aussi. Dans cet océan immense, ce minuscule abri…

Sam et moi avons échangé un regard. Tout ce qui précédait le bateau est revenu d'un coup : la voix-chant de baleine, l'épave. « *Remonte.* » Le banc de sable. Avait-il toujours été là ?

– Comment ? a demandé simplement mon père.

C'était la question qu'on se posait tous.

– J'ai nagé, a fini par répondre Sam. Une brasse à la fois. Puis j'ai aperçu Violette, et on a nagé ensemble. Jusqu'à ce qu'on trouve le banc de sable.

– Je ne me souviens pas avoir nagé.

– Mais si. Tu battais des pieds comme une dingue.

– Quelle chance, a répété mon père. Et quelle inconscience...

– Des années de natation, a souligné ma mère.

– Et la force physique, aussi, ai-je ajouté.

– Les deux. Tout ça. Inconscience, force, entraînement de natation.

J'étais si heureuse qu'ils soient là. Si heureuse qu'on soit tous réunis ici.

Sauf que...

– Et Toby ? Oh, non, maman, me dis pas que tu l'as tué ? Ce n'est pas sa faute. Promets-moi que tu ne vas pas lui en vouloir. Prends-t'en à moi.

– Toby va bien, Violette. Il voulait nous laisser tous les quatre. Et crois-moi, nous sommes largement au-delà du stade de la colère et des reproches. Cette famille encaisse des épreuves bien trop compliquées pour cela. Nul n'est à blâmer, compris ? Nous devrons juste...

Elle n'a pas réussi à finir sa phrase et s'est tournée vers mon père. Moi aussi, je me demandais ce que nous devrions faire.

– Persévérer ? ai-je suggéré.

– J'emmerde la persévérance, a grommelé papa.

– *Alan !* s'est exclamée ma mère.

Sam a éclaté de rire entre ses doigts.

– Allez, p'pa, exprime-toi !

– Je suis en train de le faire. Il sera question de persévérance, bien sûr. Mais aujourd'hui, je dis merde à tout ça. Ça vaut aussi pour demain. Et pour toute la semaine. Et pour l'année, même. Un jour viendra où on reparlera de persévérance, c'est promis. Mais pour l'instant, contentons-nous d'être. Et que ça nous suffise. Voilà le programme, OK ? Être. Ensemble. Ici.

Dans le silence qui a suivi, mon père a eu l'air un peu ébranlé. Ça pouvait se comprendre : jamais je ne l'avais entendu faire une déclaration aussi catégorique. Ma mère en est restée bouche bée. Mais elle ne l'a pas contredit.

– Être. Ça me va, a dit Sam en venant s'asseoir à côté de moi sur le lit.

– Ça me va super bien, même, ai-je renchéri en me poussant pour lui faire de la place.

Ma mère a pris la télécommande sur ma table de chevet et l'a tendue à mon père, tel un rameau d'olivier des temps modernes.

– Si on commençait par les mauvaises chaînes télé de l'hôpital ?

Mes parents sont venus nous rejoindre sur le lit. On était serrés, on avait trop chaud, mais on n'aurait voulu être ailleurs pour rien au monde. Pendant une coupure pub, mon frère et mon père sont allés nous chercher des boissons chaudes et des Oreo. Ensemble, nous avons grimacé à chaque gorgée de café infect et crié les mauvaises réponses à *Jeopardy!* jusqu'à ce qu'une infirmière passe sa tête par l'ouverture de la porte pour s'assurer que tout allait bien.

– Tout va à merveille, lui ai-je répondu.

En cet instant précis, c'était la meilleure réponse.

Nous avons fini de regarder *Jeopardy!* puis, alors que maman vouait une haine tenace à Pat Sajak, le présentateur, nous avons joyeusement associé nos forces pour résoudre les énigmes de *La Roue de la fortune*.

Et c'est de cette manière très insipide que nous avons entamé notre longue et difficile survie.

Plus tard, en fin d'après-midi, ma mère m'a montré ses recherches.

Nous avons décidé de prendre nos repas en binômes, histoire que personne ne se retrouve seul. Sam et mon père étaient partis depuis quelques minutes quand ma mère m'a dit qu'elle avait quelque chose à me montrer.

Presque timidement, elle a sorti de son sac une grosse enveloppe de papier brun.

– Après notre conversation au téléphone l'autre jour, quand tu m'as parlé de ce que tu avais découvert sur notre famille, j'ai eu envie de m'y mettre aussi. Je suis allée voir sur ces sites Internet de généalogie, mais ça n'a pas donné grand-chose. J'ai donc contacté un spécialiste.

Elle m'a tendu son dossier. À l'intérieur, une liasse de documents divers : des photocopies d'articles de journaux trouvés dans les archives de la bibliothèque. Et un extrait de la liste des passagers du *Lyric*. Avec un nom surligné : *Fidelia Hathaway*. Et juste en dessous…

– *Septimus* ?

– Fidelia avait un frère jumeau, m'a annoncé ma mère.

Voilà qui expliquait tout, absolument tout. « Ma pomme, scindée en deux. » Pas le symbole de la tentation. Ni celui de la connaissance. La pomme : un fruit né d'une graine partagée. Coupée en deux pour former deux moitiés identiques.

– Ils ont grandi ensemble dans un hôpital pour enfants abandonnés, a poursuivi ma mère. Une sorte d'orphelinat. C'est pour ça qu'il est si difficile de retracer leurs origines. Ils ont fini par être adoptés, et je n'ai pas découvert grand-chose d'autre, mais il semble qu'ils aient mené une vie normale. Le fait que les parents aient accepté de les adopter tous les deux est plutôt bon signe, à mon avis. Du moins, j'ai envie de le croire.

– L'hôpital avait un verger, ai-je déclaré.

– Mais oui, en effet. Comment… l'as-tu juste deviné, ou… ?

– Et il… il a traversé l'Atlantique avec elle ? ai-je demandé, le cœur battant.

– Ils avaient dix-huit ans environ. Nul n'a jamais vraiment su l'âge exact de Fidelia.

– Il n'a pas survécu.

Ce n'était pas une question.

– Non, a confirmé ma mère. Il s'est noyé.

– Mais c'est peut-être…

Les noms sur la liste étaient minuscules et à moitié effacés. *Fidelia Hathaway, Septimus Hathaway.* Les lettres se sont mises à tanguer devant mes yeux, leurs noms remplacés par les nôtres. Une vie sans Sam : je ne voulais pas l'imaginer, mais c'était une possibilité. Une vie sans moi : possible, également. Je préférais la possibilité de nous deux, épuisés par le décalage horaire, en train de nous chamailler lors d'un coup de fil longue distance. Qui sait ? L'incertitude était douloureuse, mais elle recelait aussi des merveilles : dans une coquille d'escargot ou dans un bracelet de brins d'herbe.

– C'est peut-être pour ça que quoi ? m'a relancée ma mère.

– Que Fidelia n'a jamais écrit à ses parents, ai-je répondu. C'était une nouvelle trop terrible à leur annoncer. Qu'elle ait survécu, et pas lui. Elle a peut-être jugé plus simple… de disparaître.

J'ai refermé le dossier. Ma mère essuyait ses larmes. Malgré tout ce qui s'était passé (*Peter Pan*, nos disputes, ses longues nuits à l'hôpital, ses soucis avec ses patients et ses propres enfants), je ne l'avais jamais vue pleurer. Ses larmes ne me faisaient pas peur. Elles me soulageaient presque.

– Maman, je te dois des excuses. Je me suis tellement mal comportée. Je suis la plus horrible des filles.

– Violette, *non*. Rien de tout cela n'est ta faute.

– J'ai fait une crise d'angoisse en juillet. Je me sens inquiète en permanence. Je vois des catastrophes partout. Parfois, mon esprit s'affole tout seul et je ne peux plus l'arrêter. J'ai tellement peur, tout le temps. C'est normal ?

– Tu le tiens de moi. Essaie de ne pas trop y penser.

– Impossible. C'est plus fort que moi. Je ne savais pas que tu avais eu une jeunesse aussi difficile. Je ne savais pas, pour ta mère, et tout ce que tu as dû faire pour Toby, ça devait être si dur…

– Chhhhut. On en reparlera. Aujourd'hui, on *est*, simplement. Tu te souviens ?

Elle a caressé mon front. Sa main était bien chaude – une rareté, chez un médecin.

– J'aime bien ta nouvelle coupe, a-t-elle déclaré.

– Je vais peut-être laisser repousser.

– Toujours l'esprit de contradiction…

Elle a souri, puis regardé par-dessus son épaule.

– Violette, m'a-t-elle demandé en désignant le couloir, est-ce une de tes amies ?

J'ai tourné la tête. Liv faisait les cent pas dans le couloir en risquant un coup d'œil dans ma chambre chaque fois qu'elle passait devant. Elle portait un vase rempli d'hortensias bleu vif.

– Oui. Prête à rencontrer quelqu'un d'important ?

Le regard de ma mère a oscillé entre moi et la porteuse de fleurs.

– C'est bien la première fois que je t'entends dire une chose pareille.

– Essaie de rester normale, OK ? Elle compte beaucoup pour moi.

J'ai fait signe à Liv d'entrer. Elle s'est avancée sur le seuil avant de rester plantée là, hésitante.

– Bonjour, a-t-elle lancé d'un ton formel.

Elle avait un trac fou.

– Liv, je te présente ma mère. Maman, voici Liv. Une fille géniale.

Ma mère s'est avancée vers elle, la main tendue.

– Ravie de faire ta connaissance, Liv. Waouh, c'est ce que j'appelle une bonne poignée de main !

– Ce n'est pas un poisson mort, a répondu Liv.

Ma mère a ri.

– Maman, tu pourrais… ?

– Hum, vous laisser ? Mais bien sûr, a-t-elle acquiescé avec dans la voix ce sous-entendu embarrassant de quelqu'un qui n'est pas né de la dernière pluie. Je parie que je manque à ton frère et à ton père. J'attendrai dehors telle… telle…

– Une gargouille, a suggéré Liv.

– Voilà. C'est exactement le mot que je cherchais.

Elle a disparu dans le couloir, mais Liv ne s'est pas rapprochée de moi pour autant, toujours immobile à quelques centimètres de l'entrée. Une infirmière est passée derrière elle en poussant un patient sur un fauteuil roulant, des médecins allaient dans tous les sens. Les machines bipaient, les semelles chuintaient. Liv ne faisait toujours pas mine de bouger. Avec tout ce qui s'était passé, elle avait peut-être décidé… choisi… de penser que les choses seraient plus simples si elle et moi…

– Es-tu bien réelle ? lui ai-je demandé.

– Oui.

Elle a posé les fleurs sur ma table de chevet et s'est assise sur la chaise à côté de moi, chevilles et mains croisées. Elle était bien réelle, mais loin de moi. C'était la première fois qu'on se retrouvait en public ensemble depuis… Avais-je le droit de la toucher ? Était-ce autorisé ? J'ai pris sa main à l'instant où un infirmier a déboulé dans ma chambre, et Liv m'a lâchée en sursautant.

– Seulement les membres de la famille, a-t-il claironné.

– Elle reste ici, ai-je rétorqué. Ne discutez pas, je vous en prie.

L'homme a haussé les sourcils en nous observant tour à tour.

– Juste pour cette fois, alors, a-t-il soupiré.

– Merci, lui a dit Liv. Merci à toi, a-t-elle ajouté en se tournant vers moi.

– Tu as pris un bain de mégots, ou quoi ?

– J'étais stressée.

– J'ai beau avoir envie que tu arrêtes, j'avoue que cette odeur m'a manqué.

Elle a souri, et mon cœur s'est envolé.

– Liv, je suis vraiment désolée.

– J'ai eu tellement peur. Ne recommence plus jamais ça.

– Je promets de ne plus jamais sauter d'une barque en pleine mer.

– T'as intérêt.

– Comment va Orion ?

– Physiquement, ça va. Ma mère ne sait pas vraiment ce qui s'est passé là-bas, je lui ai juste raconté qu'on avait chaviré. OK ? (Elle s'est mordu la lèvre.) Orion a du mal à comprendre pourquoi j'ai mis autant de temps à lui dire. Moi aussi, d'ailleurs.

– Ça a pris du temps parce que c'était difficile.

– Il se sent comme un idiot. Je ne pense pas qu'il viendra te voir. Les hôpitaux, c'est pas trop son truc. Moi non plus, pour être honnête. (Elle a décroisé et recroisé les chevilles.) J'ai eu une conversation avec mes parents. À propos... des marécages. Ce n'était pas prévu, j'ai juste déballé mon sac sans plus pouvoir m'arrêter. Un peu comme on saute d'un bateau en pleine mer, j'imagine. Mon instinct a pris le dessus.

– Tu leur as dit quoi ? Et eux ?

– J'avoue que ça ne s'est pas hyper bien passé.

Sa bouche s'est resserrée en une moue, comme un bourgeon de fleur. Elle devait déjà faire cette tête quand elle était petite, perplexe au moment d'écrire le mot « Australie » lors d'une dictée de CE2. Je l'aimais tellement. Oui. Je l'aimais.

– Voilà. J'ai commencé à leur parler d'Orion, puis j'ai dévié sur le thème du marécage, sans même aborder encore la question de ma personne. Ma mère a fait, genre : « Hum, c'est compliqué, les garçons », et je lui ai répondu : « Non, c'est *moi* qui suis compliquée. » Ça l'a rendue nerveuse, et elle m'a demandé si je me sentais

« prête pour l'intimité physique », alors je lui ai dit : « Non, m'man, *je* suis le marécage », et elle a dû flairer quelque chose parce qu'elle s'est aussitôt mise à parler du fléau des moustiques dans les zones marécageuses et à demander à mon père s'il avait racheté de la citronnelle pour en mettre sur le rebord des fenêtres.

– Qu'a-t-il répondu ?

– Qu'il regardait le golf, merci bien.

– Vous avez eu cette conversation pendant que ton père matait du golf à la télé ?

– Bah oui, je voulais que ça reste informel !

Qu'est-ce que je l'aimais.

– On va sans doute en reparler un million de fois, tu sais. J'attendrai une meilleure occasion. (Elle a trituré les hortensias dans le vase en évitant mon regard.) Je me dis que ça prendra des années.

– Tu as déjà fait le premier pas. C'est le plus difficile.

– J'espère…

– Moi aussi.

Pour elle, j'espérais tout.

– Plus tard, ma mère a dit que, hum… elle n'était pas sûre que tu aies une bonne influence sur moi. (Elle a arraché un pétale pour l'étaler sur son ongle.) Mais les fleurs sont quand même de sa part.

– C'est un beau bouquet, ai-je dit d'une voix lente.

– De jolis bleus.

Je voulais qu'elle se glisse avec moi dans mon lit. Je voulais lui dire que je l'aimais. Que ses parents finiraient par changer d'avis, que les choses ne seraient jamais simples. Mais je ne pouvais lui dire aucune de ces choses avec certitude.

À la place, j'ai tendu mon index vers elle par-dessus le drap mince de mon lit d'hôpital. Elle y a accroché le sien. Infime, minuscule, un grain de sable scindé en deux, mais bien réel, le lien entre nos doigts était pour moi la plus absolue des vérités.

ET

– Tu peux m'expliquer pourquoi il a absolument fallu faire un détour de vingt minutes pour passer chez le poissonnier ? m'a demandé Toby en se garant devant chez Orion.

C'était le premier endroit où j'avais demandé qu'on m'emmène après ma sortie de l'hôpital.

– Tu as une meilleure idée ?

– Je pourrais être en train de me réconcilier avec ta mère, par exemple.

– Chaque chose en son temps, ai-je répondu en lui tapotant le genou. J'aurai au moins contribué à briser la glace entre vous.

Je suis sortie de voiture avec mon sachet de crevettes. J'ai claqué ma portière, puis tapé à la vitre. Toby l'a baissée.

– Merci. Tu sais que je suis très heureuse de t'avoir pour oncle.

– Et moi, très heureux de t'avoir pour nièce.

J'ai contourné la maison pour aller directement à la cabane, guidée par le son de la trompette. Je suis restée devant, et j'ai écouté en laissant les notes pleuvoir sur moi. Mon corps tout entier vibrait au son de la musique. Cette musique si essentielle. Cette musique qui avait tant compté pour moi, qu'Orion décide de me pardonner ou non.

J'ai frappé. La porte s'est ouverte. Il a sorti sa tête.

– Violette, a-t-il déclaré comme s'il prononçait le nom de quelque chose de fétide.

– Salut. Je peux te déranger une seconde ?

Ça ne semblait pas le réjouir, mais il m'a laissée entrer. J'ai veillé à maintenir une distance respectueuse entre nous, moi debout, lui sur son tabouret.

– Comment vas-tu ? ai-je fini par lui demander.

– Ça va. Liv m'a donné de tes nouvelles. Désolé de ne pas être passé te voir à l'hôpital, mais je...

– Ne t'excuse pas le premier, c'est pour ça que je suis venue. Sérieusement. Tu n'as aucune raison de me demander pardon.

Il s'est frotté le bras. J'ai vu son tatouage disparaître et réapparaître, comme par magie. Mon premier jour à l'aquarium me paraissait si loin.

– Je t'ai inscrit au programme de fidélité de la poissonnerie, ai-je bafouillé. Et j'ai même des crevettes ! Enfin, pas pour toi. Pour les raies. Le type a dû me prendre pour une dingue. Ils ne font jamais ça, d'habitude, mais ils ont accepté d'écrire un mot sur le reçu...

Je lui ai tendu le ticket et déposé le sachet de crevettes à ses pieds, comme une offrande.

– « Bon pour un an de poisson ? » a-t-il lu d'un air sceptique. Essaies-tu d'acheter mon amitié ?

– Pas la tienne. Celle des raies. Toi, je te présente mes excuses.

Il a croisé les bras.

– Je t'écoute.

– On aurait dû t'en parler, ai-je déclaré, prononçant les mots que j'avais préparés avec soin. On a traité tes sentiments avec désinvolture.

– Ouais.

OK. Bon. Il n'allait pas me faciliter les choses. Heureusement que j'avais appris mon petit discours par cœur.

– Je ne suis pas habituée à avoir des amis, ai-je poursuivi. De vrais amis, de bonnes personnes. Des gens qui chantent la sérénade aux homards et ramassent les déchets sur la plage. Non pas que ce soit une excuse. Je manque juste… d'entraînement. J'ai parfois l'air un peu trop séductrice sans le vouloir, et je suis désolée si je t'ai fait espérer des choses. Mais au fond, là n'est pas le vrai problème. Je m'excuse de t'avoir mis à l'écart de ma vie. Je veux que tu saches tout de moi.

Il a attendu. Je n'avais rien préparé d'autre.

– Tout ça est arrivé si spontanément, j'espère que tu ne t'imagines pas que j'ai…

– Utilisé cette stupide histoire d'entremetteuse pour te rapprocher de Liv ?

– Oh, non, pas du tout ! Quand je vous ai regardés vous chamailler, le tout premier soir, vous m'avez semblé si proches, si complices… Jamais je n'avais connu une telle proximité avec quelqu'un. J'avais envie d'être auprès de vous, mais je pensais sincèrement que vous étiez faits l'un pour l'autre. Si tu veux tout savoir, j'étais même plutôt attirée par Mariah, au début, je la trouvais incroyablement jolie… mais ne lui dis surtout pas, hein ? Ce qui s'est passé avec Liv m'a totalement prise au dépourvu.

– Moi aussi, a-t-il rétorqué. Tu aurais pu me le dire, tu sais.

– C'est elle qui ne l'a pas souhaité.

– Non. Je parle de toi. Tu aurais pu me dire que tu étais bi. J'aurais aimé le savoir, tu comprends ? Enfin, ça m'est égal en soi. Ça ne change pas qui tu es.

– Je sais. (Je n'avais jamais aimé ce terme, à vrai dire, mais je n'allais pas me mettre à pinailler alors qu'il faisait preuve d'une telle gentillesse à mon égard. Je lui expliquerais les nuances plus tard.) Parfois, j'avoue que ça me surprend encore. À quel point c'est difficile pour moi de le dire aux gens.

– Je comprends. Mais je dois admettre que je me sens comme un parfait imbécile.

– N'importe quoi. Tu sais tout faire ! Construire un bateau, jouer de la musique, comprendre la circulation thermohaline…

– La circulation thermohaline n'a rien de sorcier, Violette. Et pendant ce temps-là, il faut que je tombe amoureux de deux filles qui sont tombées amoureuses l'une de l'autre. (Il a levé deux doigts en l'air, au cas où ce détail m'aurait échappé.) Deux !

– Ça ne fait pas de toi un imbécile, ai-je rétorqué. Ça veut juste dire que tu as foi en l'amour. Et un goût exquis en matière de filles.

– Tu parles d'un talent…

– Mais si ! Sans ça, tu ne serais pas aussi doué en musique. Les raies ne seraient pas aussi bien nourries et l'aquarium serait un endroit mort. Tu as du cœur, et ce n'est pas rien. C'est un vrai don. J'ai adoré faire de la musique avec toi tout l'été. Quelle que soit l'issue de notre amitié… je tiens à ce que tu le saches. Ça a beaucoup, beaucoup compté pour moi.

Je voulais qu'Orion puisse accomplir tous ses rêves : partir vers le sud en bateau et jouer sa musique. Trouver une fille qui l'aime, même si cela lui prenait des années. Que la vie le récompense, d'une manière ou d'une autre, pour sa bienveillance.

– Pour moi aussi, a-t-il dit.

– Et la circulation thermohaline est un truc hyper compliqué.

Il a pouffé de rire.

– Merci quand même.

– Toujours partant pour *Cousteau !* ? lui ai-je demandé.

– Je crois qu'on devrait virer le point d'exclamation, pour commencer. Je ne sais jamais comment prononcer ce titre.

– Désolée, c'est non négociable. Tu n'as qu'à projeter tes mains devant toi pour faire plus expressif.

– Et je crois aussi que le troisième couplet de *Tango Calypso*…

– Promis, je supprimerai les blagues sur le plan à trois.

– Plus sérieusement, les flyers sont déjà imprimés, les gens vont vraiment venir, alors on a du pain sur la planche. D'ailleurs, puisque tu es là… j'ai appris le premier morceau. Tu veux l'écouter ?

– Oh, oui !

Rien n'aurait pu me faire plus plaisir.

Il a inspiré un grand coup, et je me suis soudain souvenue de quelque chose.

– Oh, attends !

– C'est vraiment une manie chez toi d'interrompre les gens…

– Je sais. Juste une question. Tu sais comment on sauve les lamantins ? À l'aquarium ?

– Violette, tu y as bossé pendant deux mois.

– Oui, mais…

– Heureusement qu'on ne t'a pas payée, a plaisanté Orion. Ce n'est pas le mystère du siècle : on fait des donations régulières à une clinique vétérinaire spécialisée dans la faune sauvage, en Floride. Elle accueille les lamantins qui se sont retrouvés pris dans des filets ou des hélices de bateau. Seulement quelques dollars par-ci, par-là, mais…

J'ai fini la phrase à sa place :

– Les petits ruisseaux font les grandes rivières.

– Que puis-je faire pour vous ? a demandé Felix. Vous êtes d'anciens voleurs repentis ?

– Nous avons besoin de ton expertise paranormale, ai-je annoncé tout en ayant moi-même du mal à croire les mots qui sortaient de ma bouche.

– Chaque seconde, un nouveau pigeon ouvre les yeux, a commenté Mariah.

– Très drôle, a dit Felix. Cela aurait-il un rapport avec une certaine montre à gousset ?

– Si on veut, a répondu Sam.

Nous avons raconté à Felix l'intervention de la voix-chant de baleine. Nous lui avons parlé du banc de sable magique, de la côte

Fantôme, de Septimus et de la présence de l'épave que nous avions tous deux sentie sous les vagues.

– Te sentirais-tu capable, hum... d'invoquer l'esprit de Septimus à l'aide de la montre pour lui demander si le *Lyric* est bien à cet endroit ?

– Tu veux que j'organise une séance de spiritisme ?

– Ne m'oblige pas à me répéter, Felix !

Il a ouvert la montre comme un téléphone à clapet et l'a collée contre son oreille.

– Eh, Septimus ! Alors, c'est comment la vie de fantôme ? T'habites toujours à la même épave, au fait ?

– Tu as bien lu mes feuilles de thé sur ton téléphone ! En quoi est-ce plus ridicule ?

– J'avoue que... ça m'intrigue, moi aussi, a glissé Mariah. Tu n'as pas envie de savoir si l'épave est là-bas ?

– On a tous les deux *senti* sa présence, a insisté Sam. Mais qui sait ce qu'on a vu en réalité ? Tout était si chaotique.

– La perception visuelle sous l'eau peut vraiment nous jouer des tours, a concédé Felix.

– Mais cette voix. On l'a entendue, tous les deux.

– Sans doute une conséquence du stress, a suggéré Mariah.

– Je suis d'accord, a dit Felix. Le cerveau a des réactions étranges, parfois, quand il entre en mode survie. Quand j'ai perdu mon œil, j'ai vraiment, vraiment cru que j'allais mourir, mais je savais au fond de moi que j'allais continuer à vivre. J'ai entendu toutes sortes de trucs bizarres. Mais cette voix n'était peut-être que la vôtre. Vous n'avez jamais entendu une voix dans votre crâne qui ne sonnait pas tout à fait comme la vôtre ?

« Pff », a fait une voix dans ma tête. « Tais-toi », a répliqué une autre.

– Je ne peux pas contacter Septimus au moyen d'une montre. D'abord, il est peut-être en galante compagnie fantomatique. Et puis, ça me fout la trouille de papoter avec les morts. Je risquerais d'y prendre goût.

Il a rangé la montre dans sa poche.

– OK, ai-je dit d'une voix lente. Mais existe-t-il un autre moyen de... Je sais, les boules de cristal ne sont qu'une vaste arnaque, mais n'existe-t-il pas d'autres méthodes ? On a tellement envie de savoir !

Nos trois paires d'yeux étaient rivées sur Felix et guettaient sa réponse.

– Vous voulez savoir ce que j'en pense, ou ce que j'en pense ?

– N'est-ce pas la même chose ? s'est étonné Sam.

– J'ai quatre avis différents sur la question. Mon cerveau n° 1 me dit : pas d'épave. Mon cerveau n° 2 me dit : épave. Mon cerveau n° 3 espère que vous l'avez retrouvée, et mon cerveau n° 4 a envie d'un hot dog ce midi. Comment savoir lequel a raison ? Toi, Violette, tu penses que le *Lyric* est là-bas ?

– Parfois oui. Parfois non.

– Tu vois ? s'est exclamé Felix. C'est peut-être la seule réponse, finalement.

– Le chat de Schrödinger, c'est ça la réponse ? Fait chier, a grommelé Sam.

– Écoutez, a dit Mariah. Admettons que vous retrouviez l'épave, que vous fassiez venir une équipe de scientifiques qui la remontent à la surface à l'aide d'une grue, que vous la transformiez en maison flottante pour vivre à l'intérieur. Bon, et après ?

– Je sais que je vais regretter d'avoir prononcé ces mots, a dit Felix, mais elle a raison.

Mariah a levé les mains vers le ciel en s'écriant :

– J'ai attendu ce jour toute ma vie !

– Elle n'a pas avancé le moindre argument, a objecté Sam.

– Si, a rétorqué Felix. Trouver l'épave n'est pas une fin en soi. Moi aussi, j'en ai trouvé une, un jour, et...

– Et quoi ?

Felix a haussé les épaules.

– Et j'en sais rien. C'est ce que j'essaie de dire. La suite n'appartient qu'à vous.

POÉSIE

Notre famille a passé deux semaines à Lyric. Nous avons fait des barbecues, regardé la télé, bouquiné, cueilli des myrtilles et barboté dans l'eau, mais pas nagé. Joan m'a proposé de me reposer durant cette quinzaine, mais j'ai préféré garder un mi-temps. On a chouchouté les raies, et Boris. Orion nous a chanté *Call Me Guppy*, assisté d'Andy au tambourin. L'après-midi, Sam et moi allions nous balader le long de la côte; le matin, c'était nos parents. Un jour, je les ai vus remonter de la plage, les cheveux humides de brume, leurs index crochetés l'un à l'autre.

Toby a terminé le puzzle et en a commencé un nouveau le lendemain.

On s'est parlé, aussi. Nos conversations ne comportaient pas toutes de grandes révélations. Parfois, c'était juste pour se dire que les asperges étaient délicieuses ou commenter la météo. Parfois, on manquait de patience les uns envers les autres. Parfois, le ton était sec. Mais aucun de nos échanges n'était catégorique. Quand on se disputait, on revenait s'excuser. On commençait tous à comprendre l'importance du «et».

Et il y avait Liv.

Quelques jours avant mon retour à New York, on était toutes les deux allongées sur son lit pendant que ses parents s'étaient absentés.

– Je ne veux pas que tu t'en ailles.

– Je sais. Je me sens comme au début de *Grease*. Bientôt, je me mettrai à fumer et je porterai des pantalons en cuir.

– Je suis sérieuse. Rigole pas avec ça.

– Moi non plus, je n'ai pas envie de rentrer.

J'avais tant de choses déplaisantes en perspective : ma mère avait passé la matinée à appeler ses collègues et à dresser une liste de psys spécialisés dans les thérapies familiales. Chercher de l'aide était une bonne chose en soi, mais l'année à venir s'annonçait laborieuse. Il n'y aurait pas de guérison magique; il n'y aurait qu'une série de «et» sur laquelle tisser notre survie.

– Je ne veux pas être différente quand je me retrouverai seule, a dit Liv.

– Tu n'es pas seule. Tu es mon anagramme. (J'ai pris sa main, fait tourner sa bague autour de son doigt.) Tu te souviens des feuilles de thé?

– Tu crois que ton destin t'a conduite vers moi parce que je porte une bague violette?

– Non. Je crois que nos destins se sont croisés parce qu'on le voulait très fort. Et puis, cette bague aurait pu symboliser n'importe quoi d'autre.

– La lune.

– La rondeur d'une pomme.

– Le cycle des choses, a suggéré Liv. Une fin, et un commencement.

– Une note de musique.

– Le monde.

J'ai posé ma tête sur sa poitrine et serré mes jambes autour d'elle. Le contact de sa peau contre la mienne m'a électrisée, chavirée. Je voulais me sentir encore plus proche d'elle. Qu'allions-nous devenir? Je l'ignorais. Et ça me stressait. Je l'ai serrée davantage contre moi. Je n'avais pas envie de partir, je redoutais déjà d'aller...

– Je t'aime, Violette. Je te l'avais déjà dit ?

Non, mais je m'en doutais un peu. Moi aussi, je l'aimais. Et c'est ce que je lui ai dit.

– Tu peux me faire une promesse ? lui ai-je demandé.

– Tout ce que tu voudras.

Cousteau ! s'est révélé un fiasco à guichets fermés. Joan avait envoyé des flyers à l'aquarium des pingouins, qui nous avait fait une promo d'enfer et affrété des bus pour faire venir leurs hordes de touristes et même leurs propres employés. Les parents d'Andy sont venus. Felix et Mariah, leurs parents, leurs frères et sœurs. La famille de Joan, son mari, leurs trois enfants, et sa sœur. Le bibliothécaire. Et même deux élèves du lycée de Lyric, dont Mariah était persuadée qu'ils étaient là juste pour ricaner, alors qu'en fait pas du tout.

Nous avons joué dehors et Orion, dans le rôle-titre, a superbement réussi le numéro d'intro. C'était le seul à connaître ses répliques, alors que Felix, Mariah, Joan et moi bafouillions les nôtres avec nos scripts à la main – toutes les chansons et les scènes rendues presque illisibles à cause de mes notes de dernière minute. Nous avions fixé un aileron de requin sur le dos de Boris, ce qui a beaucoup amusé le public. Heureusement qu'Orion et lui ont assuré parce qu'à la scène 3, il s'est mis à pleuvoir et notre sous-marin en carton s'est transformé en une bouillie informe avant même qu'on puisse monter dedans.

On a essayé de poursuivre à l'intérieur, mais tout le monde avait froid et nos accessoires étaient trempés. Boris a fini par se coucher au milieu du plateau, comme pour dire : « Ça suffit. » *The show must go on*, dit-on, mais parfois, il faut savoir faire des pauses.

– Entracte ! a annoncé Joan.

Le buffet, au moins, a été un franc succès grâce aux savoir-faire conjugués du Mola Mola et du Lyric Pub : nous avons eu droit à de fabuleux cocktails avec ou sans alcool et à un gâteau mémorable (confectionné par Toby) en forme de pieuvre dont les tentacules s'enroulaient autour d'un minuscule bateau.

Liv nous a offert, à Orion et moi, une rose chacun. Elle a coincé celle d'Orion derrière son oreille, et la mienne dans le revers de ma veste.

– J'ai adoré, a-t-elle déclaré.

– C'est moche de mentir, a répondu Orion.

– Vous devriez concourir pour la comédie musicale de l'année. Je vous jure.

Elle s'est éloignée en direction de Sam et de la pieuvre. Nous avons regardé mon frère lui faire mordre une part de gâteau, et j'ai cru que j'allais imploser sous la force des émotions qui se sont bousculées en moi.

– Eh bien, on a réussi, a dit Orion.

– Si on veut.

Je m'étais affublée d'une fausse moustache pour jouer le rôle du second, et je l'ai arrachée d'un coup sec. La douleur m'a fait serrer les dents et plaquer ma main sur ma bouche. Des cloques n'allaient pas tarder à se former sur ma peau à vif et allergique.

– *Aïe !* s'est écrié Orion. Pourquoi tu te fais du mal comme ça ?

Il avait raison. Je me suis jetée sur lui pour l'étreindre de toutes mes forces, sans la moindre délicatesse, en le serrant si fort que nos poitrines auraient pu s'écraser l'une dans l'autre. Il était encore mieux qu'une baleine magique : il avait contribué à me sauver, et puis il était resté.

J'ai déjà entendu dire que l'amour – le vrai, le bon – faisait l'effet d'avoir trouvé une pièce de puzzle manquante. Mais voilà, je ne suis pas sûre que la personne à l'origine de cette comparaison ait fait beaucoup de puzzles dans sa vie.

Prenons, par exemple, le modèle le plus classique d'entre tous : un puzzle Ravensburger de mille pièces avec une image sur le couvercle, genre paysage kitsch du parc national de Yosemite ou photo de vélos à Amsterdam, avec coucher de soleil obligatoire. Une jungle luxuriante, des fleurs fuchsia et des oiseaux de paradis sur fond de cascade, un ocelot moucheté par la lumière du soleil, vision idyllique, du sublime au ridicule.

Chaque pièce de puzzle possède en réalité *quatre* manières différentes de s'assembler avec les autres, et non deux. Cela signifie qu'il existe quatre façons différentes d'être relié aux autres. Même si vous n'êtes qu'un coin, par conséquent une rareté statistique, voire une créature marginale, vous possédez quand même deux accroches. Ce qui veut dire que sur le papier, même en étant la pièce la plus *rare*, la plus étrange et la plus *solitaire*, vous n'êtes pas connecté à une seule personne, mais à deux.

Et ces espèces de puzzles en bois que mon père offre chaque Noël à ma mère, ceux dont il dit toujours qu'ils sont magnifiques alors qu'ils sont en réalité chiants à mourir ? Ils n'ont ni coins, ni image sur la boîte pour servir de modèle ; vous n'avez pas d'autre choix que de vous lancer et de prier pour que ça marche. Celui de l'an dernier avait pour thème le cirque, avec des acrobates, des clowns et un dresseur de lions, des funambules en tutu rouge, des trapézistes en plein vol et un phoque faisant tenir un ballon en équilibre sur son nez.

Les formes des pièces découpées au laser étaient absolument DINGUES, comme les contours de minuscules pays ou de bactéries. Il y avait mille milliards de façons différentes de les assembler. La seule façon de procéder est de tâtonner, le dos en compote et la vue brouillée à force de traquer la pièce dont on croit avoir besoin, le bois s'imprègne de nos doigts gras, chacune des pièces semble réclamer qu'on la tripote, et ce puzzle est une putain de blague, sérieusement, c'est mission impossible, je laisse tomber.

Arrêtez tout, faites une pause.

Acceptez le fait d'être dans une impasse.

Regardez par la fenêtre. Que voyez-vous ? Un ciel d'encre ? À moins qu'il fasse jour. Et très chaud, le pic de chaleur de l'année. Oubliez le puzzle. Allez nager. Avec un ou une amie. Sur le chemin du retour, vous aurez du sel sur la peau. Vous êtes assise sur une serviette, votre frère sur celle d'à côté. Un gros chien noir glisse sa tête par la vitre d'un camion qui passe sur la route, ses oreilles noires et poilues se recourbent sous l'effet du vent pour révéler la peau rose à l'intérieur. Il a peut-être des allures de chauve-souris. Il vous rappelle peut-être quand vous aviez huit ans et que vous rêviez de vous déplacer par écholocation. Vous lanciez des balles de tennis dans le parc et, paupières closes, vous écoutiez le bruit qu'elles faisaient en atterrissant.

Si vous fermez les yeux maintenant, vous vous souviendrez peut-être de la sensation duveteuse de la balle entre vos doigts et de son odeur si particulière. Du craquement de vos épaules quand vous la projetiez à travers la pelouse. Peut-être aussi entendrez-vous le bruit mat et étouffé qu'elle faisait en atterrissant, même en plein New York. Ce son à la fois délicat et distinct qui s'annonçait comme votre seul guide.

Quelques jours, ou dix minutes plus tard, vous vous y remettez. Tout est plus clair. C'est toujours la dernière pièce dont on croit avoir besoin (c'est bien sûr la dernière que vous essayez, parce que vous ne continuez pas à chercher après l'avoir trouvée). Puis les choses s'enchaînent, vos mains se déplacent avant que votre cerveau le leur ordonne, un puzzle à l'instinct, le muscle de la mémoire en action, et tous les éléments se retrouvent bientôt à leur juste place.

Sauf qu'il manque une pièce. Impossible de trouver le museau du phoque. Vous n'avez qu'un phoque sans museau qui ne fait rien tenir en équilibre, un vide béant visible comme le nez au milieu de la figure. Ça ne cessera jamais de vous contrarier, mais ça fait partie du jeu.

Le puzzle est un cirque incomplet, les pièces s'assemblent de toutes sortes de manières, et vous avez un point douloureux dans le dos à force d'être restée penchée, mais vous avez accompli votre mission. Vous avez reconstitué l'image. Des jointures, comme des veines, irriguent l'ensemble de ce patchwork désastreux, ce splendide gâchis.

PIERRES

Pour notre dernière soirée à Lyric, Sam et moi sommes partis à vélo nous acheter des *lobster rolls*[1].

– Tu veux inviter Liv ? m'a-t-il proposé en bouclant son casque. Ça me dérange pas, tu sais.

– Bah, restons juste tous les deux.

– T'es sûre ?

– Mais oui, banane. Allons au truc à touristes, OK ?

L'échoppe était prise d'assaut par les familles de vacanciers et il flottait dans l'air des odeurs de sel, de palourdes frites et de ketchup. Dans la queue, Sam m'a soudain posé une question :

– Tu ne t'es jamais demandé s'il y avait eu d'autres survivants au naufrage ?

Je n'y avais pas songé, mais pourquoi pas, en effet ?

On est allés s'installer sur une table de pique-nique face à l'océan, un peu serrés au bout du banc. Sam a mangé son sandwich à lentes bouchées. Il n'a pas tout fini, mais il y avait déjà du progrès.

La soirée était magnifique, mais quelque chose me tracassait.

– Sam, ai-je commencé avec prudence, quand tu étais en mer, sur le kayak… à quoi pensais-tu, exactement ?

– Je voulais voir l'épave. C'est tout.

Le silence entre nous a été douloureux, hésitant. Oserais-je lui

1. Sandwichs au homard souvent confectionnés avec des petits pains à hot dog.

poser la question qui me brûlait les lèvres ? Des gamins sont passés en courant pour se ruer vers le terrain de jeux avec des hurlements de joie. Mon frère a baissé les yeux vers son assiette. Ses cils étaient incroyablement longs, ses taches de rousseur adorables. Il avait encore tant à vivre. Il le souhaitait, n'est-ce pas ?

Je n'avais pas été au bout de ce que je voulais dire. Il fallait que ça sorte. Pour le convaincre de…

– Sam. Quel que soit ce que l'avenir nous réserve, si tu as l'impression de te sentir comme au mois de juin… je veux que tu me parles. Je suis là. On a besoin de toi.

Un long moment s'est écoulé avant qu'il prenne la parole :

– J'ai nagé vers la surface, Vi. Comme toi.

Après ça, on est descendus sur la plage pour faire des ricochets. Sam m'a aidée à améliorer mon geste en me montrant comment fouetter l'air de mon poignet.

– Le secret, c'est le caillou. Il faut en choisir un bon, lisse et plat. Gros, mais pas trop.

– Refaisons ça à New York, ai-je déclaré.

– Quoi, les ricochets ?

– Les sorties entre frère et sœur.

– T'es pas obligée, tu sais. Je veux dire… Si tu as mieux à faire, je comprendrai.

– J'y tiens beaucoup, au contraire. Tu es mon frère. Mais je veux aussi être ta pote. Si tu es d'accord.

– Oui, a-t-il répondu. Merci de m'avoir laissé participer à votre mission.

– Merci à toi d'être venu. Et merci d'être là.

Le soleil projetait des flammes orange au-dessus de l'eau. Peut-être reviendrions-nous l'été prochain. Peut-être les choses dureraient-elles entre Liv et moi. Peut-être partirait-elle à Oxford et rencontrerait-elle une ravissante Anglaise à lunettes et veste en tweed, ou bien un joueur d'orgue. Peut-être Sam et moi aurions-nous des enfants, un jour, et les emmènerions-nous ici, à cet endroit précis. Ou peut-être aucun de nous ne fonderait-il une famille. Et peut-être le niveau de la mer monterait-il si haut un jour que les vagues viendraient lécher l'arrière de la maison de notre grand-mère.

– Sept ricochets ! s'est-il exclamé avec un large sourire. T'as vu ça ?

Je ne laisserais pas mes angoisses m'assaillir. Pas ce soir. Nous reviendrions ici plus tard, quand nous serions vieux. La route était encore longue d'ici là, mais nous aurions acquis une telle sagesse, une telle connaissance de la vie, qu'à nous deux nous serions capables de nommer toutes les constellations.

ÉPILOGUE

TERRE NEUVE

Deux semaines plus tard, New York était plongé dans l'enfer des grosses chaleurs de septembre. Sam et moi nous tenions à l'entrée d'une bouche de métro, prêts à reprendre le chemin de la maison après notre troisième séance avec le docteur Blank. Je l'aimais bien, autant qu'on pouvait aimer une inconnue qui vous voyait fondre en larmes à chacune de vos conversations. Je ne me sentais pas du tout adulte, face à elle. Je me sentais comme une petite fille. Il me faudrait du temps et beaucoup de travail avant de me sentir mieux, mais au moins le docteur Blank avait un goût excellent en matière de chaussures et un visage à l'écoute. Et Sam et moi étions dans cette galère ensemble.

Une rame est entrée avec fracas dans la station en contrebas, et une onde de chaleur s'est propagée jusqu'à nous. Sam a fait la grimace et commencé à descendre les marches en s'armant de courage pour faire face à la masse de gens qui venaient à contresens. J'ai regardé ma montre. Rien ne pressait.

– Et si on marchait ? lui ai-je proposé.

Nous avons suivi mon trajet préféré dans Manhattan et pris par le côté ouest du parc, là où la nature s'invite le plus dans la ville. Nous avons flâné à l'ombre des grands arbres feuillus, le long de trottoirs pavés et irréguliers, fendus ici et là par l'irruption de racines. Nous avons dépassé deux hommes d'âge mûr qui se tenaient par la main. Une mère serrait son enfant contre elle et lui chantonnait un air en espagnol. Un peu plus loin devant nous, un gros terre-neuve s'est arrêté pour renifler un tronc d'arbre.

– Regarde ! ai-je lancé à mon frère.

– On dirait un ours, a-t-il commenté.

Aux yeux de Sam, un ours. Aux yeux de son maître, un compagnon fidèle. Et pour tous les autres, un gros chien baveux. Mais pour moi, cet animal était un galet de plus qui venait de se déposer au fond de ma poche, plat et lisse, comme un bon caillou à ricochet.

Mon téléphone a vibré pendant qu'on attendait de traverser au carrefour. C'était une photo de Liv, un patch antitabac collé sur le bras. « Jour 2, écrivait-elle, c'est encore pire que le premier. »

Elle avait tenu parole. Dans ma poche, un deuxième galet s'est entrechoqué avec le premier. Déjà deux avant midi, c'était une bonne journée.

Nouveau message. « P.-S. : Orion veut savoir quand tu auras fini la nouvelle version de *Cousteau !* »

– Sextos ?

– T'es vraiment dégueu, Sam. Liv et Orion me demandent juste des nouvelles de la comédie musicale.

– Tu leur as dit que je t'obligeais à finir le livre avant de t'y remettre ?

– Je leur ai expliqué que tu m'aidais à effectuer certaines recherches fondamentales, oui.

Mon téléphone a vibré de nouveau avant que j'aie le temps de répondre. Pour une ennemie autoproclamée de la technologie, Liv avait vraiment des pouces hyperactifs.

« P.P.-S. : tu me manques et j'ai hâte de te revoir à Thanksgiving. »

Le troisième galet était encore plus gros que les deux autres. Et il dessinait un cœur.

– Violette, a dit Sam en me prenant la main, on traverse.

À quelques pâtés de maisons de chez nous, j'ai aperçu mon reflet dans une vitrine. La repousse de mes cheveux se révélait plus délicate que prévu ; ils poussaient vite, certes, mais la phase moche semblait durer une éternité. J'étais souvent tentée de les couper, mais ça voudrait dire retour à la case départ et… tout ça pour ça ?

Je ne savais pas quoi faire.

Je ne sais toujours pas quoi faire.

Mais ce ne sont que des cheveux, après tout.

Tous autant qu'ils sont.

Chacun d'eux pousse à sa manière, comme l'amour, les arbres et tout ce qui est bon dans la vie.

REMERCIEMENTS

Je dois une fière chandelle à tous ceux qui ont permis à ce livre de voir le jour.

À mon agent, Pete Knapp, qui a cru de tout son cœur en cette histoire après avoir lu une première version très imparfaite : merci pour ta patience, tes commentaires ultrapertinents et ton dévouement à ce projet !

Immense gratitude envers Laura Schreiber, mon éditrice, que je soupçonne d'être un peu magicienne. Merci, Laura, de m'avoir aidée à écrire le livre dont je rêvais depuis toujours. Merci à toute l'équipe d'Hyperion pour votre enthousiasme et votre rude labeur, particulièrement Holly Nagel, Danielle DiMartino, Seale Ballenger, Christine Saunders, Sara Liebling, Marci Senders et Emily Meehan. Un merci également à Jenna Stempell-Lobell et Katie Vernon pour leur merveilleuse couverture.

Au fil des ans, j'ai eu de la chance de croiser la route d'excellents professeurs qui ont cru en moi : Betsy de Luca m'a appris la première à réfléchir davantage, et Gene Bell-Villada, au Williams College, a toujours fait preuve d'un soutien indéfectible. Merci à Elissa Schappell et Deborah Eisenberg, dont les conseils me reviennent souvent à l'esprit quand j'écris, et à Stacey D'Erasmo, qui m'a dit un jour : « Ce bouquin, ça va le faire. » Gratitude éternelle envers Jim Shepard, qui a changé ma vie pour le meilleur. À Sue Mendelsohn et au Columbia University Writing Center, ainsi qu'à Joe Cross et Kathleen Ross pour m'avoir aidée à survivre à ma première année d'enseignement et discuté de ce livre avec moi alors qu'il n'était encore qu'à ses premiers balbutiements.

À Sasha Berger, pour m'avoir aidée à trouver mon chemin.

À tous ceux qui ont lu ce livre à différentes étapes de son évolution et ont fait de moi une meilleure écrivaine : Dan Grossman, Chris Fox, Jesse Gordon et John Magary. Merci à Jonathan Draxton, qui a lu plusieurs versions successives de ce projet et m'a fait d'excellents retours. Aux membres de l'atelier d'écriture de Columbia qui ont vu les brouillons primitifs de ce livre et m'ont nourrie de leurs encouragements.

Je dois beaucoup au Sitka Fellows Program, où j'ai retravaillé une bonne partie de ce livre durant l'été 2017, et à mes formidables compagnons boursiers, dont le travail et la camaraderie m'ont permis de garder ma motivation intacte : Hannah Brinkman, Sarah Chadwick Gibson, Muira McCammon, Sylvia Ryerson, Madeleine Welsch et Lauren Wimmer. Merci au Sitka Sound Science Center de m'avoir tant appris sur le monde fascinant des aquariums.

Je tiens à saluer tous mes étudiants au fil des ans, et notamment les groupes d'écrivains irlandais de 2017 et 2018. Merci à BJ Love et Chris Catanese, poètes de leur état, pour avoir fait le déplacement et être venus enseigner à mes côtés, et m'avoir épaulée lors de certaines journées particulièrement longues.

Un grand merci à la famille Mittelstead pour sa générosité et ses encouragements, et pour les délicieuses patates douces de Thanksgiving. À mes amis, dans la joie et dans la peine : Katherine Tandler, Jane Tandler, Noah Fields, Ariel Hubbard et Mikaela Dunitz. Énormes mercis au SF Thursday Night Crew pour les bières et l'inspiration raton laveur. À toute la troupe de Comba Za pour m'avoir fait rire aux larmes, pour votre vivacité, votre bizarrerie et votre créativité.

À ma meilleure lectrice et (encore meilleure) amie, Clare Fielder, qui a cru dans ce projet quand il n'était encore qu'au stade du « et si… ? » : sans toi, ce livre n'existerait pas. Merci d'écrire, merci de me lire et, plus que tout, merci pour ton amitié.

Merci à mon frère Nat, dont l'écriture drôle et magnifique m'a toujours montré l'exemple à suivre, durant toute ma jeunesse, et encore aujourd'hui. Une parade de chevaux marins à Madeline Miller pour son amour et son soutien. Mon beau-frère multitalentueux, BJ Thomson, est le génie derrière *Call Me Guppy*; il a également pris mon portrait officiel d'autrice *et* sauvé une toute première version de ce livre d'un sombre gouffre technologique. Ma sœur et amie Tina a conçu mon site Internet, m'a conseillée sur tous les sujets océanographiques et/ou mathématiques, et a relu ce livre un nombre incalculable de fois.

À mes parents, Catherine et Jonathan Drake. Je ne sais pas de quoi ne *pas* vous remercier – je me souviens même d'une réception de mariage pour un hamster invisible. Merci d'avoir toujours cru en moi, et d'avoir toujours été là.

Et à Nick, qui m'a aidée à traverser le pire – je t'aime. Tu es tout.

Table

L'autrice

Julia Drake a grandi près de Philadelphie. Au lycée, elle a joué dans des pièces de Shakespeare et les histoires sont restées gravées en elle. Après un diplôme universitaire d'espagnol et d'écriture, elle travaille désormais en tant que coach d'écriture pour Writopia Lab, une association qui s'applique à transmettre l'amour de l'écriture aux adolescents.

Elle vit à San Francisco avec son compagnon et son lapin de compagnie Ned.

Qui es-tu Alaska ?

John Green

La vie de Miles Halter n'a été jusqu'à maintenant qu'une sorte de non-événement. Décidé à vivre enfin, il quitte le cocon familial pour partir dans un pensionnat loin de chez lui. Ce sera le lieu de tous les possibles. Et de toutes les premières fois. C'est là aussi qu'il rencontre Alaska. La troublante, l'insaisissable et insoumise, drôle, intelligente et follement sexy, Alaska Young.

Nos vies en mille morceaux

Hayley Long

Le monde de Griff et Dylan, 13 et 15 ans, s'écroule à la fin de l'été, quand un accident de voiture les laisse orphelins. Installés à New York depuis peu, les deux frères sont d'abord recueillis par Blessing, collègue haute en couleur de leurs parents. Puis à l'autre bout du monde, chez un oncle et une tante qu'ils ne connaissent pas, dans une petite ville du Pays de Galles, où ils trouvent bienveillance et nouvelles amitiés. Dylan n'a qu'une idée en tête : aider Griff à revivre, protéger son petit frère. Mais il a lui-même son propre chemin à faire, et une dernière vérité à affronter…

ON LIT
PLUS
FORT.
COM

L'ACTUALITÉ DES ROMANS
GALLIMARD JEUNESSE

Le papier de cet ouvrage est composé de fibres naturelles, renouvelables, recyclables et fabriquées à partir de bois provenant de forêts gérées durablement.

Mise en pages : Maryline Gatepaille

Loi n° 49-956 du 16 juillet 1949
sur les publications destinées à la jeunesse
ISBN : 978-2-07-513029-5
Numéro d'édition : 354859
Dépôt légal : septembre 2021

Imprimé en Italie par Grafica Veneta